T0243906

LOS SECRETOS DEL OLVIDO

JOAQUÍN HERNÁNDEZ

LOS SECRETOS
DEL OLVIDO

PLAZA JANÉS

Papel certificado por el Forest Stewardship Council®

Primera edición: febrero de 2024

© 2024, Joaquín Hernández Castillo
© 2024, Penguin Random House Grupo Editorial, S. A. U.
Travessera de Gràcia, 47-49. 08021 Barcelona

Printed in Spain – Impreso en España

ISBN: 978-84-01-03169-4
Depósito legal: B-21420-2023

Compuesto en Mirakel Studio, S. L. U.

Impreso en Rodesa
Villatuerta (Navarra)

L031694

A Valentina y Martín,
el secreto de mi felicidad

Prólogo

13 de septiembre de 1971

Decir adiós a la persona que quieres es como quedarse al borde de un precipicio. Tus sentimientos hacen equilibrio para no desmoronarse mientras tu mente los boicotea proyectando imágenes de tu vida futura, alejada de tu fuente de felicidad. Eso fue precisamente lo que sintieron ellos: que estaban al borde de un acantilado de emociones difícil de sobrellevar.

Un aguacero bañaba la costa asturiana. Era inútil utilizar un paraguas, la lluvia caía de lado por el intenso viento que hacía, así que era inevitable empaparse. El pórtico de la iglesia era el único refugio en aquella plaza rodeada por el mar Cantábrico. Quedaban pocos minutos para que amaneciera. No había nadie por la calle, excepto dos personas que se guarecían del agua bajo aquella techumbre. Del agua y de miradas ajenas. La intensa tromba los aislaba del resto del mundo.

Ni él ni ella querían decirse adiós, pero habían de hacerlo. Los dos lo tenían claro; lo suyo no había sido un amor de verano. Ni siquiera habían estado juntos todo el verano, solo siete días. Ninguno era consciente entonces de las consecuencias que aquella historia de amor de apenas una semana iba a tener en el futuro.

No sabían ni cuándo ni dónde, pero necesitaban verse de nuevo. Él lo tenía claro: regresaría a ese mismo lugar al cabo de diez meses, aunque no sabía si la encontraría allí. Ella también lo tenía claro: le estaba diciendo adiós al hombre de su vida. La despedida los dejaba a los dos al filo del abismo. Ambos sentían vértigo de pensarse sin el otro. Alargaron lo más que pudieron ese último instante juntos hasta que los primeros rayos de luz comprometieron su privacidad. Era el momento del adiós. Un beso eterno fue lo último que se dijeron.

Al otro lado de la plaza, desde el balcón de su casa, una joven contemplaba la escena con una mezcla de alegría, tristeza y miedo. Todo a la vez. Sentía alegría por verlos besándose. Tristeza por la despedida. Y miedo por si alguien más los había visto juntos. Se prometió a sí misma no contarlo jamás para no poner en peligro la vida de su mejor amiga. En ese momento ella ignoraba que una visita inesperada, años después, la obligaría a romper su promesa.

1

52 años después

Eran las seis menos cuarto de la tarde. Matías consultó su teléfono móvil antes de salir de casa. Abrió la aplicación donde escribía las notas y comprobó de nuevo la dirección. Con el coche tardaría unos diez minutos en llegar. El primer día siempre era una pequeña aventura que le encantaba. Imaginaba cómo sería el rostro de aquella voz que había escuchado por teléfono solo una vez. Le había llamado hacía pocos días. Una voz dulce, de una chica de no más de treinta años. Al menos eso creía. No sabía exactamente por qué, pero ese día Matías estaba un poco más inquieto de lo normal. No era ni por asomo su primera vez, pero ahora había algo diferente. Al otro lado del teléfono solía encontrar voces más maduras, casi siempre de mujer. Pero en esta ocasión la voz pertenecía a una chica joven. Cogió el coche y puso rumbo a casa de Elena.

No había mucho tráfico. Era un día soleado de septiembre. Por la ventana veía cómo la playa estaba prácticamente llena. El verano llegaba a su fin, pero muchos seguían disfrutando de los últimos días en el mar. La mayoría eran extranjeros que elegían Alicante para exprimir el buen tiempo tostando sus cuerpos al sol del Mediterráneo. Él prácticamente no tenía vacaciones. Regentaba una librería y le encantaba lo que hacía. Doce horas diarias dedicado a su pasión: la lectura.

Matías miró el reloj del coche. Iba bien de tiempo. Según el GPS llegaría dentro de tres minutos a casa de Elena. En su cabeza ya se había imaginado cómo era: morena, de mediana estatura y con un rostro dulce. Es lo que le evocaba la voz que escuchó al otro lado del teléfono. Quedaba poco para comprobar si estaba o no en lo cierto. El GPS le chivó la última maniobra que tenía que hacer: un giro más a la derecha, y listo. «Ha llegado a su destino». La voz enlatada le llevó exactamente a la entrada de la casa y en la misma puerta encontró aparcamiento. Cogió las partituras y salió del coche rumbo a su otra pasión: la música. En sus ratos libres, que solían ser los fines de semana, Matías daba clases particulares de piano. Era una forma de cumplir con lo que de niño quería ser, profesor. Le encantaba la enseñanza. Así que con las clases de piano se quitaba una espinita que siempre tuvo clavada. Su pasión eran los libros desde bien chico, y por eso estaba feliz de trabajar en la librería de su padre, pero también le hubiera gustado estudiar Magisterio. Su padre ya estaba mayor y le hacía falta ayuda, así que al acabar el instituto invirtió todo su tiempo en aprender el negocio familiar.

Consultó de nuevo su móvil para saber el piso. Quinto izquierda. Faltaban dos minutos para las seis. Le gustaba ser puntual, sobre todo el primer día. Estaba nervioso. Tocó el interfono, y al otro lado sonó de nuevo la voz de Elena.

—¿Quién es?

Antes de responder se aclaró la voz.

—Buenas tardes, Elena. Soy Matías, el profesor de piano.

—Hola, Matías, sube.

Tomó aire y comenzó a subir las escaleras. Le daban pánico los ascensores. Después de varios tramos, se paró frente a la puerta de Elena y llamó al timbre. Tras unos segundos que se hicieron eternos, ella misma abrió. Era rubia, no morena como había supuesto (la primera en la frente), pero sí era joven y tenía un rostro dulce. Dos de tres.

—Buenos días, Matías. Adelante.

—Hola, Elena. Encantado de conocerte.

—Pasa y te enseño el piano.

Llevaba una camiseta de manga corta de color verde y unos pantalones blancos que se acoplaban a la perfección a su pequeño cuerpo de poco más de metro sesenta. Su pelo rizado de un intenso color oro se balanceaba con cada paso de un lado a otro rozándole los hombros. Atravesaron un largo pasillo hasta llegar al salón, una estancia muy grande con una cristalera que recorría toda una pared con vistas al mar. Tenía una amplia mesa tallada en madera, un sofá, dos sillones individuales, un televisor y, en un rincón, el piano. Justo encima, el rostro de una joven Elena pintado a carboncillo presidía la estancia. El cuadro estaba firmado en la esquina inferior derecha.

—No sé quién es Ferri, pero, sin duda, hizo un trabajo excepcional con tu retrato, te pareces muchísimo a esa niña de sonrisa tímida.

—Muchas gracias. Le tengo mucho cariño a ese cuadro. Es de las pocas imágenes que conservo de pequeña. Me lo hizo mi abuela cuando tenía diez años.

Frente al piano había una gran librería de madera. Ocupaba la pared entera, hasta el techo. Matías no pudo evitar sonreír cuando vio aquello y se imaginó las miles de historias que albergaban los estantes de roble tallado. La voz de Elena le bajó de la nube.

—¿Te gustan los libros?

—Los libros y la música lo son todo para mí. De hecho, me gano la vida con ello.

—Aparte de profesor de piano, ¿eres escritor?

—No, qué va. Ya me gustaría a mí escribir. Yo solo me dedico a leerlos y a venderlos. Tengo una librería, la más antigua de Alicante.

Sacó una tarjeta de su cartera y se la entregó. Elena se quedó mirándola y leyó en voz alta.

—Librería con los Cinco Sentidos. Curioso nombre para una librería.

—Más curiosa es la explicación que tiene. Si quieres conocerla ven a la librería, mi padre te la contará. Te gustará la historia que hay detrás y también escuchar a mi padre.

—Me has dejado con la intriga… Acabas de conseguir una posible clienta.

—Serás bienvenida siempre que quieras. En la tarjeta tienes la dirección. Por cierto, menuda joya tienes ahí.

Matías señaló el piano que estaba en la pared opuesta a la librería y se dirigió hacia allí contemplando los detalles de la madera tallada.

—Es una reliquia, mi abuela lo tiene desde que era muy joven.

—Sin duda, ya no hacen pianos como los de antes. —Matías observaba minuciosamente cada detalle del antiguo instrumento—. Es precioso. ¿Puedo abrirlo?

—Por favor. Como si fuera tuyo.

Levantó cuidadosamente la tapa y dejó al descubierto las teclas. Era como una enorme sonrisa de un blanco impoluto. Los años habían sido muy compasivos con aquel instrumento. Los pianos antiguos solían tener las teclas de marfil, para desgracia de los pobres elefantes que «prestaban» sus colmillos. Con el tiempo amarilleaban, pero el piano de Elena parecía recién sacado del taller.

—No sé cómo habéis conseguido que las teclas se mantengan así de blancas.

—No te lo vas a creer, pero la clave está en limpiarlas con pasta de dientes. Desde que era pequeña recuerdo a mi abuela sentarse en la banqueta con un trapo húmedo y la pasta de dientes. Yo siempre me quedaba mirándola fijamente para aprender la técnica. Ahora soy yo la que se encarga de mantenerlas así.

—¿Estás de broma?

—Cuando quieras te lo demuestro.

—Por lo que veo en esta clase vamos a aprender los dos, voy a tener que pagarte yo a ti también.

—No hace falta, la lección sobre la limpieza de teclas con pasta de dientes te la regalo.

—Estoy deseando ver cómo pules el marfil así. Pero bueno, vamos a centrarnos, que los minutos pasan volando. Dime, ¿qué nivel tienes de piano?

—¿Nivel? Pues… no sé. Digamos que sé las notas y algunas canciones. Lo típico: el cumpleaños feliz, la de *Sonrisas y lágrimas*… Y poco más.

—Algo es algo. Al menos no tenemos que empezar de cero. ¿Y por qué te has decidido ahora a tocar el piano?

—Nunca es tarde, ¿no? Desde que era pequeña he querido tocar el piano, pero por circunstancias de la vida nunca he podido. La semana pasada vi un cartel donde ofrecías tus clases y pensé que este era el momento. ¿Crees que seré capaz de sacarle sonido al piano?

—Eso depende de tus ganas de aprender, la edad no es lo más importante.

—Yo me conformo con que me enseñes a tocar esta partitura.

Elena sacó una carpeta de la banqueta. Dentro había una hoja manuscrita por las dos caras. Era muy antigua. El papel estaba amarillento, con pequeños orificios causados por algún insecto. Elena se la entregó a su profesor. Matías la cogió con mucho cuidado y la examinó durante unos segundos. Mentalmente fue leyendo la melodía y cuando acabó la colocó en el atril.

—Es muy bonita, ¿sabes de quién es? Porque no pone el autor por ningún lado y no es una obra conocida.

—No sé quién la escribió. De esta partitura solo sé que lleva en esta casa desde que tengo uso de razón. La he escuchado cientos de veces y ahora quiero aprenderla yo. ¿Será muy difícil tocarla con mis escasos conocimientos de piano?

—¿Cuánto lo deseas?

—Ahora mismo es mi proyecto más importante.

—Voy a encargarme de que tus manos traduzcan estas notas en la melodía que escuchabas de pequeña, te lo garantizo.

—¿Podrías tocarla, por favor?

—Ponte cómoda y deja que la música te lleve directa a tu infancia.

Elena se acomodó en un pequeño sillón que había junto al piano. Matías se sentó en la banqueta. La altura no era la adecuada, así que volvió a levantarse para accionar una pequeña rueda de madera situada en el lateral del asiento y elevarlo un poco. Se sentó de nuevo. Sus brazos ahora sí quedaban totalmente perpendiculares al teclado con los codos formando un ángulo de noventa grados. Acercó la banqueta hasta situarla a unos treinta centímetros del teclado. Después de este pequeño ritual Matías ya estaba listo para tocar. Miró a Elena y le hizo un gesto de asentimiento.

Ella estaba nerviosa y expectante. Hacía mucho tiempo que no escuchaba esa melodía, pero la tenía muy presente, podía tararearla de principio a fin como si la hubiera escuchado ayer mismo. Vio cómo Matías colocaba los dedos sobre el piano. Cerró los ojos cuando sonó la primera nota. Con la segunda su rostro se humedeció de la emoción.

A pesar de que era la primera vez que tocaba esas notas, Matías interpretaba con seguridad, sin cometer ningún error. Se trataba de una pieza sencilla, sin muchas florituras, pero tremendamente bella. Estaba tan concentrado en la partitura que no se dio cuenta del efecto que provocaba en Elena. Con un movimiento rápido, pero con delicadeza, giró la hoja para poder seguir tocando. Continuó paseando sus dedos por el marfil de las teclas.

Elena volvió a cerrar los ojos. Se vio en ese mismo salón cuando era una niña, cuando a su lado la persona más importante de su vida tocaba el viejo piano, cuando la vida todavía no le había enseñado su cara más amarga o al menos su inocencia le impedía ver su dureza. Durante unos segundos fue feliz, podía sentirla cerca, casi hasta olía su perfume. Entonces Elena abrió los ojos, pero ella no estaba. En su lugar, un muchacho que acababa de conocer tocaba la banda sonora de su vida. Ese bofetón de realidad le recordó lo sola que se había quedado sin ella. Y, de repente, la música dejó de sonar. Tal y como ella recordaba.

—Esta partitura está inacabada, y, por cierto, deberías afinar el piano. —Matías se giró hacia Elena—. Pero, mujer, ¿qué te pasa? ¿Tan mal he tocado?

Elena casi no podía articular palabra. Le daba mucha vergüenza que Matías la viera emocionada, pero no podía evitarlo. Esa melodía le traía demasiados recuerdos.

—Perdona, siento que me veas así. Has tocado genial, tanto que has conseguido hacerme por unos segundos la mujer más feliz del mundo.

—Vaya, eso es lo más bonito que me han dicho nunca tocando el piano. Muchas gracias.

Matías sacó de su bolsillo un paquete de clínex y se lo dio a Elena.

—Gracias a ti. Gracias de corazón. Decías que la partitura está sin terminar…

—Sí, mira. —Le hizo un gesto para que se acercara al piano—. En el último compás de una obra siempre hay una doble barra vertical que indica que es el final de la partitura. Como ves aquí no hay ninguna doble barra. Además, la melodía finaliza de forma abrupta. Claramente está sin acabar.

—Eso mismo me parecía a mí cuando la escuchaba, pero pensaba que era así. No sabía eso de la doble barra.

—Yo tampoco sabía lo de la pasta de dientes para las teclas. Por cierto, es importante que hagas una fotocopia de la partitura. Voy a tener que rayarla y apuntarte una serie de indicaciones, y no quiero estropear la original.

—La tendré preparada para la siguiente clase.

—Perfecto. Pero antes de empezar a tocar voy a tener que enseñarte un par de cosas teóricas muy sencillas. Lo primero que tienes que saber es que...

El sonido del teléfono móvil de Elena interrumpió las palabras de Matías.

—Tengo que cogerlo, perdona. Es importante —dijo ella al ver el número remitente. La conversación apenas duró veinte segundos, tras los cuales se mostró algo apurada—. Lo siento, pero tengo que irme urgentemente. Me sabe fatal terminar así la clase a medias. Dime lo que te debo.

—No te preocupes. Si quieres la semana que viene la retomamos por donde lo hemos dejado. La clase son cinco euros.

—Pero ¿cómo vas a cobrarme cinco euros por una hora de clase de piano?

—Es mi tarifa.

—Pues te vendes muy barato, eso no puede ser. Pero bueno, ahora no tengo tiempo para discutirlo. Me tengo que ir. La semana que viene nos vemos, continuamos con la clase y hablamos del precio. Te acompaño a la puerta.

Matías recogió las partituras mientras Elena cogía el bolso. Recorrieron el pasillo hasta la puerta de entrada. Ella le dio dos besos.

—Hasta la semana que viene, Matías, lo siento de veras.

Él se quedó en la puerta mientras Elena bajaba corriendo por las escaleras.

—Que no sea nada grave. Nos vemos en unos días.

Tardó en reaccionar un par de segundos. Luego Matías comenzó a bajar los escalones, poco a poco. Pensando. En ella. Justo lo contrario que hacía Elena, intentar no pensar para no derrumbarse una vez más ante la certidumbre de lo que iba a pasar.

2

Parecía que el corazón se le iba a salir del pecho. Elena bajó las escaleras todo lo rápido que le permitieron sus piernas. Buscó su coche y se montó. Antes de ponerse el cinturón de seguridad respiró profundamente e intentó tranquilizarse. Odiaba conducir. Solo cogía el coche cuando era estrictamente necesario. Por desgracia, ese día lo era. Arrancó. Desde hacía unos meses realizaba ese camino casi a diario, la mayoría de las ocasiones andando. Solía ir por la tarde, después de la universidad. A veces se convertía en el momento más feliz de su día. Y otras esa visita le recordaba lo sola que se había quedado en el mundo. A pesar de todo Elena se había obligado a sí misma a sonreír. «Que no me vea llorar», se repetía una y otra vez. Aunque por dentro rabiara de dolor, de angustia y de impotencia, siempre se colocaba una sonrisa para verla a ella, la persona más importante de su vida.

En coche el camino se hacía en apenas diez minutos. Aparcó cerca de la puerta. Se armó de valor, se secó las lágrimas y entró. Nada más acceder al salón principal buscó con la mirada a Cristina, la psicóloga del centro. La vio al otro lado de la sala atendiendo a un anciano. Le conmovía contemplar cómo trataba a esos abuelos como si fueran de su propia familia. Era lo único que la reconfortaba, saber que ella estaba muy bien atendida allí, en aquel lugar al que detestaba ir. Se quedó observando a

Cristina durante unos segundos. Vio cómo acariciaba el rostro arrugado de uno de los ancianos mientras le daba un yogur para merendar. Luego, se dirigió a ella visiblemente alterada.

—¿Cómo está?

—Tranquila, Elena, se encuentra bien. —Cristina le cogió las manos para intentar que se calmara—. El doctor acaba de pasar por su habitación y está perfectamente. Solo un poco asustada por la caída.

—Entonces, ¿no se ha roto nada?

—Se ha hecho daño en la cadera, pero no se la ha roto. Siempre la ayudamos a bajar de la cama, pero hoy no se ha esperado a que llegara el auxiliar y se ha caído al suelo. Y tú, ¿cómo estás?

—Ya recuperada. El virus de estómago por suerte se ha ido y por fin he podido volver. ¿Puedo verla?

—Claro, vente conmigo.

Mientras cruzaban la sala principal Elena miraba a los ancianos. Algunos veían la televisión, otros tomaban la merienda, un grupo conversaba entre ellos y unos cuantos simplemente estaban sin estar. Sus cuerpos cansados ocupaban los sillones que había junto a la ventana. Miraban a través del cristal con la vista perdida. Unos esperando la visita de un familiar que probablemente nunca llegaría. Otros ya no esperaban nada porque ni siquiera sabían quiénes eran ellos mismos. Tan solo veían pasar los días. Sin más. Cada vez se le hacía más duro a Elena ir a esa residencia.

Llegaron al final de la sala. Ahí estaban las escaleras que los llevarían a la segunda planta. Habitación 217.

—¿Hoy es ella? —preguntó Elena con miedo a saber la respuesta.

—Hace varios días que no. Lo siento mucho.

Elena se abrazó a Cristina. Ambas caminaron hasta la habitación. Elena se puso una sonrisa en el rostro y entró con Cristina.

—Manuela, tengo una sorpresita para ti. Como sé que te encantan las visitas te traigo compañía.

—Hola, bonica, gracias por venir a verme. Pasa, pasa, no seas vergonzosa.

A Elena se le heló el corazón. La persona que la había criado, la que le había enseñado sus primeras palabras, la que la había llevado de la mano al colegio, la que la esperaba junto a la ventana del salón cada vez que salía de fiesta… ni siquiera sabía su nombre.

—¡Hola, Manuela! —Elena fingió alegría—. ¿Cómo te encuentras? Me han dicho que te has caído de la cama.

—Sí, bonica, menudo trompazo me he pegado. Gracias a Dios que no me ha pasado nada grave. Me duele un poco la cadera, pero estoy bien.

—Es que Manuela es un poco impaciente y ha querido bajar al salón antes de tiempo. Pero ya sabe que eso no lo puede volver a hacer, ¿verdad? —dijo Cristina acariciando el rostro de la anciana.

—Ya, pero es que hoy iba a venir mi hija a verme y no quería retrasarme. Aunque al final me ha llamado y me ha dicho que se le había complicado el día. Ella viene mucho a visitarme, pero trabaja en una fábrica de conservas y hay veces que le hacen doblar turno.

Elena agarró la mano de Manuela. Hizo un esfuerzo por no llorar, pero las lágrimas ganaron la batalla.

—Pero ¿qué te pasa? ¿Por qué lloras? Si es por lo de mi hija, no te preocupes, vendrá otro día. Ella siempre que puede viene a visitarme.

—Estoy bien. Se ve que se me ha metido algo en el ojo…

—Toma. —Manuela sacó un pañuelo de tela bordado que tenía en el bolsillo para que se secara las lágrimas.

—Gracias, Manuela, eres muy amable.

Al ver el pañuelo Elena esbozó una sonrisa. Se enjugó las lágrimas y se lo devolvió. Elena recordó cuando de pequeña fue corriendo hacia ella envuelta en lágrimas. Sacó ese mismo pañuelo y le dijo que ese trozo de tela era mágico, que cuando se lo pasara por la cara dejaría de llorar. Desde aquel día, cada vez que lloraba iba corriendo hacia Manuela en busca de su pañuelo mágico. Siempre funcionaba. Ese día también. A pesar de que al pañuelo le faltaba el abrazo de Manuela, que era lo que en realidad le ayudaba a calmar el llanto. La magia estaba en ese abrazo que la acurrucaba contra su regazo. Daría lo que fuera por que en ese momento Manuela la abrazara como antaño. Pero ella ya no era ella.

Manuela había ingresado en aquella residencia hacía nueve meses. Lo hizo porque ella quiso y en contra de la voluntad de su nieta. Desde entonces Elena seguía cada día el mismo ritual. Por la tarde, después de las clases en la universidad, visitaba a Manuela. Todos los días, puntual a su cita, salvo fuerza mayor. Esa última semana había sido la primera vez en nueve meses que no pudo ir porque tenía un virus estomacal y no quería contagiárselo a nadie.

Todo comenzó tres años y medio atrás. Manuela salió a comprar al ultramarinos del barrio como hacía cada mañana. Era su rutina. Salía a las doce del mediodía y poco antes de la una ya estaba en casa para preparar la comida. Pero aquel sábado de marzo no regresó a su hora. El reloj marcaba las dos de la tarde, y Manuela todavía no había llegado. Cuando Elena se dio cuenta de la hora que era corrió hacia el ultramarinos. Allí le dijeron que hacía un buen rato que Manuela se había ido con la compra. Asustada recorrió todas las calles del barrio hasta que la encontró sentada en el banco de un parque. Estaba desorientada. Al principio no le dieron mucha importancia, un despiste. Pero a ese episodio le siguieron otros. Se olvidaba del día en el que estaban, no se acordaba de una conversación que acababa de mantener… Lo que Elena temía se lo confirmó meses después un médico. Alzhéimer. Todavía recuerda cuando el neurólogo pronunció aquella fatídica palabra. Año y medio después ingresó en la residencia. Elena le imploró que no lo hiciera, que se quedara en casa con ella. Pero Manuela lo tenía claro: «No quiero ser una carga para nadie y menos para ti. Eres muy joven, Elenita mía, mereces vivir tu vida sin ataduras».

Habían pasado nueve largos meses desde que Manuela le había dicho esas palabras. Elena no se acostumbraba a estar sin ella. Por eso cada día iba a verla. La enfermedad seguía su curso sin tregua, y el último mes había sido especialmente duro. Sabía que no había vuelta atrás y que la situación solo podía empeorar. El tiempo avanzaba en su contra y parecía correr más rápido de lo normal.

El momento más duro ocurrió tres semanas atrás. Elena había hecho un bizcocho para llevarlo a la residencia. Entró a la habitación, y allí estaba ella, sentada en la mecedora mirando por la ventana. Giró la cabeza y al ver a Elena se quedó unos segundos contemplando su rostro, escudriñando cada centímetro de su cara para saber quién era esa persona. Finalmente se rindió. «Hola, bonica, ¿ese bizcocho es para mí?». A Elena se le clavaron esas palabras en lo más profundo de su alma. Su mente no paraba de repetirlas. «Hola, bonica». Una y otra vez. Su cerebro reproducía en bucle esas dos funestas palabras.

Su mundo se vino abajo, y también el bizcocho, que cayó al suelo con un estrepitoso sonido. El plato se rompió en mil pedazos. Y su corazón. Una herida imposible de reparar. La enfermedad le había arrebatado a la persona que más quería, su única familia. Y lo había hecho de la forma más cruel, borrándole sus recuerdos. Solo se tenían la una a la otra. Ahora estaba sola porque Manuela ya no era Manuela. La mujer que le había enseñado todo ya no sabía ni quién era ella. Su cariñoso «Elenita mía» ahora era un impersonal «hola, bonica», un puñetazo en la boca del estómago.

Cada visita se convertía en una angustiosa intriga. «¿Me recibirá con "Elenita mía" o con "hola, bonica"?». El camino a la residencia era un auténtico calvario. Dos palabras podían convertir el final del día en el mejor de los atardeceres o en una auténtica pesadilla. Por desgracia, últimamente los días para Elena solían acabar de la peor forma posible. Esa tarde, de nuevo, era de pesadilla.

Elena volvió a respirar profundamente para poder seguir hablando.

—Manuela, ¿qué haces durante todo el día? ¿Te gusta estar aquí?

—Claro que me gusta. Esto es un hotel de cinco estrellas. Desayuno, comida, merienda y cena. Todo incluido. Además, por las tardes hacemos actividades: baile, juegos de cartas, cine...

—He visto que tenéis un piano en el salón comunitario. ¿Alguien lo toca?

—Antes sí lo tocaba Luis, un señor que vive en la habitación que hay junto a la mía. Pero hace unos días que ya no le veo. A lo mejor se encuentra indispuesto.

Esos días eran, en realidad, ya tres meses. Luis no tenía alzhéimer, no estaba enfermo, de hecho, no tenía absolutamente nada ni a nadie. Murió de soledad. Hacía años que no recibía visitas, solo alguna llamada telefónica de su hijo. La única distracción que tenía era el antiguo piano marrón que tocaba cada tarde. Su único momento de felicidad. Junto a él se reunían otros usuarios de la residencia y amenizaban las tardes con canciones de toda la vida. Manuela era una de sus fieles seguidoras. Cada tarde, a las seis en punto, bajaba corriendo al piano para escuchar tocar a su amigo. Durante estos últimos tres meses lo seguía haciendo, a pesar de que Luis ya no estaba. Todavía tardaría un tiempo en asimilar que ya no iba a volver. O quizá no se diera cuenta nunca.

—¿Y por qué no te animas a tocar tú el piano? Me ha dicho Cristina que de joven lo tocabas muy bien.

—De eso ha pasado mucho tiempo. Ya no me acuerdo de ninguna canción.

—Si no lo intentas nunca sabrás si realmente puedes tocar algo. ¿Quieres que bajemos al piano y lo pruebas? Yo te acompaño.

—Gracias, es que estoy esperando a mi hija. Si vienes otro día podemos ir si quieres.

Había mantenido esa conversación con ella muchas veces. Podía repetir de memoria las respuestas que le daba. Siempre las mismas palabras. Manuela esperaba a una hija que nunca vendría. Pero su enfermedad le hacía creer que sí, que se iba a reencontrar con ella. A última hora pasaba siempre lo mismo: cambio de turno en su empresa y visita aplazada. Su mente enferma se encargaba de mantener viva la esperanza.

—Prométeme que el próximo día vendrás conmigo y tocarás algo al piano.

—¿Eso quiere decir que vas a visitarme otro día?

—¿Te gustaría que viniera de nuevo a verte?

—Claro que sí. Puedes venir siempre que quieras. Ya sabes dónde encontrarme. Habitación… —Manuela dudó durante unos segundos—. Bueno, en la puerta creo que está el número. Apúntatelo en un papel, no sea que se te olvide.

—Así lo haré, Manuela. Nos vemos otro día. Recuerda que me debes algo. —Le guiñó un ojo.

—¿Te debo dinero?

—No, no me debes dinero. Me debes una canción al piano.

—Hace mucho que no lo toco. Mi amigo Luis sí que toca muy bien, pero creo que está enfermo porque lleva varios días sin bajar al salón.

—¿Te puedo dar un beso, Manuela?

—Todos los que quieras.

Elena se acercó a la mecedora y le dio un beso en la frente, ese mismo beso que su abuela siempre le daba a ella.

—Te veo pronto, Manuela.

Allí se quedó mirando el mar por la ventana, con un movimiento de vaivén en la mecedora. Las vistas eran, sin duda, lo mejor de aquel lugar. Las vistas y Cristina. Nada más salir de la habitación se dirigió hacia su despacho. Era muy duro hablar con ella porque le explicaba cómo iba a evolucionar la enfermedad de su abuela. Por una parte, necesitaba escuchar lo que decía para prever lo que iba a pasar y estar preparada. Pero cada palabra se le hacía bola en el alma.

Cristina tenía treinta y cuatro años y era psicóloga y terapeuta ocupacional. Una combinación de profesiones perfecta para desempeñar su trabajo en esa residencia de ancianos especializada en casos de alzhéimer, aunque también los tenían con diversas enfermedades. Y otros que simplemente querían pasar sus últimos años de vida esquivando la soledad de su casa. De ojos grandes, delgada y con el pelo parcialmente cubierto de canas. Otros a su edad habrían optado por ocultarlas, pero a ella le daban igual, eran sus señas de experiencia en la vida y las lucía sin complejos.

Era la encargada de hacer una primera valoración de todos los usuarios que ingresaban en el centro y el contacto más directo entre la residencia y los familiares. Los ayudaba a entender mejor la enfermedad y a saber cómo tratar con ellos. Estaba acostumbrada a ver la desesperación, la rabia, la incredulidad… Muchos no acababan de asumir lo que le estaba pasando a su familiar y Cristina les mostraba la cruda realidad. Sin florituras. Tal cual. Cuanto antes lo comprendieran e interiorizaran mejor para ellos y para sus enfermos porque antes podrían ayudarles.

Con Elena había creado un vínculo muy especial, sobre todo por su edad. Demasiado joven para tener que digerir una realidad tan dura. Por eso siempre tenía un abrazo para ella, unas palabras de sosiego, una mirada cómplice. Aunque a veces nada de eso era suficiente.

—No puedo más, Cris, no puedo verla así. No sabe ni quién soy.

—Mírame, Elena. —Le cogió la cara con ambas manos y la dirigió hacia sus ojos—. Tienes que ser fuerte, no queda otra.

Sabes que va a ir a peor, los momentos de lucidez serán cada vez menos frecuentes, aunque todavía los tendrá. Pero tienes que estar preparada para todo lo que va a llegar, que, por desgracia, es más duro todavía. Ya sabes que a mí me tendrás aquí siempre para ayudarte en todo lo que necesites.

—Sin ti creo que ya habría tirado la toalla. Pero es que realmente ya no sé qué hacer para ayudarla. Vengo cada día y me siento inútil, repitiendo una y otra vez las mismas conversaciones...

—No te atormentes. Manuela siente tu cariño cada vez que vienes a verla. Y eso es lo más importante para ella. Aunque hoy no sepa quién eres, sí que recibe tu amor. El alzhéimer borra lo que fuimos, pero no lo que sentimos.

Cristina la abrazó. A veces las mejores palabras de consuelo son un abrazo. Pero uno de esos que pueden hasta quitarte una contractura. Un abrazo fuerte, que consigue teletransportarte a otro mundo por unos segundos. Un abrazo de sentir al otro tan cerca que dos personas se convierten en una sola. Un abrazo de verdad. Así estuvieron casi un minuto. Entonces Cristina le cogió de nuevo la cara.

—Ojalá cuando yo sea mayor tenga a una persona como tú a mi lado, que nunca me deje sola, que me dé cariño cada día, que me quiera como tú quieres a Manuela, que me mire con esos ojos de ternura. Ojalá en esta residencia todos los usuarios tuvieran a su lado a una Elena.

Se fundieron en otro abrazo. El sonido de unos nudillos golpeando la puerta puso punto y final a esa escena. Cristina se aclaró la voz y con un «adelante» invitó a entrar a la persona que había tras la puerta. Era una enfermera del centro.

—Han venido los familiares de Estela. Quieren hablar contigo.

—Diles que voy enseguida, que me esperen en el salón.

La enfermera salió del despacho y se dirigió a la entrada.

—Tengo que irme, Elena. ¿Vendrás mañana?

—Sí, claro. Mañana te veo. Cuídamela, por favor.

—Como si fuera mi abuela, no lo dudes.

Antes de marcharse Elena volvió a pasar por la habitación de Manuela. La puerta estaba entreabierta. Se asomó con sigilo para no molestarla. Allí seguía, balanceándose en la mecedora contemplando el mar. Tal y como hacía cada tarde cuando estaba en casa, con la mirada perdida en las olas del Mediterráneo, escuchando su melodía. Era su vía de escape, se podía pasar horas y horas en ese lugar. Siempre cerca del mar. A Elena le encantaba verla así porque se le veía feliz. Y a pesar de no estar en su casa esa imagen la sosegaba, le recordaba la vida antes de que la enfermedad las cambiara para siempre a las dos. Se quedó varios minutos observando. Pudo intuir una leve sonrisa en Manuela que también le hizo sonreír a ella. Esa pequeña mueca convirtió una tarde de pesadilla en un soplo de esperanza.

—A esta escena le falta algo —pensó en voz alta Elena.

Metió la mano en el bolsillo trasero del pantalón y sacó la tarjeta que Matías le había dado hacía un rato. Librería con los Cinco Sentidos. Giró la tarjeta y buscó la dirección.

—Habrá que ir a conocer la curiosa historia que hay tras el curioso nombre.

3

Los lunes eran el día favorito de Matías. Su jornada comenzaba un poco más pronto que el resto de la semana. A las ocho en punto de la mañana estaba abriendo la pesada puerta de caoba tallada. Los primeros rayos de sol se adentraron en la librería e iluminaron la estancia más cercana a la entrada. Matías accionó los interruptores, y poco a poco el resto de la librería comenzó a despertarse. Las bombillas de filamento tardaron varios segundos en calentarse y arrojar su cálida luz anaranjada sobre los miles de libros que descansaban en las estanterías a la espera de un lector que los levantara del letargo.

Las paredes estaban repletas de esas estanterías de madera hasta el techo. Para alcanzar los volúmenes en los estantes más altos había varias escaleras distribuidas por todo el local. También de madera. Como el suelo, que a cada paso emitía un leve crujido que acompañaba a los clientes hasta el último rincón de aquel lugar.

La librería se había convertido en un sitio de culto para los amantes de la literatura porque allí encontraban libros únicos, difíciles de conseguir, descatalogados, libros que escapaban del circuito establecido por las editoriales. Pero también era un centro de peregrinaje para turistas que entraban a contemplar la tienda y a hacer unas fotografías que luego colgaban en las redes sociales. Todo a raíz de un reportaje que había salido publicado hacía unos años en un periódico de tirada nacional con la lista de las librerías más bonitas del país. La Librería con los Cinco Sentidos aparecía cuarta en esa lista.

Matías ya tenía la vista entrenada y sabía perfectamente qué personas venían a comprar libros y quiénes entraban simplemente por hacer la foto de rigor, como un punto de interés más de la ciudad tras visitar la Explanada o el castillo de Santa Bárbara. Pero no le importaba porque gracias a su labia más de uno se acababa llevando un libro aparte de la fotografía para Instagram. Era incluso un reto para él, convertir turistas en clientes. Y no se le daba nada mal. Había tenido un gran maestro, su padre, Martín. Él le había enseñado todo cuanto sabía sobre aquel negocio. Y por suerte todavía seguía aprendiendo de él.

El padre de Matías estaba jubilado desde hacía tres años, pero continuaba yendo cada día a la librería, incansable a sus setenta y cuatro años. Ese era su mundo, allí se sentía vivo. Martín era meticuloso y perfeccionista. Con los años esas dos cualidades se habían transformado en una obsesión. Los libros tenían que estar perfectamente alineados. Buena parte del tiempo que estaba en la librería lo invertía paseando por los pasillos para comprobar que ningún lomo sobresaliera en las estanterías. Si veía algún libro mal colocado refunfuñaba a media voz, lo ponía en su sitio y seguía patrullando cual policía inclemente en busca de cualquier mínima imperfección que subsanar. La edad le había agriado un poco el carácter. Demasiado tiempo de cara al público. Se había convertido en un entrañable cascarrabias.

Después de mantener el orden en las estanterías Martín se subía a un pequeño altillo que había al fondo del local y se dedicaba a leer durante horas. Era su pasión y había conseguido inculcársela también a su hijo. Competían a ver quién leía más libros. Al final de cada mes hacían recuento. Solía ganar Martín. Su vista cansada no le impedía devorar libros, uno tras otro, sin descanso. Viajaba sin tener que coger un avión, vivía cientos de aventuras sin salir de su casa e incluso volvía a sentir el amor que una repentina enfermedad le arrebató hacía veintitrés años. Sacar adelante un negocio y cuidar a un hijo de cuatro años fue todo un reto para Martín. Por eso, desde muy pequeño, Matías se crio en la librería. Pasó más tiempo entre libros que con juguetes en casa. Y aprendió a leer antes que cualquier otro niño. La librería fue su mejor escuela. Martín no podía dejar a su hijo con nadie, tampoco podía cerrar la librería porque era su modo de vida, así que construyó aquel altillo para el pequeño Matías. Era como un minisalón de juegos para él. Mientras su padre atendía a los clientes él lo observaba desde sus dominios, un pequeño espacio de apenas cuatro metros cuadrados que se convirtió en su particular castillo. Al altillo solo se podía acceder a través de una escalera oculta tras una estantería. Solo él y su padre conocían el secreto, y a Matías le encantaba tener aquel acceso oculto.

Ahora se habían intercambiado los papeles. Mientras Matías atendía a los clientes Martín observaba a su hijo desde lo alto del castillo. Por su carácter solía reservarse los elogios, pero estaba orgulloso de él. Le gustaba ver cómo se desenvolvía por la librería; sin duda, era su versión mejorada. Se veía a sí mismo cuando abrió el negocio cuarenta y nueve años atrás. Apenas tenía veinticuatro años y por delante un mundo de incertidumbres e inseguridades. «¿Vas a abrir una librería tú?». Casi todos le decían lo mismo en tono burlón. Casi todos menos ella, Amelia, el amor de su vida. Al poco de inaugurar la librería entró buscando un libro y ya se quedó con Martín para siempre. Ella le animó a seguir adelante con su proyecto aun cuando los números no salían al principio. Gracias a ella la librería continuaba funcionando tanto tiempo después, porque sin su apoyo habría tirado la toalla al poco de abrirla.

Siempre es demasiado pronto para que una madre se vaya. Ni Amelia ni Matías tuvieron tiempo para conocerse ni disfrutarse. Pero Martín se encargó de que el recuerdo de Amelia no se disipara con el paso del tiempo, que el niño sintiera el inmenso amor que su madre le tenía, que lo notara como si todavía estuviera con ellos. A los siete años Matías le pidió a su padre una foto de Amelia. La puso en el altillo de la librería con un marco de cartón pintado de azul que él mismo había hecho. Dijo que era su princesa. Ese día Martín supo que había conseguido su cometido. La foto seguía allí, presidiendo el castillo, en un lugar privilegiado de la librería y de sus vidas.

Cuando Matías cumplió los veinticuatro su padre le cedió el testigo. Martín retrasó varios años su edad de jubilación para oficialmente hacer el traspaso de poderes justo el día que su hijo cumplió la misma edad que tenía él cuando abrió la librería. De eso hacía ya casi tres años. Al principio Matías sintió vértigo de llevar las riendas del negocio, y eso a pesar de que desde pequeño ayudaba a su padre en la librería haciendo pedidos, ordenando libros en las estanterías e incluso atendiendo a clientes. Pero él siempre estaba a su lado supervisando su trabajo. Ahora también lo estaba, pero en las alturas, con una distancia prudencial para que fuera Matías el que tomara las decisiones con libertad, a su modo: ahora era su librería. Si tenía alguna duda solo tenía que dirigir la mirada al altillo, la voz de su maestro siempre le daba los mejores consejos. A veces le preguntaba aun sin tener ninguna duda, le gustaba que se sintiera partícipe de sus decisiones.

Matías andaba con mucho trabajo esa mañana. Los nuevos lanzamientos llegaban por mensajería a primera hora. Tocaba registrar en el sistema informático los nuevos libros, decidir qué lugar ocuparían en la estantería, olerlos y colocarlos. Sí, olerlos. A Matías le encantaba el olor de las hojas impresas. El aroma de un libro nuevo era para él la mejor de las fragancias. Antes de empezar a leer cualquier libro, olía sus páginas. Era su peculiar ritual. No todos olían igual. Su nariz podía distinguir el tipo de papel en el que se había impreso el ejemplar. Como un sumiller, pero de libros.

El mejor día de la semana acababa de empezar para Matías. La librería abría al público a las diez de la mañana, pero antes tenía dos horas de intenso trabajo. Las luces ya estaban encendidas. La librería ocupaba unos ochocientos metros cuadrados de recónditos pasillos forrados de estanterías repletas de libros. Era como un laberinto de madera. Matías recorría cada rincón comprobando que no hubiera ningún libro fuera de la estantería porque algunos clientes despistados no se acordaban de devolverlos a su sitio si finalmente no los compraban. También solía encontrar algún ejemplar olvidado en los dos sillones del rincón de lectura al fondo de la librería. Antes de llevarse un libro a muchos les gustaba leer las primeras páginas a ver si los convencía. Esas primeras páginas a veces eran el libro entero… Algunos estaban tan inmersos en la lectura que solo al apagar las luces de la librería a la hora del cierre conseguían despegar el libro de las manos. Matías recogió de los sillones dos libros y los dejó en su estantería. Barrió toda la estancia y retomó la lectura del libro que tenía a medias hasta que quince minutos después llegó el repartidor. Cortó el precinto de la caja y abrió las solapas. Allí estaban, dieciocho libros recién salidos de la imprenta. Fue mirando las portadas una a una, leyó el resumen de cada libro y escogió uno de ellos para su siguiente lectura. Le encantaba la idea de ser de las primeras personas en leer un libro recién publicado. Poco a poco fue oliendo y colocando cada libro en su sitio. Elegía cuidadosamente el lugar que iba a ocupar cada ejemplar para que las novedades fueran bien visibles. Cuando se quiso dar cuenta era ya la hora de abrir la librería. Salió a la puerta y cambió el cartel de Cerrado por otro tallado en madera que ponía Pasen y lean.

Para Elena los lunes no eran el mejor día de la semana ni de lejos. Tenía que ir a la facultad por la mañana y por la tarde, con tres horas muertas entre medias. Todo el día perdido. A las nueve de la mañana ya estaba montada en el tranvía mirando por la ventana la vida pasar y comiéndose un cruasán de chocolate, al menos un aliciente para comenzar la semana. Veinte minutos más tarde llegó a la Universidad de Alicante. El tranvía iba lleno de estudiantes con caras de sueño. El convoy se vació, y con andar pausado se dirigieron todos hacia el campus.

Acababa de comenzar el segundo año. Estudiaba Magisterio de Educación Primaria; le encantaba la enseñanza. De pequeña reunía a sus muñecas en la habitación y les impartía clases de lengua y biología. Por eso cuando acabó el colegio no dudó cuál sería su camino. Aunque de haber sabido lo que le iba a pasar en el primer curso habría escogido otra universidad porque la pesadilla le acompañaba en cada clase. Esa pesadilla tenía nombre, Bruno, su exnovio. Cruzaron sus miradas el primer día de universidad y al poco tiempo comenzaron a salir juntos. Los meses más apasionantes de su vida. Bruno la hacía la mujer más feliz del mundo… hasta que descubrió que también a otra chica la hacía la mujer más feliz del mundo, a la vez. La relación duró ocho meses. Al acabar primero Elena descubrió el gran engaño. Fue como un puñetazo en la boca del estómago. Esa sensación la sentía cada día, en clase, en la cantina, en el campus… cada vez que le veía. Bruno era el culpable de que Elena no quisiera saber absolutamente nada del amor. Ahora estaba centrada en sus estudios y en Manuela, nada más. Era incapaz de abrir su corazón de nuevo, había sufrido demasiado y no le compensaba.

Esa mañana tenía una apasionante clase de «enseñanza y aprendizaje de las matemáticas en Educación Primaria». Se le daban fatal los números. Era lunes. Matemáticas a primera hora. Bruno sentado cerca de ella. Los ingredientes perfectos de un día para olvidar. Pero todo podía empeorar, y Murphy no iba a desaprovechar esa brillante oportunidad. Ese día tocaba hacer un trabajo en equipo y entre ciento veintiocho alumnos Bruno acabó en su grupo con otros tres compañeros más. Caprichoso destino.

Tras dos horas compartiendo tareas con la persona que más odiaba en el mundo Elena salió de clase y se tumbó en el césped del campus a respirar aire fresco. Lo necesitaba. Se pasó varios minutos mirando las nubes y jugando a buscarles formas. Eso la relajaba. Su imaginación pudo componer un avión, un árbol y un libro abierto. Se quedó un rato contemplando esa última figura. Palpó el bolsillo del pantalón y decidió que por hoy había acabado la universidad. Se incorporó, sacudió los restos de césped que se le habían quedado adheridos al cuerpo y caminó hacia la parada del tranvía.

Cuando llegó al centro de la ciudad consultó en el móvil la dirección que ponía en la tarjeta de la librería. Calle Labradores, en pleno casco antiguo. Un cartel tallado en madera le indicó que había llegado a su destino. Librería con los Cinco Sentidos. Una inmensa puerta de madera daba paso a una construcción de piedra con tres alturas. Elena leyó en voz alta el cartel que había en la puerta. PASEN Y LEAN. Sonrió y entró.

Una ráfaga de olor a madera la recibió. Inspiró profundamente el agradable aroma y sin dar un paso más contempló aquel espacio que parecía sacado de una película. Miró hacia arriba y hacia los lados con la boca entreabierta. No había ni un solo centímetro que no estuviera forrado por libros y madera. Era como un búnker repleto de cultura. Se quedó perpleja observando aquel hermoso lugar durante varios segundos.

—¿Tanta curiosidad tenías por conocer la historia del nombre de la librería? No has tardado ni dos días en venir.

—Porque ayer era domingo y estaba cerrada, si no, aquí me habría plantado a primera hora, llevo sin dormir desde el sábado con la intriga persiguiéndome día y noche. El runrún en la cabeza era ya insoportable —contestó con ironía.

—No conocía tu faceta de peliculera. —Matías no podía parar de reír—. Por cierto, ¿se solucionó lo de la llamada del otro día? Parecías muy preocupada...

—Gracias por preguntar. Sí, todo en orden. Un pequeño contratiempo con un familiar, pero que por suerte no fue más que un susto.

Matías se quedó con ganas de preguntar qué había sucedido, pero no quiso ser inoportuno y cambió de tema.

—Me alegro. Bueno, imagino que no solo has venido a saber el porqué del nombre.

—A ver si adivinas a qué he podido venir a una librería... Demuéstrame cuán astuto eres...

—Imagino que habrás venido por nuestra oferta de muslos de pollo y pan de chapata, pero siento comunicarte que se nos ha acabado a primera hora.

Elena miró fijamente a Matías. Era como el juego de a ver quién se reía antes. Tras un rato de desafío Elena sucumbió con una carcajada que resonó por todo el local.

—Acabas de convertir mi lunes en un día un poco menos deprimente. —Elena seguía desternillada de risa.

«Y tú acabas de convertir mi lunes en el mejor día de mi vida», pensó Matías. Se acercó a ella y le dio dos besos.

—Bienvenida a la Librería con los Cinco Sentidos.

Elena volvió a alzar la mirada para contemplar los miles de libros que le rodeaban por todas partes. Le llamó la atención un póster que había pegado en el mostrador. Tenía un dibujo de un dinosaurio de color verde y dos frases: «Los dinosaurios no leían. Ahora están extinguidos». Sonrió y continuó mirando las estanterías.

—Este lugar es espectacular. Se respira paz. Si cierras los ojos es como estar en medio de un bosque. —Inspiró profundamente.

—Pues todavía no has visto lo mejor. Adelante, te voy a hacer un tour privado por mis dominios.

Matías le hizo un ademán con el brazo para que pasara delante de él hacia el centro del local.

—Lo mejor será empezar por el nombre, ¿no crees?

—Me parece bien. El nombre tiene dos versiones. La original te la va a contar mi padre y la versión 2.0 te la explicaré yo.

—¿Tu padre está por aquí?

—Justo entra ahora por la puerta.

Elena se giró y vio entrar a un hombre alto de pelo blanco y profuso bigote. Vestía una camisa de pequeños cuadros rojos, pantalón gris oscuro y zapatos negros. Impecable.

—Te presento a Martín, mi padre y maestro.

Martín se acercó hacia Elena, le cogió la mano y le dio un beso.

—Encantado de conocerla, señorita. Qué alegría da ver a gente joven entre este laberinto de libros y no pegada a sus teléfonos móviles, la gran epidemia del siglo XXI.

—Para serle sincera es la primera vez que vengo a este lugar, pero estoy fascinada. No sabía que existía esta librería. Es mi primera vez, pero no será la última, se lo garantizo.

—Es mi nueva alumna de piano —le aclaró Matías—. Ha venido en busca de un… al final no me lo dijiste, pero imagino que quieres un libro, ¿no?

—Sí, un libro y una historia. Con el libro espero que me ayudes tú, Matías. La historia es cosa de usted, Martín. Le pregunté a su hijo el porqué del nombre de la librería, y me dijo que mejor me lo contaba usted en persona.

—Creo que mi hijo ha idealizado una historia que no tiene tanta enjundia.

—No te subestimes. Es, sin duda, el mayor zasca de la historia.

—¿Zasca? ¿Se puede saber qué es esa palabra? Matías, tienes que dar ejemplo y usar un léxico adecuado propio de un librero culto como tú. Si nosotros que vendemos cultura no cuidamos nuestro idioma…

—Papá, siento decirte que la RAE incorporó esa palabra al diccionario hace ya cuatro años.

Tras un incómodo silencio de cinco segundos eternos Martín se acercó a la estantería donde estaban los diccionarios. Al minuto volvió renegando.

—Estos ineptos académicos de la RAE cada día me desconciertan más. En fin. Elena, aquí tienes la historia de un escarmiento. —Martín remarcó cada sílaba.

—Esto se pone interesante. Soy toda oídos.

—Año 1970. Mi padre era uno de los mejores ebanistas de la ciudad. Recibía encargos de todo el país. Fabricaba con sus manos desde la mesa más sencilla y funcional hasta los tallados más espectaculares que pueden encontrarse hoy día en palacetes, iglesias e incluso museos. Desde bien pequeño yo aprendí a trabajar la madera aquí mismo.

—¿Este lugar antes era un taller de ebanistería? —se asombró Elena—. Quién lo diría...

—Sí, todo esto estaba lleno de planchas de madera y herramientas para trabajarla. El taller fue mi patio de recreo desde que nací. Mi padre me fabricaba juguetes de madera y luego era yo mismo el que me los hacía. Compaginaba la escuela con el taller. Cuando llegaba a casa primero hacía los deberes y luego me bajaba aquí a ayudar a mi padre. Teníamos la vivienda justo arriba, en la primera planta. Me encantaba ver cómo Ramón convertía un trozo de madera en una auténtica obra de arte. Con el tiempo yo aprendí el oficio, aunque nunca llegué a alcanzar su maestría. Cuando cumplí veintiún años tuvimos que tomar la gran decisión, qué hacer con mi futuro. Mi padre estaba ya en edad de jubilarse. Tantos años en el taller le habían destrozado la espalda y no podía continuar mucho tiempo más en activo. Así que un día me preguntó si quería seguir con el taller.

—La respuesta, evidentemente, fue que no —interrumpió Elena.

—Así es, yo tampoco quería dedicarme toda la vida a ese trabajo. En realidad, era muy bonito y creativo, pero también muy sacrificado. Le dije que mi ilusión era poner una librería. Me encantaba leer y regentar un lugar lleno de libros me parecía el plan de vida ideal. Ramón me apoyó desde el primer momento, a pesar de que justo el local de al lado era también una librería. Cuando se enteraron de mis intenciones no les sentó nada bien e intentaron comprarnos la planta baja para ampliar su negocio e impedir que yo abriera el mío. «Pero ¿cómo vas a montar una librería si solo tienes experiencia fabricando sillas?» Esas despectivas palabras me hundieron la moral e hicieron que perdiera la confianza en mí mismo. Pero cuando se lo conté a mi padre todo cambió y le bastó una sola frase: «Los libros nacen de los árboles, y no hay mayor experto en esta ciudad que tú trabajando la madera».

—*Touché* —exclamó Elena.

—Lo mejor llegó una semana más tarde —prosiguió Martín—. El día de mi cumpleaños mi padre tenía una sorpresa preparada para mí. En el taller había un paquete enorme que ocupaba casi toda la bancada de trabajo. Cuando retiré la sábana que lo cubría me encontré el cartel que todavía hoy preside la fachada. Mi padre estuvo una semana prácticamente sin dormir para tallarme el nombre del que casi cincuenta años después sigue siendo mi negocio. Librería con los Cinco Sentidos.

—El abuelo Ramón hizo un trabajo excelente con ese cartel. Además, también tenía mucho sentido del humor. Explícale a Elena por qué escogió ese nombre.

—Los dueños de la librería se quejaban siempre del ruido que hacíamos en el taller. Raro era el día que no venían a decirnos que les molestaba el sonido de las máquinas y que ellos necesitaban los cinco sentidos para trabajar. Era su cantinela de siempre. Cuando veíamos que entraban al taller nos mirábamos y decíamos: «Ahí vienen los de los cinco sentidos». Era nuestro viacrucis diario. Lo curioso es que cuando ellos montaron la librería nuestro taller estaba en funcionamiento desde hacía más de veinte años. Así que cuando vi que había tallado ese nombre en el cartel de mi futuro negocio me pareció un título extraordinario. Ese día decidimos que íbamos a tener la librería más hermosa de la ciudad. Durante casi dos años transformamos un sucio taller en esta obra de arte. Cada estantería, cada moldura, cada adorno, cada trozo de madera que recubre hasta el último rincón de esta librería está hecho por mi padre Ramón y por mí. Es su particular Capilla Sixtina, su mejor obra.

—¿Todo esto lo hizo usted con su padre? Es impresionante.

—Fue bonito trabajar codo con codo junto a mi padre tallando cada centímetro de este lugar. Poco a poco se fue corriendo la voz y la librería se llenó de gente. Muchos venían solo por ver este magnífico lugar, pero gracias a mi desparpajo casi siempre conseguía que se llevaran algún libro.

—Hoy soy yo el que sigue intentando que los turistas que vienen solo a verla también compren un libro —apuntó Matías.

—Por cierto, ¿qué pasó con la librería que había al lado de esta? —preguntó Elena.

—Ahí viene el gran zas… escarmiento —se corrigió Matías—. Cuéntale.

—Al año de abrir nosotros ellos tuvieron que cerrar.

—¿En serio?

—Sí, parece que sabíamos hacer algo más aparte de fabricar sillas. La gente prefería venir a nuestra librería y dejaron de ir a la otra.

—Bendito karma, siempre aparece en el momento oportuno. Gracias por contarme la historia de este lugar. Después de descubrirla me parece mucho más bonito, si cabe. Su hijo no se equivocó, me ha encantado conocer la historia del nombre, pero me ha gustado mucho más conocerle a usted.

—Gracias por sus palabras de cariño, ha sido un placer conocerla. Espero verla de nuevo por aquí. Y ahora voy a ordenar libros para que mi hijo siga flirteando con usted.

—Papá, no digas tonterías…

Mientras Matías se ponía rojo Martín desapareció entre los pasillos.

—Discúlpale, las personas mayores no tienen filtro, y mi padre, menos.

—Los niños, los borrachos y las personas mayores nunca mienten. —Elena se aguantó la risa.

La cara de Matías se puso todavía más roja.

—Habías venido a por un libro, ¿no? —intentó desviar la atención.

El sonido del teléfono móvil de Elena se alió con Matías.

—Perdona, este cacharro suena siempre en el momento más inoportuno. —Descolgó y habló durante apenas unos segundos—. Me temo que vamos a tener que dejar lo del libro para otra ocasión.

—¿Va todo bien? ¿Es de nuevo por tu familiar?

—No, esta vez es por mi mala cabeza. No recordaba que había quedado en la universidad con una compañera para hacer un trabajo. Tengo que irme, lo siento.

—No te preocupes. ¿Nos vemos este sábado para la clase?

—Si me puedo pasar antes para comprar el libro, te aviso. Y si no, el sábado. Te digo algo en cuanto sepa.

Elena se giró y fue hacia la salida. Matías la acompañó. Cruzó el umbral de la puerta y antes de dirigirse hacia el tranvía miró hacia la fachada para contemplar el cartel de la librería.

—Cuando vuelvas te contaré mi versión 2.0 del nombre. Te enseñaré todos los rincones, y fliparás con la experiencia. Garantizado. Este lugar es para disfrutarlo con los cinco sentidos.

—¿También con el gusto? —preguntó extrañada Elena.

—Por supuesto. Pero tendrás que volver para comprobarlo. Comprar un libro aquí es una experiencia incomparable.

Se despidieron, y Matías se quedó mirando desde la puerta cómo se alejaba Elena. Estaba hipnotizado viéndola marchar. Su padre le devolvió a la realidad.

—Estos libros no se van a ordenar solos. —Martín le señaló la caja que había en el mostrador.

—Voy, ya voy. Estaba empanado.

—Enamorado querrás decir.

—Pero ¿qué dices? Solo miraba la calle.

—Ya, ya… No sé por qué los jóvenes os empeñáis en no llamar a las cosas por su nombre. A este vejestorio no lo engañas tan fácilmente, que ya son muchos años en este mundo. Conozco esa mirada perdida. Yo también la tuve en su día.

—Papá, es solo mi alumna de piano.

—Pues por aquí yo no veo ningún piano para dar clase.

Los dos se sonrieron.

—Hijo, no tienes que avergonzarte de tus sentimientos. Pero tendrás que hacer algo más que venderle un libro si quieres que Elena no sea solo tu alumna de piano.

—Gracias por el consejo, maestro. —Abrazó a su padre.

—Venga, venga. —Martín le dio un par de palmadas en la espalda y lo acompañó al mostrador—. Todavía tienes trabajo por hacer. Yo me retiro a mis aposentos. Si me necesitas dame un silbidito, como decía Pepito Grillo.

Se dirigió al fondo de la librería. Giró la estantería que daba acceso al castillo y subió con cuidado por los escalones. Cogió el libro que tenía sobre la mesa y se dispuso a leer. Antes de abrirlo oyó un silbido. Se asomó. Su hijo estaba mirándole.

—Gracias, papá.

Se quedaron un rato mirándose, sin decir nada. No hacía falta. Desde que Amelia falleció solo se tenían el uno al otro. Pasaban la mayor parte del día juntos en la librería a una distancia de pocos metros. Además, vivían en esa misma finca. El edificio donde se ubicaba la librería tenía tres plantas, las dos de arriba las ocupaban padre e hijo, cada uno en un piso. Su vida se desarrollaba entre esas paredes que atesoraban casi un siglo de historia.

Matías pasó el resto de la semana mirando el móvil, esperando una llamada o un mensaje de Elena, que no llegó hasta el viernes por la tarde.

Te espero mañana en casa. ¿Te va bien a las once?

Allí estaré. Hasta mañana

Tras el mensaje Matías añadió el emoticono del guiño. Esa clase de piano acabaría de un modo totalmente inesperado.

4

Había sido una semana muy estresante para Elena en la universidad. Varios exámenes y trabajos la habían mantenido muy ocupada y no había tenido tiempo de ir a la librería de Matías. Donde sí había ido cada día era a la residencia a visitar a Manuela. No fue una buena semana. Cada visita comenzó con un «hola, bonica» que a Elena se le hacía cada vez más duro de oír.

Faltaban apenas diez minutos para que comenzara la clase de piano, y se dispuso a recoger un poco el salón. Con tanto ajetreo el desorden se había instalado en el piso. Un par de camisetas, las zapatillas de estar por casa, apuntes... Poco a poco el salón volvía a recuperar su aspecto habitual. Cogió una carpeta que había encima de la mesa y sacó la fotocopia de la partitura. La colocó en el atril del piano y se sentó en la banqueta frente a la sonrisa de marfil.

Realizó una inspiración profunda e intentó tocar los primeros compases de la canción recordando cómo lo había hecho Matías. Sonaron bien solo las primeras notas, no se acordaba de más. Probó varias veces, pero aquello hacía daño a los oídos, así que desistió justo cuando sonó el interfono. Era Matías.

—Buenos días, bienvenido de nuevo. —Elena le recibió con una sonrisa.

—Muy bonito el pijama de Mickey —dijo señalando la cabeza del ratón que cubría casi toda la parte superior del pijama que llevaba puesto.

—¡Me muero de la vergüenza! —exclamó Elena mirándose el pijama. Cogió la camiseta con las dos manos y miró de nuevo a Matías—. ¡No me lo puedo creer! Me he levantado tarde, he estado ordenando un poco el salón y...

—También has estado tocando el piano. Se escuchaba desde el portal. Las cuatro primeras notas son correctas. —Matías levantó el dedo pulgar hacia arriba—. El resto... tenemos mucho que trabajar. Y, por cierto, no te preocupes por lo del pijama, te queda muy bien.

—¡Calla, calla, qué vergüenza! —Le hizo un gesto para que entrara y cerró la puerta—. Pasa al salón, me cambio en un minuto.

—Aquí te espero, no hay prisa.

Se quedó delante de la estantería repleta de libros. Se acercó y comenzó a ver alguno de los títulos que tenía. Deformación profesional, no podía evitarlo. Cada vez que veía alguna librería en casa ajena se detenía a contemplar los libros que había. Leyendo los títulos podía entrever la personalidad de su dueño. Los libros nunca mentían.

—¿Qué te parecen? —La voz de Elena interrumpió sus pensamientos.

—Esta librería pertenece a una persona comprometida con la sociedad, con ideas progresistas, solidaria, amante de la cocina tradicional y está jubilada. Así que intuyo que la dueña de estos libros no eres tú. Por lo de la edad, claro.

—Vaya, aparte de librero y músico también eres psicólogo.

—Qué va, solo hay que ser un poco observador.

Matías buscó durante unos segundos, sacó un libro de un estante y se lo enseñó a Elena.

—No creo que tú te hayas leído ¿*Viejo, yo? Manual para vencer el paso de los años.* ¿No?

Elena le miró e intentó aguantar la risa hasta que ya no pudo más y soltó una carcajada. Matías volvió a colocar el libro en su sitio.

—Por suerte de momento no me hace falta leer ese tipo de libros. Has descrito con bastante fidelidad a mi abuelita Manuela. Ella es la dueña de todos estos libros. Le encantaba leer.

—¿Le encantaba? ¿Le ha pasado algo? —Matías vio tristeza en la mirada de Elena—. Perdona, quizá haya sido un poco indiscreto.

—Qué va, no te preocupes. Mi abuelita está en una residencia desde hace un tiempo. De hecho, fui a tu librería para comprarle un libro. Hace tiempo que no lee y me gustaría que retomara su afición por la lectura.

—Cuando vuelvas a la librería te ayudaré a elegir el mejor libro para Manuela, te doy mi palabra.

—Gracias, Matías. Bueno, decías que tenemos mucho trabajo por delante, ¿no? Pues habrá que darle caña. Tal y como me pediste le he hecho una fotocopia a la partitura original.

Señaló la hoja que estaba en el atril del piano, se sentó en la banqueta y colocó las manos sobre el teclado.

—No tan rápido, señorita. Levanta, anda. Primero vamos a empezar a aprender a sentarnos correctamente.

—No me digas que ni siquiera sé sentarme en la banqueta.

—Es importante tu posición respecto al piano. Tanto la altura de la banqueta como la distancia al instrumento son fundamentales para poder tocar correctamente. —Matías se sentó en la banqueta—. Para empezar, hay que ajustar la altura para que los brazos formen un ángulo de noventa grados. ¿Ves? Así. Y para que los brazos dibujen ese ángulo la altura de la banqueta tiene que ser la correcta. Ahora está bien para mí, pero no para ti porque eres un poco más bajita que yo. Así que tendrás que subir un poco el asiento. Para ello tienes que girar esta pieza circular de madera que hay en el lateral. Mira. —Le dio varias vueltas y la banqueta subió unos centímetros—. Y, por último, la distancia al piano. Esto es como conducir, no puedes estar muy cerca del volante porque pierdes maniobrabilidad. Aquí sucede lo mismo, hay que buscar una distancia que te permita llegar con facilidad a todas las teclas. —Se retiró unos centímetros del teclado—. Esta sería una buena posición.

—Madre mía, pero si solo para sentarse hay que tener una escuadra y hacer todo un ritual. Bueno, ahora que ya sé cómo colocarme, ¿podemos empezar a aprender a tocar el piano?

—Todavía no. Aún falta una cosa más. La posición de las manos. Y para eso necesito dos huevos. ¿Tienes en la nevera?

—¿Perdona? ¿Huevos? —Elena abrió los ojos como platos.

—Sí, eso que ponen las gallinas. Huevos. Dos, por favor.

—¿Me estás tomando el pelo?

—¿Tengo cara de estar tomándote el pelo? —dijo Matías fingiendo seriedad.

—Pues como comprenderás no me parece ni medio normal que mi profesor de piano me pida dos huevos para aprender a tocar. Tendrías que haberme avisado para que hiciera la compra. —Elena se dirigió hacia la cocina y abrió la nevera—. Has tenido suerte, me quedan tres huevos.

—Perfecto, tenemos uno de reserva, por si acaso…

En ese momento Elena asomó la cabeza desde la cocina, que estaba junto al salón.

—¿Cómo que por si acaso?

—De tu destreza depende que no tengamos que utilizar el tercer huevo.

Matías intentó no reírse. No lo consiguió y una carcajada salió con fuerza de su garganta.

—¿Te estás riendo de mí? Te recuerdo que tengo tres huevos en la mano y puedo estampártelos en la cara en cero coma. —Hizo el amago con la mano de lanzárselos.

—Trae dos huevos, anda. Será suficiente. Coge también cinta adhesiva, por favor.

—Lo que yo te diga, tendrías que haberme hecho la lista de la compra antes de venir.

Fue a su habitación y cogió el fixo que estaba sobre el escritorio. Volvió al salón con cara de incredulidad.

—¿Alguna petición más?

—Nada más. Siéntate como te acabo de enseñar y dame lo que has traído.

Elena se acercó a Matías, le dio los dos huevos y la cinta adhesiva. Luego se sentó en la banqueta siguiendo sus instrucciones.

—Perfecto, Elena. Ahora te voy a enseñar cómo tienes que colocar las manos sobre el teclado. Para eso necesitaba los huevos.

Le cogió una mano y colocó un huevo bajo la palma. Con la cinta adhesiva le dio varias vueltas alrededor de la mano para sujetarlo bien. Luego hizo lo mismo con la otra mano. Elena miraba la operación con incredulidad. Matías se aseguró de que los huevos estuvieran bien colocados y no se movieran.

—Pon las manos sobre el teclado, por favor. —Elena las colocó y miró a Matías—. Así, muy bien. ¿Ves la forma que hace la mano con el huevo? —Ella asintió—. Pues así es como hay que tocar, con la mano hueca, justo la forma que te hacen los huevos.

Ella le miró a él y los dos comenzaron a reírse sin parar. El cuerpo de Elena se movía hacia adelante y atrás al ritmo de sus carcajadas.

—No sé si aprenderé a tocar el piano, pero al menos esto es divertido. Entonces pretendes que toque con dos huevos bajo las manos, ¿no?

—Y sin romperlos, claro.

—¡Manda huevos! —Más risas.

—Si te sigues riendo así al final vas a esclafar los huevos y vas a llenar la alfombra de yema. Te advierto que es muy difícil de quitar.

—¿Te ha pasado con algún alumno?

—En realidad es la primera vez que hago esto de los huevos. A mis alumnos les explico siempre la posición de la mano utilizando un huevo imaginario. Hasta hoy. Siempre había querido usar huevos de verdad, y aquí estamos, frente a un piano con dos huevos bajo las palmas. ¿No te parece maravilloso?

—Bueno, más bien me parece que me estás usando de cobaya humana para hacer tus experimentos raros y reírte de mí. —Se miró las manos—. Te lo he puesto a huevo...

Ambos comenzaron a reírse de nuevo.

—Voy a tener que hacer esto más veces. Venga, vamos a seguir, que el tiempo corre. Ahora toca con cada dedo una tecla.

Durante unos diez minutos Elena estuvo haciendo ejercicios con ambas manos. Matías le explicó que cada dedo tenía un número. El uno era el pulgar y el meñique, el cinco, así en las dos manos. Primero Elena fue tocando las teclas al azar, y luego Matías le iba diciendo números y tenía que tocar con el dedo que se correspondía con dicho número. De vez en cuando se escuchaba a Matías decir: «¡Cuidado con los huevos!».

Después de los ejercicios con los dedos Matías le enseñó a leer las notas en la partitura. Una vez que ya sabía reconocerlas en el pentagrama cogió una sencilla melodía que traía fotocopiada de casa y la colocó sobre al atril.

—Ahora que ya te sabes las notas voy a enseñarte a tocar esta pequeña canción.

—No sé si voy a ser capaz, aquí hay muchas notas.

—Es más fácil de lo que piensas, ya verás. Te la toco yo primero para que veas cómo suena.

Matías se sentó en la banqueta y le tocó la canción. Era una pieza corta que apenas duraba treinta segundos. Luego le pidió a Elena que lo intentara ella poco a poco. Primero con una mano y luego con la otra. Cuando ya se la supo bien con ambas manos por separado la tocó con las dos manos a la vez. Le costó un poco, pero lo consiguió.

—Ahora ha llegado el momento de la verdad. —Matías se levantó y cogió la partitura que Elena quería aprender—. Vamos a empezar con esta canción. ¿Estás preparada?

—Por supuesto, ¡vamos a por ello!

—Ya sabes, échale un par de huevos, pero con cuidado, no los rompas. —Le señaló los huevos atados que todavía tenía en las palmas. Ella levantó las manos e hizo el amago de esclafarle un huevo en la cara.

Elena estaba contenta. Por fin. Tras una semana muy intensa de universidad y de tristes visitas a Manuela le hacía falta reírse un rato.

Matías tenía un nerviosismo y un hormigueo en la barriga que nunca había sentido. Intentaba buscar una explicación lógica y se percató de que estaba un poco ruborizado. Estaba siendo la mejor clase de piano que había impartido desde que comenzó su experiencia como profesor. No quería que acabara nunca. Perdió la noción del tiempo y cuando vio el reloj ya se había cumplido la hora de clase.

—¿Ya ha pasado una hora? —se sorprendió Elena.

—Eso quiere decir que te ha gustado la clase, ¿no? Se te ha pasado rápido.

—Y tanto… Me ha encantado, te lo has currado.

—Me alegro mucho de que te haya gustado. Antes de marcharme tengo que enseñarte una cosa más. Suelo hacerlo siempre en la primera clase, pero la nuestra acabó de forma prematura, así que si tienes tiempo te lo muestro hoy. —Ella asintió con la cabeza—. Perfecto pues, levanta un momento, por favor. —Elena se retiró de la banqueta. Matías la cogió y la puso a un lado—. Los pianistas somos los músicos que menos conocemos nuestro instrumento, entre otras cosas porque es muy complejo y porque está tapado. Así que ahora te voy a dar unas breves nociones sobre el mecanismo del piano, y para eso hay que destriparlo.

—¡Genial! Nunca he visto un piano por dentro. —Se hizo a un lado para dejarle hueco a Matías.

—Por cierto, ya puedes quitarte los huevos. —Matías la ayudó a despegarle los huevos de las palmas—. Puedes hacerte una tortilla con ellos para comer, te lo has ganado.

—De hecho, no creo que haga falta ni batirlos.

—A partir de ahora, ya sabes, toca el piano pensando que tienes dos huevos bajo las palmas. Si no pones la posición correcta de las manos reventarás el huevo y llenarás el teclado y la alfombra de clara y yema batidas. Eso no mola.

—Lo tendré en cuenta, Arguiñano.

—Vamos con mi última lección de hoy. Todos los pianos tienen básicamente el mismo mecanismo por dentro. Lo que cambia es la calidad de los materiales y, en consecuencia, el precio. Pero la secuencia mecánica por la que al tocar una tecla suena una nota es igual en todos. Y para descubrirlo hay que retirar esta tapa. —Matías señaló la madera que ocupaba toda la parte frontal del instrumento.

Para acceder al mecanismo primero levantó la madera que había en la parte superior del piano. Una vez abierta introdujo la mano por el lateral derecho para girar una pequeña pieza de madera. Repitió la misma operación en la parte izquierda. Una vez que la tapa estaba desanclada del cuerpo central del piano la retiró con mucho cuidado y la depositó encima del sofá que había cerca del piano. Un «¡guau!» salió de la boca de Elena al ver los entresijos de aquel viejo instrumento.

Al descubierto quedaron las doscientas treinta cuerdas que al vibrar hacían sonar ochenta y ocho notas diferentes. Sobre las cuerdas estaban los macillos que las golpeaban, los apagadores que interrumpían el sonido cuando se dejaba de tocar una tecla, y así hasta veinte elementos por cada nota.

—Eso dorado que ves en la parte de atrás es la estructura que sujeta todas las cuerdas. Se llama bastidor o arpa. Es la parte más grande el piano, de hecho, ocupa casi toda la caja de resonancia. Te lo voy a mostrar.

Para dejar el arpa al descubierto Matías se arrodilló frente al piano. Buscó con la mano derecha una pestaña que se encontraba justo bajo el teclado y la presionó mientras con la izquierda agarraba la madera para que no se cayese. La tapa inferior del piano comenzó a separarse del resto del mueble. Pesaba más de lo que pensaba. La apoyó en el suelo. Una pequeña nube de polvo se desprendió de la madera. Ambos comenzaron a toser. Cuando se disipó el polvo Matías clavó los ojos en la parte trasera de la tapa que estaba sosteniendo.

—Pero ¿qué narices es eso?

Elena se asomó para ver a qué se refería. Un paquete envuelto con papel marrón estaba pegado en la parte interior de la tapa con cinta adhesiva color crema. Por el color y el estado del papel debía de llevar allí desde hacía mucho tiempo. Matías miró a Elena.

—¿Esto es tuyo?

—¡Qué va! ¿Cómo va a ser mío si no sabía que el piano se podía abrir?

Elena se acercó para ver mejor aquel paquete misterioso.

—¡No lo toques! Yo creo que es un paquete de droga. —Le agarró la mano para que no lo manipulara.

—¿Cómo va a ser droga? Tú has visto muchas películas.

Elena se soltó de la mano de Matías y se acercó aún más, aunque sin tocar el paquete.

—Y, si no es droga, ¿por qué está aquí tan oculto? ¿Quién escondería dentro de un piano algo que no fuera droga?

—Pues ni idea, pero es fácil de averiguar, ¿no? Vamos a abrirlo a ver qué es.

—Pero ¿cómo vamos a abrirlo? ¿Estás segura?

—Tranquilízate, Matías. Me estás poniendo histérica. Es solo un paquete que tiene pinta de estar ahí desde mucho tiempo, no creo que tenga un agente químico que nos mate al instante si lo tocamos.

—Vale, pero cógelo con mucho cuidado.

Elena tocó el paquete.

—Espera un momento. —Matías le retiró de nuevo la mano—. ¿Este piano ha pertenecido siempre a tu familia?

—Que yo sepa, sí. Siempre ha estado en casa y en los últimos años nadie, excepto mi abuela, yo y ahora tú, lo ha tocado.

—Y tampoco lo habéis afinado desde hace algún tiempo.

—Yo desde luego no he visto a ningún técnico manipulando el piano. Así que juraría que, al menos en esta casa, el piano no se ha afinado.

—¡Pues muy mal! Los pianos hay que afinarlos una vez al año o cada dos años como mucho. Pero bueno, a lo que vamos. Si nadie ha tocado este piano más que vosotras eso quiere decir que el paquete tiene que ser de alguien de la familia. ¡Esto se pone intrigante!

—Mío ya te digo que no es. Vamos a salir de dudas. Voy a abrirlo.

Matías se acercó a ver cómo Elena cogía el paquete.

Con cuidado despegó la cinta adhesiva. Después de tanto tiempo el pegamento ya casi no hacía su efecto y el paquete se desprendió con facilidad de la madera. Medía unos veinte centímetros de ancho por quince de alto. Estaba perfectamente envuelto, a conciencia. Al quitar los adhesivos quedaron al descubierto dos cuerdas de esparto que rodeaban el paquete. Una a lo ancho y otra a lo alto. Se unían en el centro con un nudo. Quitó con una mano el polvo que tenía el envoltorio para comprobar si había alguna inscripción, pero no tenía nada escrito por fuera. Elena hizo el amago de lanzarle el paquete a Matías mientras le gritaba «¡bu!». Matías retrocedió del susto.

—Tranquilo, que no muerde.

Elena colocó el paquete sobre la mesa del salón. Matías se puso a su lado.

—Ha llegado el momento.

Con las uñas Elena intentó deshacer el nudo. Estaba muy apretado y le costó varios intentos, pero finalmente consiguió desatarlo. Lo primero que vio fue el nombre escrito de su abuela: Manuela Ferri Murcia. Durante unos segundos no supo reaccionar.

En sus manos sostenía varias cartas, todas dirigidas a Manuela. Fue pasando una a una. En todas la misma letra, una elegante caligrafía cursiva de trazo perfecto en color negro y azul dependiendo de la misiva. La dirección de destino también era igual en todas las cartas. La tonalidad de los sobres era la propia del transcurso del tiempo.

—«Manuela Ferri Murcia, calle Riba 25, Luanco, España».

Elena leyó en voz alta la dirección que figuraba en los sobres. Giró el paquete de cartas para ver el remitente y se quedó perpleja.

—Están cerradas.

Las pasó una a una de nuevo mirando el reverso. Las revisó todas.

—Ninguna está abierta.

—A ver, ¿me las dejas, por favor? —Matías las cogió y las fue mirando con detalle—. Es cierto, todas cerradas. Esto no tiene ningún sentido. ¿Por qué alguien iba a guardar unas cartas sin abrir en un lugar donde nadie pudiera encontrarlas?

—Y lo raro es que tampoco hay remitente, mira.

Elena fue pasando de nuevo las cartas por su parte posterior. La solapa donde se suele poner el nombre y la dirección de la persona que escribe la carta estaba vacía en todos los sobres. Las colocó todas sobre la mesa formando un mosaico. En total eran diez cartas. Las contemplaron durante un rato intentando buscar respuestas a aquel extraño hallazgo. A Matías se le ocurrió una idea.

—Mira de dónde son los sellos, al menos sabremos el lugar del que salieron las cartas.

—¡Buena idea! A ver… Perú, Cuba, México, Colombia, Ecuador, Costa Rica, Brasil, Uruguay, Venezuela y Argentina.

—Son todos países de América Latina. ¿Sabes si tu abuelo viajó por todos esos lugares?

—Mi abuela no me ha hablado mucho de mi abuelo, pero hasta donde yo sé no me suena que se fuera tan lejos.

—En ese caso es evidente que él no escribió estas cartas.

—Pero ¿quién va a ser si no?

—Quizá tu abuela tuvo algún novio antes de estar con tu abuelo, un novio que viajaba mucho por lo que se ve.

—No creo. Mi abuela se casó joven con un vecino del pueblo.

—¿Sabes cuándo se casaron?

—Ni idea. Pero… —Elena se quedó pensando un rato— creo que puedo averiguarlo.

Se levantó y se dirigió hasta la habitación de Manuela. Mientras, Matías siguió examinando aquellos sobres. Sacó el móvil y les hizo una foto.

Elena se paró en la puerta y respiró profundo antes de entrar. Se le hacía muy duro ver su cama vacía, sus cosas tal cual ella las dejó cuando se marchó a la residencia, sentir su olor que todavía conservaba aquel lugar… Pulsó el interruptor. Una tenue luz fue iluminando la estancia poco a poco, como con desgana. La luz amarillenta imprimía a aquel sitio un halo de tristeza que se le hacía insoportable. Elena fue directa a la mesita de noche. Abrió el primer cajón y buscó entre los papeles. Allí estaba el libro de familia. Regresó al salón.

—Aquí tiene que ponerlo. —Se lo enseñó a Matías y lo abrió—. Celebrado el día 2 de octubre de 1971. ¡Ya tenemos el año!

—Vale, pues ahora hay que comprobar cuándo se mandaron estas cartas. Vamos a mirar los matasellos.

El paso del tiempo había difuminado la tinta de los matasellos. Se habían convertido en una especie de marca de agua casi imperceptible.

—Aquí entreveo un siete y otro siete... No, espera. Es un uno. Sí, seguro que es un uno. Esta es del año 71.

Elena fue a su habitación a buscar papel y bolígrafo. Entre los dos fueron descubriendo las fechas de los matasellos y los lugares desde donde se habían enviado aquellas cartas. Las ordenaron cronológicamente y apuntaron las fechas en el papel. Ambos se quedaron mirándolo durante un rato esperando a que aquellos números y ciudades les dijeran algo.

—Lo único que está claro es que la persona que escribió estas cartas viajó mucho en apenas diez meses, entre septiembre del 71 y junio del 72 —concluyó Matías—. Tiene que ser algún comerciante o algo así, no le encuentro otra explicación.

—Siguen una ruta perfectamente marcada desde el sur hasta el norte, mira. —Elena le enseñó un mapa de América en el móvil—. Argentina, Uruguay, Brasil, Perú, Ecuador, Colombia, Venezuela, Costa Rica, México y Cuba. ¿Ves?

—¡Es cierto! Sigo pensando que tiene que ser alguien que vendía algo.

—A lo mejor era simplemente un gran amante de los viajes fascinado por América Latina —le rebatió Elena.

—Pues tenía que tener una buena cartera. Menudo viajecito de diez meses... Pocas personas, y más en aquella época, podían permitirse estar tanto tiempo viajando, ¿no crees?

—¡Buff! —Elena resopló y se llevó las manos a la cara—. La verdad es que no tengo absolutamente ni idea de quién envió estas cartas y a qué se dedicaba. De lo que estoy casi convencida es que no se las mandó mi abuelo. Según tengo entendido era el dueño de una conservera de pescado. Además, ahora que pienso, es imposible que fuera él. —Cogió de nuevo el libro de familia—. 2 de octubre de 1971. Y la primera carta se envió desde Argentina justo el mismo día, mira. —Le enseñó el matasellos en el sobre.

—Pues si no fue tu abuelo…

—No tengo ni la más remota idea de quién fue. Pero, sin duda, estas cartas las escribió una persona que quería mucho a mi abuela. Le envió una carta desde cada lugar en el que estuvo durante su largo viaje. Diez destinos, diez cartas.

—O quizá sean de alguien que le estaba reclamando algo y le escribió para exigirle que se lo diera.

—En ese caso mi abuela habría roto las cartas. ¿No? Si fuera cierto lo que dices es evidente que no hizo caso de esa supuesta reclamación porque ni siquiera las abrió. No me convence tu teoría.

Se quedaron los dos pensativos. Intentaban encontrar respuestas, pero esos sobres cerrados cada vez les suscitaban más y más dudas.

—Sé que es meterme donde no me llaman, pero solo hay una persona que nos puede sacar de la duda. ¿Por qué no le llevas a tu abuela las cartas?

—Mi abuela tiene alzhéimer, hace casi un mes que ni siquiera sabe quién soy yo.

—Vaya, lo siento mucho. No tenía ni idea. Perdona por mi indiscreción.

—Voy cada tarde a estar con ella a la residencia, y últimamente no es capaz ni de decir mi nombre. Por desgracia, no creo que se acuerde de estas cartas.

—¿Quién las escondería en el piano?

—Pues imagino que las pondría ahí mi abuela. Están a su nombre, es la destinataria, así que seguramente las escondería ella.

—¿Y por qué las iba a esconder?

—Pues no tengo ni idea, pero sería para que nadie las viera. Por algún motivo que desconozco ella quiso que esas cartas permanecieran ocultas.

—No me cuadra. Además, que tu abuela sea la destinataria no quiere decir que las recibiera ella. Quizá no sepa ni que existen.

—¿Qué quieres decir?

—Pues que me parece muy extraño que una persona reciba diez cartas y las guarde embaladas dentro de un piano sin ni siquiera abrirlas. Sería lógico que las hubiera guardado abiertas o, si no las quería abrir por el motivo que fuera, que las tirara. Pero ¿guardarlas cerradas? No le encuentro el menor sentido. Por eso creo que no las escondió tu abuela dentro del piano. Tuvo que ser otra persona.

El silencio. Elena se quedó sin pestañear con la mirada fijada en aquellas misivas pensando en la teoría de Matías. Se levantó de la silla y comenzó a caminar por el salón. Con paso lento, como sus pensamientos. Estaba bloqueada. Era incapaz de sacar algo en claro.

—Piénsalo, Elena. El piano es como una caja fuerte. ¿Quién va a abrirlo? Es un lugar muy seguro para esconder algo que no quieres que nadie encuentre. De hecho, es incluso mejor que una caja fuerte porque todo el mundo sabe que una caja de caudales se abre con una combinación o una llave, pero muy poca gente sabe que un piano puede «abrirse». Si ves un cubículo de metal, con tapa y una cerradura sabes que ahí puede esconderse algo. Pero si ves un piano ni te planteas que hay algo oculto dentro, aparte de cuerdas y macillos.

—Precisamente por eso, es un sitio muy bueno para esconder algo y mi abuela lo eligió a conciencia para que nadie las pudiera ver.

—Si no quería que nadie las viera lo más seguro era destruirlas, no esconderlas, ¿no?

—A lo mejor quería que estuvieran ocultas, pero quería conservarlas.

—¿Cerradas? Entendería que las quisiera conservar para que nadie las viera. Vale. Pero, entonces, ¿por qué no las abrió? Si las quiso esconder sería por el contenido de las cartas y ella ni siquiera sabía lo que había dentro porque ni las leyó. Si lo que quería era que nadie supiera que le habían enviado esas cartas directamente las habría destruido. Yo creo que no las escondió ella.

—Viéndolo de ese modo… tiene sentido lo que dices.

—¡Claro! —Matías se levantó de la silla pletórico y se acercó hasta Elena—. Alguien las vio antes de que llegaran a su destinataria y las guardó en la caja fuerte más segura que tenía a mano: un piano.

—Pero hay algo que sigue sin tener sentido. Si damos por buena tu teoría, estás presuponiendo que alguien no quería que mi abuela viera estas cartas, ¿no? Entonces, ilustre detective, ¿por qué no las destruyó directamente?

—Eeeh… —titubeó Matías—. Pues la verdad, no tengo ni idea. —Caminó hasta el sillón que había junto al piano y dejó caer su cuerpo sobre el mullido cojín—. Yo soy un simple librero que da clases de piano en sus ratos libres y pone huevos en las manos de sus alumnos.

Tras unos segundos de silencio, se puso de pie.

—Hay otra cosa que podemos hacer. Abrirlas.

—Ni de coña —respondió tajante Elena.

—Ya sé que no es muy ético abrirlas, pero…

—Pero nada —le interrumpió—. Ya no es que no sea ético, es que directamente es un delito.

—Solo te digo que quizá dentro de esas cartas haya una pista que nos lleve directamente a saber quién las escribió.

—Mi abuela recibió estas cartas y decidió no abrirlas, sus motivos tendría. Yo no soy nadie para violar tan alegremente su intimidad. Me niego en rotundo.

—En realidad no sabemos si fue ella quien las escondió.

—Ya, pero…

—¿Y si el remitente puede ayudar a tu abuela a recordar?

Elena volvió a coger las cartas y las miró de nuevo. Pensó en la opción de Matías. Analizó los pros y contras de abrirlas. Después de darle varias vueltas optó por una opción intermedia.

—No las voy a abrir, al menos de momento.

—Es tu decisión y me parece bien.

—Lo que voy a hacer es llevárselas a mi abuela. Quizá así podamos salir de dudas. Aunque la enfermedad no creo que ayude mucho… pero ahora mismo es lo único que podemos hacer. Si cuando se las muestre no tiene ninguna reacción ya veré si finalmente las abro. Esta tarde mismo iré a llevárselas.

Elena cogió las cartas que estaban desperdigadas por la mesa. Las ordenó y las colocó boca abajo en una esquina. Matías se quedó mirando los sobres. Algo llamó su atención.

—¿Tienes una lupa?

—¿Qué?

—El instrumento que sirve para ampliar un objeto.

—Sé lo que es una lupa.

—¿Tienes una?

—Mi abuela creo que sí tenía.

Volvió a entrar a la habitación de Manuela y buscó por los cajones. Al rato volvió con una pequeña lupa. Matías la cogió y la colocó sobre la parte trasera de uno de los sobres. Acercó el ojo derecho y sonrió cuando logró descifrar la imagen aumentada que le devolvía la lupa. Dejó el sobre encima de la mesa y cogió el siguiente. Y así uno tras otro. Con cada sobre sus ojos se abrían más y más. No daba crédito. Cuando acabó con el décimo miró de nuevo a Elena con la boca abierta.

—Estas cartas sí están firmadas por un remitente.

5

Faltaban veinte minutos para que el despertador sonara, pero Juan de Dios ya estaba en la cocina preparándose el desayuno. Pocas veces llegaba a oírlo sonar, su cuerpo ya estaba acostumbrado y antes de las cuatro de la mañana se levantaba. Después de tomarse su café con tostadas dispuso los aparejos de pesca y salió de casa sin hacer ruido para no despertar a su mujer y a su hija. Cerró la puerta con sigilo y puso rumbo al puerto pesquero. Luanco todavía dormía. Siglos atrás esta villa marinera asturiana había sido un referente en la pesca de ballenas. Ahora se multiplicaban los turistas al tiempo que se diezmaba la flota pesquera. De ser uno de los puertos más importantes del Cantábrico a convertirse en un reclamo turístico más para los foráneos. En Luanco se pescaban más fotos que peces. Uno de los pocos barcos que todavía faenaba a diario era el de Juan de Dios. Por su edad debería haberse jubilado hacía unos años, pero su vida era el mar. Le gustaba salir muy de madrugada, las primeras horas de la mañana eran las mejores para pescar, el mar estaba en calma y apenas había otros barcos faenando. Vivía justo al lado del puerto, en menos de un minuto ya estaba subiendo a su embarcación, un pequeño barco de quince metros de eslora al que le dio el nombre de su hija: Manuela. En los buenos tiempos Juan de Dios daba trabajo a una veintena de marineros y llegó a tener hasta cuatro barcos, pero ahora solo le quedaba uno.

Manuela llevaba trabajando en la fábrica de conservas de pescados y escabeches desde que tenía dieciséis años. Para las mujeres de Luanco el mercado laboral se limitaba a aquellas conserveras hasta que el turismo fue desplazando poco a poco la principal fuente económica de la villa. Era un círculo vicioso que iba destruyendo el sustento de muchas familias, y la de Manuela dependía exclusivamente del mar. Su padre, pescando, y su madre, Anxélica, y ella, enlatando.

Tras ocho horas de intenso trabajo sonó la alarma que marcaba el final de la jornada laboral. Madre e hija colgaron el mandil en la taquilla y salieron de la nave. Anxélica marchó a casa a preparar la comida, mientras que Manuela fue directa al puerto pesquero. Se sentó en uno de los noráis del espigón que abrazaba el puerto. Esperó sobre el hierro fundido hasta que en lontananza vio el barco que llevaba su nombre. Le acompañaban una docena de gaviotas revoloteando alrededor para intentar conseguir parte del botín que había pescado Juan de Dios. Nada más ver a su hija tocó la bocina. Dos veces, señal de que la pesca ese día había sido numerosa. Los dos bocinazos dibujaron una sonrisa en Manuela, que saludaba a su padre en la lejanía. Los graznidos de las gaviotas se hacían más intensos conforme el barco se acercaba a puerto. Juan de Dios amarró el Manuela al noray y lanzó al agua algo de morralla para que las hambrientas aves le dejaran descargar la pesca con tranquilidad. Su hija bajó las escaleras de piedra y le ayudó con las cajas de pescado, y entre los dos las fueron apilando sobre un pequeño carro de madera.

—Gracias, hija. Ya me encargo yo de llevar la pesca a la conservera —le dijo Juan de Dios mientras arrastraba el carro—. Ve yendo a casa por si tu madre necesita ayuda con la comida.

Manuela le dio un beso en la mejilla a su padre y caminó hacia casa. Puso la mesa y terminó de cocinar la calderada que estaba al fuego. Comieron los tres juntos como hacían cada día y tras dormir un poco la siesta Manuela salió en busca de su amiga Remedios. Vivía en la misma calle, justo en la casa de al lado de la suya. Dio tres pequeños golpes con los nudillos en la puerta del número 27 de la calle Riba. A los pocos segundos salió Remedios sonriente. Ambas anduvieron varios minutos hasta llegar al corazón de Luanco, la plaza del Reloj. Justo enfrente se encontraba una de las dos playas que tenía la villa. Manuela y Remedios se sentaron en el pequeño muro que delimitaba la playa de la Ribera. Ambas rieron a carcajadas al ver una sombrilla rodeada de agua y una toalla flotando entre las aguas del Cantábrico. Casi nadie se bañaba en esa playa porque le afectaban mucho las mareas. Dos veces al día se quedaba sin arena por el efecto de atracción de la Luna. Los lugareños conocían perfectamente en qué momentos del día se producía la pleamar y solían evitar esa playa, pero los turistas no. Algunos veían en ese arenal el lugar ideal para pasar el día, sin gente, todo para ellos, hasta que la marea inundaba su trocito de paraíso.

—Ojalá el verano no se acabara nunca —dijo Manuela con la mirada perdida en el inmenso mar Cantábrico.

—Las cosas que duran poco se valoran más. Si durante todo el año fuera verano al final estaríamos deseando que llegara el frío del invierno.

—Pues yo creo que podría acostumbrarme a que fuera siempre verano. El invierno me entristece y más aún este año…

—No tienes por qué hacerlo —Remedios la abrazó—. Es una decisión demasiado importante como para no estar segura al cien por cien.

—Si tú vieras las cosas que veo yo en casa también lo harías.

—Ya, Manuela, pero entiende que tu vida ya no volverá a ser la misma.

—No puedo soportarlo más, Reme, tengo que hacer algo.

—Quizá haya otra solución que no sea tan drástica. Piensa que lo que vas a hacer no tiene vuelta atrás.

—Le he dado mil vueltas y no encuentro alternativa. Necesito salir de Luanco. Llevo en este pueblo desde que nací. Mi vida se resume en ir a trabajar a la conservera, ayudar con la pesca a mi padre y algunos ratos de ocio contigo, que, sin duda, es lo único bueno que le encuentro a este lugar. Quiero viajar, quiero estudiar, quiero conocer gente. Tengo veinticinco años y siento que la vida se me escapa quedándome en Luanco. Y en vez de hacer todo lo posible por salir de aquí me condeno yo misma a no poder huir.

—Pase lo que pase sabes que siempre me tendrás a tu lado, ¿verdad?

Manuela asintió. Se abrazaron de nuevo.

—Vamos a dar un paseo, necesito despejarme y dejar de pensar en lo que se me viene encima.

Subieron las escaleras que daban acceso a la plaza del Reloj. Varios niños jugaban a la pelota junto a la torre blanca de principios del siglo XVIII que presidía aquel lugar. Ambas siguieron caminando hasta que Remedios se dio cuenta de que Manuela se había quedado atrás, estaba mirando un cartel pegado con cinta adhesiva a la fachada de una de las casas que perimetraban la plaza. Remedios se acercó. Manuela despegó el cartel. Lo sostuvo en sus manos mientras su cabeza no paraba de darle vueltas a lo que estaba leyendo.

—Resérvate la tarde del domingo. —Manuela le mostró el cartel a Remedios—. Por fin hay algo interesante que hacer en esta villa.

6

Matías cogió de nuevo los sobres y le señaló a Elena la esquina superior izquierda de cada carta. Le dio la lupa para que pudiera ver bien la inscripción. Las fue pasando una a una. En todas se repetía el mismo dibujo. Cinco líneas que formaban un pentagrama. Apenas medía medio centímetro de ancho. Sobre el pentagrama tres pequeños puntos reposaban sobre tres de sus líneas. Eran tres notas: la, fa y do, en ese orden. Sobre la segunda línea, la primera y la tercera.

—¿No será un dibujo que ya estaba en el sobre, a modo de logotipo de la empresa que los fabricaba? Porque están exactamente en el mismo lugar en todos —concluyó Elena.

—Imposible por dos motivos. Primero porque si fuera el logotipo de la empresa estaría impreso en todos con el mismo color, y aquí hay algunos en negro y otros en azul, coincidiendo con el color en el que están escritos la dirección y el nombre de tu abuela. Y segundo, si te fijas, hay pequeñas diferencias entre los pentagramas. —Matías colocó todas las cartas una encima de la otra dejando a la vista la parte superior para que pudieran ver con claridad todos los pentagramas.

—Es cierto, son diferentes. Aun así, yo solo veo un pentagrama —respondió Elena tras observar aquellos dibujos—. No sé de dónde sacas tú una firma de aquí.

—Vas a flipar. ¿Sabes quién fue Bach?

—Sí, un compositor que tuvo muchos hijos, ¿no?

—¡Maldita sea! —Matías dio un pequeño golpe con la mano en la mesa—. ¿Por qué casi todo el mundo solo sabe de Bach lo de los hijos? En fin. Aparte de tener veinte hijos Bach fue el maestro del contrapunto, nadie en la historia de la música ha compuesto fugas como lo hacía él. —Matías vio cómo Elena fruncía el ceño—. Vale, voy al grano. Nosotros nombramos las siete notas al modo *Sonrisas y lágrimas*. Es decir: do, re, mi, fa, sol, la y si. ¿Te sabes la canción?

—Si pretendes que de mi garganta salga lo más parecido a una melodía agradable de escuchar al oído pierdes el tiempo. Así que continúa.

—Está bien. El caso es que hay otra forma de nombrar las notas, con las primeras letras del abecedario, de la «a» hasta la «h». Es la notación clásica alemana.

Matías cogió el papel que habían utilizado para transcribir las fechas de los matasellos y comenzó a escribir las equivalencias de las notas con letras. En una columna puso las notas del do al si y en una columna justo al lado escribió la letra que se correspondía con cada nota.

—Ahora te toca a ti. Dime qué letras son estas cuatro notas: si bemol, la, do y si.

Elena cogió el bolígrafo, buscó cada nota en la columna que acababa de hacer Matías y fue escribiendo su letra equivalente. Cuando terminó lo leyó en voz alta.

—BACH. ¡Ostras! —gritó Elena, sorprendida—. Pero si forman el nombre del compositor. Qué casualidad, ¿no?

—En música nada es casual. La secuencia de estas cuatro notas es conocida como «motivo Bach». El propio compositor lo usó para firmar alguna de sus obras y muchos otros músicos la han utilizado en sus creaciones como homenaje a Bach. —Cogió uno de los sobres y se lo enseñó a Elena—. Para la mayoría de la gente que ve este dibujo es simplemente un conjunto de líneas que forman un pentagrama con tres notas al azar. Pero para un entendido en la materia esto es todo menos casual, es una firma que encripta su nombre bajo tres notas. Así que después de toda esta disertación histórica sobre Bach me juego el cuello a que el autor de estas cartas es una persona con estas iniciales: A. F. C.

Mientras las nombraba, las escribió en el papel con letras mayúsculas. Se hizo un silencio entre los dos. Ambos se quedaron mirando esas tres letras durante un rato. Matías estaba pletórico, se sentía como el detective Hércules Poirot de Agatha Christie descubriendo enigmas que están a la vista de todos, pero que solo su mirada experta podía desvelar. Elena seguía confusa, pero a la vez entusiasmada con aquel hallazgo. Sentía que de algún modo estaba reviviendo la olvidada memoria de su abuela. Aquellas tres letras la llenaron de la esperanza y la fuerza que necesitaba para continuar luchando por devolverle a Manuela sus recuerdos.

—Voy a hacer todo lo que esté en mi mano para descubrir quién fue ese tal A. F. C. Sin duda, tuvo que ser alguien muy importante en la vida de mi abuela y quizá esa persona le haga recordar algo. Merece la pena intentarlo. —Elena cogió las cartas de la mesa y las guardó en su bolso—. Tengo una visita importante que hacer. Gracias por haber abierto ese piano. Sin ti esas cartas habrían permanecido ocultas para siempre ahí dentro.

—A no ser que te hubieras dignado a llamar a un afinador. —Matías le guiñó un ojo—. Gracias a ti, Elena. Ha sido la clase más apasionante que he impartido desde que me dedico a esto. No todos los días uno se encuentra un tesoro dentro del piano.

Se dieron dos besos que a Matías le supieron a poco y se emplazaron a la siguiente clase. Cuando Elena cerró la puerta y dirigía sus pasos al salón se paró en seco y volvió corriendo a salir al rellano.

—Sherlock Holmes —gritó por el hueco de la escalera—, te vas sin cobrar la clase. Vuelve a que te pague.

Un lejano «voy» resonó por el rellano. Las pisadas de Matías se hicieron cada vez más sonoras hasta que apareció en la puerta de casa de Elena.

—Con tantas emociones que he vivido en la clase se me había olvidado ese pequeño detalle.

—Pues es el detalle más importante. Que imagino que no vives del aire.

—De lo que no vivo es de mis clases de piano. Son cinco euros.

—No me extraña que no vivas de las clases. Valoras muy poco tu tiempo y tu experiencia. ¿Me puedes explicar por qué las cobras tan baratas? No tiene sentido.

—Mi profesión es librero, eso es lo que me da de comer. Impartir clases de piano para mí no es un negocio, sino mi pasatiempo favorito, después de la lectura. Siempre quise ser profesor, y la música me ofrece la oportunidad de sentirme realizado en ese aspecto. Por eso mis alumnos me dan tanto a mí como yo a ellos. Gracias a ti y al resto de mis alumnos puedo hacer lo que siempre he querido. Y eso no tiene precio. Pero como tengo que cobrar algo, pues decidí poner una cantidad simbólica.

Mientras Matías hablaba Elena le miraba con una ceja levantada.

—Si pretendes que me crea toda esa milonga vas apañado —le respondió Elena mientras negaba con la cabeza—. Si ese es el precio que me quieres cobrar, tampoco voy a discutirlo. —Sacó de su bolsillo cinco euros y se los entregó—. Te mereces más, pero bueno, aquí tienes lo que me pides.

—Gracias por tus palabras, nos vemos la semana que viene. —Matías se guardó el dinero en la cartera.

—Tendrá que ser ya la semana siguiente. Me voy mañana con la universidad a un intercambio de profesores a Watford, cerca de Londres. Voy a estar ocho días fuera.

—¡Suena bien el plan! —Matías fingió su entusiasmo—. Disfrútalo, y nos vemos cuando vuelvas.

—Muchas gracias. Te escribo cuando llegue a España y quedamos para la siguiente clase. Si tienen un piano en la escuela donde voy intentaré practicar algo. Espero encontrar un par de huevos.

Matías le sonrió y se giró para bajar por las escaleras. Todavía no había pisado el primer escalón cuando se dirigió de nuevo a Elena.

—¿Puedo pedirte un favor?

—Claro, dime. —Elena volvió a abrir la puerta que ya estaba cerrando.

—¿Puedes mantenerme informado de lo que pase con esas cartas? ¿Me contarás cómo reaccionó Manuela?

—Por supuesto. He descubierto estas cartas gracias a ti. Estamos juntos en esto.

Elena le guiñó un ojo y se metió en casa. Volvió al salón y fue directa a coger los sobres. Los miró de nuevo, uno a uno. Luego los giró y observó el pequeño pentagrama a modo de firma. Pensó en voz alta: «Todavía no sé quién eres, pero voy a hacer lo imposible por encontrarte, A. F. C.».

7

Ese día Elena fue a visitar a su abuela más tarde que de costumbre. Una llamada de última hora había trastocado por completo sus planes. «¿Cómo que hay que entregar antes de las doce de la noche el trabajo de Didáctica?». Así que tuvo que terminar a contrarreloj una apasionante disertación sobre los novedosos métodos de enseñar lengua y literatura en la era de lo digital a chavales de doce años que solo piensan en los likes de sus fotos de Instagram.

Después de mandar vía e-mail el trabajo al profesor envolvió cuidadosamente las cartas en el mismo papel en el que las encontró y bajó al portal de su casa donde estaba la parada del autobús. Pasaban las ocho y veinte de la tarde, y el tiempo se le echaba encima. Los horarios de la residencia eran muy estrictos. La cena era a las nueve en punto, y a esa hora ya no se admitían las visitas. Por un momento pensó en dárselas a su regreso de Watford, pero no se sentía capaz de esperar tanto.

El trayecto duró más que de costumbre por un atasco. El reloj marcaba las nueve menos diez cuando por fin llegó a la residencia. Vio que algunos usuarios se dirigían ya hacia el comedor. Buscó con la mirada a Manuela por el salón principal, pero no la encontró. En ese momento vio a Cristina bajar por las escaleras que conducían a las habitaciones. La psicóloga se acercó hasta la puerta.

—Hola, Elena. —Le dio un abrazo—. Ya te iba a poner falta hoy, has venido muy tarde.

—La universidad, que me trae de cabeza. Espero que todavía pueda ver a mi Mamá Nueva.

—¿Mamá Nueva?

—La llamo así desde que era pequeña.

—Pues me temo que tu Mamá Nueva está ya en el comedor. Se ve que tenía mucha hambre porque ha bajado antes de hora.

—Vaya, qué mala pata.

—¿Pasa algo? Te noto un poco nerviosa.

—Nada, nada. Estoy bien. Solo que hoy más que nunca necesitaba estar con ella para darle una cosa. Voy a estar una semana fuera y no quería dejar pasar tanto tiempo.

—¿Tan urgente es? —Se acercó a su oído y le susurró—: Si quieres puedes entrar aunque sea un momento al comedor. Pero por ser tú, que ya sabes que no están permitidas las visitas cuando están cenando.

—Gracias, pero creo que voy a necesitar más que un momento para darle lo que tengo para ella. Mira lo que le traigo.

Elena abrió su bolso y sacó el paquete con las cartas. Le explicó a Cristina la clase que había tenido por la mañana y cómo había encontrado esos sobres dentro del piano gracias a su profesor.

—Tengo la esperanza de que estas cartas le devuelvan a mi abuela lo que la enfermedad le ha arrebatado, aunque sea un pequeño recuerdo. Quien las escribió tuvo que ser alguien importante para ella. O al menos mi abuela lo fue para esa persona. Le envió una carta desde cada país en el que estuvo durante casi un año. Eso no lo hace cualquiera.

—¡Seguro que le va a encantar!

—¿Crees que mi abuela podrá recordar algo de estas cartas?

—Ven conmigo, vamos a sentarnos un momento. —Cristina la cogió del brazo y la llevó a un lugar más apartado del salón—. La memoria a corto plazo es lo primero que pierden las personas con alzhéimer y los recuerdos más antiguos son los que más perduran. Por eso la mayoría de los enfermos no se acuerda ni siquiera de si ha comido, aunque acabe de hacerlo. Estas cartas Manuela las recibió cuando era joven, ¿no?

Elena asintió con la cabeza.

—En ese caso es posible que sí las recuerde.

Era justo lo que necesitaba escuchar Elena.

—Pero no quiero esperar una semana, el tiempo no para y sigue borrando recuerdos.

—Si quieres puedo dárselas yo esta noche antes de que se vaya a dormir. Conmigo tiene mucha confianza. Quizá pueda contarme algo sobre la persona que las escribió.

—Me parece buena idea. —Elena abrazó a Cristina y le entregó las cartas—. Aquí las tienes. Por favor, llámame en cuanto se las des para saber cómo reacciona.

Antes de marcharse Elena se asomó al comedor donde estaba Manuela. Deseó ir corriendo hacia ella, abrazarla, quedarse allí a cenar y hablar durante horas como hacían antes. Pero era consciente de que aquellos momentos nunca volverían. La observó varios minutos. Una trabajadora del centro se acercó a ella para ayudarla a cortar el filete de pollo que tenía sobre el plato. Esa imagen le desgarró el alma, la enfermedad avanzaba demasiado rápido. Salió del centro en dirección a la parada del autobús.

Media hora más tarde Cristina llamaba a la puerta de la habitación de Manuela, que ya había terminado de cenar.

—¡Hola, bonica! —la saludó Manuela, sentada en el sillón junto a la ventana—. ¿Ya es hora de cenar?

—No, Manuela. Acaba de cenar hace un momento. Vengo a ver qué tal se encuentra.

—Ay, qué cabeza tengo. Estoy bien, no tengo dolores.

—Me alegro de que esté bien. Ya sabe que cualquier cosa que necesite me la puede pedir.

—Muchas gracias.

—También venía a darle una cosa que tengo para usted.

—¿Tienes un regalo para mí?

—Es algo que me ha traído una persona que la quiere mucho. Se lo quería haber dado ella en persona, pero justo usted estaba cenando.

Cristina le entregó las cartas envueltas con el papel. Manuela miró el paquete con extrañeza y comenzó a retirar el envoltorio. Los sobres quedaron al descubierto y Manuela los fue examinando uno a uno. Cristina estaba nerviosa. Observaba atentamente a Manuela, ansiosa de ver su reacción. Esperaba que se pusiera a llorar, a gritar de alegría, que la abrazara, que, de repente, recuperara recuerdos ya olvidados... pero nada de eso sucedió. Para Manuela esos sobres eran un absoluto misterio. Su cerebro enfermo era incapaz de recordar quién le había enviado esas cartas. Durante varios minutos estuvo contemplando cada uno de esos sobres, hasta el último detalle. Los cogía con mimo y los miraba una y otra vez en el más absoluto silencio, concentrada. Finalmente volvió la vista hacia Cristina con cara de asombro.

—¿De dónde han salido estas cartas?

A Cristina le asaltó la duda. Pensó durante unos segundos qué responderle. Hacía ya tiempo que Manuela no reconocía a Elena, de hecho, ahora ni siquiera sabía que tenía una nieta. Decirle que esas cartas dirigidas a ella se las había encontrado una persona que ni siquiera sabía que existía podría acrecentar la desorientación que le provocaba la enfermedad. Pero, por otro lado, pensó en Elena y en la esperanza que había depositado en aquellas cartas para recuperar los recuerdos de su abuela. Quizá esa era la última oportunidad que tenía de devolverle su identidad perdida, aunque fuera por un instante. El cerebro de Cristina funcionaba a destajo, sopesando los pros y los contras. Finalmente tomó una decisión. Cogió la silla que estaba en el escritorio y la puso a su lado, junto al sillón. Le hizo un gesto a Manuela para que le entregara las cartas, las colocó encima de la mesa y le cogió las manos.

—Estas cartas se las enviaron hace mucho tiempo, pero usted nunca llegó a leerlas. Han permanecido ocultas todos estos años hasta ahora. Una persona que la quiere mucho las ha encontrado en el lugar más insospechado y desea que la destinataria, que es usted, las tenga. Estas cartas han aparecido dentro del piano de su casa.

—Dentro de un piano… ¿Y quién las ha encontrado?

—El profesor de piano que le está dando clase a Elena, su nieta. Desmontó la parte frontal del instrumento para enseñárselo por dentro, y ahí estaban, envueltas, sin abrir.

Manuela dejó de mirar a Cristina y centró su atención en aquellas cartas. Se puso de pie y se acercó a la mesa para coger los sobres. Los volvió a examinar uno a uno. Al rato perdió su mirada a través de la ventana que había junto al sillón.

—¿Se encuentra bien, Manuela? —Cristina se levantó de la silla y le puso la mano en el hombro.

—Sí, sí. Estoy bien. Solo que me encuentro un poco cansada. Voy a acostarme.

—¿Seguro que se encuentra bien?

—De verdad que sí. Me hace falta descansar, me voy a la cama.

—De acuerdo. Acuérdese de tomar la pastilla, se la dejo preparada en la mesita junto a la cama. Buenas noches.

Cristina sacó de una pequeña cajita de metal la pastilla que le tocaba a Manuela. Después salió de la habitación y cerró con cuidado. Cuando Manuela escuchó el ruido de la puerta se giró y se sentó en la cama con los ojos empapados en lágrimas. Miró de nuevo los sobres y tras unos segundos los apretó contra su pecho, con las dos manos, con todas sus fuerzas, como si esas cartas fueran su remitente en persona.

Más tarde, cuando Cristina terminó sus últimas tareas pendientes de la jornada, escribió un wasap a Elena para contarle lo que había sucedido al darle las cartas a Manuela. El reloj marcaba casi las doce de la noche. Un ruido seco sobresaltó a Cristina. Con el corazón todavía acelerado miró a través de la ventana de su despacho hacia el salón. No daba crédito. Manuela estaba frente al piano. Había abierto la tapa dejando al descubierto el teclado. Retiró unos centímetros la banqueta y se sentó con cuidado. Con sigilo colocó las manos sobre el teclado. Era la primera vez que Cristina veía tocar a Manuela. Rápidamente salió de la aplicación de WhatsApp, accionó la cámara del móvil y le dio al botón de grabar.

El piano comenzó a susurrar una melodía. Los dedos arrugados de Manuela acariciaban cada tecla con mimo, como si fueran a romperse bajo sus yemas. El cuerpo de la anciana se balanceaba suavemente con un vaivén que marcaba el ritmo de la música. Sin titubear fue tocando cada nota de aquella canción que aprendió cuando era una joven de veinticinco años. Era como si no hubieran pasado el tiempo ni la enfermedad. Aquella melodía permanecía indeleble en su memoria, se resistía a marcharse como había ocurrido con muchos de sus recuerdos. El alzhéimer no pudo con ella. Tras apenas un minuto y medio, de repente, el piano dejó de sonar, de golpe. Fue un final abrupto, sin ningún sentido armónico. Manuela retiró las manos del teclado y las puso sobre la cara maquillada de lágrimas. Cristina dejó de grabar y guardó su móvil sin hacer ruido. Solo el llanto de Manuela rompía el silencio de la estancia. Sacó un pañuelo que tenía dentro de la manga del pijama y se secó la cara mientras murmuraba algo. Lo repetía una y otra vez mientras negaba con la cabeza. Los sollozos y la distancia a la que se encontraba Cristina hacían que fuera imposible escuchar lo que decía. Sintió la necesidad de salir, abrazarla, consolarla y acompañarla de nuevo a la habitación, pero prefirió no interrumpir ese momento de lucidez. Nadie había logrado que Manuela tocara el piano en el tiempo que llevaba en la residencia. Ni Cristina, ni Elena, ni su vecino de habitación al que le encantaba verle tocar aquel instrumento. Nadie lo consiguió, hasta que aparecieron esas cartas.

Manuela se levantó de la banqueta del piano y se giró hacia el despacho de la psicóloga. Sobresaltada, Cristina se agachó para ocultarse bajo la ventana. Escuchó cómo Manuela se acercaba poco a poco, su llanto era ahora más intenso. Temía que la descubriera y que al verla se asustara. Contuvo la respiración. El corazón estaba a punto de salírsele del pecho. Vio la sombra de Manuela en el umbral de la puerta y justo en ese momento pudo escuchar lo que estaba murmurando. Era solo una palabra, un nombre que repetía sin parar entre lágrimas. «Alonso». A Cristina se le heló la sangre. La sombra desapareció y los pasos se fueron alejando. Se escuchó el crujido de una puerta abriéndose, y Cristina respiró tranquila. Manuela no se había percatado de su presencia. Entró al baño que estaba justo al lado del despacho. Poco después volvió a escucharse la puerta y pasos alejándose. Manuela se dirigió a las escaleras y subió a la segunda planta. Esa noche la luz de su habitación se apagó mucho más tarde que de costumbre.

8

Los días en Luanco pasaban muy lentos para Manuela. Trabajar en la conservera, ayudar a su padre a descargar el barco, comida en familia, paseo con Remedios, regreso a casa, y al día siguiente vuelta a empezar. Pero un cartel rompió ese bucle monótono. Desde que lo vio el tiempo había transcurrido todavía más despacio. Es lo que ocurre cuando deseas algo, cuando tu mundo, de repente, gira en torno a un anhelo que convierte los minutos en horas. Solo faltaban tres días para que llegara la fecha que indicaba aquel cartel. Para Manuela fue toda una eternidad, pero por fin había llegado.

Los domingos eran algo diferentes al resto de la semana. Juan de Dios no salía de pesca y la fábrica de conservas estaba cerrada, así que Anxélica y Manuela preparaban bocadillos y pasaban los tres el día en la playa después de cumplir con la misa dominical. Como Juan de Dios madrugaba tanto para faenar, él y su mujer solían retirarse pronto de la playa. Ese día Manuela también se fue a casa antes que de costumbre. En apenas unas horas comenzaba el evento que llevaba tres días esperando con desespero. Justo cuando la marea estaba a punto de devorar todo el arenal de la playa de la Ribera recogieron los bártulos y pusieron rumbo a casa. Pasaron por delante de la plaza del Reloj. Varios operarios del ayuntamiento colocaban las sillas en forma de semicírculo en torno a la torre del

Reloj. La calle ya estaba cortada al paso de vehículos. Manuela se paró y observó cómo descargaban con mucho cuidado un piano de la furgoneta amarilla que estaba aparcada en la plaza. Lo colocaron frente a la puerta de la torre, justo en medio de aquel cruasán de sillas.

—¿Vienes? —voceó Anxélica, que estaba ya al otro lado de la plaza junto a su marido.

—Sí, ya voy.

Nada más llegar a casa Manuela abrió el cajón de su escritorio y sacó el cartel que había arrancado de la pared. Recital de copla con Blanca A. Al piano el maestro Alonso F. Domingo 5 de septiembre 22.00 Plaza del Reloj de Luanco. Lo dobló por la mitad y lo guardó de nuevo. Abrió el armario de su habitación y echó un vistazo a toda la ropa que tenía colgada. Sacó algunos vestidos y los colocó sobre la cama. Uno a uno se los fue probando. El último que se puso era uno rojo que le llegaba por encima de las rodillas. Se quedó mirándose en el espejo. Se giró. Por detrás el vestido dibujaba una gran «u» que dejaba su espalda al descubierto.

—¿Demasiado atrevido quizá? —pensó en voz alta.

Dio otra vuelta más sobre sí misma mirando el vuelo que hacía la falda.

—La vida es para los atrevidos. Ya tengo vestido para el concierto.

Se lo quitó y fue directa a la ducha. Cogió el neceser de las pinturas y se maquilló en el aseo. Estaban casi sin estrenar, pocas veces se maquillaba, solo para ocasiones especiales, y esa era una de ellas. Se colocó de nuevo el vestido y eligió unos zapatos negros con algo de tacón. Antes de salir de la habitación volvió a mirarse en el espejo. Le gustó su reflejo, se sonrió a sí misma y bajó las escaleras hasta el salón.

—¿No os venís al recital de copla? —preguntó Manuela a sus padres sabiendo de antemano su respuesta.

—Mejor nos quedamos en casa —respondió Juan de Dios—. Mañana será buen día de pesca y quiero salir pronto.

—Yo también me quedo aquí con tu padre. Pásalo bien y no vuelvas muy tarde, cariño.

—Gracias. En cuanto acabe el recital vuelvo directa.

Salió de casa en busca de su amiga Remedios. Tocó en su puerta. A los pocos segundos abrió y al verla con aquel vestido se quedó con la boca abierta. Hizo un barrido con la mirada de arriba abajo.

—¿Vamos de concierto o de boda?

—No sé por qué lo dices. —Manuela se sonrojó.

—Mírate y ahora mírame a mí. —Se señaló la blusa que llevaba puesta—. Parecemos la Cenicienta antes y después. A ti el hada madrina ya te ha visitado y ha hecho magia con tu vestido, pero a mí me ha dejado con estos harapos.

—No digas tonterías, anda. Vamos, que quiero coger buen sitio.

—¿No esperamos la carroza?

Manuela se rio y comenzó a andar hacia la plaza del Reloj. Muchos vecinos salían de sus casas rumbo al recital, con sus mejores galas, como si fueran a misa. En Luanco había pocas actividades culturales, por eso cuando el ayuntamiento organizaba algún evento toda la villa se volcaba. Manuela y Remedios llegaron a la plaza. Algunas sillas ya estaban ocupadas. Consiguieron coger dos en primera fila, justo frente al piano.

La plaza del Reloj se había engalanado para la ocasión. Una veintena de tiras de bombillas salía desde la torre hasta las fachadas de las casas formando un abanico de luces que iluminaba toda la plaza. Una moqueta roja cubría el suelo empedrado sobre el que descansaba el piano. A ambos lados del instrumento, sendos arreglos florales. Los balcones de las casas de la plaza estaban adornados con pendones de terciopelo rojo. Era el evento del año en Luanco, y todo estaba estudiado al detalle para que turistas y vecinos disfrutaran de la que para muchos era la última noche del verano antes de volver al trabajo.

Faltaban pocos minutos para que comenzara el concierto. El sol ya se había puesto, y ahora la plaza estaba iluminada solo por los cientos de bombillas incandescentes que bailaban tímidamente con la pequeña brisa que soplaba a esa hora en Luanco. Las sillas ya estaban todas ocupadas, incluso había gente de pie alrededor de la plaza. El murmullo dio paso a un aplauso cuando pianista y cantante aparecieron tras la torre del Reloj y se dirigieron al escenario. Blanca con un vestido largo de diminutas lentejuelas azules que titilaban al reflejo de las luces. Alonso con un traje negro y pajarita azul a juego con las lentejuelas de ella. Saludaron al público con una pequeña reverencia y tomaron sus posiciones. Alonso hizo varios estiramientos con los dedos y cuando ya estaba preparado intercambió una mirada con Blanca. Ambos asintieron, estaban listos para empezar. Tras un gesto de Alonso con la cabeza comenzó a tocar los primeros acordes de la copla «Carmen de España». Después de la breve introducción al piano Blanca empezó a cantar, y la plaza se llenó de aplausos.

Mientras tocaba a Alonso le gustaba contemplar las caras del público. Se sabía el repertorio de memoria, no le hacía falta ni mirar el piano. Los dedos se deslizaban por las teclas de forma casi autómata. Hizo un barrido por las decenas de personas que ocupaban las sillas hasta que cruzó su mirada con la de la chica del vestido rojo de la primera fila. Sus ojos le atraparon, imposible dejar de mirarla.

Ella aplaudía a cámara lenta, dejándose llevar por el resto de los espectadores, sin ser consciente realmente de lo que estaba haciendo. Cuando los presentes dejaron de aplaudir Manuela colocó las manos sobre las piernas y cerró la boca. La tenía abierta desde que vio a Alonso aparecer tras la torre del Reloj. Escudriñó cada centímetro de su rostro, cada gesto, cada movimiento hasta que sus miradas se encontraron. En ese momento el tiempo se paró para ambos con el peligro que eso supone si estás sobre un escenario tocando un instrumento. Lo inevitable ocurrió. El piano enmudeció. Fueron apenas unos segundos en los que Blanca siguió cantando a capela. El público pensó que el pianista había dejado de tocar para lucimiento de la cantante. Nada más lejos de la realidad. Los años de experiencia sobre el escenario no le habían preparado para lidiar con esa situación. La belleza de aquella joven le había paralizado las manos. Tras varios segundos de desconcierto Alonso consiguió reengancharse y continuar tocando.

Para él fue el concierto más complicado de su carrera. Alonso intentaba por todos los medios concentrarse en su piano para no volver a dejar en blanco a Blanca. Echó de menos tener las partituras sobre el atril del piano, siempre tocaba de memoria, pero ese día su cabeza estaba a cuatro metros del escenario. Por más que intentaba no mirar a la joven del traje rojo sus ojos la buscaban una y otra vez.

El público estaba entregado. Las canciones eran muy conocidas, y todos cantaban los estribillos a la vez que Blanca, todos menos Manuela. Ella hacía tiempo que ya no escuchaba las melodías que resonaban por la plaza. Alonso y Manuela se hablaban en la distancia sin decir una sola palabra, aprovechando los segundos entre canción y canción para no distraer de nuevo la atención del pianista. Ambos estaban deseando que acabara el concierto para conocerse. Lo decían sus miradas. A gritos. El momento llegó tras una hora y media interminable.

—Os dejo solos. —Remedios se levantó de la silla después de aplaudir la última canción.

—Pero ¿qué dices, Reme? —protestó Manuela y la cogió del brazo.

—Dime tres canciones de las que han sonado.

Su amiga se quedó pensando.

—¿Ves? —Remedios comenzó a reírse—. Estabas más pendiente de otra cosa... Y él también. Ahora relájate y sonríe. Romeo viene en busca de su Julieta. Disfruta y mañana me cuentas. —Le guiñó un ojo y se marchó.

Antes de que Manuela pudiera responder escuchó una voz justo detrás de ella.

—Llevo diez años tocando este repertorio y nunca había encontrado una distracción tan fuerte entre el patio de butacas como para quedarme en blanco en medio del concierto.

Manuela se giró y se encontró frente a frente con Alonso.

—Ahora que te veo más de cerca lo que no entiendo es cómo pude seguir tocando y acabar el recital.

—No tengo yo tan claro que sea tu primera distracción... Pero gracias por el cumplido, Alonso —dijo ruborizada.

Se quedó mirándola extrañado sin entender por qué sabía su nombre. Manuela giró la cabeza y le señaló uno de los carteles que anunciaba el recital. Alonso se acercó y lo despegó con cuidado de la pared. Sonriendo lo dobló y se lo guardó en el bolsillo de la chaqueta.

—Es la primera vez que ponen mi nombre en el cartel. Siempre aparece el de Blanca bien grande y debajo un simple ACOMPAÑADA AL PIANO, sin más. Y, por cierto, te puedo asegurar que sí que es la primera vez que me quedo en blanco porque me encuentro con una diosa griega entre el público. Te garantizo que si me hubiera pasado más veces Blanca ya me habría despedido.

—¿Diosa griega? Qué zalamero eres.

—¿Puedo saber el nombre de la mujer que ha puesto en peligro mi puesto de trabajo? ¿Perséfone, Atenea, quizá Afrodita?

Ella se rio.

—Me llamo Manuela, un nombre muy terrenal, no tengo nada de diosa griega.

Extendió la mano para estrechársela a Alonso. Él le cogió la mano y la besó con delicadeza.

—Siento discrepar. Tu nombre es el femenino de Manuel, que quiere decir: «Dios con nosotros». Así que Manuela es una Diosa entre nosotros.

—La primera vez que escucho tal cosa.

Un golpe seco interrumpió la conversación. Dos operarios trataban de subir el piano a la furgoneta amarilla cuando una de las cuerdas se rompió y el instrumento descansó de golpe sobre la parte trasera del vehículo. Alonso fue corriendo hacia el lateral de la plaza, Manuela le siguió.

—¡Llevad cuidado, por favor!

Alonso se acercó a inspeccionar su piano para comprobar si había sufrido algún daño.

—Lo siento mucho, señor —se disculpó uno de los operarios—. Se ve que la cuerda estaba en mal estado y al cargar tanto peso se ha roto.

Alonso abrió la tapa del piano y examinó las teclas.

—Parece que está todo en orden. Por favor, trátenlo con mucho mimo, este piano es todo cuanto tengo.

—¿Llevas tu propio piano a las actuaciones? —preguntó Manuela.

Alonso cerró con cuidado la tapa y asintió sonriente.

—Pensaba que los ayuntamientos que te contrataban se encargaban de proporcionarte el instrumento.

—Así era antes, pero después de tocar con varios pianos mellados a los que les faltaban teclas y con otros tantos desafinados decidí que bastaba de sorpresas desagradables. Un amigo me dejó hace un año esta pequeña furgoneta que ya no usaba, y desde entonces recorro el país con el piano a cuestas.

—Como un caracol.

—¿Me estás llamando baboso?

Manuela intentó contener la risa, pero solo lo consiguió durante un par de segundos. La carcajada resonó por toda la plaza.

—Creo que con zalamero ya tienes suficiente por hoy. —Manuela siguió riendo—. En realidad, lo decía por lo de la casa a cuestas.

El sonido de las campanas de la torre del Reloj interrumpió a Manuela. Ambos miraron hacia lo alto hasta que dejaron de sonar. Las dos manecillas estaban superpuestas marcando las doce. Con la última campanada las tiras de bombillas que iluminaban de fiesta la plaza se apagaron dando paso a la tenue luz que emitían las pocas farolas que había diseminadas por las fachadas de las casas circundantes.

—Ya me puedes felicitar —dijo Alonso sonriendo.

—¿Cómo?

—Son las doce. Hoy es mi cumpleaños.

—¿En serio? —Manuela le miró extrañada.

—¿Quieres que te saque el carnet?

—No, no hace falta, te creo.

Manuela se quedó unos segundos pensando. Echó un vistazo a la plaza. Ya no quedaba nadie. Los vecinos se habían marchado y los operarios que estaban recogiendo las sillas habían terminado. Miró la furgoneta de Alonso y dio unos pasos hasta que llegó a ella.

—¿Me ayudas? —Manuela intentaba subir a la parte trasera por el portón que estaba abierto.

Alonso se acercó a Manuela y la aupó hasta que consiguió poner un pie en el suelo de la furgoneta. Se agarró a un lateral y subió el otro pie. Desde arriba le hizo una señal con la mano a Alonso para que subiera también. En el pequeño habitáculo solo estaba el piano amarrado con cuerdas a la estructura interna de la furgoneta. Manuela abrió la tapa del instrumento y buscó el do central. Con el dedo índice fue tocando nota a nota muy flojito la melodía del cumpleaños feliz ante la mirada atónita de él. El silencio del piano al acabar la canción se interrumpió con los aplausos de Alonso que seguía perplejo ante aquella felicitación.

—No pongas esa cara, que tampoco ha sido para tanto.

—¿Quieres casarte conmigo?

La sonrisa de Manuela desapareció de golpe. Aguardó unos segundos esperando a que Alonso le dijera que era una broma. Pero él continuaba ahí, mirándola fijamente, anhelando una respuesta, sin recular, sin desdecirse. Mantuvo la mirada clavada en los ojos de Manuela. Él quería escuchar un «sí, quiero», aunque se esperaba más bien un «estás loco». Eso es lo que pensó ella. Exactamente durante diez segundos. Ese tiempo de miradas entrelazadas le bastó para saber que, en realidad, Alonso no estaba loco, que su pregunta iba en serio. Manuela gritó que sí. Quería renunciar a aquella vida, salir de Luanco para siempre, olvidarse del lugar que le había dado los años más felices de su existencia hasta entonces y también los momentos más amargos. Necesitaba huir de allí, empezar una nueva vida que sustituyera a la que le esperaba si se quedaba en Luanco. Por eso le dijo de nuevo a Alonso que sí. Lo gritó con todas sus fuerzas y se lo repitió para que no tuviera dudas. Aunque todo eso ocurrió en su mente. Su boca era incapaz de verbalizarlo. Por más que gritaba su mente, su boca seguía cerrada. Tenía miedo de las consecuencias de dejarlo todo atrás, pese a que fuera lo que realmente quería hacer.

—Ya sé que pensarás que estoy loco —Alonso decidió cortar ese incómodo silencio—. Pero es que es la primera vez que alguien me felicita así, tocando el piano. ¿No crees que es motivo suficiente como para pedirte matrimonio?

—Pero si me conoces desde hace... —miró la hora en el reloj que había en lo alto de la torre— dos horas y cinco minutos.

—Me basta.

—No digas tonterías. Además, es muy tarde. —Manuela cerró la tapa del piano y se dispuso a bajar de la furgoneta.

—Espera. —Alonso abrió la tapa del instrumento—. Te debo una canción.

—¿Qué? —Manuela se giró hacia él.

—Tú me has dedicado una canción al piano, qué mínimo que te dedique yo otra a ti, ¿no crees?

—Pero ¿tú has visto la hora que es? Luanco es un pueblo de pescadores, aquí se madruga mucho. No creo que les haga mucha gracia que te pongas ahora a tocar el piano.

—Eso tiene fácil solución. —Bajó de nuevo la tapa del piano—. Agárrate bien.

—¿Cómo?

Alonso se bajó.

—¿Se puede saber qué estás haciendo? —Manuela se asomó por el portón.

—La ventaja de ser un caracol es que puedes llevarte la casa a otro sitio donde no molestes a nadie.

—Estás loco. —Manuela sonrió.

—Agárrate fuerte, será solo un minuto.

Alonso cerró el portón, fue a la cabina de la furgoneta y la arrancó. Con mucho cuidado dirigió el vehículo hacia la calle Riba. Lentamente avanzó por el suelo empedrado hasta la primera intersección. Giró el volante con suavidad y se adentró en el puerto. En tan solo unas horas ese lugar estaría lleno de pescadores preparando sus aperos para faenar en alta mar, pero en ese momento estaba vacío. Alonso llevó la furgoneta hasta el muelle. Maniobró para entrar en él marcha atrás y condujo con delicadeza hasta que llegó justo al final de la escollera. Puso el freno de mano, se bajó y caminó hacia la parte trasera. Abrió el portón. Manuela había pasado el pequeño trayecto con los ojos cerrados para no marearse. Al escuchar el ruido los abrió. Frente a ella, el Cantábrico. Alonso subió a la furgoneta.

—¿Qué te parece este escenario para tu concierto privado?

Alonso abrió la tapa del piano y se sentó en la banqueta. Manuela asintió sonriente mientras inspiraba la brisa del mar.

—Pues ahora solo falta que elijas qué quieres que te toque.

—«Mis manos en tu cintura» —respondió Manuela mientras se situaba al lado del piano.

—¿Es una proposición? —Alonso se levantó de la banqueta.

—No. —Manuela le puso la mano en el hombro y le sentó de nuevo—. Es solo una petición… musical. ¿Conoces la canción?

—En la radio se encargan a menudo de que no la olvide.

—¿Serás capaz de tocarla al piano?

—¿Acaso lo dudas? —Colocó las manos sobre el teclado y le guiñó un ojo.

Con la mano izquierda comenzó a tocar los primeros acordes de la canción. A los pocos segundos se unió la mano derecha con la melodía. Los hábiles dedos de Alonso fluían por el teclado con soltura mientras las notas de la canción de Adamo se mezclaban con el sonido de las olas rompiendo contra el muelle.

«Mis manos en tu cintura» fue la primera de otras tantas canciones de ese concierto improvisado. Él, ella, un piano y el mar. Era la combinación perfecta para una noche inolvidable. Perdieron la cuenta de las canciones que cantaron y bailaron. Perdieron la cuenta de las miradas cómplices. Y también perdieron la cuenta del tiempo que llevaban en aquel improvisado escenario dentro de la furgoneta, hasta que la torre del Reloj les chivó que ya habían pasado dos horas desde que habían empezado a perder la noción del tiempo. En aquella noche de amor no hubo besos ni caricias. Ninguno de los dos lo dijo con palabras, pero se lo gritaron con cada mirada. El sonido de las dos campanadas metálicas silenció el piano. Manuela comprobó incrédula en su reloj de pulsera que lo que decían las campanas era cierto.

—¡Las dos de la mañana! ¡Madre mía, qué tarde se ha hecho! —se lamentó Manuela. Cogió la palanca de la puerta. Su yo pasional le dijo que se quedara con Alonso hasta que amaneciera. Pero su yo responsable la convenció de que debía marcharse a casa—. Dentro de cuatro horas tengo que levantarme para ir a trabajar.

—Todavía tenemos cuatro horas para seguir cantando.

Alonso hizo el amago de volver a tocar otra canción. Manuela regresó al piano y bajó la tapa antes de que sonara de nuevo.

—¡Claro! Y mañana hago las conservas de bonito sonámbula.

—Así que te dedicas a la pesca.

—Todo Luanco trabaja en el mar. Los marineros se encargan de pescar y nosotras lo metemos en latas. Casi todas las mujeres del concejo nos dedicamos a la conserva. Y si lo que quiero conservar es mi trabajo me tengo que ir ya a dormir.

—Te acompaño a casa. —Alonso saltó de la furgoneta y le ofreció su mano a Manuela para que bajara.

—No es necesario que te molestes, vivo muy cerquita de aquí.

—Será un acompañamiento breve, pues.

Ambos comenzaron a andar. Dejaron atrás el muelle y subieron una pequeña cuesta que desembocaba en la calle Riba. A esas horas Luanco dormía. Las farolas proyectaban sobre el suelo las sombras de las dos únicas personas que deambulaban por sus calles. La casa de Manuela estaba a un minuto escaso desde el puerto. Intentó alargar el corto paseo andando despacio, arañándole unos segundos más a aquella noche que ninguno de los dos quería que acabara. Durante ese breve recorrido no hablaron. Ambos querían volver a quedar, sus sonrisas nerviosas los delataban, aunque los dos trataban de ocultarla. Ninguno lo logró.

—Ya hemos llegado.

Manuela señaló la puerta de su casa. Sacó las llaves del abrigo y se dispuso a abrir. Lo hizo a cámara lenta, dilatando aquel momento para darle tiempo a Alonso a reaccionar. «Pregúntame que cuándo quedamos de nuevo», le gritó en silencio, de espaldas.

—¿A qué hora nos vemos mañana? —preguntó con firmeza Alonso intentando disimular los nervios. Manuela sonrió sin que él la viera y se giró.

—Pues si quieres podemos...

Manuela se quedó con la palabra en suspenso. Al rato apretó los labios y se tragó el exabrupto que estaba a punto de decir.

—¿Qué pasa?

—Los lunes mi padre pesca en un caladero mucho más lejano, regresa por la tarde y tengo que estar en casa esperando a que llegue.

—¿Y después?

—Le ayudo a descargar el barco.

—¿Y después? —insistió Alonso.

—Nunca has descargado cientos de kilos de bonito, ¿verdad? —Él negó con la cabeza—. Pues después de sacar del barco kilos y kilos de pescado lo único que te permite el cuerpo es irte directa a la cama. Así que tendrás que esperar al martes para quedar.

—Eso es demasiado tiempo sin verte.

A Manuela le encantó su respuesta. Quiso besarle en ese momento, es lo que le pedía su yo pasional. Pero de nuevo ganó su yo responsable. Disimuló su felicidad, se giró, metió la llave en la cerradura y abrió muy despacio la puerta sin hacer ruido para no despertar a sus padres. Se acercó al oído de Alonso.

—Nos vemos el martes —le susurró Manuela—. A las ocho de la tarde en la parte trasera de la iglesia de Santa María. Está justo al final de esta calle. Cuando me veas finge que no nos conocemos y sígueme a unos pasos detrás de mí sin decir nada.

Alonso reprodujo mentalmente esa última frase. No entendía nada. Manuela se quitó los zapatos y entró a hurtadillas en casa. Mientras se cerraba la puerta Alonso vio algo en el salón que llamó su atención. No podía ser. Entornó un poco los ojos para fijarse mejor y acostumbrar sus pupilas a la oscuridad del interior. No había duda. La puerta se cerró del todo y Alonso se quedó de pie junto al portal, pensando. Se sorprendió a sí mismo elucubrando un ridículo plan. Era tan absurdo que no podía fallar. Miró hacia arriba y vio luz en una de las ventanas de la primera planta.

—Te veo en unas horas, Manuela —murmuró—. No va a hacer falta que esperemos hasta el martes.

9

Llevaba solo ocho días fuera de casa, pero se le habían hecho toda una eternidad. El plan de trabajo en la Central Primary School de Watford era muy intenso. Por la mañana compartían clase con los profesores de la escuela para aprender otros métodos de enseñanza y por la tarde complementaban la formación con clases de inglés. El tiempo libre se reducía a un par de horas antes de ir a la cama. A pesar de eso durante todo el día la mente de Elena se fugaba de las clases y le proyectaba el vídeo que le había enviado Cristina. Aunque le llegó pasadas las doce de la noche, nada más recibirlo llamó a la psicóloga y se puso a llorar. Si por Elena fuera habría ido esa misma noche a estar con su abuela, para abrazarla y verla tocar de nuevo aquella canción que la había acompañado desde que era pequeña. Habría cancelado el viaje si no fuera porque necesitaba los créditos de la asignatura para poder graduarse y esa formación en el extranjero era parte obligatoria del plan de estudios.

Ese vídeo de apenas minuto y medio era la mayor alegría que Elena había tenido en los últimos meses. Volver a ver a su abuela tocar el piano le recordaba los mejores años de su vida, cuando Manuela vivía con ella y se pasaban horas en el salón hablando y mirando el mar por la ventana. Lo había visto tantas veces que se sabía de memoria cada movimiento que hacía Manuela, cada nota que tocaba. Ahora más que nunca estaba dispuesta a llegar hasta el final y encontrar al enigmático Alonso. Esas cartas escritas por él habían causado un revulsivo en la mente de la anciana que nada ni nadie había logrado antes. Alonso era para Elena la única vía que tenía para recuperar la memoria de su abuela, aunque solo fueran pequeños momentos de lucidez. Eso le bastaba, eso justificaba todo el esfuerzo que iba a invertir en encontrarle.

Manuela volvió a tocar el piano tres días más. Siempre lo hacía siguiendo el mismo patrón. Una vez que todos los residentes estaban durmiendo, bajaba las escaleras sin hacer ruido, se dirigía al piano y tocaba aquella melodía. El sonido se interrumpía siempre en el mismo lugar, de forma brusca. Desde su despacho Cristina observaba la escena en silencio. Durante el día Manuela ni siquiera miraba el piano, pero por la noche salía de su habitación con sigilo y tocaba entre lágrimas.

Al cuarto día Cristina también se escondió tras la ventana de su despacho. Aquel pequeño habitáculo se había convertido en un palco preferente para escuchar la interpretación de Manuela. Era su ritual de cada noche. Le gustaba asistir a ese concierto a hurtadillas. Siempre era la misma canción, la misma intérprete, el mismo súbito final. Aun así, no se cansaba de escuchar a Manuela. Le emocionaba ver cómo su cerebro había sido capaz de engañar al alzhéimer y permitirle tocar el piano como lo hacía de pequeña. Una vez que Manuela regresaba a su habitación Cristina le mandaba a Elena el vídeo y le escribía un mensaje para contarle que de nuevo había sucedido el milagro. Pero esa noche no hubo vídeo porque Manuela no bajó. Le mandó un mensaje a Elena para contarle la triste novedad.

Cinco días después, Elena llegó a España. A pesar de la pequeña decepción al saber que su abuela ya no había vuelto a hacer su escapada nocturna eso no la desanimó en absoluto. Estaba convencida de que lo haría de nuevo, y las cartas eran la clave. Alonso era la clave. Nada más bajar del avión la recibió el sofocante calor alicantino. Se quitó la chaqueta y tomó un autobús rumbo a casa, tenía mucho que hacer. Por suerte, hasta el día siguiente no tenía clase, así que podía aprovechar al máximo.

Su primera parada fue en una ferretería. Luego se dirigió a una mercería. Preguntó si tenían un par de cosas que necesitaba y las encontró sin problemas. «¿También quieres que te deje un martillo?». La cara de la dependienta era todo un poema. Elena agarró el martillo y comenzó a montar aquel artilugio que para la dueña de la mercería era un sinsentido absoluto. Terminó de fabricar aquel artefacto, lo metió dentro de una bolsa y se encaminó hacia la librería. Cuando llegó Matías estaba tras el mostrador ensimismado en la lectura.

—*El fantasma de la ópera*, todo un clásico.

Elena cogió un trozo de papel que había sobre la mesa, lo colocó en la página que estaba leyendo Matías y le cerró el libro.

—¡Qué sorpresa! —Matías dejó el libro sobre el mostrador y salió para darle dos besos—. Pensaba que todavía estabas por tierras inglesas.

—He vuelto justo esta mañana.

—Y por lo que veo no te has podido resistir a venir a verme en cuanto has aterrizado. ¿Tanto me has echado de menos?

—No te vengas tan arriba, guapo de cara. —Elena no pudo disimular la risa. Cogió el libro y lo inspeccionó—. No es la primera vez que te lo lees, ¿verdad?

—¡Qué va! Es de mis novelas favoritas, he perdido la cuenta de las veces que la he leído, ya ves cómo está la portada.

—Pues de tanto leerla se te ha pegado la personalidad del prota, porque un poco fantasma sí que eres…

—Desde luego eres única para los zascas.

—Escarmientos, que como te escuche tu padre… Bueno, te he traído un regalo. —Elena le enseñó la bolsa—. Lo he hecho yo misma, pero antes de dártelo tenemos varias cosas pendientes tú y yo. Así que te lo entregaré al final de mi visita solo si estás a la altura de mis expectativas. Y las tengo muy altas, aviso.

Matías se quedó mirando a Elena con cara pensativa.

—¿A qué te refieres exactamente?

—Me debes la versión 2.0 del nombre de tu negocio y un libro para mi abuela. Y no pienso irme de aquí hasta que tenga las dos cosas.

—Trato hecho. —Matías le estrechó la mano a Elena y la movieron de arriba abajo mientras ambos asentían con la cabeza—. ¿Me das una pista de lo que es el regalo? Me mata la curiosidad.

—Te vas a reír, te vas a sorprender y lo podrás usar en tus clases. Hasta aquí puedo leer.

—Vaya, ahora me has dejado mucho más intrigado que antes. Pero espera un momento… Antes me tienes que contar tú una cosa. ¿Le diste las cartas a Manuela?

A Elena se le dibujó una sonrisa de felicidad absoluta. Sacó el móvil del bolsillo y buscó uno de los vídeos que le había enviado Cristina. Le dio a reproducir y se lo enseñó a Matías. Nada más ver a Manuela tocar el piano miró a Elena y se abrazaron. Siguió viendo el vídeo hasta que pasó el minuto y medio.

—¿Ahora entiendes por qué estoy tan contenta? Pensé que nunca volvería a ver a mi abuela delante de un piano. Y todavía no sabes lo mejor… ¿Sabes qué dijo nada más acabar de tocar?

Matías negó con la cabeza.

—¡Alonso!

—Un momento… —Matías hizo una breve pausa sin apartar la vista de Elena, intrigado—. ¿Qué iniciales te dije que aparecían en el pequeño pentagrama que había en la parte trasera de los sobres?

—A. F. C.

No daba crédito. Matías abrió los ojos y la boca mientras Elena asentía con la cabeza.

—Mi querido Sherlock Holmes, estabas en lo cierto. «A» de Alonso. Ya conocemos el nombre del remitente de esas cartas. Solo nos falta descubrir los apellidos. Pero lo más importante ya lo sabemos. Se llama Alonso y es la persona que le ha devuelto la memoria a mi abuela. Si con solo unas cartas ha sido capaz de lo que acabas de ver en el vídeo, imagínate si lo viera en persona. Tenemos que encontrarle.

Matías se la quedó mirando con una mezcla de emoción, incredulidad y felicidad.

—Sí, Matías. He dicho tenemos. Tú y yo. No pensarás dejarme en la estacada, ¿no? —Elena clavó los ojos en Matías esperando una respuesta. Al ver que no reaccionaba le dio un pequeño empujón en el hombro—. ¿Matías?

—Perdona, es que todavía estoy flipando con todo lo que está pasando. Las cartas, tu abuela tocando el piano, Alonso… Es como una película.

—Pues yo quiero un final feliz para esta película. ¿Quieres ser parte del reparto?

—Por supuesto que sí. No pienso perderme esta aventura por nada del mundo.

La tensión emocional podía tocarse con los dedos. Matías tuvo el impulso de sellar ese momento con un beso, pero se reprimió. Elena sintió la necesidad de abrazar a Matías y decirle que estaba feliz de poder compartir con él esta historia de película, pero se autocensuró y optó por ser más comedida.

—Bueno, que nos ponemos ñoños. —Elena rompió el silencio incómodo—. Es tu turno, sorpréndeme.

—¡Bienvenida a la librería Con los Cinco Sentidos! —exclamó con entusiasmo Matías—. Este lugar está diseñado para disfrutarlo con los cinco sentidos. El primero es el más evidente, la vista. La experiencia comienza nada más entrar. Pocas librerías habrás visto como esta, donde los libros se fusionan con la madera de las paredes y de las estanterías en una armonía literaria.

—Estás poniendo voz de locutor de radio. —Elena no pudo disimular la risa—. ¿Lo tienes ensayado?

—Tú ríete, pero reconoce que te ha gustado.

—Continúa, anda.

—Lo de la vista no solo lo digo yo. Hace unos años un periódico nos incluyó en la lista de las librerías más bonitas de España. De hecho, hay gente que entra solo por verla, aunque ya me encargo yo de que se lleven un libro aparte de la foto de rigor.

—¿Y lo consigues?

—¿Acaso lo dudas con esta voz embaucadora que tengo? —Matías impostó la voz como si fuera un anuncio de radio.

—Pues a mí con esa voz solo me provocas ganas de reír, no de comprarte un libro.

—Subestimas mis dotes de vendedor, querida. Esto no ha hecho más que empezar. Siguiente sentido: el tacto. Con las nuevas tecnologías se está perdiendo uno de los mayores placeres de la lectura, tocar las historias. —Cogió un libro al azar de la estantería más cercana—. Tener entre tus manos un libro de verdad, no ese invento infame de los libros electrónicos, te hace entrar mejor en la novela, sentirla con tus propios dedos. Notar el peso del libro en tus manos, pasar la página para seguir descubriendo los secretos que guarda el siguiente capítulo, ver cómo poco a poco las páginas leídas superan a las que te quedan por leer…

Elena se lo quedó mirando con cara de póker.

—Te compro lo de la vista porque realmente este sitio es espectacular. Pero el tacto… Eso lo tienen todas las librerías. Así que mucho tiene que mejorar la cosa para que te dé lo que tengo dentro de esta bolsa.

—No seas impaciente. Todavía quedan tres sentidos más y no te van a defraudar. Vamos a por el oído. En esta librería cuando vas a comprar un libro, aparte de por la vista, tienes que dejarte guiar por esto. —Matías se señaló una oreja.

—¿Qué pasa, que los libros te hablan?

—No vas desencaminada... Ven, te voy a mostrar una cosa.

Nada más pasar el mostrador había una zona con varios pasillos forrados de estanterías repletas de libros a ambos lados. Matías le hizo una señal para que le acompañara. Se pusieron los dos delante de aquellos pasillos. Un cartel de madera con una frase tallada coronaba cada pasillo.

—No me gustan las típicas clasificaciones de libros en géneros de toda la vida en plan: thriller, romántico, ciencias, cocina... Así que cuando cogí las riendas del negocio hice algunos cambios y uno de ellos fue renombrar las secciones de la librería. Ahí las puedes ver. —Matías le indicó los carteles de madera—. Por ejemplo, los libros de cocina están en la sección «Rico, rico, con fundamento». O si buscan un libro de viajes tendrán que ir al pasillo donde pone PUERTA DE EMBARQUE.

—«El libro es mejor que la peli». —Elena leyó otro de los letreros—. ¿Qué hay en esta sección?

—Son libros de los que se ha hecho una versión cinematográfica. Si la película te defraudó es muy posible que el libro sí te guste. Y si la película te encantó, el libro te fascinará. Es la regla de oro, la literatura siempre está por encima del séptimo arte, no falla.

—Y si quiero comprar una novela romántica, ¿a qué sección tengo que dirigirme?

—Acompáñame, está justo ahí. —Matías se giró y señaló el pasillo que estaba buscando—. Compruébalo tú misma.

—«No, cuelga tú». —Leyó en voz alta—. ¡Grandioso!

—Pues ahora viene lo mejor. Entra en el pasillo.

Estaba intrigada. Con paso lento se dirigió hacia la entrada del pasillo. Justo cuando estaba en el umbral miró a Matías y este le hizo un gesto con la mano para que entrara. Nada más poner un pie entre aquellas estanterías comenzó a sonar «I Will Always Love You» de Whitney Houston. Elena se giró y miró a Matías mientras se ponía la mano en la boca en señal de asombro. Después cerró los ojos y se quedó varios segundos escuchando la canción. Con una sonrisa volvió donde estaba Matías. Nada más salir la música se apagó.

—Te dije que te gustaría.

—Flipante, ¡qué idea más original! Esto sí que nunca lo había visto. En serio, me encanta. Pero ¿y qué pasa si entro otra vez? ¿Suena la misma canción?

—Prueba a ver.

Volvió a adentrarse en aquel pasillo. Una melodía comenzó a sonar. Elena se sorprendió al escuchar otra canción diferente.

—«No puedo vivir sin ti». ¡Me encanta esta canción!

De repente, Elena cogió un libro al azar de la estantería. Casualmente la portada era la cara de un chico mirando de frente. Se lo enseñó a Matías, volvió a girar el libro, le dio un beso en los morros a aquel desconocido y comenzó a cantar la canción de Los Ronaldos. Estaba desinhibida. Bailaba al ritmo de la música mientras miraba aquel libro como si fuera el hombre de su vida. Lo abrazaba, bailaba con él y besaba la portada.

—¿Te la sabes? —preguntó Elena mientras seguía bailando.

—Sí, pero canto muy mal.

—¿Y quién te piensas que soy yo? ¿Ainhoa Arteta? Venga, entra, que si me salgo yo se para la canción.

—En serio, es que canto fatal —sentenció Matías.

Elena se dirigió hacia la entrada del pasillo y sin salirse del todo cogió a Matías por el brazo y le metió dentro. Ella cogió otro libro y se lo dio. Él se dejó llevar. Durante los cuatro minutos que duró la canción los dos bailaron y cantaron sin importarles nada, ni siquiera que el padre de Matías acababa de llegar a la librería. No se dieron cuenta. Martín los observó durante unos segundos con extrañeza, felicidad y nostalgia.

Ver a su hijo bailar y reír junto a Elena le recordó sus años de juventud con Amelia. Sin hacer ruido se dirigió al altillo para no incomodarles con su presencia.

La canción terminó con Matías de rodillas tocando el acorde final con el libro entre sus manos que hacía las veces de guitarra imaginaria. Ambos se miraron, Matías se levantó y se asomó fuera del pasillo. Tras comprobar que no había nadie volvió a mirar a Elena y se dirigió hacia ella.

—Menos mal que no ha entrado ningún cliente. Mi reputación de librero serio habría quedado por los suelos.

—Los libreros serios son aburridos. Ojalá te hubiera visto alguien, seguro que se animaba a venir más a tu librería. De hecho, creo que deberías aprovechar lo de la música y entrar a bailar con tus clientes a los pasillos. Por cierto, ¿cómo funciona esto de las canciones?

—Es muy sencillo, mira. —Le señaló un pequeño aparato blanco situado en el techo justo en la entrada del pasillo—. Eso es un sensor de movimiento, está conectado a un ordenador. Cuando alguien entra envía una señal y se activa una lista de reproducción en la que están almacenadas las canciones.

—Tecnología punta, qué interesante. Y el que está en el pasillo contiguo, ¿no escucha la música del que está al lado?

—Haz la prueba. Métete de nuevo en este pasillo y yo me iré al de al lado. —Matías entró y se activó la lista de reproducción de canciones infantiles, mientras que Elena volvió a meterse en el pasillo del que acababa de salir—. ¿Escuchas mi canción? —gritó Matías.

—No, ¿cómo es posible? —Elena salió y se reunió con Matías.

—Por dos motivos. Primero porque la música no está muy alta, si no, en vez de una librería esto sería una discoteca. Y segundo porque las estanterías son de madera maciza que hace de aislante, así el sonido no se escapa del pasillo y no molesta al resto de los clientes. Física elemental.

Elena salió de ese pasillo y se metió en el siguiente. Se asomó sin entrar y se quedó con la boca abierta. Todos los libros estaban al revés, con el lomo hacia dentro, por lo que solo se veían las hojas. Las estanterías parecían una pared de papel. Se giró y miró a Matías con cara de asombro y encogiendo los hombros.

—¿A que nunca habías visto unos libros colocados al revés?

—Es que no tiene ningún sentido.

Elena entró en el pasillo al tiempo que sonaba una melodía de sonidos graves acompañados por unos inquietantes violines. De repente, la luz que iluminaba las hojas de los libros empezó a parpadear dejando en una penumbra intermitente aquel espacio. La voz de Matías sobresaltó a Elena.

—Bienvenida a la sección de misterio.

—¡Serás idiota! ¡Casi me da un infarto! —Se echó la mano al corazón, respiró profundamente y se recuperó del susto—. ¿Y lo de la luz? —Elena señaló los tubos fluorescentes que había en el techo y que no paraban de parpadear con ese sonido metálico tan característico.

—Está hecho aposta para dar más ambiente de misterio.

—Lo tienes todo pensado. Pero… ¿cómo elige la gente el libro que le gusta si no se ven los títulos?

—Ahí está la gracia, el misterio comienza con la elección del libro, no saben cuál les va a tocar. Tengo clientes fieles a esta sección a los que les encanta venir y dejarse sorprender.

—Y si alguien busca un título en concreto, ¿cómo sabes dónde está?

—Me sé de memoria el lugar que ocupa cada libro.

—Venga, va, no me cuentes milongas.

—Haz la prueba. Dime una novela de misterio.

—Eeeh… Venga, un clásico que me leí hace ya unos años. *Asesinato en el Orient Express*, de…

—Agatha Christie, la reina del misterio. Buena elección.

Matías desplazó la escalera que colgaba de la estantería y la situó casi al principio del pasillo. Subió hasta arriba del todo y cogió un libro. Sin mirar la portada bajó y se lo dio a Elena. Ella lo giró y al ver el título que le había pedido automáticamente abrió la boca sorprendida.

—Pero…

—Era el libro que pedías, ¿no?

—¿Cómo…?

—¿Sabes guardar un secreto?

Elena asintió.

—Mira, fíjate en esto. —Matías le señaló una pequeña letra «F» que había dentro de la estantería sobre uno de los libros—. Cada ejemplar está ordenado por su autor y título, y esa letra indica dónde empiezan los libros que en este caso comienzan por la «F». Cuando alguien me pide un libro yo lo consulto en el ordenador y el sistema me indica la posición exacta. Si me dice que ese ejemplar está en la F5 yo tengo que contar cinco libros desde este que está bajo la «F». Me encanta la cara que ponen los clientes cuando me piden un libro en concreto y yo cojo exactamente el que quieren a pesar de no poder ver el título.

—Simplemente brillante. Pero esta vez no has consultado el ordenador.

—Me lo has puesto muy fácil porque justo has elegido Agatha Christie, CH, y el libro empieza por «A». Así que era el primer libro que había en la CH. Si hubieras elegido otro tendría que haberlo consultado antes. Te habría dicho que no sabía seguro si me quedaban ejemplares y con esa excusa habría mirado en el ordenador la posición exacta del libro.

—Muy ingenioso, sí señor.

—Hay que ganarse el pan como sea, y estas cosas le encantan a la gente.

—Te quedan dos sentidos más y dudo que sean tan molones como el del oído, me han encantado tus pasillos musicales.

—Te equivocas, he dejado lo mejor para el final. Pero antes te queda por conocer otro más que tampoco te va a defraudar.

—Soy toda oídos.

—En este caso tendrás que ser toda olfato. Espera aquí un momento. —Matías giró a Elena y la dejó frente a una estantería—. No mires.

—Cuánto misterio…

Matías colocó una mesa justo detrás de ella. Luego fue en busca de tres libros que estaban en secciones diferentes. Los colocó uno al lado del otro encima de la mesa sobre unos pequeños pedestales de metacrilato y los cubrió con una tela roja.

—Ya te puedes girar. Bienvenida a tu primera cata de libros.

—¿Cómo que cata de libros? ¿Qué es eso?

—Pues como una cata de vinos, pero con libros. Y sin bebérselos, claro.

—¿Y se puede saber qué se hace en una cata con libros?

—Pues enseguida vas a comprobarlo. Es una cata a ciegas, así que voy a tener que ponerte una venda en los ojos, ciérralos, por favor. —Matías cogió la tela que cubría los libros y se la colocó a Elena—. En esta mesa hay tres libros. Voy a ir dándote uno a uno. Tienes que abrirlo y olerlo. Cuando hayas olido todos me dirás qué sensaciones has tenido y cuál es tu olor de libro favorito.

—Pero ¿los libros huelen diferente?

—Por supuesto, ahora lo vas a comprobar.

Elena extendió las manos y Matías le entregó el primer libro. Lo abrió, se lo acercó a la nariz e inspiró. Agachó las manos y tras unos segundos lo volvió a oler. Esta vez hizo una inspiración mucho más profunda.

—Me siento un poco rara oliendo un libro, nunca lo había hecho, y la verdad es que me encanta el aroma que desprende este.

—¿Cómo? ¿Nunca has olido un libro?

—Primera vez.

—¡Santo cielo! Pues te pierdes uno de los mejores placeres de la lectura. Yo antes de comenzar un libro lo primero que hago es olerlo, siempre. De hecho, alguna vez he descartado leer un libro porque no me gustaba su olor.

En ese momento Elena se levantó un poco la tela roja de los ojos.

—Tú tienes un tocao importante, deberías hacértelo mirar...

—No vale quitarse la venda. —Matías le colocó de nuevo la cinta—. No sabes lo desagradable que es leer un libro que no huele bien. Cada vez que pasas una página te da un bofetón. Ya verás. —Matías le cogió el libro y le entregó otro para que lo oliera.

—¡Buag! Qué mal huele. —Lo cerró de golpe y se lo devolvió a Matías.

—¿Ves? Pues imagínate sentir ese olor al pasar cada una de las 223 páginas que tiene este libro. ¿Me entiendes ahora?

—Bueno... un poco. Aunque sigo pensado que tienes una tara.

—Te recuerdo que hace unos minutos estabas besando la portada de un libro mientras bailabas como si no hubiera un mañana...

—Pues bendita locura. «No cualquiera se vuelve loco, esas cosas hay que merecerlas».

—Vaya, ¿has leído a Julio Cortázar?

—Leído, sí. Olido, no. ¿Sirve?

—Cortázar es lo suficientemente interesante como para que te baste con haberle leído. Pero estoy convencido de que a partir de ahora también olerás libros aparte de leerlos. Sobre todo, cuando huelas este.

Matías le dio otro libro. Elena se lo acercó a la nariz.

—Este es, sin duda, mi favorito. ¡Qué aroma tan agradable! Es como... no sé explicarlo, pero me encanta.

—Ahora lo entenderás, ya puedes quitarte la venda.

Mientras Elena se deshacía el nudo de la venda Matías le cogió el libro que acababa de oler y lo colocó sobre la mesa, pero en un orden diferente.

—El olor de los libros depende de cuatro elementos fundamentalmente: el tipo de papel utilizado, la tinta, los adhesivos y la antigüedad. Sin tocarlos, ¿cuál dirías que es el que peor olía?

—Yo creo que tiene que ser este. —Elena señaló el primero de los libros que estaban sobre la mesa.

Era el más antiguo de los tres. Tenía la portada verde oscuro y el título en letras doradas. El paso del tiempo había amarilleado las hojas. Además, el pegamento que las mantenía unidas al lomo había dejado de ser efectivo y el libro estaba medio desmontado.

—¡Efectivamente! Los libros más viejos suelen tener ese olor característico a… cómo decirlo…

—A rancio, los libros antiguos huelen a rancio —le interrumpió Elena.

—Sí, es una buena forma de definirlo. Pues ese olor a rancio es por la descomposición química de los elementos que forman el papel. De hecho, se puede saber la antigüedad de un libro por su olor analizando las moléculas que producen al degradarse.

—Es más fácil ver en la primera página el año de publicación del libro, ¿no?

Matías se la quedó mirando fijamente.

—¿Tienes respuesta para todo, doña sabelotodo?

—Para las cosas evidentes, sí. —Elena le guiñó un ojo.

—Pues a ver si me dices de qué año es este.

Matías le entregó un ejemplar. Ella lo abrió por la primera página y buscó el año de publicación, pero no lo encontró. Consultó también las últimas páginas. Nada. Elena miró a Matías y encogió los hombros.

—Para eso precisamente se utiliza el «olor», porque hay libros muy antiguos que no tienen impresa la fecha de publicación, listilla.

—Vale, zasca en toda la boca para mí.

—Escarmiento —la corrigió Matías.

—Y ¿cuál ha sido el libro del que más me ha gustado su olor?

—Este de aquí.

Matías lo cogió de la mesa y se lo dio. Elena volvió a olerlo.

—Ese olor que tanto te ha gustado es por el tipo de papel que se ha usado. Al ser un volumen sobre obras de arte la impresión tiene que ser en papel estucado de alto gramaje. Las diferentes capas de este papel contienen componentes minerales y orgánicos que le dan ese olor tan característico.

—Deberían hacer un perfume con este olor. —Elena lo abrió de nuevo y volvió a olerlo profundamente.

—Ya existe un perfume con olor a libro nuevo.

—No te creo...

—Y tanto que sí, mira. —Matías cogió el teléfono móvil y buscó en internet—. Aquí lo tienes. *Paper Passion*.

—A ver... —Elena le cogió el móvil y lo miró con incredulidad—. Porque lo estoy viendo con mis ojos, que, si no, no me lo creería. Imagino que tendrás uno, ¿no?

—Qué va, ojalá. Era una edición limitada y está agotadísima. Cuando me enteré de que habían sacado este perfume ya no quedaban. Están muy cotizados en internet. Hay un tipo de Nueva York que tiene uno y lo vende por 875 dólares.

—¿En serio?

—Sí, los pocos que quedan por ahí se venden a precio de oro. Así que tendré que conformarme con seguir oliendo libros, que eso me sale gratis. Bueno, ¿qué te ha parecido la cata de libros?

—Me ha encantado, instructiva y muy original. A falta del último de los sentidos la verdad es que has hilado muy bien la versión 2.0 del nombre de la librería. Se nota que tienes buen olfato para los negocios. Te queda explicarme el gusto, y estoy ansiosa. Dijiste que dejabas lo mejor para el final, y me muero de ganas de saber cómo haces lo del gusto, porque no me veo yo comiéndome un libro...

—Tampoco te veías oliéndolos, ¿verdad?

—Eso es, y he acabado esnifando la *Enciclopedia visual del arte*. Ya estoy deseando oler la siguiente novela.

—Para el gusto tengo una noticia buena y otra mala.

—Ya me estás timando, Matías. A ver, dime…

—La buena noticia es que para explicarte el gusto te voy a regalar un libro, el que tú quieras de entre todos los que hay en esta librería.

—¡Vaya, muchas gracias! Ya me está gustando lo del gusto… ¿Y la mala noticia?

—A ver, en realidad no es tan mala. Simplemente es que tendrás que tener paciencia para saber qué es el gusto.

—¿De cuánta paciencia estamos hablando? Porque no es que ande yo muy sobrada precisamente…

—Eso depende de lo que tardes en leerte un libro. Descubrirás el sentido del gusto cuando te termines el libro que voy a regalarte. Para hacerlo un poco más sencillo creo que lo mejor es que elijas una temática y así te será más fácil escoger uno.

—Me parece buena idea.

Elena se dirigió a los pasillos de libros y fue leyendo uno a uno los carteles que indicaban las secciones. Se paró delante del último pasillo y después de leer el cartel de madera miró a Matías con cara de asombro.

—«Aquí no está lo que buscas». No sé qué hay en este pasillo, pero, sin duda, me voy a quedar con un libro de estas estanterías.

—Tienes buen criterio, es uno de mis pasillos favoritos y me encanta que lo hayas elegido. ¿Por qué te has decantado por este?

—Por dos cosas. Primero porque me intriga saber qué narices hay aquí. Y segundo porque a mí nadie me dice que aquí no está lo que busco, porque busco justo esto, algo que me sorprenda. Basta que me digan que no para que sea que sí.

—Brillante razonamiento. ¿Me permites un momento? Date la vuelta, por favor.

Matías entró en el pasillo y estuvo dentro apenas unos segundos. Al salir giró a Elena para que mirara de nuevo al pasillo.

—Esta es la sección ideal para encontrar aquello que no estás buscando. Normalmente la gente que viene a comprar un libro suele querer uno en concreto o de algún autor en particular. Pero hay quienes se dejan llevar. Para ellos, para ti, esta sección es la ideal. Aquí solo hay libros de autores desconocidos. Solo tienen que cumplir dos condiciones: que sea su primera o segunda novela como mucho y que la historia merezca la pena.

—¿Y cómo se sabe eso?

—Utilizo un método muy sencillo. No es infalible, pero la experiencia me dice que no falla demasiado. Además, es la única técnica viable para mí porque no dispongo de más tiempo. Cuando algún escritor novel me trae una novela me leo las primeras páginas, un capítulo como máximo. Si está bien escrito y me dan ganas de seguir leyendo entonces tiene un hueco en mi librería. Por eso esta sección es de mis favoritas. Este pasillo está lleno de mucho talento y sobre todo de mucha verdad, de ganas, de energía, de ilusión. La mayoría de estos libros no han pasado por el filtro de un editor que «adultere» el texto en favor de un supuesto interés comercial. Están tal cual los idearon sus autores, sin aditivos. Esa es la grandeza de esta sección. Y le puse ese nombre con una doble intención: primero porque a mi juicio realmente describe muy bien lo que hay dentro, libros que nadie viene *a priori* buscando. Pero también lo hice para darles una oportunidad a los escritores noveles. Raro es el cliente que al ver ese cartel no entra al pasillo.

—Tendrías que haberte dedicado al marketing.

—¿Tan malo soy como librero?

—No, hombre. En realidad, compaginas a la perfección las dos profesiones. Esto no es solo un lugar donde se venden libros, has conseguido que esta librería sea algo más, has creado un ecosistema único. Realmente entrar aquí es una experiencia diferente.

—Y eso que todavía te falta experimentar el gusto. Muchas gracias por tus palabras, Elena. Bueno, entra y elige el libro que quieras.

Nada más poner un pie en el pasillo comenzó a sonar la canción «Viva la vida» de Coldplay. Elena se giró y le enseñó el dedo pulgar hacia arriba. Bailando fue mirando las diferentes estanterías. Sacó algún que otro libro de su sitio, pero lo volvió a dejar. Después de varios minutos se detuvo delante de uno que estaba hacia el final del pasillo. Nada más verlo supo que ese era el libro que quería llevarse.

—Me quedo con este.

Elena lo levantó y se lo enseñó a Matías desde dentro del pasillo. Siguió bailando un rato y salió. Matías cogió el libro y se rio.

—*La vergüenza era verde y se la comió un burro.* Excelente elección, aunque el mérito, querida amiga, es más mío que tuyo.

—Venga, va, ahora vas a decirme que has elegido tú por mí, ¿no?

—Sabía que lo pondrías en duda. Mira. —Matías sacó el móvil y le enseñó una fotografía que tenía guardada en su carrete—. Cuando he entrado antes al pasillo me he hecho una foto con este libro en las manos.

Elena le arrebató el móvil y se quedó mirando esa foto con una mezcla de sorpresa y resquemor.

—¿Y cómo narices sabías que iba a escoger precisamente este?

—Por dos motivos, primero porque es el único libro que estaba al revés, has tenido que girar la cabeza para poder leer el lomo. Una vez que ha captado tu atención, el título ha hecho el resto. Es llamativo, curioso, diferente.

—Me has dejado sin palabras.

—Truquitos de librero. Le tengo un especial cariño a este libro. Todavía recuerdo cuando vino a la librería su autora, Martina de los Ríos. Me dijo que había escrito dos novelas, pero que no conseguía que ninguna editorial se las publicara. Le pedí que me trajera los manuscritos para leerlos. Me gustaron tanto que hablé con un amigo que tiene una imprenta y conseguimos que imprimiera una pequeña tirada. Hemos tenido que hacer dos ediciones más. Ahora está terminando su tercera novela y una editorial ya se ha puesto en contacto con ella para publicársela. Fue tan emocionante cuando vino a contármelo… Así que cuando salga a la venta tendré que sacar sus novelas de este pasillo y colocarlas en otro porque en breve sí que vendrán a buscar expresamente sus obras.

—Qué historia tan bonita. Me alegra que hayas elegido por mí este libro, estoy deseando leérmelo. Ahora tenemos otra misión, el libro de mi abuela.

—Vamos a por ello. ¿Me dejas que elija por ti?

—Querrás decir que si te dejo que elijas por mí otra vez, ¿no?

—En realidad has elegido el libro que yo había seleccionado previamente, pero la decisión final ha sido tuya. Aunque yo te haya inducido con mis sutiles técnicas de persuasión, podrías haber elegido otro, pero te has decantado por este, por lo que técnicamente lo has elegido tú. Así es que esta vez me toca elegir a mí.

—Eres único con la verborrea. Vale, que sí, que puedes elegirlo tú. —Elena se resignó.

—Ven. —Matías le hizo un gesto con la mano para que le siguiera.

Se dirigieron a la fila de pasillos que estaban en frente. Matías entró al que estaba justo en el centro. Pasó bajo el cartel de Puerta de embarque y comenzó a sonar la canción de la Orquesta Mondragón «Viaje con nosotros». Elena tosió a propósito. Cuando él se giró ella estaba negando con la cabeza.

—Es un clásico. Y no me digas que no le viene al pelo a esta sección. Espérame ahí y disfruta de la canción. Procuraré recrearme en la búsqueda para que la puedas escuchar entera.

Elena se echó las manos a la cabeza, pero a los pocos segundos no pudo evitar tararear la canción. Lo hizo en voz baja para que no se la escuchara. Matías buscó entre las estanterías. Se decantó por un libro que ya había leído hacía poco tiempo y que le había encantado. Nada más salir del pasillo se paró la canción.

—Creo que alguien estaba canturreando la canción de Gurruchaga.

—No sé de qué me hablas… —fingió Elena.

—Bueno, aquí lo tienes. —Matías salió con un libro entre las manos—. Este seguro que le va a encantar a Manuela.

—Pero ¿cómo lo sabes si ni siquiera la conoces?

—Mientras te quitabas en tu habitación el precioso pijama de Mickey con el que me recibiste el otro día estuve mirando los libros que tienes en el salón de tu casa. Manías de librero.

—¿Hacía falta que recordaras ese momento tan humillante?

—Pues a mí me pareció de lo más natural y divertido.

—En ese caso puedes atender a tus clientes en pijama. Será divertido y natural, como si los recibieras en el salón de tu casa.

—No me parece mala idea. ¿Me prestas el tuyo de Mickey?

—Anda, enséñame el libro que has elegido. —Elena se lo cogió y leyó el resumen de la parte posterior—. Tiene muy buena pinta, creo que le puede gustar a Manuela. Y si no, le diré que el librero me aconsejó mal. La responsabilidad es tuya.

—Me hago cargo. Estoy seguro de que le va a encantar.

—Eso espero. Bueno, pues creo que ya lo tenemos todo. Me has contado tu versión 2.0 del nombre de tu librería y tengo el libro para regalarle a mi abuela. ¿Me cobras?

—Antes me falta una cosa más por enseñarte: mi segundo rincón favorito de la librería. Ven, acompáñame.

Se dirigieron al fondo de la librería, al último pasillo que había a mano izquierda. Era un poco más estrecho que el resto. Matías le hizo un gesto con la mano para que entrara.

—Bienvenida al «Rincón del escritor anónimo».

Al contrario de lo que sucedía en el resto de los pasillos, en este no sonaba una música al entrar. Las estanterías estaban repletas de libros, pero abiertos, cada uno colocado cuidadosamente en un pequeño atril de madera formando una especie de pared de papel. Las páginas que quedaban al descubierto tenían una frase resaltada con rotulador rojo. Al fondo del pasillo había una pequeña mesa de madera con una máquina de escribir antigua de la marca Olivetti, una pila de folios a un lado, unos sobres al otro y un flexo de aluminio encendido que iluminaba tenuemente aquel lugar. Elena se acercó, se sentó frente a la máquina de escribir y acarició las teclas con delicadeza mientras escuchaba a Matías, de pie frente a ella.

—Aquí puede entrar cualquiera que tenga algo que contar. Da igual la edad, da igual si tiene o no estudios, da igual si nunca ha escrito nada... Puede escribir un poema, un relato, un cuento, un ensayo... lo que quiera. Solo hay un requisito, tiene que meter lo que ha escrito en uno de esos sobres y dejarlo en este buzón. —Matías señaló un pequeño cajón de madera con una ranura en la parte frontal que estaba en una de las estanterías.

—¿Y por qué tienen que dejarlo ahí?

—Al final de año hago una recopilación de todas las creaciones que han hecho los escritores anónimos y las incluyo en un pequeño librito que regalo a los clientes.

Elena se levantó de la silla y se acercó a una de las estanterías. Leyó algunas de las frases subrayadas en los libros abiertos.

—¿Por qué están aquí estos libros?

—Para inspirar a los que entran a este pasillo. Estos libros que ves son la primera publicación de grandes escritores que ahora todo el mundo conoce, pero cuando escribieron esta primera novela eran totalmente anónimos. Para todos hay una primera vez, y estos libros abiertos que estás viendo fueron su primera vez. Algunas de estas novelas fueron un éxito, como es el caso de *La familia de Pascual Duarte*, de Camilo José Cela. —Matías cogió el libro que estaba en la estantería y se lo enseñó a Elena—. Esta es la primera obra de Cela y para mí, y para muchos críticos, su mejor novela, y eso que fue la primera. Otros no tuvieron tanta suerte en sus inicios. —Buscó de nuevo entre los libros abiertos hasta que encontró el que quería—. *La hojarasca*, de Gabriel García Márquez. Intentó publicarla con una editorial argentina, pero el editor rechazó el manuscrito y le dijo que se dedicara a otra cosa. Finalmente lo pudo publicar en 1955 y fue un absoluto fracaso comercial. De hecho, su primera edición acabó en la basura. Veintisiete años más tarde le dieron el Nobel de Literatura. Si con su primer fracaso hubiera tirado la toalla, la humanidad habría perdido a uno de los mejores literatos de todos los tiempos. Y todo comenzó con esta pequeña novela, con un fracaso. ¿Te animas? —Matías le señaló la máquina de escribir.

—Creo que la lista de la compra es lo mejor que he escrito en mi vida, así que imagínate el nivel. Tendré que conformarme con leer lo que otros escriben. Por cierto, antes has dicho que este es tu segundo lugar favorito de la librería. ¿Se puede saber cuál es el primero?

—Solo mi padre y yo conocemos ese lugar. Si te lo contara tendría que matarte y perdería una clienta y una alumna de piano. No me lo puedo permitir.

—Me parece que has visto muchas películas…

—En realidad he leído muchos libros, que son mucho mejores que las películas, ya sabes —miró hacia el cartel del pasillo.

—Antes o después descubriré ese lugar tan misterioso del que hablas, soy muy cabezona. Así que a falta de conocer ese sitio creo que tengo todo lo que había venido a buscar. Me ha encantado la experiencia 2.0 de tu librería y encima me llevo dos libros, estoy deseando llevarle a mi abuela el suyo y también leerme el que me has regalado para descubrir el último de los sentidos. Espero que me deje sin sentido... Está el listón muy alto. La cata de libros y los pasillos con música han sido muy top.

—Me alegro de que te haya gustado. Entonces, me he ganado lo que traes en esa bolsa, ¿no? —Matías señaló lo que tenía en la mano Elena.

—Ni me acordaba ya de esto. Te lo has ganado, aquí lo tienes.

Dentro de la bolsa había un pequeño paquete envuelto. No pesaba mucho. Matías lo sacó y empezó a abrirlo con cuidado. Cuando retiró todo el papel descubrió dos extraños artilugios. Se trataba de dos huevos de madera, cada uno con una cinta elástica que iba desde un extremo al otro del huevo y que estaba sujeta mediante unos clavos de cabeza plana. Matías se quedó observando esos dos huevos extrañado. Luego miró a Elena. Volvió a mirar los huevos de madera y comenzó a reírse a carcajadas.

—Te dije que te reirías y te sorprenderías.

—Eres muy grande, Elena.

—Por si acaso tus alumnos no tienen huevos en la nevera. Con esta cinta se los pueden colocar bajo la palma de la mano y aprender a tocar con la posición correcta. Como es elástica se ajusta bien al contorno de la mano. Es menos arriesgado que usar un huevo de verdad.

—Sigo flipando. ¡Me encanta! ¿Se puede saber de dónde has sacado estos huevos de madera?

—Son de una mercería. Se utilizan para arreglar rotos de calcetines. Mi abuela los usaba mucho. Lo metes dentro del calcetín y así es más fácil coser los agujeros. Y esta es mi versión 2.0 de los huevos para remendar calcetines: huevos para aprender a tocar el piano. ¿Qué te parece?

—Me has dejado impresionado. Deberías patentarlo, los profesores de piano del mundo te lo agradecerían sin duda.

—Bueno, hora de irse, que imagino que tendrás cosas más interesantes que hacer que probarte esos huevos de madera. ¿Me cobras?

—Voy a envolverte el libro de tu abuela para regalo. Si quieres, mientras puedes seguir mirando otros ejemplares. Dame también tu libro y así te los pongo los dos en una bolsa.

Después de pagar su compra, Elena salió de la librería. Apenas había dado unos pasos fuera del local cuando oyó la voz de Matías a su espalda.

—¡Elena! —gritó hasta que ella se dio la vuelta y regresó adonde se encontraba él—. Se me había olvidado una cosa. Dentro de dos semanas le voy a dar una sorpresa a mi padre. Se cumplen cincuenta años desde que abrió la librería. Me preguntaba si te gustaría venir. He invitado a varios amigos de mi padre, compañeros de profesión...

—Y también a mí, que conozco mucho a Martín de verlo... —fingió que hacía cuentas con los dedos de la mano derecha— exactamente una vez —concluyó Elena, con ironía.

—Habrá canapés —sentenció Matías. Nada más decirlo se dio cuenta de lo ridículo que había quedado su comentario.

—¿Estás intentando comprar mi asistencia con unos miserables canapés? —después de unos segundos de silencio dramático sin respuesta Elena comenzó a reírse a carcajadas, no podía parar. Matías hizo lo mismo—. No sé por qué, pero me has convencido. Es tan cutre tu alegato que no puedo decirte que no. Espero que al menos los canapés merezcan la pena.

—Me encargaré de buscar los mejores de la ciudad, prometido.

—Más te vale. —Elena se giró y continuó su camino.

Matías volvió a la puerta de la librería y la acompañó con la mirada hasta que perdió su figura entre los transeúntes. Regresó al interior y se puso en el ordenador que había en el mostrador. Tras unos segundos una voz le sacó de sus pensamientos con un sobresalto.

—Al menos ha servido de algo que convirtieras mi librería en una vulgar discoteca, has conseguido que tu alumna de piano te haga bailar.

Martín apareció, de repente, detrás de él mientras aplaudía.

—¡Joder, qué susto! ¿Cuánto tiempo llevas ahí?

—El suficiente para ver lo mal que bailas.

La cara de Matías comenzó a cambiar de color y adquirió un intenso rojo que rápidamente se tapó con las dos manos.

—Papá, ¡qué vergüenza! ¿En serio has estado todo el tiempo en el altillo?

—Vergüenza robar y que te pillen —respondió enérgico Martín—. Cuando he llegado estabais bailando, así que me subí al altillo para no molestar.

Matías volvió a taparse la cara.

—Deberías estar ordenando libros y no bailando con los clientes, que eso no te va a dar de comer.

—Elena no es solo una clienta —sentenció Matías.

—Por fin lo admites. Así me gusta, hijo, las cosas por su nombre. Me parece muy bien que te traigas a tu novia a la *discolibrería*, pero solo te pido que no descuides el trabajo.

—¿Qué es eso de la *discolibrería*?

—Esto antes era una librería seria hasta que la convertiste en una banal discoteca rodeada de libros.

—Pues esta *discolibrería* como dices ha conseguido aumentar las ventas un quince por ciento. —Matías contuvo la risa esperando a que su padre respondiera. Tras unos segundos de miradas desafiantes, continuó—: Y esto es un zasca, papá. Ni escarmientos ni ningún otro térmico arcaico. Un zasca en toda regla. Y, por cierto, Elena no es mi novia.

—Pues si todavía no es tu novia, no sé a qué estás esperando para decirle lo que sientes por ella porque es más que evidente. Y si yo lo he visto, ella también. Hijo, te voy a dar un consejo de viejo. Jamás te avergüences de tus sentimientos. Me recuerdas a mí cuando conocí a tu madre. Entró por esa misma puerta mientras yo estaba ordenando las novedades que acababan de llegar a la librería. Me llamó y nada más girarme se me cayeron todos los libros al suelo. Supe que era el amor de mi vida con solo mirarla. ¿Y sabes qué es lo que hice?

—¿Bailar con ella dentro de un pasillo de la librería? —respondió con sorna Matías.

—Mi talento bailando es comparable al tuyo cantando por bulerías. O sea, nulo. Así que no, no bailé. Lo que hice fue gritar porque los libros se me cayeron encima del pie y me hicieron un daño horrible. Así que imagínate el panorama: yo en el suelo gritando con un montón de libros a mi alrededor y ella desternillándose de risa. Romántico, ¿eh?

—Lo bueno es que lo vuestro empezó por los suelos, así que solo podía mejorar.

—No te creas… Tu madre me ayudó a levantarme, pero se tropezó con uno de los libros que había en el suelo y se cayó encima de mí. Nos miramos y estuvimos varios minutos tirados en el suelo riéndonos. Supéralo.

—Elena me recibió en su casa con un pijama de Mickey. Fue el segundo día de clase.

—¿Y dices que después de eso os habéis seguido viendo?

Matías afirmó con la cabeza.

—Entonces, no hay duda, te casarás con ella.

Padre e hijo se miraron y rieron. Después comenzaron a abrir las cajas con las novedades que habían recibido esa misma mañana a primera hora.

Elena llegó acalorada a su casa. Tenía el tiempo justo para ducharse, prepararse algo rápido para comer y dirigirse a la residencia a ver a su abuela. Estaba nerviosa, más que de costumbre. Manuela había vuelto a tocar el piano, la primera vez desde que ingresó en la residencia. Era la mejor noticia que le habían dado en mucho tiempo. Miró el reloj y decidió sentarse al piano al menos un rato. Hacía muchos días que no practicaba el pequeño trozo que ya le había enseñado Matías y no quería que se le olvidara. Le costó varios intentos, pero finalmente consiguió terminar los dos primeros pentagramas. Le quedaba más de la mitad de la obra, mucho trabajo por delante y poco tiempo. Apenas dos clases de piano antes de que Manuela cumpliera setenta y nueve años.

Se levantó de la banqueta, guardó la partitura y cerró la tapa del piano. Fue a la cocina y se calentó una sopa de esas preparadas. Cuando la sacó del microondas y se sentó a la mesa sonó el móvil. Era un mensaje de WhatsApp de Cristina.

Hola, Elena. Volvías hoy de viaje, no?
Vas a venir a ver a Manuela?
Tengo algo que contarte, pero prefiero decírtelo
en persona

10

Elena recorrió a paso ligero el camino empedrado que separaba la calle de la entrada a la residencia. Estaba rodeada de un inmenso jardín por el que los usuarios solían salir a pasear o a tomar el sol. A lo lejos vio a Cristina. Iba con dos abuelos, uno a cada brazo. Se sentaron en un banco cobijado bajo la sombra de una gran morera.

—Qué bien acompañada estás.

Elena se situó justo detrás de ella y le colocó las manos en los hombros. Cristina saltó sobresaltada del banco.

—Con estos sustos no llego a la edad de mis acompañantes. Qué alegría verte de nuevo. Acostumbrada a tus visitas diarias se me ha hecho raro no verte esta semana.

Cristina se despidió de los ancianos y se levantó para seguir hablando con Elena.

—Estoy muy nerviosa, Cris. Tienes algo que contarme, espero que sean buenas noticias.

—Es una buena noticia, sí. Anoche, justo antes de irse a dormir, Manuela me preguntó por ti.

—¿Cómo? ¿Ha preguntado por mí? ¿Con mi nombre?

—Sí, me preguntó por ti con nombre incluido. Pero no quiero que te hagas ilusiones. No te puedo garantizar que ahora subas y Manuela sepa quién eres. A lo mejor no sabe relacionar tu nombre con tu persona físicamente. Es posible que sepa que tiene una nieta que se llama Elena, pero que al verte no te reconozca.

—Soy consciente. Pero es un gran paso, ¿no crees? En una semana ha vuelto a tocar el piano y me ha nombrado. Y todo a raíz de esas cartas que le entregaste. Algo la ha removido y ha recordado mi nombre y la canción que siempre tocaba al piano.

—Lo del piano es evidente. El mismo día que se las entregué bajó por la noche a tocar la canción. Que se acuerde de tu nombre no creo que tenga nada que ver porque ya ha pasado más de una semana desde que le di esas cartas y fue anoche cuando te nombró.

—Tienes razón. Pero bueno, lo importante es que se ha acordado de mí. Sigue sabiendo que tiene una nieta que se llama Elena. De momento me conformo con eso.

—Te espero en el jardín. Luego me cuentas. Suerte.

Elena entró en la residencia. En el salón principal varios usuarios hablaban sentados en los sofás que había justo a la entrada. Otros veían la televisión. Manuela no solía estar en aquella estancia, ella prefería quedarse en su habitación. Se entretenía mirando por la ventana el mar Mediterráneo, su paisaje favorito. No se cansaba de ver las olas romper en la playa. Le gustaba observar cómo el agua borraba las huellas de las personas que paseaban junto a la orilla, una metáfora de su enfermedad, recuerdos que aparecen y desaparecen con el simple vaivén de las olas, con el transcurrir del tiempo.

Se dirigió a las escaleras para subir al segundo piso. Cada peldaño aceleraba más el corazón de Elena. Menos de un minuto después estaba frente a la habitación 217. Respiró profundamente y tocó en dos ocasiones. A los pocos segundos se escuchó un «adelante». Giró el pomo y entró.

Manuela estaba sentada en el sofá junto a la ventana. Nada más ver a Elena se levantó y se dirigió hacia ella con paso lento. Elena dejó que ella hablara primero. Deseó con toda su alma escuchar su nombre en boca de su abuela. La observó mientras se acercaba a la puerta donde estaba ella. Fueron apenas unos segundos de incertidumbre y felicidad contenida hasta que Manuela habló.

—Hola, bonica. ¿Me traes la comida? —Manuela se acercó hasta quedarse a medio metro de Elena.

Otra vez esas palabras, dos puñales directos al corazón. Sacó de nuevo su faceta oculta de actriz y se pintó una sonrisa artificial.

—No, Manuela, ya has comido hace un rato. Yo vengo a estar un poquito contigo.

—Y ¿cómo me has dicho que te llamas?

—Me llamo Elena.

—¿Has visto qué vistas más bonitas se ven desde mi habitación?

—La verdad es que eres una privilegiada. Poder ver cada día el mar es una suerte que muy pocos pueden disfrutar.

Elena oteó el jardín y vio a Cristina sentada en el banco con los dos abuelos. En ese mismo momento la psicóloga levantó la vista y cruzó la mirada con Elena, que negó con la cabeza. Cristina se colocó las manos sobre los hombros a modo de abrazo que Elena recibió con un guiño a modo de gracias.

—Yo me paso casi todo el día aquí sentada mirando el gran azul. Me relaja mucho ver las olas. La pena es que no pueda escucharlas, me encanta su sonido.

—Eso tiene solución. Siéntate en el sofá y fija tu mirada en el mar.

Elena sacó el móvil y buscó en YouTube «sonido de olas». Puso el altavoz del teléfono cerca de su oreja. La habitación entera se inundó del sonido del mar. Manuela cerró los ojos. Después de unos minutos Elena hizo lo mismo y dejó su mente vagar entre las olas. Hacía tiempo que abuela y nieta no hacían algo juntas. Unidas por un sonido, en un mismo lugar, pero a la vez muy lejos. Ambas estaban con los ojos cerrados cuando, de repente, el sonido del mar se diluyó entre las paredes de la habitación. Abuela y nieta tardaron varios segundos en reaccionar, abrieron los ojos y se miraron. Durante apenas un instante sus miradas conectaron, parecían entenderse a pesar de los esfuerzos de la enfermedad por alejar sus mentes. Por una vez una simple mirada fue más fuerte que el alzhéimer.

—¿Ves? La magia de la tecnología te ha acercado el sonido de lo que cada día ves por la ventana. ¿Qué te ha parecido?

—Ha sido como volver a escuchar mi querido mar Cantábrico desde la iglesia de Santa María. La de veces que de pequeña me he tumbado en verano bajo su pórtico, sobre el suelo empedrado, respirando la brisa del mar. —Manuela inspiró profundamente como si pudiera sentir su aroma—. Ese aparato tuyo no será capaz de traerme la brisa del mar, ¿no?

Elena no daba crédito a lo que estaba escuchando. Era la primera vez que Manuela le hablaba abiertamente de su infancia. Recordaba que de pequeña le contó algo sobre su pueblo natal, pero con el paso de los años ya casi no hablaban sobre eso. Cuando Elena sacaba el tema Manuela solía desviar la conversación. Se la notaba incómoda hablando del pueblo que le vio nacer, así que Elena optó por no insistir. Ahora, de repente, lo contaba sin ni siquiera preguntarle. Elena aprovechó la oportunidad.

—Por lo que dices tiene que ser un lugar muy especial. ¿Hace mucho tiempo que no vas a ese sitio? —preguntó Elena y cogió la silla que estaba en el escritorio. Se sentó al lado de Manuela, que permanecía en el sofá.

—Muchos años, tú seguramente ni habrías nacido, eres muy joven. La verdad es que no recuerdo la última vez que estuve allí, pero sí que me acuerdo de aquel lugar.

—¿Y dónde está la iglesia de Santa María?

—Pues allí en… —Manuela dudó— justo enfrente del mar. —Se levantó y se quedó mirando a través de la ventana. Al poco se volvió y miró a Elena—. ¿Es hora ya de desayunar?

Elena tragó saliva y evitó que su rostro mostrara la frustración que le había provocado esa pregunta.

—No, Manuela, el desayuno te lo has tomado esta mañana. Yo te traigo algo mucho mejor. —Se levantó de la silla, fue a coger la bolsa donde traía el regalo y se lo entregó a Manuela—. Esto es para ti.

—¿Es un regalo para mí? —Manuela preguntó, emocionada.

Manuela volvió a su sillón y poco a poco quitó el papel que envolvía el regalo y descubrió el libro. Sin decir nada le dio un abrazo a Elena.

—¿Te gusta?

—¡Claro que sí! Muchas gracias. Me encanta leer, aunque hace ya mucho tiempo que no lo hago. Se me cansa la vista. Pero me apetece mucho volver a hacerlo. ¿Por qué me has traído este regalo?

—Como te pasas aquí mucho tiempo en la habitación he pensado que un libro sería un buen acompañante para que no se te hagan tan largos los días.

—Qué detalle. Te lo agradezco mucho, bonica. En cuanto acabe de cenar empezaré a leerlo, palabrita del niño Jesús. —Manuela enfatizó su promesa juntando el dedo pulgar y el índice y besándolos de forma sonora.

—Me alegro mucho de que te guste. Bueno, me voy a marchar, que tengo muchas cosas que hacer en casa. Te dejo en buenas manos. —Elena le señaló el libro—. Espero que te guste.

—Seguro que sí, un libro siempre es buena compañía. Vuelve cuando quieras, yo estaré aquí. —Se levantó y le dio dos besos.

Con una mezcla de sentimientos encontrados Elena salió de la habitación y cerró la puerta. Bajó las escaleras y salió del edificio. Al pasar por el jardín vio que Cristina seguía en el banco. No quiso interrumpir de nuevo, así que decidió que le enviaría luego un mensaje al móvil explicando todo lo que había ocurrido.

A pesar de la decepción inicial Elena también estaba contenta. Era la primera vez que escuchaba a Manuela hablar de su infancia y todo gracias al simple sonido de las olas. Durante esos cinco minutos y medio Elena vio paz en el rostro de su abuela. Estaba relajada, disfrutando de ese sonido, sin preocupaciones. Y eso a Elena la hizo inmensamente feliz. Y también le dio una idea. Intentó recordar la dirección que ponía en las cartas que encontraron en el piano. Estuvo pensando un buen rato mientras esperaba el autobús sentada en la parada. Entonces se le ocurrió una cosa. Sacó el móvil y escribió en Google Maps «iglesia de Santa María». Amplió el mapa para ver las iglesias con ese nombre que había por la costa que bañaba el mar Cantábrico. Comenzó por Galicia. Varios puntos rojos aparecieron diseminados por toda la provincia. Descartó las iglesias del interior y se fijó solo en aquellas que se encontraban cerca del mar. Vio que había una en Suegos. Buscó una foto de la iglesia, pero nada más verla la descartó porque, a pesar de que estaba cerca del mar, no tenía un pórtico con suelo empedrado tal y como había dicho Manuela. La siguiente iglesia de Santa María que le aparecía en el mapa era la de Viveiro. Tampoco era la que buscaba, estaba junto a una ría, no junto al mar.

Al llegar a casa siguió la búsqueda en el ordenador. Acabó con las iglesias de Santa María que había en las provincias de A Coruña y Lugo sin resultado positivo. Continuó con la costa asturiana. Fue deslizando el mapa hacia la izquierda siguiendo el dibujo de la costa. Le apareció un punto rojo justo al lado del mar. Amplió la imagen un poco más con el ratón y leyó el nombre: iglesia de Santa María de Luanco. Nada más leerlo gritó en voz alta.

—¡Luanco! ¡Eso es! Tiene que ser esta seguro. —Cerró los ojos y ahora sí visualizó ese nombre en los sobres del piano.

Abrió otra pestaña en el navegador y buscó una imagen de esa iglesia en Google. Le aparecieron varias fotografías de una preciosa construcción de piedra con una torre campanario en la fachada principal y un curioso pórtico sobre columnas de piedra rodeando todo el templo.

—¡Aquí estás, te cacé!

Entre las decenas de fotos que tenía ante ella eligió la que mejor se veía la iglesia y guardó la imagen en una memoria USB. A continuación, apagó el ordenador, buscó el libro que le había regalado Matías y comenzó a leer.

El reloj todavía no había marcado las diez de la noche y Manuela ya se dirigía a su habitación después de cenar. Se puso las gafas de cerca, cogió el libro que le había regalado Elena y se sentó en el sofá. Nada más abrirlo se cayó un pequeño cartón al suelo. Manuela se levantó y lo cogió. Era un marcapáginas. Contempló la imagen impresa, un bonito paisaje lleno de almendros en flor. Por la otra cara tenía algo escrito. Manuela regresó al sillón y lo leyó. Eran apenas dos líneas escritas a mano. Las leyó de nuevo. Miró por la ventana y observó las luces del paseo de la playa mientras pensaba en aquella frase. Al rato concentró su mirada en el marcapáginas y leyó otra vez la frase. Sonrió, y una lágrima recorrió su rostro hasta que acabó sobre la primera página del libro que estaba a punto de comenzar a leer.

11

Después de una semana en Watford a Elena le costó acostumbrarse de nuevo a la rutina de la universidad. Las cuatro horas de clase se le hicieron eternas hasta que llegó el momento de comer. Salió corriendo de la facultad y se fue a una imprenta que había junto a la facultad. Objetivo cumplido. Ahora solo le quedaba ir a visitar a Manuela.

Entró en la residencia, subió las escaleras hasta el segundo piso y llegó a la puerta de la habitación 217. Tocó con los nudillos, pero no obtuvo respuesta. Entró con sigilo y encontró a Manuela sentada en el sofá frente a la ventana, pero esta vez en las manos tenía el libro que le había regalado el día anterior. Estuvo unos segundos a su lado sin hacer ruido, contemplando esa imagen que tanto le gustaba, ver a su abuela leer, tal y como solía hacer cuando estaba en casa, sin preocupaciones, sin olvidos. Alargó esa impostada felicidad efímera, arañó cuantos segundos pudo hasta que Manuela se percató de su presencia.

Esta vez no la saludó como de costumbre. De su boca no salió un «hola, bonica». Manuela se quedó en silencio mirando fijamente a Elena, tratando de obtener respuestas que su cerebro no le proporcionaba. Lo intentó de nuevo, pero no conseguía poner nombre a aquella cara que le resultaba tan familiar.

—¿Por qué me alegro tanto de verte si no sé quién eres? —le preguntó Manuela sonriente.

Elena le devolvió la sonrisa. No hizo falta decirle nada más. Las dos se abrazaron y sintieron el amor incondicional que ambas se profesaban, aunque Manuela no supiera que estaba frente a su nieta. Las palabras que le había dicho Cristina días atrás cobraban ahora pleno sentido con la frase que acababa de pronunciar su Mamá Nueva: «El alzhéimer borra lo que fuimos, pero no lo que sentimos».

Tras un largo abrazo Elena miró directa a los ojos de su abuela y se prometió que nunca más se entristecería por un «hola, bonica».

—Tengo una cosa para ti que estoy convencida de que te va a gustar más incluso que el libro que te regalé ayer.

—¡La chica del libro! —Manuela le dio dos besos de esos sonoros—. Me está encantando, mira. —Lo cogió del brazo del sofá, lo abrió por donde estaba leyendo y se lo enseñó—. Ya voy por la página 66.

—Me alegro muchísimo de que lo estés disfrutando tanto. Hoy te he traído otra cosa que me atrevo a decir que te va a gustar más que el libro.

Manuela se quitó las gafas y puso sus ojos en modo expectante.

—Para que descubras lo que tengo para ti voy a pedirte que te sientes en el sillón, por favor.

Elena acompañó a Manuela y la ayudó a sentarse. Le dijo que cerrara los ojos.

—Hasta que no te avise no los abras, ¿vale?

Manuela asintió con la cabeza. Elena cogió el móvil y puso de nuevo el sonido de las olas. Dejó el teléfono sonando en el escritorio. Abrió la carpeta y sacó la foto tamaño folio que había impreso en la facultad. Con cinta de doble cara la colocó en la pared que estaba junto a la ventana por la que Manuela miraba el mar y se situó al lado de su abuela. Dejó que el sonido de las olas siguiera inundando la habitación mientras miraba la cara de felicidad y relajación que tenía Manuela. Se acercó a su oreja y le dijo susurrando que ya podía mirar.

Poco a poco Manuela fue abriendo los ojos y entonces vio la fotografía. El sonido de las olas continuaba bañando la habitación. Manuela se levantó del sofá y se acercó a ver aquella imagen. La contempló fijamente, concentrada. Recorrió con sus dedos la silueta de la iglesia de Santa María de Luanco. Tocó la torre del campanario, la cruz de hierro que estaba en la parte más alta, las columnas que rodeaban toda la iglesia, como si pudiera sentir la piedra rugosa erosionada por la brisa del Cantábrico. Cerró los ojos y dejó que el sonido del mar la llevara hasta allí. Se tumbó de nuevo sobre el suelo empedrado bajo el pórtico, respiró el aroma del mar, escuchó las campanas repicar y las gaviotas revolotear en busca de comida. Sintió que realmente estaba en su Luanco natal. De repente, las olas dejaron de sonar y Manuela abrió los ojos y se giró. Su rostro estaba empapado de lágrimas. Se acercó hasta Elena y la abrazó. Era la primera vez en meses. Demasiado tiempo sin sentir esos brazos que tantos problemas habían solucionado, que tantas lágrimas habían secado, que tantos suspiros habían consolado. Eran la mejor medicina para Elena, a los que siempre recurría si algo no iba bien. Y por fin los podía sentir de nuevo. Manuela miró a Elena, se sacó un pañuelo del bolsillo y le enjugó las lágrimas. Elena sonrió al ver el pañuelo mágico de su abuela.

—La iglesia de Santa María, dentro está el Cristo del Socorro. Dicen que salvó a muchos marineros de una muerte segura. No podían volver a puerto por culpa de un temporal. Las mujeres del pueblo rezaron al Cristo y la mar se calmó. —Manuela sonrió y miró a Elena—. Gracias.

Manuela le siguió contando recuerdos de aquel lugar, su rincón preferido de pequeña, su vía de escape a los problemas. Estuvieron hablando durante varias horas. Elena pudo saber algo más de Luanco. Manuela hablaba ahora con naturalidad de un sitio del que no solía contarle nada. No entendía por qué evitaba hablarle de Luanco, el lugar donde había nacido y al que nunca había vuelto, al menos desde que Elena tenía uso de razón. Pero estaba dispuesta a averiguarlo.

Había llegado la hora de cenar. Elena cogió del brazo a Manuela y bajó con ella las escaleras hasta llegar al comedor. La acompañó hasta una mesa que estaba junto a la ventana y le ayudó a sentarse.

—Me ha encantado la fotografía y me encantas tú. ¿Vendrás mañana también?

—Claro que sí, aquí estaré.

Manuela le respondió con una sonrisa. Elena salió del salón y se fue directa a casa. Nada más llegar se puso al ordenador. Cada vez que recordaba a su abuela contándole cosas de su infancia en Luanco se le erizaba la piel. Buscó fotos de los lugares que ella había descrito y las volcó en una memoria USB.

Cada día de esa semana Elena le llevó a su abuela alguna de esas fotografías. Cada sitio nuevo del que le hablaba aparecía al día siguiente en la pared de la habitación de Manuela. Para Manuela era como un juego; para Elena, una terapia, su obstinada lucha contra el olvido.

Llegó el sábado y tocaba clase de piano. Entre la universidad, las visitas a su abuela y el dichoso libro, no había podido practicar mucho. El cumpleaños de su abuela era el domingo siguiente, apenas una semana, el tiempo se echaba encima. Así que Matías y ella decidieron que ese día darían dos horas de clase. Primero repasaron los compases que ya habían practicado la semana anterior. Los dedos de Elena no parecían responder muy bien al principio, pero después de varios intentos logró tocar la melodía sin pararse.

Tras dos intensas horas consiguieron llegar al objetivo que se habían marcado al principio de la clase. Elena ya se sabía prácticamente toda la canción, tan solo a falta de los cuatro compases finales, que dejaron para la semana siguiente. Estaba orgullosa de ver su progreso con el piano. Deseaba que llegara el domingo para tocarle a Manuela la canción que tantas veces había escuchado a través de las manos de su abuela. Ahora sería ella quien tocaría para Manuela, nada le hacía más feliz.

Fue una semana muy intensa para Elena. Por fin llegó el viernes por la noche. Elena estaba agotada de toda la semana y necesitaba descansar. Cuando llegó a casa después de visitar a Manuela cenó y se fue directa a la cama. La despertó el timbre de la puerta horas después. Se levantó de la cama como pudo y medio sonámbula fue a abrir. Al ver a Matías en el rellano de la escalera cerró de golpe.

—¿Se puede saber qué haces aquí tan pronto? —Elena se miró el pijama y se echó las manos a la cabeza.

—Vaya, me esperaba un recibimiento más cordial. Mírate el reloj.

Matías se aguantó la risa al otro lado de la puerta y oyó un «mierda» que Elena murmuró con la boca cerrada para intentar que Matías no lo escuchara.

—¿Estás bien?

—Eh, sí —titubeó Elena—. Dame un minuto. —Salió corriendo a su habitación.

—¿Vas a dejarme aquí plantado? Si es por el pijama no te preocupes, ya estoy acostumbrado.

Elena se apresuró a quitarse el pijama, ponerse desodorante, lavarse la cara y los dientes, echarse algo de colonia y peinarse el pelo como buenamente pudo. En tiempo récord volvió hacia la puerta y la abrió con una amplia e impostada sonrisa.

—¡Buenos días! Adelante, caballero.

—Me gustabas más con el pijama de Mickey.

—Menos risitas, guapo de cara, que tú tienes parte de culpa del desastre de vida que llevo últimamente.

—Encima tendré yo la culpa de que sigas en la cama a las 11.30 de la mañana.

—Este es el culpable. —Elena fue a la mesa del salón y cogió el libro—. Entre los trabajos de la universidad, las visitas a mi abuela y que este maldito libro me tiene enganchada me acuesto a las tantas.

—Entonces, elegí bien la historia, ¿no?

—Demasiado bien, sí. No sé si estoy más intrigada con el final del libro o con descubrir de una vez por todas el quinto sentido. Te advierto una cosa, tengo muy altas las expectativas, espero que no me defraudes.

—Yo también tengo altísimas mis expectativas contigo. Espero que tampoco me defraudes. —Matías señaló el piano.

Elena colocó las manos sobre el teclado y tocó la canción de su abuela con soltura, sin equivocarse ni una sola vez, ejecutando con precisión cada matiz que le había enseñado su profesor.

Matías miraba el reloj con pena. El objetivo que se había marcado Elena estaba cumplido. Le llamó para aprender esa canción al piano y ya era capaz de tocarla a la perfección. Pero esas semanas de clases habían sido algo más que un profesor enseñando a una alumna.

Elena estaba feliz. Veía cómo sus manos se deslizaban con destreza por el teclado y le costaba creer lo que estaba haciendo. Cuando terminó miró a Matías. Él se levantó de la silla y comenzó a aplaudir.

—Enhorabuena, lo has conseguido. Si mañana controlas los nervios, que estoy seguro de que así será, le vas a dar a tu abuela la sorpresa de su vida, le va a encantar. De verdad, puedes estar orgullosa de tu trabajo y constancia. ¿Puedo darte un abrazo?

Sin responder, Elena se levantó de la silla y le abrazó. El corazón de Matías se aceleró y deseó que esos segundos se convirtieran en minutos. Su mente comenzó a bombardearle con propuestas desesperadas para arañarle minutos al reloj:

«Dile que si necesita practicar un poco más la canción».

«Pregúntale si quiere cenar contigo esta noche».

«Pídele que te lleve a casa porque tu coche se ha averiado».

«Desmáyate».

«Cuando termine el abrazo, bésala».

Aunque finalmente optó por una opción un poco más comedida.

—¿Te puedo pedir un par de cosas más? —le preguntó. Ella asintió—. Cuando te acabes el libro dime si te ha gustado el quinto sentido. Y cuando le toques la canción a Manuela cuéntame cómo ha reaccionado, por favor.

—¿Te puedo pedir yo una cosa también?

—Lo que quieras.

—¿Me acompañarías mañana a ver a mi abuela? Contigo a mi lado me sentiré más segura tocando el piano.

—¡Por supuesto que sí! Me encantará conocer a Manuela y ver cómo reacciona. Va a ser increíble. Muchas gracias por querer compartir conmigo ese momento tan especial.

—¡Genial! Nos vemos mañana, entonces. ¿Te va bien sobre las once en mi casa?

—Aquí estaré. Por cierto, recuerda que a las nueve de la noche es la sorpresa en la librería para mi padre. Ya tengo encargados los canapés.

—¡Ostras, es cierto! Qué rápido pasa el tiempo. Nos veremos allí. No pienso perderme la *delicatessen* con la que vas a deleitar mi refinado paladar.

—No has probado jamás bocado tan selecto.

Ambos se despidieron con dos besos. Matías salió de casa de Elena feliz y con una idea en la cabeza. No tenía mucho tiempo, así que llamó a su padre por teléfono y le dijo que se encargara de la librería el resto de la mañana.

Después de la intensa semana Elena se distrajo leyendo. Tras un par de horas se quedó dormida en el sofá, el cansancio venció a las ganas de leer. Se despertó con un sobresalto. Miró el reloj y se levantó de golpe.

—¡Mierda, son las seis de la tarde y ni siquiera he comido!

Llegaba tarde para ver a Manuela. Comió algo rápido y salió de casa. Cuando estaba esperando al ascensor maldijo en arameo y volvió a entrar.

—A ver qué le llevo ahora a Manuela. —Se echó las manos a la cabeza.

Se había olvidado de imprimir la foto para pegarla en la pared de su habitación. Ya no le daba tiempo a pasar por la copistería para imprimirla. Así que tocaba improvisar. Con lo que le había costado «acostumbrar» a Manuela a sus fotos y hacerle recordar a través de esas imágenes ahora no quería romper esa rutina. Pensó cómo solucionarlo mientras daba vueltas por el salón hasta que se paró delante de la gran librería de madera que ocupaba una pared entera. En uno de los estantes había una fotografía en la que aparecían ella vestida de comunión y Manuela a su lado sonriente. Sacó la fotografía del marco y la metió dentro del libro para que no se doblara. Ahora sí, salió de casa rumbo a la residencia.

Al entrar al jardín alzó la mirada y la dirigió a la ventana de la habitación de Manuela. Allí estaba ella, leyendo tranquilamente. Se quedó un rato mirando a su abuela hasta que una voz le sobresaltó.

—Me encanta cómo está quedando tu «mosaico de la memoria» —le dijo Cristina por la espalda. Elena se giró y le dio un abrazo.

—Muchas gracias. Estoy feliz porque le está haciendo recordar cosas de su infancia. Por cierto, ¡mañana es el gran día! El cumpleaños de mi abuela. No sabes lo nerviosa que estoy.

—Qué rápido pasa el tiempo. ¿Has podido aprenderte toda la canción en tan pocas semanas?

—Sí, la verdad es que me sale bastante bien. De todos modos, le he pedido a mi profesor que se venga conmigo para que esté más tranquila.

—El gran Matías. Tengo ganas de conocerle, a ver si le pido que me enseñe a mí también a tocar el piano… o a tocar lo que sea, que buena falta me hace. Paso tanto tiempo entre estas paredes que ya ni me acuerdo de lo que es tener una cita con un hombre. Como tenga el día tonto me lanzo y todo. A no ser que tú y él…

—Él y yo, ¿qué?

—¡Uy, pero si te estás poniendo roja! No me habías contado nada, picarona. ¿Te has liado con el profesor de piano? Eso tiene que dar morbazo.

—Pero ¿qué dices? Más quisiera él. —Elena fingió desinterés en Matías.

—Ya, claro. Elena, me conozco esa mirada.

—Es mi profesor de piano, me enseña a tocar, y listo.

—Yo creo que te gustaría que también te enseñara otras cosas…

—Calla, anda.

—Cuenta, cuenta. ¿Os habéis liado?

—Que no, solo me da clases.

—De momento. Ya te digo yo que esto acaba en boda.

—Claro, y tú serás la madrina.

—Eso está hecho. —Cristina selló la promesa estrechando la mano de Elena.

—Estás fatal. Me voy a ver a Manuela, que al final se hace la hora de cenar. Te veo mañana, traeré tarta.

—Y a tu novio también lo traerás. —Le guiñó un ojo.

Elena negó resignada con la cabeza y subió a la habitación. Allí seguía Manuela, con su libro y su sonrisa.

—Hola, bonica, qué alegría verte de nuevo. ¿Sabes una cosa? Ahora voy un poco más lenta con el libro porque me entretengo mirando las fotos.

—Para no perder la costumbre hoy te he traído otra. Aunque te advierto que esta es diferente a las anteriores. Aquí la tienes.

Manuela se acercó la fotografía a la cara. Elena deseó que su abuela se levantara de repente del sillón, la abrazara, hablaran durante horas, rieran juntas, lloraran de felicidad... pero nada de eso ocurrió.

—Qué joven estoy en esta foto. ¿Quién es la niña tan guapa que sale a mi lado con el traje de comunión?

Elena disimuló su tristeza, cogió la foto y la puso en la pared.

—Te la voy a colocar aquí bien visible para que la mires de vez en cuando por si te acuerdas de quién es esta niña.

Estuvo con su abuela hasta que se hizo la hora de cenar. Elena se despidió y se fue a casa a practicar la canción. Cuarenta minutos después Manuela salió del comedor y se dirigió hacia las escaleras para subir de nuevo a su habitación. Al pasar junto al piano se quedó mirándolo, se acercó y levantó la tapa. Observó las teclas blancas y negras durante un buen rato y luego subió a su cuarto. Fue directa a la pared de las fotografías y buscó la única en la que aparecía ella junto a una niña. Con cuidado la despegó y se sentó en el sillón sin apartar su mirada ni un solo instante del trozo de papel que tenía entre las manos. Manuela miraba la fotografía esperando que la imagen hablara y le dijera quién era esa niña. Buscaba en su frágil memoria para ponerle nombre a esa cara que le sonaba tanto. Perdió la noción del tiempo, toda la residencia dormía, pero Manuela seguía mirando aquella foto, no quería rendirse, necesitaba un nombre. De repente, se levantó del sillón con la foto en la mano y se quedó mirando por la ventana. Volvió a observar la imagen y de su boca salió una sola palabra entre lágrimas: Elenita.

12

El sonido metálico del despertador levantó a Manuela como un resorte de la cama. Su corazón latía veloz del susto. Hacía menos de cuatro horas que se había acostado y le pesaban los ojos. De forma instintiva volvió a echarse la manta por encima y se acostó de nuevo. Mientras, su madre preparaba el desayuno en la cocina para ellas dos. Anxélica miró el reloj que había al lado de la radio y se extrañó de que su hija no hubiera salido de la habitación todavía. Cuando la cafetera comenzó a silbar apagó el fuego y subió lentamente las escaleras. Tocó con los nudillos en la puerta de la habitación de Manuela y, como no obtuvo respuesta, entró.

—Cariño, ¿qué haces todavía durmiendo? —Se acercó a la cama y se sentó junto a la almohada—. ¿Te encuentras bien?

Con dificultad Manuela entreabrió los ojos y titubeó su respuesta.

—Sí, mamá. Estoy bien. Es que después del concierto me quedé un rato hablando con Reme y se nos hizo un poco tarde —mintió.

—Venga, cariño, levanta, que no lleguemos tarde a la conservera. Te espero en la cocina con una taza bien cargada de café.

Manuela volvió a cerrar los ojos y su mente la llevó de nuevo a la furgoneta frente al mar. Revivió aquellas horas junto a

Alonso y deseó volver a estar allí. Se arrepintió de haber quedado el martes con Alonso y no ese mismo lunes. Tendría que haberle dicho que se verían por la noche, de madrugada si era necesario, aunque eso implicara luchar contra sí misma para levantarse al día siguiente como le estaba ocurriendo en ese momento. Quiso salir de la cama, pero no pudo. Abrazó con fuerza la almohada y se imaginó al lado de Alonso. Le besó, le acarició, se acurrucó en su regazo, volvió a besarle una y otra vez hasta que una voz lejana la sacó de su fingida cita.

—Se va a enfriar el café, Manuela.

—Ya voy.

Lanzó con las piernas la manta a los pies de la cama y se levantó. Cogió la bata que había colgada tras la puerta de su habitación y bajó las escaleras torpemente, lidiando con el sueño. Se sentó sola en la mesa de la cocina, su madre ya había desayunado. Cogió la taza con las dos manos para calentarse, tenía la mirada perdida y su mente anclada varias horas atrás en el interior de aquella furgoneta amarilla. En ese pequeño habitáculo Manuela se había visto libre, sin ataduras, feliz. Luanco se había convertido para ella en una cárcel y Alonso tenía la llave para sacarla de su encierro.

Cuando se acabó el café volvió a subir a su habitación. Odiaba su trabajo. Sentía que se le escapaba la vida con cada lata de bonito que rellenaba en la línea de producción. La rutina y el olor a pescado que se le impregnaba en todo el cuerpo le recordaban a diario lo desdichada que era. Y, de repente, apareció él. Un desconocido que le ofrecía empezar de cero, huir de aquel lugar que tanto detestaba. Una nueva vida lejos de Luanco. Manuela se miró en el espejo del baño. Se imaginó su vida fuera de allí y sonrió. Solo el hecho de pensarse alejada de aquella villa le hacía feliz. Una voz le recordó por qué no podía escapar de Luanco.

—¿Bajas, cariño? Remedios acaba de tocar a la puerta —gritó Anxélica desde el salón.

—Voy —respondió con desgana.

Dejar a sus padres allí en Luanco no era una opción porque suponía abocarlos a la bancarrota. Evitar su ruina era precisamente lo que había arruinado la vida de Manuela. Ella buscaba una solución intermedia, que su marcha no perjudicara a las personas que más quería en el mundo, pero por más que pensaba no encontraba esa solución mágica. Por eso seguía anclada a esa villa de pescadores. Y por eso huir con Alonso no era factible muy a su pesar, aunque era lo que más deseaba.

Manuela bajó los escalones, apresurada. Necesitaba hablar con Remedios, su mejor amiga, su confidente, la única persona que lo sabía todo de ella. La encontró en el quicio de la puerta esperándola con una sonrisa. Le dio un abrazo, lo necesitaba. Inspiró profundamente hasta que el olor de su colonia sació su pituitaria. Tenía ese aroma tan asociado a su amiga Remedios que con tan solo olerlo ya se relajaba. Anxélica cerró la puerta de casa y comenzó a caminar rumbo a la conservera. Manuela cogió la mano de Remedios y la retuvo durante unos segundos para poder hablar con tranquilidad sin que las escuchara su madre. Cuando la distancia fue suficiente para salvaguardar su intimidad empezaron a andar.

—Por el tamaño de tus ojeras imagino que la velada con Alonso acabó tarde. ¡Cuéntamelo todo!

—Hacía mucho tiempo que no me lo pasaba tan bien y me sentía tan feliz.

—No sabes cuánto me alegra escucharte decir eso.

—Me subió a su furgoneta y me llevó al puerto. Allí me dio un concierto para mí sola, frente al mar.

—¿Qué más?

—Cantamos juntos, bailamos, reímos…

—¿Y…?

—Cuando la torre del Reloj repicó a las dos de la mañana me acompañó a casa y me acosté con ganas de verle otra vez.

—¿Eso es todo?

—Bueno…, también me pidió que me casara con él.

Remedios se detuvo en seco delante de ella.

—¿Cómo? —gritó tan entusiasmada que varios metros más adelante Anxélica se giró hacia ellas. Manuela enseguida hizo un gesto con el dedo pulgar para indicarle a su madre que todo estaba bien—. ¿Te pidió matrimonio? —Esta vez Remedios se esforzó en no levantar la voz.

—Le toqué el cumpleaños feliz al piano y se emocionó.

—Pero si tú no sabes tocar el piano. A ver si Alonso es sordo, de lo contrario no entiendo que te pida matrimonio por destrozar una canción.

Las dos se miraron. Sus carcajadas resonaron por toda la plaza del Reloj. Intentaron amortiguar sus risas con la mano, pero fue en vano. La madre de Manuela se giró y les chistó para que no gritaran tanto.

—Pero si es pianista, ¿cómo va a ser sordo? —susurró Manuela.

—Beethoven era sordo.

De nuevo se miraron y volvieron las carcajadas.

—No son ni las siete de la mañana —les recriminó Anxélica—. Por favor, no arméis tanto escándalo, que vais a despertar a los vecinos. Y acelerad el paso, que al final llegaremos tarde al trabajo.

—Sí, mamá.

Manuela y Remedios bajaron la voz.

—Entonces, te pidió matrimonio un pianista sordo tras aporrear su piano.

—Oye, que tampoco toqué tan mal. Y no, te puedo asegurar que Alonso no es sordo.

—Bueno, bromas aparte, ¿qué más pasó?

—Pues pasó que fue una noche única, me reí mucho con él. ¿Y sabes? A pesar de estar dentro del cubo de hojalata de su furgoneta tuve una sensación de libertad que hacía tiempo que no sentía. Éramos solo él, yo, un piano, una furgoneta y el mar.

No te puedes imaginar cómo con tan poco pude disfrutar tanto. Lo necesitaba. Tú mejor que nadie sabes que estas últimas semanas han sido para mí muy duras. Y todavía queda lo peor.

Remedios la cogió por los hombros y clavó la mirada en los ojos de Manuela.

—Sabes perfectamente que está en tu mano que lo peor no llegue a pasar nunca. Solo tú puedes decidir eso. ¿Me entiendes? —Zarandeó suavemente los hombros de Manuela para recalcar su mensaje—. Solo tú.

—Ya sabes que...

—Yo lo único que sé es lo que veo en tus ojos hoy.

Se quedaron las dos mirándose mientras escuchaban los pasos de Anxélica alejarse poco a poco. Manuela sonrió. Remedios le devolvió la sonrisa. No les hizo falta decir más.

—Bueno, vamos a lo importante —siguió Remedios—. ¿Cuándo habéis quedado otra vez?

—Mañana.

—Pues tienes veinticuatro horas para buscar algo que le sorprenda a Alonso.

—No creo que pueda superar mi sublime interpretación al piano que tanto le emocionó.

Remedios se agachó poco a poco hasta arrodillarse delante de Manuela. Tragó saliva e intentó sin éxito contener la risa.

—Cásate conmigo.

De nuevo sus carcajadas resonaron por las calles desiertas de Luanco.

—Levanta del suelo. —Le tendió la mano y estiró para ayudar a Remedios a incorporarse—. A ti lo que te pasa es que me tienes envidia porque Alonso ha sabido valorar mi arte. —Alzó el mentón y fingió aires de superioridad mientras reanudaba la marcha.

—Miradla, ahí va, la reencarnación de Beethoven.

Más risas. Conforme se acercaban a la conservera se fueron encontrando con otras vecinas que también iban a trabajar.

Remedios y Manuela recondujeron su conversación para hablar con sus compañeras. Pocos minutos después un intenso olor a pescado marcó el final del camino.

El trabajo en la conservera era mecánico. En cada puesto había una caja llena de latas de hojalata y una bandeja con lomos de bonito. Las conserveras, todas mujeres, iban metiendo los lomos manualmente dentro de las latas. Una vez que estaban llenas se pesaban y se colmaban con aceite para conservar bien el pescado. Después, se colocaba una tapa que posteriormente se cerraba con una pequeña prensa hidráulica. Así una y otra vez en bucle durante ocho horas. Manuela se sentía como aquellos lomos de bonito: enlatada. Estaba estancada en aquel lugar que apestaba a pescado. Sus manos no paraban de envasar bonito, pero su mente estaba en otro lugar lejos de aquella fábrica. El sonido de la bocina la trasladó de la furgoneta de Alonso a su puesto de trabajo. Colgó el mandil de plástico en la taquilla y salió de la conservera junto a su madre y a Remedios. Deshicieron el camino que habían recorrido ocho horas atrás y llegaron a casa. Manuela se despidió de Remedios.

Mientras Anxélica calentaba la comida Manuela subió a cambiarse. Cinco minutos más tarde bajó a la planta baja y terminó de preparar la mesa. Degustaron la fabada que Anxélica había preparado la noche anterior. Manuela se quedó fregando los platos mientras su madre se tumbó en el sofá del salón a descansar. Cuando acabó de recoger la cocina Manuela subió a su cuarto y se acostó. Una hora más tarde, cuando el reloj marcaba las cinco, sonó el timbre de casa. Manuela se despertó y escuchó cómo su madre hablaba con alguien. Segundos después Anxélica tocó con los nudillos en la puerta de Manuela.

—Preguntan por ti —dijo Anxélica desde el pasillo.

Manuela se levantó de la cama y abrió la puerta.

—¿Quién? —preguntó con cara de dormida.

—Dice que es tu profesor de piano.

13

El día había llegado. Elena estaba nerviosa. En unas horas estaría tocándole a Manuela su canción después de mucho esfuerzo aprendiéndola. Antes de salir de casa se sentó al piano y la ensayó por última vez. Justo cuando terminó sonó el timbre. Cuando abrió, Matías estaba aplaudiendo.

—Te ha quedado fenomenal. Tienes que darme el teléfono de tu profesor, sin duda, ha hecho un buen trabajo.

—Vaya, ¿es que ahora me espías tras la puerta?

—Cuando he llegado acababas de empezar a tocar y no he querido interrumpir. Por cierto, ¿y tu pijama? Menuda decepción.

—Todavía puedo irme sola a la residencia, ¿eh?

—Sería una pena porque tu abuela se quedaría sin este regalo. —Le enseñó un pequeño paquete envuelto con un lazo rojo.

Elena se quedó observando aquel paquete, incrédula. Miró a Matías y sonrió.

—No tenías por qué. ¡Muchas gracias por el detallazo!

—Nada, mujer, ¿qué sería de un cumpleaños sin regalos?

—¡Y sin tarta! Se me había olvidado por completo. Tendremos que pasar por una pastelería. Madre mía, qué cabeza tengo.

—No pasa nada. Vamos si quieres en mi coche, compramos la tarta y luego directos a la residencia, ¿te parece bien?

—Me parece perfecto. —Elena le dio un beso en la mejilla—. Venga, no hay tiempo que perder.

Matías tardó unos segundos en reaccionar. Se puso la mano en la mejilla y sonrió. Ambos salieron del edificio y Elena le indicó cómo llegar a una pastelería que había camino de la residencia. Ella se bajó del coche a por la tarta. Él se quedó pensando en ese beso.

Elena le mostró a través de la ventanilla la caja de cartón que contenía la tarta y se subió al coche.

—Siguiente parada...

—Triunfar con la canción ante tu abuela —la interrumpió Matías sonriente.

—¡Vamos a por ello!

Cinco minutos después llegaron a la residencia. Elena cogió la tarta, Matías, el regalo, y salieron del coche. Accedieron al recinto y cruzaron por el jardín. Justo antes de entrar al edificio Matías tranquilizó a Elena.

—Va a salir todo perfecto. Has hecho un trabajo excepcional estas semanas y estoy convencido de que ahí dentro vas a triunfar. Será un momento superespecial y te agradezco que me permitas estar contigo para vivirlo en directo. Y ahora... ¡a por todas!

Elena le dio un abrazo emocionada y abrió la puerta. Los dos entraron en el edificio. Lo primero que vio Matías fue el piano que estaba al fondo de la sala. Al pasar por delante le guiñó un ojo a Elena. Ella asintió y comenzó a subir las escaleras.

—Aquí es, habitación 217. —Elena se paró delante de la puerta—. Creo que se me va a salir el corazón del pecho.

—Respira profundo, y adelante. Y recuerda luego cuando toques el piano, como si tuvieras un huevo bajo la palma, eso es fundamental.

Elena consiguió relajarse un poco. Había llegado el momento. Al entrar en la habitación vieron a Manuela sentada en el sofá mirando por la ventana, de espaldas a la puerta. Elena se fijó en la pared de las fotografías y le llamó la atención el pequeño hueco justo en el lugar donde había colocado la tarde anterior la foto de su comunión. Se acercó poco a poco, y en ese momento Manuela se levantó del sofá y se giró. En las manos tenía la fotografía que faltaba de la pared y en el rostro todas las lágrimas que el olvido le había impedido derramar durante meses.

—¡Elenita mía! —Manuela corrió hacia donde estaba su nieta.

No daba crédito. Había soñado tantas veces con ese momento, con escuchar su nombre en boca de su abuela, que no supo reaccionar. Al ver a Manuela ir hacia ella le dio la tarta a Matías y abrió los brazos.

—¡Mamá Nueva! —gritó entre sollozos Elena.

Matías tampoco pudo evitar las lágrimas al ver aquel abrazo que había tardado demasiado tiempo en convertirse en una realidad. Se quedó junto a la puerta contemplando la escena. Las dos lloraban abrazadas, se separaban unos centímetros para mirarse y colocaban las manos sobre las mejillas la una de la otra, y de nuevo se volvían a abrazar. Ese ritual de lágrimas, abrazos y miradas duró casi cinco minutos. Ni Elena ni Manuela eran capaces de articular palabra, solo podían llorar de alegría. Por fin.

Cuando las dos se recompusieron Matías se acercó con sigilo y le pasó la tarta a Elena. La sacó de la caja, le colocó una vela, la encendió y se la entregó a su abuela.

—Feliz cumpleaños, Mamá Nueva, más feliz que nunca.

—¿Hoy es mi cumpleaños? —Manuela cerró los ojos y sopló la vela—. Cómo pasa el tiempo. Aquí todos los días parecen iguales. Gracias, Elenita. Por cierto, ¿no me vas a presentar a tu acompañante?

—Él es Matías, un buen amigo que quería conocerte. —Elena le guiñó un ojo—. Matías, aquí tienes a la mujer de mi vida.

—Encantado de conocerla. —Se acercó y le dio dos besos—. Ahora entiendo por qué su nieta es tan guapa, veo que ha heredado sus genes.

—¡Uy! Qué más quisiera yo parecerme en algo a mi nieta. La edad no perdona, hijo, mi piel ya está arrugada y mi memoria, marchita. En cambio, ella... Mírala. —Los dos se quedaron mirando a Elena y ella se ruborizó.

—Eeeh... —titubeó Elena mientras intentaba buscar las palabras para salir de ese momento embarazoso—. Estamos aquí para celebrar un cumpleaños y al final la tarta se va a derretir. Así que habrá que comérsela, ¿no?

—¡Ay, Elenita! Nunca rechaces un cumplido y menos si viene de un chico tan guapo como él. Te aseguro que cuando seas vieja como yo lo echarás de menos.

—Si es que las jóvenes de ahora ya no son como las de antes, Manuela —apostilló Matías—. Seguro que en su época era más sencillo cortejar a una dama.

—¿Cortejar a una dama? —repitió con sorna Elena—. ¿Se puede saber de qué siglo te has escapado?

—¿Ves? No hay manera. —Matías se encogió de hombros.

—Ya caerá del burro. —Manuela puso el brazo derecho en jarra y le hizo un gesto a Matías para que se cogiera—. Como tardes en decidirte me caso yo con él. —Le dio un beso en la mejilla mientras Matías no paraba de reírse.

—¡Vivan los novios! —gritó Elena al ver aquella escena—. Bueno, tortolitos, después seguimos celebrando vuestro enlace. Mamá Nueva, tengo un regalo muy especial para ti.

—Mi regalo especial eres tú y tu amigo Matías, no me hace falta nada más. Mi cumpleaños feliz sois vosotros.

Elena se volvió a abrazar a su abuela. Manuela le indicó a Matías que también se acercara. Al principio este vaciló y se quedó a una distancia prudencial respetando ese momento, pero Manuela volvió a insistir con la mano. Matías se acercó y se abrazó también a ellas entre lágrimas.

—Bueno, vale ya de tanto llorar, que estamos de celebración. A ver, Elenita, ¿dónde está mi regalo? —Manuela abrió las dos manos y cerró los ojos.

—Abre los ojos y sobre todo los oídos, mi regalo no se coge con las manos. Vente conmigo.

Los tres salieron de la habitación y con paso pausado recorrieron el pasillo hasta llegar a las escaleras. Elena y Matías cogieron a Manuela uno de cada brazo y fueron bajando poco a poco. Cuando llegaron a la planta baja se encontraron con Cristina.

—Qué bien acompañada la veo hoy, Manuela. —La psicóloga le dio dos besos.

—Mi nieta y su amigo Matías.

En ese momento Cristina miró a Elena con cara de sorpresa. Ella asintió varias veces con la cabeza. Era la primera vez en mucho tiempo que veía a Manuela reconocer a su nieta. Sabía lo que eso suponía para Elena y estaba feliz de que por fin ese momento hubiera llegado.

—Mi nieta tiene una sorpresa para mí.

—Yo sé lo que es, y créame, le va a encantar, mucho más de lo que pueda imaginar —le dijo Cristina mientras le acariciaba la cara.

—Qué granujas, así que estáis compinchadas.

—Yo también. —Matías levantó la mano.

—Tres personas para hacer un regalo…, pues sí que os habéis tomado molestias. A mí con una caja de bombones de chocolate me habría bastado.

—Le aseguro que es mejor que todo el chocolate del mundo.

—De tú, Matías, háblame de tú. El chocolate es mi perdición, así que no me quiero ni imaginar de qué se trata. Estoy ansiosa por desvelar tanto misterio.

Elena volvió a coger a Manuela del brazo y la acercó al piano. Cristina trajo una silla, la colocó justo al lado del instrumento y ayudó a Manuela a sentarse. Matías se situó al otro lado del piano, cerca de Elena. Cuando Manuela vio a Elena sentarse al piano comenzó a llorar.

—¿No me digas que has aprendido a tocar el piano? —Se puso las manos delante de la cara, emocionada.

Elena se levantó de la banqueta, se acercó a Manuela y se puso de cuclillas delante de ella. Le quitó las manos de la cara y le limpió las lágrimas con un pañuelo.

—No llores ahora, Mamá Nueva, que seguramente cuando acabe la canción llorarás, pero de lo mal que toco.

—De eso nada, lo hace muy bien —interrumpió Matías.

—¿Le has enseñado tú? —Manuela levantó la mirada hacia Matías. Él lo confirmó con la cabeza—. Pues estoy deseando escucharte tocar, Elenita. Seguro que sigo llorando, pero de emoción. De hecho, me conformo con saber que has aprendido a tocar y que lo has hecho por mí.

Manuela le dio un beso a Elena en la frente. Ella se levantó y volvió a sentarse en la banqueta del piano. Miró a Matías, él asintió y le susurró un «tú puedes» que para Elena fue el empujón emocional que necesitaba. Miró a Manuela y le sonrió. Colocó las manos sobre el teclado y comenzó a tocar la canción. Nada más escuchar las primeras notas Manuela cerró los ojos y de nuevo las lágrimas surcaron su rostro hasta caer sobre sus piernas. Matías y Cristina tampoco pudieron contener la emoción. Elena continuó tocando ajena al mar de lágrimas que estaba provocando su impecable interpretación. Sintió con la yema de los dedos cada nota, estaba concentrada en cada sonido que salía de aquel viejo piano. Matías estaba orgulloso de ver lo bien que lo estaba haciendo Elena, podía percibir la emoción con la que interpretaba. Manuela estaba fuera de sí. Sentía alegría, pena, orgullo, melancolía, felicidad… Aquellas notas dibujaron en su mente el rostro de Alonso. Con los ojos cerrados y las manos en el corazón susurró su nombre. En ese momento Matías estaba mirando a Manuela y le leyó los labios. «Alonso». Un escalofrío le erizó la piel.

Manuela abrió los ojos, los dos se miraron. El tiempo se paró durante un par de segundos, esa simple mirada era toda una declaración de intenciones en ambos sentidos. «Te he visto decir el nombre». «Sé que me has visto». Los dos sonrieron y se guiñaron un ojo.

Tras un minuto y medio sonando aquella melodía la sala enmudeció de repente. Elena retiró poco a poco las manos del teclado. Matías empezó a aplaudir, le siguieron Manuela, Cristina y otra docena de internos que se habían acercado a escuchar. Elena se levantó y fue hacia su abuela. Estuvieron abrazadas durante un rato que les pareció insuficiente, solo interrumpido por los vítores del resto de los usuarios de la residencia que pedían insistentemente que tocara otra canción.

—Matías, vas a tener que tocar tú porque yo ya he interpretado todo mi amplio repertorio. Además, no tiene pinta de que se vayan a callar hasta que hagamos sonar de nuevo el piano. Así que, maestro, todo tuyo.

Al ver que Matías se acercaba al piano los residentes aplaudieron más fuerte. Elena se colocó detrás de su abuela y le puso las manos sobre los hombros. La sala enmudeció de nuevo al escuchar las primeras notas de «España cañí». Uno de los ancianos sacó a bailar a otra interna. Pocos segundos después toda la sala estaba bailando al ritmo del pasodoble. Matías tocaba con virtuosismo y los abuelos bailaban desinhibidos. Se olvidaron de las pastillas, de los dolores de cadera, de la artrosis e incluso se olvidaron de olvidar. La voz se corrió por el resto de la residencia y bajaron todos al salón. Manuela aplaudía sentada en la silla hasta que Elena la levantó y se puso a bailar con ella. Las enfermeras, auxiliares y demás personal también se sumaron a la fiesta. Cuando sonó la última nota del pasodoble llegaron los aplausos de toda la sala y a continuación comenzaron a pedir más canciones. Matías siguió tocando, enlazando una canción con otra, no le dejaban ni descansar unos segundos. Cuando acababa de tocar ya le estaban pidiendo la siguiente. Y así pasaron dos horas: bailando, riendo y aplaudiendo, seguramente las dos horas más felices que habían tenido muchos de los residentes desde que estaban allí internos.

Cuando se dieron cuenta ya era la hora de comer. Un gran aplauso de todos los residentes puso punto y final a aquel improvisado guateque. Los ancianos se acercaron a Matías para darle las gracias. Después todos se dirigieron al comedor. Elena le pidió a Cristina que les dejara unos minutos más con Manuela.

—Ha sido el mejor cumpleaños que he tenido en mi vida. Gracias, gracias, gracias a los dos. A ti, Matías, por enseñarle a mi nieta esa canción y por el guateque. Has hecho feliz a toda la residencia, y eso aquí tiene mucho valor. —Se acercó a Matías y le dio dos sonoros besos—. Y a ti, mi querida Elenita, tenías razón. Tu regalo es mucho mejor que todo el chocolate del mundo. ¿Te puedo pedir una cosa? —Elena asintió—. Nunca dejes de tocar el piano, hazlo por mí.

—Te lo prometo, Mamá Nueva. —Elena la abrazó.

—Yo también he traído un regalo para Manuela. —Matías sacó el paquete de la bolsa y se lo entregó—. No es chocolate, pero creo que también te va a gustar.

—¿Otro regalo? Esta vieja no se merece tanta cosa. Con el concierto que me habéis dado los dos al piano era más que suficiente.

Manuela quitó el lazo rojo, retiró el papel y abrió la caja. Se quedó mirando el aparato con cara de sorpresa. Elena tampoco tenía ni idea de por qué le había regalado eso.

—¿Tienes un hermano pequeño? Porque me lo imagino ahora mismo abriendo una caja de bombones o un abanico... ¿No te has equivocado, Matías? —Elena no podía parar de reír.

—A ver, ya sé que parece un juguete para niños... —comenzó a decir Matías.

—No es que parezca, es que lo es —le interrumpió Elena.

—Yo no sé qué es esto, pero me parece muy bonito con ese color rosa tan discreto y este dibujo de… —Manuela intentó recordar de qué era.

—De *La Bella y la Bestia* —puntualizó Elena.

Los tres se miraron y comenzaron a reír sin parar. Elena cogió aquel artilugio, lo inspeccionó y siguió riendo con lágrimas incluidas. Matías se lo quitó a Elena de las manos.

—Vamos a ver. —Matías intentó controlar las risas—. ¿Es que no habéis visto *La Bella y la Bestia*? La belleza está en el interior.

—Pues el interior tiene que ser espectacular porque el exterior… —A Elena le dolía la barriga de tanto reírse—. A ver, Matías, que la intención es lo que cuenta, pero es que esto no hay por dónde cogerlo.

—Deja que se explique, mujer —intervino Manuela.

—Gracias. Esto es un reproductor de mp3. Es como un tocadiscos, pero moderno. Cogí este modelo porque era el único que tenía el altavoz incorporado y botones grandes para que fuera más sencillo de utilizar.

—Entonces, esto es para escuchar música, ¿no? —preguntó Manuela.

—Eso es, pero no cualquier música. Te he hecho una selección de canciones al piano de las que escuchabas en tu época, como las que acabo de tocar.

—¡Entonces, podré hacer el guateque siempre que quiera! —Manuela le cogió el mp3 a Matías y buscó sin éxito cómo encenderlo.

—Tienes que darle a este botón. —Matías lo presionó y se encendió una pequeña luz verde—. La primera canción te va a gustar mucho.

Manuela lo presionó y comenzó a escucharse la canción que había tocado Elena. Nieta y abuela se miraron, emocionadas. Escucharon la canción entera abrazadas. Cuando acabó Matías les dio otra sorpresa.

Es Elena tocando. —Matías la miró—. Ayer te grabé con el móvil mientras estabas practicándola en casa. Así que, Manuela, siempre que quieras escuchar a tu nieta tocar solo tienes que darle a este botón. La primera canción que suene siempre será esta.

—No sé a qué esperas a casarte con este mozo, Elena. Muchas gracias, Matías. Ahora hasta me parece bonito el aparato y todo.

En ese momento apareció Cristina.

—Siento interrumpir este precioso momento, pero se le va a enfriar la comida a Manuela, tiene que entrar ya al comedor.

—Venga, Mamá Nueva, ve a comer. Mañana te veo otra vez.

—Has tocado de maravilla. En cuanto suba a la habitación pondré el cacharro este para escucharte de nuevo. Y a ti, Matías, espero verte también otro día. —Se acercó y le dio un abrazo—. Gracias por todo. —Le guiñó un ojo y Matías hizo lo mismo.

Manuela guardó el mp3 en la bolsa y se dirigió al comedor cogida del brazo de Cristina. Cuando ya estaba dentro Elena y Matías salieron del edificio hacia el coche. Nada más cerrar la verja de hierro que daba a la calle Elena abrazó a Matías.

—No tengo palabras para agradecer todo lo que has hecho por mí y por mi abuela. Sentirte cerca mientras tocaba me ha ayudado a no equivocarme en ninguna nota. Ver cómo toda la residencia bailaba al son de tus manos ha sido precioso. Y ya cuando le has dado el mp3 y ha sonado la canción tocada por mí… ¡Gracias!

—Gracias a ti por dejarme vivirlo a tu lado. Para mí ha sido muy especial. Por cierto, mientras tocabas el piano ha ocurrido algo maravilloso. Estaba mirando a tu abuela y, de repente, ha cerrado los ojos y ha susurrado un nombre.

—¿Alonso?

—Sí, lo ha dicho muy flojito, pero he conseguido leerle los labios. —Matías se paró en seco y la miró fijamente—. Elena, sé que me meto donde no me llaman, pero tendríamos…, bueno, tendrías que seguir investigando quién es ese tal Alonso.

—Tendríamos, Matías, tendríamos... En esto estamos los dos juntos. Me gustaría que mi abuela se reencontrara con él, pero es que no sé cómo actuar. Me da miedo preguntarle directamente porque no quiero desestabilizarla y tampoco quiero crearle falsas esperanzas. A lo mejor damos con él en un centro de desintoxicación o en una tumba y, si es así, no me gustaría que Manuela sufriera. En ese caso prefiero que se quede con el recuerdo que tiene ahora mismo de él y no revolver el pasado. Porque a lo mejor el presente de ese pasado no es tan bonito como su recuerdo.

—Tienes razón, pero lo que está claro es que si no investigamos nunca sabremos si sigue vivo o no. Y quizá tu abuela se pierda un futuro mejor.

—¿Y qué podemos hacer para dar con él? Quizá en las cartas que le dimos haya alguna pista más, pero si se las pido ahora va a sospechar.

—Tal vez Cristina pueda sonsacarle algo, así como quien no quiere la cosa...

—No sé, estamos en lo de antes. No quiero que piense que tratamos de averiguar dónde está Alonso por si al final no llega a buen puerto nuestra investigación y descubrimos cosas que no nos gustan.

—En ese caso tendríamos que intentar saber algo más de Alonso, pero sin que ella sospeche nada.

—Efectivamente, pero ¿qué hacemos? —Elena se quedó pensando en silencio unos segundos con los ojos cerrados y masajeándose las sienes con las manos—. Estamos en un punto muerto, no sé hacia dónde tirar.

—Bueno, habrá que seguir pensando, a ver si se nos ocurre algo...

—Un momento —le interrumpió Elena—. Ya sé dónde puede haber algo que nos ayude a saber algo más de Alonso. Quizá no haya nada, pero tengo que intentarlo.

—¿Qué se te ha ocurrido?

—El trastero de mi casa. Mi abuela nunca me ha dejado bajar, decía que era peligroso porque había muchas cosas y se me podían caer encima. Ha llegado el momento de comprobarlo. Te veo a las nueve en tu librería y te cuento si encuentro algo interesante.

Se despidieron y Elena se fue a casa. Cogió las llaves del trastero y bajó al garaje.

Nada más abrir la puerta la recibió un olor a humedad muy intenso. Estaba todo oscuro. Palpó con la palma de la mano la pared hasta que encontró un interruptor. Una bombilla de filamento se encendió en el techo arrojando una débil luz a la estancia. Aquel lugar era pequeño y estrecho. Tenía estanterías en ambos lados que cubrían toda la pared. Sobre los estantes descansaban decenas de cajas perfectamente ordenadas y con anotaciones a mano indicando qué contenían. Bajo las estanterías había azulejos de baño, varios botes de pintura, maceteros y dos sillas envueltas en plásticos. Nadie había pasado por allí en años, estaba todo lleno de polvo y ni siquiera había huellas de pisadas en el suelo. Elena fue dibujando con sus zapatos el recorrido que hizo por el trastero. Comenzó a leer las inscripciones que había en las cajas hechas con la inconfundible letra cursiva de su abuela. Ropa de Elenita, papeles casa, trabajos guardería, libros, seguro médico, juegos de mesa, utensilios cocina, dibujos, facturas… No le llamó la atención ninguna en particular, pero decidió ver la de los dibujos. A su abuela le encantaba hacerlos. Dentro de la caja había una carpeta negra con varios separadores. El primer dibujo que vio era de un pájaro con plumas de colores azul celeste y amarillo. El siguiente, un paisaje de una ciudad con río. Se podía ver un gran paseo lleno de árboles y un edificio en forma de arco compuesto por decenas de columnas. También había otro de un parque. Todos estaban firmados en la esquina inferior derecha con la palabra «Ferri» en rojo, el apellido de Manuela, y también con la fecha. Hizo fotos con el teléfono móvil a algunos de ellos y volvió a colocar la caja en su sitio.

Abrió un par de cajas más para comprobar que su contenido era el que marcaba la inscripción. No encontró nada extraño. Dio un nuevo repaso por los nombres de las cajas, buscó bajo los estantes en varias bolsas, pero solo había ropa vieja. Pulsó el interruptor del trastero con sensación de derrota. Sus esperanzas de encontrar algo relacionado con Alonso se apagaron con la luz. Cuando estaba cerrando la puerta con llave se paró en seco y pensó en voz alta:

—¿Seguro médico? Mi abuela no tiene seguro médico, recuerdo que se lo preguntaron cuando ingresó en la residencia, pero dijo que no, que nunca había tenido.

Volvió a abrir la puerta y buscó de nuevo la caja donde ponía «Seguro médico». La localizó en el estante superior, justo en la esquina, el lugar más inaccesible de todo el trastero. Puso la silla junto a la estantería para subirse encima y poder alcanzarla. Cogió la caja y se sentó. Dentro había una carpeta roja muy deteriorada por el paso del tiempo. La abrió con cuidado y nada más ver lo que había en su interior se le erizó la piel. Aquello, en efecto, no era la póliza del seguro médico.

Lo primero que vio fueron unas partituras. Las sacó de la carpeta y las examinó con detenimiento. Tenían algunas anotaciones en color rojo: «Cuidado, ojo con la mano izquierda, más piano, fa sostenido…». Se quedó mirando aquellos apuntes a mano intentando averiguar dónde había visto esa letra antes. Cerró los ojos y le siguió dando vueltas a la cabeza durante unos segundos hasta que le vino una imagen a la mente. Abrió los ojos de par en par.

—¡Las cartas de Alonso! ¡Es su letra!

Elena se puso nerviosa, continuó pasando las hojas con las manos temblorosas, no daba crédito. Era él, sin duda alguna. Tenía una letra muy peculiar, elegante, muy cursiva, de trazo fino. Exactamente la misma letra con la que estaba escrita la dirección de Manuela en las cartas.

Dejó esas hojas manuscritas sobre una de las cajas y siguió mirando el contenido de la carpeta. Había varios libros de partituras de piano de diferentes compositores. Y también encontró un dibujo hecho por su abuela. Eran unas manos de hombre tocando el piano. En la parte de atrás había una frase escrita con la letra de Manuela. «Con estas manos he descubierto las mejores melodías. Gracias por hacerme disfrutar. En todos los sentidos». Elena se ruborizó y no pudo evitar imaginarse las manos de Alonso acariciando a su abuela. Rápidamente borró esa imagen de la cabeza y sonrió. También había una fecha: 09-09-1971. Con el teléfono móvil hizo una foto del dibujo y de la frase.

Había otro papel dentro de la carpeta, una hoja tamaño folio doblada por la mitad. Al desplegarla y leer lo que ponía se quedó helada. Elena dejó la carpeta en el suelo y se levantó de la silla. Dio varias vueltas en aquel minúsculo espacio. Volvió a leer la hoja en voz alta. «Recital de copla con Blanca A. Al piano el maestro Alonso F. Domingo 5 de septiembre 22.00 Plaza del Reloj de Luanco». No daba crédito a lo que estaba leyendo, por fin las piezas iban encajando en torno a un lugar, Luanco.

Elena se sentó de nuevo en la silla y cogió la carpeta para comprobar si había algo más dentro. Descubrió un pequeño papel amarillento con muchas marcas de doblez, como si hubiera estado plegado en un trozo muy pequeño. Al girarlo encontró una nota manuscrita con la misma letra que había en las partituras. La leyó en voz alta:

—Nos vemos a las ocho en la parte trasera de la iglesia. Fingiré que no te conozco.

Se imaginó a Alonso esperando en la iglesia de Santa María, escuchando las campanas impaciente por ver a Manuela. Se imaginó a su abuela llegando nerviosa a la cita, con su mejor vestido. Se los imaginó a ambos besándose mientras la brisa del mar Cantábrico los despeinaba.

Volvió a guardar todos los papeles dentro de la caja. Cuando iba a colocar los libros de las partituras de piano se le cayó uno al suelo. Lo recogió y vio algo que llamó su atención en la primera página. Miró con detenimiento aquel sello y el nombre escrito a mano que había al lado. Después comprobó que en los otros cuatro libros aparecían el mismo sello y el mismo nombre manuscrito. Cogió el móvil y le envió un mensaje a Matías:

> No te vas a creer lo que he encontrado. Tengo una nueva pista. Creo que ya sé dónde podemos localizar a Alonso

14

Elena estaba eufórica. Sentía que cada vez se hallaba más cerca de descubrir el paradero de Alonso. La visita al trastero había sido clave y estaba deseando enseñarle a Matías sus últimos descubrimientos. Al llegar a la librería se lo encontró en la puerta, estaba recibiendo a los invitados a la fiesta. A todos les hacía una señal con el dedo en la boca para que guardaran silencio y se metieran dentro. Cuando vio a Elena le dio un abrazo.

—¡Qué alegría verte por aquí! Gracias por venir —susurró Matías.

—Yo he venido por los canapés, recuerda.

—Pues espero que aparte de a comer canapés hayas venido a algo más porque me tienes en ascuas.

—Vas a flipar. —Elena le enseñó la carpeta—. Pero luego hablamos, tú sigue recibiendo a los invitados.

—¡Qué nervios! Enseguida estoy contigo. Métete sin hacer ruido en la librería y coge una copa. Mi padre vendrá enseguida.

Elena entró lentamente para evitar que los zapatos hicieran ruido con la madera del suelo. Dentro había unas veinte personas esperando silenciosas con copas de champán en la mano para brindar cuando entrara Martín. Del techo colgaba una gran pancarta que decía «50 años contando historias con sentido». Cerca del mostrador había dos mesas llenas de comida y bebida. Elena cogió una copa y se colocó en un lateral. Al poco tiempo entró Matías con el último de los invitados que quedaba por llegar.

—Muchas gracias a todos por venir. Dentro de cinco minutos llegará Martín. Esta mañana me inventé una excusa para que viniera a las nueve y media a la librería. Cuando entre por esa puerta levantamos las copas y gritamos: «¡Felicidades, Martín!». ¿De acuerdo?

Los invitados asintieron con la cabeza. Matías cerró la puerta de la librería y buscó con la mirada a Elena. Estaba entretenida mirando algunos libros. Cuando el reloj marcó las nueve y media se oyó la cerradura girar. Nada más abrir la puerta todos felicitaron al unísono a Martín. Se quedó mirando a sus amigos.

—Pero ¿qué hacéis todos aquí? ¿Es que no tenéis casa?

Las risas resonaron por toda la librería. Antes de acercarse a sus amigos Martín se secó disimuladamente las lágrimas que empezaban a asomar por las arrugas junto a los ojos. Uno a uno fueron saludando con cariño al librero. El último en hacerlo fue Matías. Ambos se abrazaron mientras todos los invitados aplaudían.

—Papá, muchos decían que esto era un sinsentido cuando empezaste con el negocio hace cincuenta años. Pero el tiempo te ha dado la razón, y aquel «sinsentido» es ahora una de las librerías de referencia de todo el país. Esto ha sido gracias a tu esfuerzo diario por sacarla adelante. Todos nosotros estamos orgullosos de ti, de tu dedicación, de tu cariño, de tu entrega, y queremos darte las gracias por estos cincuenta años de compromiso con la literatura y con tu gente. Entre todos te hemos comprado este regalo.

Matías le entregó un pequeño paquete envuelto. Martín lo abrió con cuidado.

—No puede ser…

—Sí que es, papá. Una primera edición de *Cien años de soledad*, de Gabriel García Márquez. Nos ha costado encontrarla, pero nada es imposible, y aquí tienes tu ejemplar.

—Muchas gracias a todos, no sé por qué os habéis tomado tantas molestias con este viejo librero. Este ejemplar es una joya, y no me quiero ni imaginar lo que os ha costado.

Matías dejó que su padre hablara con sus amigos y fue en busca de Elena, que estaba comiéndose un canapé.

—¿Están buenos? —Matías cogió uno y se lo metió en la boca.

—La verdad es que sí, ya solo por esto ha merecido la pena venir. —Le guiñó un ojo—. Me ha encantado el detalle que habéis tenido con tu padre. Para un amante de la literatura tener un libro como ese debe ser un tesoro. Por cierto, yo también tengo un regalo para él.

—No tenías por qué.

—Tú tampoco y le hiciste ese superregalo a mi abuela. Estoy convencida de que le va a encantar y a ti también. Pero es para tu padre, ¿eh?

—Me intrigas mucho. Vamos a dárselo ya, vente.

Ambos se dirigieron adonde estaba Martín saludando a los invitados. Esperaron un poco a que terminara de hablar con uno de ellos.

—¿Te acuerdas de Elena?

—Cómo olvidar a esta dama. —Martín se acercó a darle dos besos—. ¿Te ha gustado la fiesta que me ha preparado mi hijo para recordarme lo viejo que soy?

—Su hijo es una caja de sorpresas, la verdad. ¿Sabe cómo me convenció a mí para que viniera a esta fiesta?

—Eeeh… creo que no es necesario… —la interrumpió Matías.

—Claro que es necesario —siguió Martín—. Cuéntame, Elena. Estoy deseando saber cómo hizo que una dama viniera a esta fiesta llena de viejas glorias.

—Me dijo que habría canapés. Así, como lo oye, me compró por un puñado de minitostas con un trozo de jamón y queso encima.

Elena empezó a reírse. Martín se echó las manos a la cabeza.

—¿Y eso es lo que has aprendido de mis artes amatorias, hijo? —Martín impostó la voz—. Eres una deshonra para esta familia, lárgate de este castillo, despójate de tu armadura y no vuelvas a pisar más mis dominios, bastardo, no mereces llevar mi apellido.

—¿Has acabado ya, papá? Creo que has leído demasiadas novelas de caballeros últimamente...

—Hijo mío, ¿unos canapés?

—Vale, es cutre y rastrero, pero ha funcionado, ¿no? —se defendió sonrojado Matías.

—La verdad es que es un pretexto tan triste que por pena no me extraña que haya aceptado venir.

—¿Habéis terminado los dos ya de humillarme? —Elena y Martín se miraron y los dos asintieron—. Bien, gracias.

—Bueno, Martín, aparte de a comer canapés también he venido a traerle algo. —Elena sacó el paquete de dentro de la bolsa y se lo entregó—. Después de ver la primera edición del libro de García Márquez me da hasta vergüenza dárselo, pero bueno, espero que le guste.

—El mejor regalo no es el regalo en sí, sino la persona que lo ha envuelto con todo su cariño. Todos los que estáis esta noche aquí sois para mí más valiosos que la primera edición de cualquier libro. Así que, haya lo que haya dentro de este paquete, me lo entregas tú, y para mí es más que suficiente.

—Eres único para soltar rollos. Venga, ábrelo ya, que quiero saber qué es.

—Esta juventud adolece de impaciencia. Si yo hubiera sido tan desesperado como tú habría cerrado esta librería el primer mes.

Poco a poco Martín fue quitando el papel de regalo, despegando cada trozo de cinta adhesiva sin romper el envoltorio. Matías y Martín miraron aquella caja y los dos abrieron a la vez la boca y los ojos de par en par.

—¿Se puede saber cómo has conseguido esto?

Martín tenía en sus manos un libro de tapas blancas con el título *Paper Passion*. Las hojas del interior eran de color rojo intenso y estaban perforadas formando una silueta. Ese hueco estaba ocupado por una botella de fragancia. Martín cogió la pequeña botella como si fuera un tesoro.

—Desde que salió esta colonia mi hijo y yo hemos tratado de conseguirla, pero nos ha sido imposible. Se agotaron todas las unidades en cuanto la sacaron al mercado y después las revendían a precios estratosféricos. Te tiene que haber costado mucho dinero, Elena. ¿Cómo lo has conseguido?

—Bueno, digamos que fue un golpe de suerte. Cuando Matías me contó que había una colonia que olía a libro nuevo me pareció muy curioso y estuve mirando por internet. Encontré algunas, pero eran carísimas. Así que puse en varias páginas de anuncios de segunda mano una alerta para que me avisaran si alguien vendía una. Hace una semana me llegó un mensaje al correo electrónico. Claramente la persona que la vendía no tenía ni idea de lo que tenía entre manos. Así que no me lo pensé dos veces y la compré. No os preocupéis, que no me he arruinado comprándola ni mucho menos.

—Me has dejado impresionado, y mira que a mi edad es difícil sorprenderme. Muchas gracias.

—Yo sigo alucinando. Eres única. Y todo por un puñado de canapés. —Los tres se miraron y empezaron a reírse—. Bueno, digo yo que habrá que olerlo, ¿no?

—Espera un momento —le interrumpió Elena—. Se me ocurre algo mejor. Cata a ciegas.

—Acepto el reto. —Matías subió la mano para chocarla con Elena.

—Te dejé un negocio serio, hijo. Vender libros, de eso se trataba. Pero no, tenías que hacer catas también. Y ahora cada vez que entro aquí me encuentro a gente metiendo sus narices entre las hojas.

—¿En serio que nunca ha hecho la cata de libros?

—Querida Elena, los libros son para leerlos, no para olerlos.

—Pues permítame decirle que estoy convencida de que le va a encantar la experiencia. Usted creó un lugar espectacular, pero la verdad es que su hijo ha sabido darle un toque que lo hace más increíble todavía, no hay una librería como esta en el mundo. Anímese, le va a gustar.

—Venga, papá, no seas carca.

—Lo que hay que hacer por un hijo y su novia...

—Papá...

—Vale. A ver cómo es esto de la cata —se resignó Martín.

—Así me gusta. La de su hijo es más completa, yo voy a hacer la nueva versión con esto. —Elena cogió el bote de colonia y buscó un libro de la estantería que tenía más cercana. Abrió con cuidado el frasco y se puso un poco en la muñeca—. Os doy a dar a oler un libro de verdad y la fragancia. Por cierto... —Elena se olió la muñeca—, vais a flipar, cómo huele. Lo oleréis los dos y luego me diréis qué es libro y qué es fragancia. Os advierto que es complicado. Empezamos.

Los dos cerraron los ojos. Primero les dio a oler a los dos el libro y después la colonia.

—Dime que no has cogido dos libros y nos has engañado. —Matías le pidió a Elena volver a olerlo—. Yo, sinceramente, no sabría decirte qué es libro y qué colonia. Estoy alucinando.

—Yo apostaría a que la colonia era lo primero, pero la verdad es que tampoco me jugaría el cuello.

—Error. Lo primero que habéis olido era este libro y lo segundo, la colonia. Podéis comprobarlo. —Elena dejó que olieran de nuevo el libro y la colonia en su muñeca.

—Sorprendente. —Martín cogió la botella de colonia y la abrió para olerla.

—Es alucinante lo bien conseguido que está. —Matías volvió a oler la muñeca de Elena—. Papá, creo que Elena se ha ganado conocer nuestro secreto.

—¿Te refieres a...? —Martín hizo un gesto con los ojos mirando hacia arriba. Matías asintió—. Estoy de acuerdo. Sin duda, con esta fragancia se ha ganado el ilustre honor. Serás la tercera persona en saberlo.

—Mi lugar preferido de la librería.

—Pero si me lo dices tendrás que matarme, al menos eso me aseguraste cuando me hablaste de ese lugar misterioso.

—¿Eso le dijiste, hijo? Qué melodramático.

—Papá, enséñale a tus amigos el perfume. Ya sabes a qué me refiero. —Matías le guiñó un ojo.

—Gracias de nuevo por venir y por el regalo, insuperable. —Martín le dio dos besos a Elena, se echó un poco de perfume por el cuello y se fue hacia la entrada de la librería.

Se colocó de espaldas a la puerta y llamó a sus invitados para que se acercaran a oler el regalo que le había hecho Elena. Matías esperó a que todos miraran a su padre y les dieran la espalda a ellos dos. Cuando comprobó que nadie los veía le hizo un gesto a Elena para que le acompañara. Se acercó a la estantería que daba acceso al altillo. Sacó un libro que estaba en el estante inferior, justo al extremo. Después quitó una pequeña chapa de madera que reveló una manivela. La giró y tiró de la estantería hacia él ante la mirada atónita de Elena, que seguía toda aquella operación con la boca abierta. Quedaron al descubierto unos peldaños de madera. Matías le indicó a Elena que subiera. Él la siguió y tiró de la estantería para colocarla de nuevo en su sitio.

—Bienvenida a mi lugar favorito del mundo. —Matías se sentó en una de las dos sillas que había en el altillo y le hizo un gesto a Elena para que se sentara en la otra.

—Ahora has sido tú el que me ha dejado sin palabras. ¿Me puedes explicar qué es este lugar?

—Lo construyó mi padre para mí. Mi madre murió cuando yo era muy pequeño. —Matías descolgó de una estantería la foto que tenía de Amelia con el marco de cartón azul y se la dio a Elena—. La librería era su única fuente de ingresos y no podía cerrarla para cuidarme. Así que ideó este lugar para que estuviera protegido y cerca de él. Aquí me he pasado toda mi infancia. Como ves tengo mi pequeña biblioteca personal. —Matías le mostró todos los libros que tenía en una estantería.

—¿Y por qué estos otros libros están al revés? Se les ven las hojas en vez del lomo con el título.

—Mira. —Matías cogió dos libros y le dijo que se asomara. Elena se levantó de la silla y miró a través del hueco que había hecho Matías—. Por aquí se ve la librería. Puedes quitar cualquiera de estos libros para ver todos los rincones del local. Los clientes ven los lomos de los libros, pero no pueden cogerlos porque están demasiado altos. Lo usaba de pequeño para poder ver a mi padre en todo momento, pero a la vez nadie sabía que yo estaba aquí.

—No me extraña que sea tu lugar favorito, me encanta.

—Mi padre se escondía en la librería y yo iba quitando libros para descubrir dónde estaba, me encantaba jugar con él. —Matías miró por el hueco de los libros y vio cómo Martín seguía enseñándole el perfume a sus amigos—. ¿Puedo hacerte una pregunta? ¿Por qué llamas a tu abuela Mamá Nueva?

—Yo tenía menos de dos años. Íbamos en el coche a celebrar el cumpleaños de mi abuela y tuvimos un accidente. Murieron mis padres y mi abuelo. Las únicas que nos salvamos fuimos mi abuela y yo. A mí me llevaba ella en brazos.

—¡Madre mía, qué horror! Siento haberte hecho recordar otra vez este trauma.

—Estoy bien, no te preocupes. Cuando ocurrió todo yo solo sabía decir «mamá». Siempre que llamaba a mi madre mi abuelita me decía: «Yo soy tu nueva mamá». Así que esa fue la segunda palabra que aprendí. Desde entonces Manuela para mí es mi Mamá Nueva.

—Tu Mamá Nueva tiene mucha suerte de tener una nieta como tú.

—Ella me lo ha dado todo, qué mínimo que intentar devolverle lo que esta maldita enfermedad le está arrebatando. Pero bueno, no nos pongamos melancólicos. —Elena le enseñó la carpeta roja del trastero—. Tengo novedades.

Elena abrió la carpeta y le enseñó las partituras. Matías las cogió con mucho cuidado y las hojeó con detenimiento. Le llamaron la atención las anotaciones que había a mano. Fue pasando las partituras y leyéndolas.

—¡Esta es la letra de Alonso!

—Efectivamente, la misma que estaba en los sobres.

—Entonces... ¡Alonso era el profesor de piano de Manuela! Porque, si no, estas anotaciones no tienen sentido.

—¿Verdad? Yo he pensado lo mismo cuando lo he visto. Pero espera, que todavía hay más cosas, mira.

Le mostró el dibujo de las manos, el cartel de Luanco y el pequeño papel con la frase escrita por Alonso. La boca de Matías se abría cada vez más al ir descubriendo todo lo que contenía la carpeta.

—¿Recuerdas las iniciales de Alonso?

—A. F. C. —respondió Elena.

—Ahora mira el cartel del recital de copla. —Matías cogió el papel y le enseñó el nombre—. ¿Ves? Alonso F. Todo cuadra. Tenemos que ir a Luanco.

—¿Qué dices? —Elena le cogió el cartel y guardó todos los documentos de nuevo en la carpeta—. ¿Qué hacemos allí nosotros?

—Pues es evidente, preguntar por Alonso. Estoy convencido de que vivía en Luanco. Tu abuela y él tuvieron que ser amigos de la infancia, amigos muy especiales, si no es que fueron algo más… Se acordaba de su nombre incluso cuando a ti no te reconocía. Eso solo ocurre con los recuerdos de la infancia, los que más cuesta borrar. Fíjate lo que pasó con las fotos que le llevaste de Luanco. Además, hasta el momento es el único lugar donde sabemos a ciencia cierta que estuvo Alonso.

—Bueno, aparte de media América Latina según los sellos de las cartas.

—Luanco nos pilla más cerca, ¿no crees? Otra opción es que le preguntes directamente a tu abuela por Alonso o que le pidas permiso para leer las cartas por si hay alguna pista.

—Esa no es una opción. No quiero que piense que estamos intentando averiguar nada sobre Alonso hasta que sepa qué es ahora de su vida, si es que está vivo, y si quiere reencontrarse con mi abuela. No quiero darle un disgusto.

—Entonces, vayamos a Luanco.

—Espera, encontré algo más en el trastero. —Elena sacó el móvil y le enseñó la foto que hizo de la primera página del libro de partituras—. ¿Ves? Hay un sello de una tienda de música en Salamanca. Musical Iglesias.

—¿Y qué pasa con esto? ¿Manuela ha estado en Salamanca?

—Mi abuela no. Mira el nombre a lápiz que hay al lado.

Matías amplió la foto con los dedos.

—¡Alonso!

—Eso es, encontré cinco libros como este, y en todos aparecía el sello de la tienda de Salamanca y el nombre de Alonso a mano. Así que estos libros eran suyos y entiendo que se los regaló a mi abuela. Es muy probable que Alonso sea salmantino.

—Bueno, también pudo estudiar allí. Salamanca es una ciudad universitaria, muchos jóvenes van allí durante los años de carrera.

—Habrá que llamar para salir de dudas. He mirado en internet y la tienda continúa abierta, es de las más antiguas de la ciudad. Con suerte el dueño sigue vivo y se acuerda de Alonso.

—Me parece buena idea. Aunque de todos modos yo creo que deberíamos ir también a Luanco. Allí seguro que podemos recabar más información. Es un pueblo pequeño. Se acordarán de Manuela seguro y es posible que también de Alonso.

—Vale, viajamos a Luanco ¿y dónde vamos? —Elena se encogió de hombros—. No tenemos ni siquiera la dirección de la casa donde vivía mi Mamá Nueva.

Matías sacó el móvil, buscó en la galería de imágenes durante unos segundos y le enseñó la foto de uno de los sobres del piano.

—Calle Riba 25. —Matías se puso el móvil al lado de la cara y sonrió.

—¿En serio que hiciste una foto?

—No todos los días uno se encuentra unas cartas antiguas dentro de un piano, quería tener un recuerdo y saqué una foto con el móvil. Ya no tienes excusa para no ir, sabemos la dirección.

—A ver, déjame pensar. —Elena guardó silencio durante unos segundos—. Que Alonso esté muerto es una posibilidad muy real. De hecho, quizá sea el menor de los males. Descubrimos su lápida en algún cementerio y fin de la historia, sin más. Aunque pensándolo bien, Mamá Nueva tiene setenta y nueve años, a poco que Alonso sea un poco mayor que ella tendrá ahora unos ochenta y algo. No es tan viejo como para haberse muerto, al menos por causas naturales. Vale, supongamos que está vivo. ¿Y si ya no se acuerda de mi abuela?

—¿Y si él está deseando reencontrarse con Manuela? ¿Y si él también la está buscando? ¿Y si continúa tocando esa canción pensando en ella? ¿Y si nunca se ha casado porque Manuela ha sido el amor de su vida? ¿Y si no hacemos nada? ¿Te lo perdonarías?

Los dos se quedaron mirándose sin hablar durante un buen rato, pensando.

—¿Qué haces mañana? —Elena sonrió.

—Preparar la maleta para irme de viaje contigo a Luanco.

—Matías le devolvió la sonrisa.

—Sabes que esto es una locura, ¿verdad?

—Bueno, ya lo decía Cortázar, no cualquiera se vuelve loco...

—Esas cosas hay que merecerlas —le interrumpió Elena.

Matías cogió el móvil y buscó rutas para ir a Luanco. Después de ver varias opciones le enseñó la pantalla a Elena.

—Mañana por la tarde sale un vuelo directo de Alicante a Oviedo. Dime que sí, y compro dos billetes ahora mismo.

A Elena le entró una risa nerviosa. Miró de nuevo la pantalla del móvil, vio la cara de felicidad de Matías, cerró los ojos y se imaginó en la iglesia de Santa María de Luanco contemplando el mar Cantábrico, ese mismo mar que fue testigo de aquella cita a las ocho de la tarde entre su abuela y Alonso.

—Habrá que hacer méritos para volverse loco. Nos vamos a Luanco —sentenció.

Se levantaron de las sillas y se abrazaron mientras reían pensando en lo que estaban a punto de hacer. Matías estaba pletórico, le apasionaba la idea de ir en busca de Alonso, de descubrir aquel misterio de las cartas, y le apasionaba la idea de ir con ella. Elena estaba nerviosa. Quería saber quién era Alonso, ponerle rostro a la persona de aquellas manos que había dibujado su abuela, pero también tenía miedo. Aun así, estaba decidida a encontrar respuestas a tantas preguntas que tenía en la cabeza. El abrazo terminó y sus caras se quedaron a apenas unos centímetros. Matías tragó saliva, la cabeza le iba a mil:

«Bésala».

«Pero cómo voy a besarla, ¿estamos locos?».

«Que sí, lánzate».

«Calla y déjame pensar».

«Matías, no hay tiempo para eso, bésala».

«No me agobies».

Elena pareció leerle la mente y sonrió.

—Mañana salimos de viaje a Luanco, habrá que ir a casa a preparar la maleta y esas cosas, ¿no?

—Sí, será mejor que nos vayamos a casa. El avión sale a las 14.35, y ya se ha hecho un poco tarde. Todavía tengo que comprar los billetes y buscar alojamiento allí.

Matías sacó dos libros de la estantería y se asomó. Quedaban ya muy pocos invitados, estaban hablando con Martín en torno a la mesa mientras comían algo. Bajaron por las escaleras, Matías empujó la estantería hasta que se abrió lo suficiente para que pudieran salir. Los dos se dirigieron a la puerta de la librería.

—Despídeme de tu padre, no quiero molestarle ahora que está hablando con sus amigos.

—Lo haré de tu parte. Mándame cuando llegues a casa tus datos para hacer la reserva del avión. ¿Nos vemos aquí sobre las 11.30?

—Aquí estaré, puntual para dar comienzo a esta locura. —Elena le dio un beso y se marchó hacia casa.

Unas horas después, ya avanzada la noche, Martín despidió en la puerta de la librería al último invitado. Mientras, Matías recogía los restos de comida que habían quedado en la mesa.

—Sabes que no me gustan las sorpresas, pero he de reconocer que ha sido muy bonito que juntaras a todos mis amigos.

Matías le dio un abrazo.

—Qué bien hueles, papá. Como un libro recién salido de la imprenta.

—Ya puedes incorporar algo nuevo al invento ese de tus catas. A partir de ahora también podrán catar al librero.

—Tendrás que venir entonces a la siguiente cata. Por cierto, quiero pedirte un favor. ¿Podrías abrir tú la librería estos días? Es que me voy de viaje con Elena, salimos mañana.

—¿Vas a darle clase de piano en otra ciudad?

Se rieron. Matías le contó toda la historia de la abuela de Elena, las cartas y Alonso.

—Vete tranquilo, creo que todavía me acuerdo de vender libros.

A Elena solo le quedaba una hoja para terminar el libro que le regaló Matías. Leyó cada palabra con detenimiento, intentando ralentizar el final, aletargando tanto como podía la despedida de los personajes que la habían acompañado durante los últimos días y que se esfumarían tras pasar la última hoja. Sin quererlo llegó a la frase que cerraba la novela. Estaba feliz y triste a la vez. Le había encantado el libro, pero ahora sentía la pena del adiós. Aunque la tristeza le duró poco. Al pasar la última página se encontró con una hoja adicional de color rosáceo y más gruesa de lo común. El tacto era diferente al de una hoja normal y además desprendía un olor dulce muy agradable. Elena leyó en voz alta lo que ponía en aquel peculiar folio:

Los finales de un libro suelen ser amargos por uno de estos dos motivos:

1) No te gusta cómo acaba la historia.

2) Te gusta tanto que ahora te sientes desamparado, huérfano.

Pero en la librería Con los Cinco Sentidos
queremos que cada historia que leas
la termines con buen sabor de boca.
Arranca esta hoja y cómetela.
No es una broma, puedes comértela, es una oblea.
Hasta la siguiente aventura.
Quizá pueda ser esta, mira.

Justo debajo del texto aparecía la imagen de la portada de un libro. Elena estaba con la boca abierta. Olió la hoja, cortó una esquina y se la comió. Efectivamente, era oblea con sabor a fresa. Entre risas arrancó la hoja y se la comió entera. Una amplia sonrisa se dibujó en su rostro mientras cerraba el libro y lo colocaba en la estantería del salón.

15

Manuela se quedó unos segundos mirando a su madre intentando entender lo que le acababa de decir.

—¿Mi profesor de piano?

Su madre se encogió de hombros y le señaló con las manos la escalera. Manuela se agarró de la barandilla medio dormida y bajó despacio hasta que vio la figura de un hombre junto al piano. El crujido de la madera de uno de los escalones le hizo girarse.

Allí estaba él.

—Habíamos quedado a las cinco, ¿no? —preguntó Alonso con una amplia sonrisa.

Se hizo el silencio. Manuela se restregó los ojos con ambas manos para intentar disipar la modorra mientras su madre la miraba fijamente pidiéndole una explicación a esa inesperada visita. Como Manuela seguía sin poder articular palabra, Alonso salió a su rescate.

—¿Es que no le has contado a tu madre lo de ayer?

Manuela se ruborizó. Su cabeza empezó a torpedearle preguntas para las que no tenía respuesta.

«¿Qué haces aquí?».

«¿Qué se supone que tenía que contarle a mi madre?».

«¿Qué le has dicho tú a ella?».

«¿Le has contado que estuvimos anoche juntos?».

Anxélica esperaba una respuesta de Manuela, pero como los segundos pasaban y su silencio comenzaba a ser muy incómodo Alonso tomó las riendas de la conversación de nuevo.

—En cada sitio que actúo siempre sorteo unas clases de piano. Es mi forma de devolver al público mi gratitud por sus aplausos. Además, es la excusa perfecta para quedarme más tiempo en los lugares donde toco. Anoche la afortunada fue su hija. Así que, si a usted no le parece mal, durante los próximos días enseñaré a Manuela a sacarle sonido a ese maravilloso instrumento que tienen ahí. —Señaló el piano que descansaba bajo las escaleras que comunicaban el salón con las habitaciones del piso superior.

A Manuela le costó aguantar la risa. Alonso le pidió con la mirada que confirmara su coartada.

—Sí, mamá. Se me olvidó comentártelo. Como anoche el concierto terminó tarde y ya dormías no te lo conté. Y esta mañana ni siquiera me acordé.

Los pocos segundos que Anxélica tardó en contestar se hicieron eternos.

—Pues me parece muy bien que por fin alguien lo use.

—¿Nadie toca el piano en casa? —preguntó Alonso extrañado.

—No. El piano se lo regaló a mi marido un amigo suyo marinero que se fue a vivir fuera del país. El traslado del instrumento era muy costoso, así que se lo dio. Desde entonces ahí está. No creo que suene muy bien.

—¿Me permite?

La madre de Manuela afirmó con la cabeza. Alonso se acercó al piano y abrió la tapa. Inspeccionó el estado de las teclas y después se sentó en la banqueta. Sus manos llenaron el salón de una melodía que madre e hija disfrutaron en silencio hasta que Alonso retiró las manos del teclado y ambas aplaudieron con entusiasmo.

—Ciertamente sorprendida de que pueda sonar así de bien —exclamó Anxélica mientras seguía aplaudiendo—. Qué maestría la de sus manos recorriendo el teclado. Un placer para los oídos y para la vista. Gracias por su excelente interpretación.

—Se lo agradezco, señora. Tienen aquí un buen instrumento y como ha podido comprobar está en perfecto estado.

—Pues no hay más que decir. Estaré en la cocina preparando un guisado de pescado para cenar. Aprovecha esta oportunidad, Manuela. Y usted, cualquier cosa que necesite me avisa, profesor…

—Flores. Alonso Flores. Para servirles a Dios y a usted.

El sonido del extractor de humos que encendió Anxélica atenuó las carcajadas de Manuela al otro lado de la pared.

—¿Se puede saber cómo te has inventado lo del concurso de clases de piano?

—No podía esperar a mañana para verte, así que decidí dar rienda suelta a mi imaginación, y ya ves que ha surtido efecto.

—Pero ¿cómo sabías que tenía un piano?

—Anoche cuando te acompañé a casa, antes de que cerraras la puerta, vi el piano y me pareció la excusa perfecta para verte hoy.

—Me ha costado mucho contenerme la risa cuando has contado la milonga del profesor de piano.

—Has disimulado muy bien ante tu madre.

—Pues más te vale que ese piano comience a sonar ya porque si no va a empezar a sospechar.

Alonso le hizo un gesto con las manos para que se sentara en la banqueta. Él cogió una silla de la mesa del comedor y se quedó mirando el aparato que estaba sobre la mesa.

—¿Por qué tenéis en casa un magnetófono? —Alonso seguía examinando aquel pequeño mueble de madera que contenía dos bobinas y múltiples botones.

—Es de la parroquia, lo donó el mismo vecino que le dio a mi familia el piano. Cuando se fue a trabajar al extranjero regaló muchas de sus pertenencias. Tocaba muy bien el piano y le gustaba grabar sus canciones en este aparato. Pensó que la iglesia de Santa María sería un buen sitio para el magnetófono porque al párroco, don Emilio, le gusta mucho cantar en misa. Así que, antes de mudarse, grabó con este aparato un montón de música sacra para que don Emilio cante con acompañamiento.

—¿Y por qué está ahora en tu casa?

—Mi padre lo está reparando, es un manitas, le encanta destripar cualquier artilugio eléctrico. Por las tardes se encarga de arreglar lo que le traen los vecinos. Es su forma de relajarse después de toda la mañana pescando.

—Qué curioso. Bueno, vamos a lo nuestro. Aparte de tu magistral interpretación del cumpleaños feliz, ¿sabes tocar algo más?

Manuela negó con la cabeza.

—Delito tienes con un piano en casa no saber tocar nada más.

—Por eso he contratado a un profesor.

Los dos rieron.

Él se levantó de la silla y le pidió a ella que hiciera lo mismo. Alonso se sentó en la banqueta y comenzó a explicarle lo más básico: las notas. Tocó una breve melodía y le pidió a Manuela que la repitiera. Tímidamente las manos de Manuela comenzaron a reproducir las notas que acababa de tocar su profesor. Tras varias repeticiones consiguió que sonara con soltura. Alonso le enseñó otra canción y Manuela reprodujo cada nota lentamente hasta que al fin pudo tocarla entera. Entre canción y canción las palabras lisonjeras de Alonso sonrojaban a Manuela, que respondía con su misma medicina. El extractor de humos de la cocina mantenía en secreto sus adulaciones mutuas. De las palabras pasaron a las caricias. Las manos de profesor y alumna se rozaban fugazmente sobre el teclado cuando Alonso corregía alguna posición de los dedos de Manuela. Ese pequeño contacto los erizaba a ambos. Las correcciones eran cada vez más frecuentes, no por la falta de destreza de Manuela, sino por la necesidad de los dos de sentirse.

De repente, el extractor dejó de sonar. Sin el parapeto de aquel ruido que hasta ese momento los había aislado de Anxélica las palabras cesaron a la vez que se multiplicaron las caricias camufladas bajo el pretexto de las correcciones de Alonso. Las miradas decían el resto. Conforme pasaban los minutos aquella coreografía de manos sobre el teclado del piano se hacía más apasionada. Alonso colocaba las manos sobre las de Manuela mientras ella tocaba. Solo con el roce de su piel la respiración de la alumna se aceleraba. El deseo de Alonso también. Manuela miraba por encima del mueble del piano de cuando en cuando para controlar que su madre no saliera de la cocina. Alonso ni se acordaba de que al otro lado de la puerta había otra persona. No podía apartar su atención del rostro de Manuela. Lo tenía a apenas unos centímetros del suyo. Ella se percató de la mirada del profesor y le dedicó una sonrisa nerviosa. Continuó tocando el piano, pero seguía notando que Alonso estaba mirándola. Volvió a sonreír sin apartar la vista del teclado. Imposible concentrarse. El sonido del piano dejó de escucharse. Manuela se giró hacia Alonso y sus miradas se encontraron de nuevo. A cámara lenta recorrieron los escasos centímetros que separaban sus labios. La bocina de un barco que resonó en toda la casa frustró el beso que tanto deseaban los dos.

16

Matías llegó pronto a la librería esa mañana. Como era lunes había mucho que hacer y quería adelantar todo lo posible para no dejarle demasiado trabajo a su padre. Las siguientes horas las pasó registrando en el sistema informático las novedades que había traído el repartidor y colocando cada ejemplar en las estanterías. Estaba tan absorto en la tarea que casi le dio un infarto cuando escuchó a alguien entrar a la librería aplaudiendo.

—He de reconocer que el quinto sentido ha superado mis expectativas, me ha encantado. Así que, señor librero, mi enhorabuena. —Elena dejó la maleta al lado del mostrador y fue hacia Matías.

—A todo el mundo le encanta. Yo creo que hay quien me compra libros solo por la oblea.

—Pues no me extraña. Además, lo de recomendar un libro en esa hoja comestible es una gran idea también.

—Algunos clientes incluso vienen con el trocito de oblea recortado donde está la portada del libro para comprarlo. Cuando ya lo tienen en sus manos terminan de comérsela aquí.

—Quizá debería haber hecho yo lo mismo, pero estaba tan entusiasmada con la oblea que me la comí entera y ahora no sé qué libro me recomendabas.

Matías se acercó a una estantería que estaba al fondo de la librería y cogió un libro.

—Esta era la recomendación que te comiste. Es para ti, así podrás leer en el avión.

—Pero, Matías, ya me diste un libro, no puede ser que cada vez que venga me regales uno, es tu trabajo.

—¿Sabes lo que presumió anoche mi padre con su colonia? Eso vale más que veinte libros.

—Muchas gracias, prometo no comerme la recomendación que me pongas y comprármela yo. ¿Cómo haces lo de la hoja de oblea?

—Mira, ven. —Matías fue hacia el mostrador y le indicó a Elena que entrara con él—. Aquí está, misterio resuelto, una impresora especial con tinta comestible. Tengo hojas de oblea de varios sabores ya recortadas al tamaño estándar de un libro. Así que solo tengo que seleccionar el libro que quiero recomendar, buscar la foto de la portada, y listo. Tengo ya varios modelos impresos para no hacer esperar al cliente. Dependiendo del libro que se lleva incluyo una hoja u otra, me aseguro de que la recomendación literaria sea del estilo del libro que ha comprado. Cuando van a pagar pongo el libro debajo del mostrador para quitarle la alarma y le meto también la hoja, no se dan ni cuenta, a no ser que sea cliente habitual de la librería, entonces me piden hasta el sabor que quieren.

—Brillante. Me has impresionado. Estoy deseando terminarme este para ver qué hoja me toca. Por cierto, antes de venir he llamado a la tienda de Salamanca. No estaba el dueño, solo un empleado joven que lleva pocos años trabajando allí. Se ha quedado con mi teléfono. Dice que me llamará cuando hable con el jefe.

—Genial, a ver si hay suerte y nos da alguna pista nueva. En cuanto venga mi padre pedimos un taxi y nos vamos al aeropuerto.

—Oye, que no se me olvide, tienes que decirme qué te debo del billete y el hotel.

—No te preocupes, ya haremos cuentas cuando acabe el viaje.

En ese momento llegó Martín. Saludó a Elena y le cogió a Matías los libros que le quedaban por poner en su sitio.

—Bueno, pareja, ya podéis marcharos. El librero que huele a libro se queda al frente del negocio estos días. Vosotros disfrutad mientras el viejo trabaja. Suerte con la búsqueda.

Ambos se despidieron de Martín y llamaron un taxi. En apenas veinte minutos ya estaban en el aeropuerto. Pasaron el control de seguridad y esperaron sentados junto a la puerta de embarque. Elena estaba muy callada.

—¿Te encuentras bien? Te noto tensa.

—Es que sufro de acrofobia, me dan miedo las alturas. Así que la idea de estar una hora y media a más de diez mil metros del suelo no me seduce mucho…

—La solución la tienes en la maleta en forma de libro. Yo creo que entre el viaje de ida y el de vuelta te lo has leído. Si quieres podemos comprobarlo, hay una página web que te dice cuánto tiempo vas a tardar en leer cualquier libro.

—Estás de broma…

—Palabra de librero. Ya verás. —Matías cogió el móvil—. Mira, la web se llama How Long to Read. Aquí pones el título del libro que vas a leer y te dice cuánto vas a tardar en acabártelo. Así que según esto… —escribió el título en el buscador— tienes libro para tres horas y veinte minutos.

Elena le cogió el móvil y comprobó que lo que le decía era cierto.

—Nunca dejarás de sorprenderme.

—¿Ves? Solucionado el miedo a las alturas. Los libros son la mejor medicina a muchos males, te lo puedo asegurar. La soledad, la tristeza, el aburrimiento… y también el miedo a volar. Los médicos deberían recetar libros.

—Bueno, cuando baje del avión te diré si tu medicina es efectiva.

En ese momento la megafonía del aeropuerto pidió a los pasajeros que comenzaran a embarcar. Elena y Matías cogieron sus maletas y se pusieron a la cola. Pocos minutos después ya estaban sentados en el avión esperando a que despegara.

—¿Quieres que te cuente un secreto? —Matías sacó un libro de su maleta—. Yo también traigo mi medicina. Tengo claustrofobia, por eso a tu casa siempre subo por las escaleras, odio los ascensores. Y los aviones tampoco son mi lugar favorito del mundo, así que la lectura me ayuda a evadirme y no pensar que estoy en un tubo de metal cerrado. Soy librero, esta medicina es mi especialidad. Créeme, funciona.

Elena sacó su libro y chocó el lomo contra el libro de Matías como si brindaran con una copa de champán. Nada más despegar comenzaron los dos a leer. Cien páginas después aterrizaron.

—Termina esta aventura. —Matías guardó su libro en la maleta—. Pero ahora empieza una mucho mejor, no sabes las ganas que tengo de saber quién está detrás de las cartas de tu abuela.

—Todavía no me creo que estemos aquí. Pero la verdad es que yo también tengo ganas de encontrar respuestas, aunque me inquieta mucho qué respuestas vamos a descubrir…

Salieron del avión y alquilaron un coche en la propia terminal para llegar a Luanco, que estaba a media hora. Matías introdujo en el móvil la dirección del hotel y salieron del aeropuerto. Mientras él conducía Elena contemplaba las vistas que le ofrecía el trayecto: verde y vacas. Bajó un poco la ventanilla para sentir el viento fresco en la cara e inspiró profundamente para oler a naturaleza. Matías vio cómo cerraba los ojos mientras el viento la despeinaba. Encontrar a Alonso era para él la excusa perfecta para estar con Elena, ella era en realidad su verdadera aventura.

La voz del GPS le indicó que girara a la derecha. Luanco apareció frente a ellos. Matías fue siguiendo atento las indicaciones que le daba el móvil. Pasaron por delante del Museo Marítimo y poco después entraron a una calle peatonal por la que en coche solo se podía acceder para llegar al hotel. A la derecha el mar Cantábrico bañaba la playa de la Ribera, donde algunos turistas aprovechaban el sol de aquella tarde de octubre, a pesar de que el termómetro no superaba los quince grados.

«Ha llegado a su destino». Matías paró el motor y bajó las maletas. El hotel se encontraba en una pequeña plaza rodeada de casas de tres alturas. La fachada estaba recubierta de listones de madera colocados en horizontal.

—Me encanta este sitio. —Elena se quedó mirando la fachada del hotel—. Has tenido muy buen criterio.

—Me alegro de que te guste. Lo malo es que solo quedaba una habitación libre, así que tenemos que dormir juntos. Pero no te preocupes, que he pedido dos camas. —Matías cogió las maletas y caminó hacia la entrada.

—Será una broma, ¿no? —Elena le siguió y le cogió del hombro para que se parara.

—Ya me hubiera gustado a mí que solo quedara una, pero los astros esta vez están de tu parte. Te diré el número de mi habitación por si te arrepientes de la triste soledad que provoca dormir sola.

Elena se quedó mirando a Matías con una sonrisa. En realidad, no le habría importado que los astros los hubieran dejado con una sola habitación para ambos. El recepcionista les entregó un documento para que firmaran la reserva y les indicó cómo llegar a sus respectivas habitaciones.

—Voy a buscar aparcamiento, en la plaza no puedo dejar el coche. Si te parece cuando esté listo te mando un mensaje y nos vemos aquí mismo.

Elena subió a su habitación, ordenó la ropa de la maleta en el pequeño armario que había junto a la puerta y se dio una ducha rápida. Cuando se estaba secando el pelo recibió el mensaje de Matías, ya estaba en la recepción. Terminó de peinarse y bajó.

—Bueno, Elena, ¿por dónde quieres que empecemos?

—Yo creo que podemos seguir tres líneas de investigación. La primera es la más evidente, ir a la casa donde vivía mi abuela.

—Hablas como una agente de policía. —Matías impostó la voz y la puso más grave—. La vivienda se ubica en la calle paralela a la que nos encontramos en este preciso momento. ¿Quiere que llame por radio a otra patrulla para que nos cubra?

—No hace falta que llame por su radio imaginaria, creo que nos apañaremos solo nosotros dos. Y le recomiendo al agente que enfunde la pistola. —Elena le señaló la bragueta, que tenía abierta—. No creo que nos haga falta en esta misión.

Matías se miró el pantalón y se subió la cremallera mientras se reía.

—Vaya, pues es una pena. Arma guardada. ¿Y después de ir a casa de tu abuela?

—Iremos a los bares.

—¿Bares? —Matías hizo un gesto con la mano como si bebiera una copa.

—Sí, bares, pero no para beber. Madre mía, menudo ayudante me he buscado. Los bares son una gran fuente de información. Allí se congregan los abueletes a jugar a las cartas. Y si queremos saber qué pasó aquí hace más de cincuenta años ellos son los que mejor nos pueden ayudar.

—Bien pensado. Me intriga saber cuál es la tercera línea de investigación.

—Ir a la iglesia.

—Para rezar por si alguna de las dos anteriores falla, ¿no?

Elena negó con la cabeza resignada con una sonrisa.

—Feligresas, Matías, allí se juntan las feligresas, otra fuente valiosísima de cotilleos. Si hay alguien que sepa de mi abuela y de Alonso estará en la iglesia.

—Brillante deducción. El Cuerpo Nacional de Policía se está perdiendo a una investigadora de primera.

—Déjate de rollos, anda. Vamos a ponernos en marcha, que enseguida dan las ocho y se nos escapan las feligresas.

Nada más salir de la plaza donde estaba el hotel giraron a la derecha y dieron con la calle Riba. Era peatonal, flanqueada a ambos lados por casitas de máximo tres alturas. Cada una era de un color diferente y estaban en perfecto estado de conservación. La calle Riba cruzaba todo el casco histórico de Luanco y se notaba que el ayuntamiento se preocupaba de que estuviera en condiciones óptimas para que los visitantes se llevaran una buena impresión de la villa.

—¿Sabes una cosa? He impreso tantas fotos para mi Mamá Nueva de este lugar que tengo la extraña sensación de haber estado aquí antes. Podría llevarte a los lugares más emblemáticos de Luanco sin preguntar a los lugareños.

Los dos siguieron andando unos metros más por aquella calle esquivando turistas hasta que se pararon delante del número 25. Era una casa de dos alturas pintada de un intenso color granate. El piso de arriba tenía dos grandes ventanales con una barandilla de hierro forjado negro. Colgando de sendos maceteros dos jazmineros repletos de flores blancas cuyo aroma se podía oler desde la calle. En la planta baja había otra ventana un poco más pequeña y la puerta de entrada de madera. Se quedaron mirando unos segundos la fachada.

—Encontremos lo que encontremos ya sabes que siempre será mejor que quedarnos con las ganas de haberlo intentado. —Matías miró fijamente a Elena—. Así que respira profundamente y cuando estés preparada toca el timbre.

Elena asintió, insegura. Se sacó la mano del bolsillo y la fue subiendo poco a poco. En apenas unos segundos sintió nervios, esperanza, tristeza y miedo. Nervios por la incertidumbre de lo desconocido, esperanza por encontrar respuestas, tristeza porque su abuela no estaba con ella ahora mismo y miedo por si las respuestas no la llevaban a un final feliz para Manuela. Con ese batiburrillo de sentimientos encontrados tocó el timbre. Abrazó a Matías, fue un acto reflejo buscando su protección, lo necesitaba para calmarse, para diluir sus nervios. Y lo consiguió, hasta tal punto que dos minutos después continuaban abrazados, sus cuerpos estaban frente al 25 de la calle Riba, pero sus mentes se encontraban en otro lugar alejado de allí, alejado de todo. Ninguno de los dos quería separarse del otro. Un turista despistado tropezó con ellos al intentar sacar una foto de la calle y los devolvió de nuevo a la realidad. Tras pedirles perdón siguió buscando el ángulo perfecto para su instantánea.

—Parece que aquí no hay nadie. —Matías retrocedió hasta pegar su espalda a la casa de enfrente—. La ventana de arriba está abierta, así que vive alguien seguro. Imagino que habrá salido.

—Pues volvemos dentro de un rato. Mientras... —Elena cogió la delantera—, sígueme, quiero ver un sitio que está muy cerca de aquí.

Tomó el camino en dirección opuesta, recorriendo de nuevo la calle Riba hacia abajo. A ambos lados las casas de colores escoltaban su paseo hasta que llegaron a una plaza a tres alturas con escalones. En el centro había una torre blanca con un reloj en la parte superior y rodeándola más casas de colores.

—Mira, Matías, esta es la plaza del Reloj, donde Alonso dio el recital de copla. Me imagino este lugar lleno de gente y Alonso a los pies de la torre con su piano amenizando a los vecinos y mi Mamá Nueva aplaudiendo. Ojalá existiera una máquina del tiempo. Yo marcaría los dígitos de aquel domingo 5 de septiembre de 1971.

Matías se quedó mirando aquella torre, contemplando las casas que había alrededor, y se paró en seco viendo lo que había justo enfrente de la plaza.

—Quizá no te haga falta la máquina del tiempo, ni bares, ni iglesia. Mira. —Le señaló un edificio de dos plantas y fachada de piedra con una placa de metacrilato junto a la puerta que ponía «Centro social de personas mayores de Luanco»—. Seguro que más de uno estuvo en ese concierto y conocerán a tu abuela y a Alonso.

Elena le chocó la mano y se dirigió, decidida, al centro social. Nada más entrar había un mostrador semicircular a mano izquierda tras el que se encontraba una mujer jubilada que los miró de arriba abajo.

—Me da a mí que ni sumando la edad de los dos podríais ser socios de este selecto club de personas que en vez de contar años ya los descontamos —la mujer se rio a carcajadas de su propia broma, y su peculiar risa contagió a Elena y Matías—. Me llamo Nieves. ¿Qué se os ha perdido por aquí, jovenzuelos?

—Encantada de conocerla. Nosotros somos Matías y Elena. Verá, mi abuela, Manuela Ferri, pasó aquí toda su infancia y estoy buscando a un amigo suyo de aquella época que se llama Alonso. Al ver este centro de mayores he pensado que quizá aquí haya alguien que todavía se acuerde de ellos.

—Habéis venido al lugar indicado. Yo, por desgracia, no os puedo ayudar porque me vine a vivir a Luanco cuando me jubilé hace solo siete años, pero tengo a la persona perfecta para ese menester. Se llama Adolfo Miranda, es una enciclopedia con piernas, sabe más de Luanco que todos los libros que hay en la biblioteca municipal. Y también es capaz de decirte el árbol genealógico de cualquier persona de la villa. Y eso que tiene ochenta y siete años. Cuando falte va a ser peor que el incendio de la biblioteca de Alejandría. Con todo lo que sabe debería dejarlo por escrito, se lo he dicho mil veces. Adolfo, escribe un libro, es una pena que todo tu conocimiento de este lugar y sus gentes solo esté en tu cabeza, déjalo de legado a la villa. Pero él ya está muy mayor y no tiene ganas de escribir. Yo lo entiendo, la verdad, llega una edad que ya no tienes ganas de nada. —Nieves se quedó mirando a Matías y Elena, y se volvió a reír a carcajadas—. Perdonadme, es que me pongo a hablar y no paro, menudo carrete tengo. Adolfo está en la biblioteca, segunda planta. —Les señaló el ascensor que estaba justo enfrente.

—Mejor por las escaleras —Matías le sonrió y le dio la mano—. Muchas gracias, Nieves, ha sido muy amable.

Los dos subieron a la segunda planta. Llegaron a una sala con un gran ventanal y unas vistas espectaculares del mar Cantábrico. Una de las paredes estaba cubierta por una estantería de madera con varias enciclopedias, novelas y revistas. Ocupaban toda la estancia varios sofás forrados con un estampado de flores pasado de moda. Solo había una persona en la biblioteca, un hombre vestido de traje marrón oscuro.

—Disculpe que le molestemos, somos Matías y Elena. —Ella le tendió la mano para saludarle. Él se puso de pie con la ayuda de su bastón—. No hace falta que se levante.

—A una dama no se la recibe sentado. —Le besó la mano a ella y le estrechó la mano a él—. Encantado. Mi nombre es Adolfo Miranda Cueto. ¿En qué los puedo ayudar?

—Pues precisamente le buscábamos a usted. Siéntese, por favor. Venimos para recabar información de una mujer que vivió aquí hace ya mucho tiempo. Nos han comentado que usted es el que más sabe de Luanco y los luanquinos.

—Eso seguro que es cosa de Nieves. ¿O me equivoco? —Elena y Matías negaron con la cabeza—. Seguramente a estas horas toda la villa sabrá que hay dos forasteros en Luanco preguntando por una vecina de antaño, lo que le gusta a esta mujer hablar. Pero está en lo cierto, Dios me bendijo con un prodigio de memoria que a mis ochenta y siete años sigue funcionando cual joven veinteañero. Por desgracia, de salud no ando tan boyante. Sin mi bastón ya no puedo caminar bien, la cadera me falla, pero no me quejo. Bueno, soy todo oídos.

—Soy nieta de Manuela Ferri M… —Elena no había terminado de decir su nombre cuando Adolfo la interrumpió.

—Manuela Ferri Murcia. Nacida en 1944. Hija de Anxélica y Juan de Dios. Se casó en el 71 con Enol. Tuvo una hija, Carmen. Toda la familia se fue de Luanco cuando el bebé apenas tenía unos meses. Se marcharon a Alicante. Luego me enteré del trágico accidente de coche que tuvieron, se comentó mucho aquí, salió en los periódicos. Y por lo que veo ahora tengo el placer de conocer a la nieta de Manuela. Me va a tener que decir su fecha de nacimiento para que complete el árbol genealógico de su familia. Por cierto, ¿qué tal está Manuela? Desde que marchó nunca más la vi por aquí.

Elena y Matías se quedaron mirando a Adolfo perplejos por la cantidad de información que sabía con solo decirle un nombre.

—Disculpe, nos hemos quedado sin palabras. 21 de enero de 2003. Ojalá mi abuela tuviera su memoria. Es precisamente lo que le falla, tiene alzhéimer. Aparte de eso se encuentra bien, sin dolores. Por eso cuando le veo a usted con esa cabeza tan lúcida… es admirable, la verdad.

—Gracias, señorita. Ojalá pudiera yo darle a Manuela un poco de mi memoria a cambio de no tener dolores. El reuma me está matando. Todo no se puede tener en esta vida, a mí me han tocado los dolores, pero también esta mente. Si quieren saber algo más, aprovechen, que hoy tengo los recuerdos en oferta.

—¿Sabe algo de un tal Alonso? Solo sabemos su nombre y las iniciales de sus apellidos: F y C.

—Si mi memoria no me falla en esta villa no ha habido ningún vecino con esas iniciales. Conozco a dos Alonsos, pero no coinciden los apellidos. ¿Tenéis algún dato más de él?

—Toca el piano —se apresuró a decir Elena.

—Y estuvo de viaje por América Latina en el 71.

—Confirmado, pues. Ningún Alonso de Luanco toca el piano y mucho menos ha salido de la villa. Los dos han estado toda la vida al cuidado de las vacas. Lo más que han tocado, y con mucha destreza, por cierto, son sus ubres para sacar leche. La persona que buscáis no es de Luanco, lo siento.

La cara de tristeza de Elena no pasó desapercibida para Matías, que la cogió por el hombro para intentar aliviar su decepción.

—Bueno, Adolfo, no le quitamos más tiempo. Ha sido usted muy amable con nosotros. Siga cuidando esa mente, es un tesoro.

Adolfo se ayudó del bastón para levantarse del sofá y despedirse de ellos.

—Que tengan buen día, jovenzuelos. Me ha alegrado su visita. Recuerdos a Manuela.

«Qué más quisiera yo que poderle dar recuerdos», pensó Elena. Bajaron las escaleras y salieron del edificio.

—La primera en la frente. Esto va a ser más complicado de lo que parecía. Si Alonso no es de Luanco ahora sí que estamos perdidos.

—Pero si acabamos de empezar. No podemos venirnos abajo a las primeras de cambio. Todavía tenemos que ir a casa de tu abuela y a rezar a misa. —Matías consiguió sacarle una sonrisa a Elena—. Así que vamos, esto no ha hecho más que empezar.

Regresaron a la casa de Riba 25. Esta vez sí que encontraron a la mujer que vivía en ella, pero no los pudo ayudar. Solo recordaba que sus padres compraron la vivienda a un matrimonio que tenía una hija. Nada más.

Elena volvió camino del hotel y Matías la siguió.

—Son casi las ocho. ¿Quieres que vayamos a la iglesia?

—Creo que por hoy ya he tenido suficiente. Necesito despejarme la cabeza un poco. Quédate si quieres dando un paseo por aquí. Yo me voy a descansar al hotel.

Elena se dio la vuelta y siguió caminando. En ese momento escucharon una voz que los llamaba.

—Jóvenes, perdonad. —La mujer de la casa había salido a la calle de nuevo. Elena y Matías volvieron a la puerta del número 25—. ¿Cómo se llamaba tu abuela?

—Manuela Ferri —respondieron los dos al unísono.

A la mujer se le iluminó la cara. Entró un momento en casa y sacó un pequeño paquete de unos veinte centímetros de largo y alto.

—Esto es para ella. —Se lo entregó a Elena—. Lo trajo el cartero al poco de llegar nosotros a la casa. Como no teníamos ningún teléfono ni dirección no se lo pudimos hacer llegar. Ha estado todo este tiempo en un altillo. Siempre que limpio los armarios lo veo. Jamás pensé que iba a llegar este día.

Elena se quedó de piedra al ver en el paquete el nombre de su abuela escrito con la letra de Alonso. Miró a la señora que se lo acababa de entregar y le dio un abrazo.

—Muchísimas gracias. No sabe lo que significa para mí.

—Me alegro mucho de que por fin el paquete pueda llegar a su destinataria, aunque sea con unos añitos de retraso.

La mujer volvió a entrar en casa, y Elena y Matías se abrazaron como si les hubiese tocado la lotería.

—En serio, no me lo puedo creer. En el matasellos pone que esto se envió… —Elena intentó descifrar la fecha, pero se veía muy mal—. Creo que pone un setenta y dos.

—Alucinante. Es lo último que me esperaba encontrar. Por cierto, dale la vuelta a ver…

Giró el paquete y en la esquina superior izquierda había un pequeño pentagrama con tres notas.

—¡Sí! —gritó Matías—. Ahí lo tienes: Alonso F. C. ¡Choca! —Levantó la mano y Elena le dio una sonora palmada.

—Necesito sentarme para pensar, estoy muy nerviosa ahora mismo. —Elena respiraba acelerada—. Ven, ya sé dónde quiero ir.

Caminó con decisión por la calle Riba. Nada más emprender el camino Matías ya sabía dónde se dirigía. Al fondo de la calle se veía el campanario de la iglesia de Santa María. El templo estaba rodeado por un pórtico lleno de columnas. Los dos se quedaron mirando la iglesia. Caminaron por el lateral, bajo el pórtico, y llegaron a la parte trasera, a un espectacular mirador que marcaba el final de la villa. Más allá solo había mar. Recordó la nota que encontró en la carpeta roja. «Nos vemos a las ocho en la parte trasera de la iglesia. Fingiré que no te conozco». Justo donde estaban ahora ellos dos. Elena miró el paquete y tocó con delicadeza el nombre de su abuela como si pudiera acariciarla a ella. Después alzó la mirada y contempló el mar, ese mismo mar que años atrás habían visto juntos Manuela y Alonso. Al lado de las columnas había unos bancos. Matías y Elena se sentaron mirando al Cantábrico.

—Bueno, ¿qué hacemos con el paquete? ¿Lo abrimos? —Matías se lo cogió a Elena para examinarlo con detenimiento.

—Ese paquete ha estado más de cincuenta años esperando a que mi Mamá Nueva lo abra, y yo no soy quién para profanar su intimidad.

—Esta puede ser la pista definitiva que nos lleve a Alonso. Piensa que lo que hay aquí dentro nos puede ayudar a que tu abuela se reencuentre con él. Además, aquí no hay una carta, tiene que ser otra cosa. No es un sobre como los que encontramos. —Matías puso el paquete a contraluz para intentar ver su interior. Era como la palma de su mano de grande, con un par de centímetros de grosor—. No puedo ver nada, pero está claro que aquí dentro hay algo más que unas simples cartas.

—¿Por qué estás tan seguro?

—Cógelo. —Matías le dio el paquete.

Elena lo tocó, miró de nuevo la parte trasera para ver si descubría algo nuevo. Lo puso a contraluz, pero tampoco logró ver nada. Se quedó mirándolo fijamente, esperando que el paquete respondiera todas las preguntas que su cerebro le hacía en ese momento.

—¿Ves? —Matías interrumpió sus pensamientos—. Ahí dentro hay algo duro, se nota al palparlo, no son cartas. Deberíamos abrirlo.

—Entiendo lo que dices, pero no sé qué hacer. Es un dilema moral muy grande para mí.

Matías no le insistió, comprendía el razonamiento de Elena. Al fin y al cabo, ese paquete tenía un destinatario y no era ninguno de ellos dos. Le cogió la mano y la apretó un poco, como si fuera un código morse que le decía: «Tranquila, decidas lo que decidas, estoy contigo». Elena le miró y sonrió, mensaje captado. Los dos dirigieron su mirada al frente y dejaron que la brisa del mar relajara sus pensamientos.

Mientras miraban el Cantábrico una mujer mayor llegaba a la plaza de la iglesia. Tenía el pelo blanco y vestía un abrigo negro. Ayudada por su andador se fue acercando poco a poco donde estaban Elena y Matías. No le costó identificarlos, eran los únicos dos jóvenes que estaban en las inmediaciones de la iglesia. Se colocó justo detrás del banco tras ellos.

—La persona que estáis buscando se llama Alonso Flores Carrillo, y sé quién puede ayudaros a encontrarle.

17

La clase de piano terminó abruptamente. Nada más sonar la bocina del barco Alonso y Manuela se pusieron en pie al tiempo que Anxélica salía de la cocina.

—Tu padre ya está aquí, tenemos que ayudarle a descargar.

—Justo ahora hemos acabado la clase.

—Su hija aprende muy rápido. Si les parece bien mañana puedo venir a la misma hora.

—Aquí le esperaremos. —Anxélica le acompañó a la puerta—. Gracias por instruir a mi hija con el piano. Me alegra mucho que le dé utilidad a ese instrumento que hasta ahora no hacía más que coger polvo.

—Lo hago con gusto, señora.

—Te veo mañana, Alonso. Muchas gracias… por todo.

Ambos sonrieron antes de que Anxélica cerrara la puerta, y madre e hija emprendieron rumbo al puerto pesquero. Alonso vio cómo Manuela se dirigía al mismo lugar donde habían estado ellos en la furgoneta.

Durante la siguiente hora y media Anxélica, Manuela y Juan de Dios se dedicaron a descargar todo el bonito del barco. Entretanto, Alonso se fue a la furgoneta que estaba aparcada cerca del hotel donde se alojaba. Cuando Manuela volvía hacia casa oyó a lo lejos las notas de un piano. Sabía que era él. Nada más entrar a su habitación se duchó, se puso el pijama y abrió la ventana para escuchar mejor. Se tumbó en la cama. Cerró los ojos y sintió las manos de Alonso acariciar las suyas mientras de fondo seguía sonando aquella melodía desconocida para ella. Él continuó tocando el piano hasta que la torre del Reloj anunció que ya eran las once de la noche. Para entonces Manuela ya dormía abrazada a su almohada.

Al día siguiente, camino del trabajo, le fue narrando a Remedios cada detalle de su primera clase con Alonso. Entonces escuchó cómo alguien la llamaba. Allí estaba él, sentado sobre una toalla de rayas azules, la única persona a esa hora tan temprana en la playa de la Ribera. Las luces de las farolas todavía estaban encendidas y la playa estaba tímidamente iluminada.

—Buenos días, Manuela. —Alonso levantó la mano para llamar su atención—. Y buenos días… —se dirigió a su amiga e hizo una pausa esperando a que le dijera su nombre.

—Remedios. Buenos días, Alonso.

Manuela alzó la mirada para comprobar si su madre se había dado cuenta de la presencia de Alonso en la playa. Por suerte acababa de encontrarse con una compañera de la conservera y ambas hablaban mientras seguían caminando.

—Pero ¿qué haces ahí? —Manuela bajó la voz para que Anxélica no la escuchara.

—Ver el amanecer, cuando ella se marche, claro —respondió Alonso señalando la luna llena que todavía lucía sobre el horizonte.

—Pero si no son ni las siete de la mañana. En esta época del año no amanece hasta pasadas las ocho. Además, aquí lo bonito es ver el atardecer.

—En realidad he venido tan pronto por verte a ti, Manuela.

Ella se sonrojó al instante mientras Remedios no podía disimular la risa.

—Bueno, yo os dejo, par de tortolitos. —Remedios se dispuso a reemprender la marcha, pero Manuela la cogió del brazo y le susurró al oído.

—Tú de aquí no te mueves —murmuró.

Remedios obedeció.

—Pues yo hasta las tres de la tarde no salgo de trabajar y luego tengo que ir a casa a comer.

—No tengo otra cosa que hacer, así que te esperaré aquí mismo, sentado en mi toalla disfrutando de la brisa del mar.

—Pero no puedes estar… —comenzó a decir Remedios hasta que Manuela le pellizcó en el brazo.

—Vale, te veo a la vuelta, aunque sea solo para saludarte. ¿Me prometes que estarás ahí?

—No me muevo de este sitio hasta que te vea luego. Prometido.

Manuela le guiñó un ojo. Alonso sonrió y saludó con el brazo mientras las dos amigas comenzaron a andar de nuevo rumbo a la conservera. Cuando ya lo habían perdido de vista las dos rieron a carcajadas.

—¿Se puede saber por qué no le has dicho lo de la marea?

—Me ha prometido que me esperaría en la playa. A ver si es un hombre de palabra.

Las dos se miraron y estuvieron riendo hasta que llegaron al trabajo. Manuela estuvo toda la mañana acordándose de él, lo visualizaba en la playa viendo cómo iba subiendo la marea. La bocina la hizo saltar de la silla. Se quitó el mandil y fue hacia la taquilla.

—¿Dónde vas con tanta prisa? —Anxélica todavía estaba llenando una lata de bonito.

Tras unos segundos de silencio intentando encontrar una excusa vio a Remedios, que también se había levantado de su puesto.

—Tengo que acompañar a Remedios a un sitio. Pero voy enseguida a casa.

Antes de que su madre pudiera responderle Manuela había cogido a su amiga por el brazo y la había arrastrado a la puerta. Durante el camino hacia la playa apostaron si Alonso seguiría o no donde le habían dejado. Las dos dijeron que no. Varios minutos después comprobaron que habían perdido la apuesta. El agua del Cantábrico ya llegaba al muro de piedra que delimitaba la playa. Y en medio del mar allí estaba Alonso, rodeado de agua, sentado como si nada mientras las olas rompían suavemente sobre su pecho. Manuela y Remedios se miraron y de nuevo les entró un ataque de risa. Alonso las escuchó y se giró.

—Aquí sigo, tal y como te prometí.

—Contra viento y marea —respondió Manuela.

En lo alto del muro las dos amigas no paraban de reír.

—Ahora entiendo por qué en toda la mañana nadie ha venido con su sombrilla a pasar el día en esta playa. —Alonso se unió a las risas.

—Anda, sal de ahí.

Manuela le hizo un gesto con la mano y esperó a que Alonso llegara donde estaban ellas. Escurrió la toalla empapada y se la echó al hombro.

—Que conste que yo quería avisarte —se exculpó Remedios—. Aunque sinceramente pensé que cuando vieras la marea subir te irías de la playa. Pero he de reconocer que ha sido divertido verte en medio del mar tomando el sol como si nada. Bueno, os dejo, que me esperan para comer.

—A mí también —se apresuró a decir Manuela mientras miraba el reloj—. Te veo luego en casa, Alonso. ¿A las cinco como ayer?

—La última vez que quedamos en vernos me vi rodeado de agua, no sé si fiarme de ti.

—Tranquilo, que a mi casa no llega la marea.

—Allí estaré.

Manuela dio media vuelta y comenzó a caminar rumbo a su casa. Cuando llevaba solo un par de pasos se giró.

—Me ha gustado verte rodeado de agua. Hay pocos hombres de palabra como tú.

Manuela se fue a comer con sus padres. Un minuto antes de que el reloj marcara las cinco de la tarde sonó el timbre. Manuela bajó corriendo por las escaleras. Justo antes de abrir se peinó el pelo con las manos.

—¿Ves? Ni rastro de agua. —Manuela señaló el suelo.

—No las tengo todas conmigo, ahora ya estamos en marea baja.

—Pasa. Te presento a mi padre, Juan de Dios.

El padre de Manuela estaba en el sofá leyendo el periódico. Se levantó y le estrechó la mano enérgicamente.

—Ya me ha contado Manuela que le está dando clases de piano. —Juan de Dios seguía sin soltarle la mano.

—Así es. Tiene usted una hija habilidosa para el piano, ahora podrá comprobarlo.

—Me quedaré aquí en el sofá para escucharla.

Manuela le miró fijamente intentando intimidarle para que se marchara del salón.

—Le dije antes que me tocara alguna pieza, pero no ha habido manera.

—Solo he recibido una clase. Cuando lleve alguna más serás el primero en tener un concierto. —Manuela le insistió con la mirada que los dejara solos. Pero como no reaccionaba pasó al plan B—. Creo que mamá necesita ayuda en la cocina. Ya sabes que las ollas le cuesta mucho fregarlas.

Después de unos segundos de un incómodo silencio intervino Alonso.

—¿Me devuelve la mano? —le pidió a Juan de Dios, que todavía seguía estrechándosela—. La necesito para tocar el piano y enseñarle a su hija.

—Claro. —Juan de Dios se la soltó—. Disculpe, profesor…

—Flores. Alonso Flores.

—Profesor Alonso. Aquí tiene su mano, a mi hija y el piano.

—Gracias, señor.

—Si necesita cualquier cosa estaré por aquí. —Juan de Dios se dirigió a la cocina.

Alonso se lo agradeció asintiendo con la cabeza. Manuela suspiró cuando su padre abandonó el salón. El profesor comenzó la clase repasando lo que habían visto el día anterior. Tras varios minutos Alonso se levantó de la banqueta y le pidió a Manuela que se sentara. Esta reprodujo con bastante acierto lo que acababa de tocar Alonso. Como ocurrió en la primera clase sus manos volvieron a encontrarse sobre el teclado. Él acariciaba las manos de ella mientras simulaba enseñarle la correcta posición de los dedos. Ella dejaba que las manos de Alonso erizaran hasta el último rincón de su cuerpo. Juan de Dios interrumpió en más de una ocasión aquel baile de caricias saliendo de la cocina para ir al baño o a coger algo de la habitación. La complicidad entre los dos pasó desapercibida para Juan de Dios gracias a la habilidad de Alonso para retirar la mano a tiempo.

La lección duró más que la anterior. Habían pasado casi dos horas y las visitas de Juan de Dios se hacían cada vez más frecuentes, así que Alonso decidió dar por terminada la clase.

—Por hoy creo que es suficiente. —Se levantó de la silla.

El padre de Manuela apareció en el salón aplaudiendo.

—Qué bien has tocado, hija.

—Bueno, tampoco ha sido para tanto. —Manuela se levantó de la banqueta.

—Está haciendo un gran trabajo con mi hija. Muchas gracias. Le acompaño a la puerta.

—Te veo mañana, Alonso.

Manuela miró a su profesor con cara de no poder esperar al día siguiente para verle. El rostro de Alonso le devolvió el mismo mensaje. Con un ademán Juan de Dios lo invitó a que pasara delante de él. Alonso comenzó a dar unos pasos lentamente hacia la puerta. Necesitaba decirle a Manuela que se vieran esa misma tarde, pero con su padre delante era complicado. Apenas tenía unos segundos para reaccionar. Justo cuando estaba cogiendo el pomo de la puerta recordó lo que le había dicho Manuela en la furgoneta y se giró hacia ella.

—Casi se me olvida. —Alonso se dio un pequeño golpe en la frente para hacer más creíble su actuación—. Me pediste que te apuntara el nombre del autor de la obra que te he tocado antes al piano.

Tras unos segundos sin saber reaccionar Manuela vio cómo Alonso le guiñaba un ojo.

—¡Es verdad! —Le siguió el juego—. Quiero buscar en la biblioteca a ver si está su biografía.

Alonso tuvo que contener la risa al escuchar la respuesta de Manuela. Fue hacia el piano y cogió un folio impreso de pentagramas que había en el atril. Se apoyó sobre el instrumento y escribió una frase. Arrancó la parte superior del folio, la dobló y se la entregó a su alumna. Se despidió y salió de la casa. Cuando Alonso cerró la puerta Manuela subió corriendo a su habitación. Abrió el papel que le acababa de dar su profesor y lo leyó en voz baja: «Nos vemos a las ocho en la parte trasera de la iglesia. Fingiré que no te conozco».

Diez minutos antes de que llegara la hora acordada Manuela salió de su casa y fue hacia la iglesia. Cuando estaba llegando a la parte de atrás del templo Alonso se asomó por el pórtico. Le guiñó un ojo y sin mediar palabra continuó andando. Alonso la siguió unos metros por detrás hasta que la distancia con Luanco los salvaguardó de miradas ajenas. Cuando ya nadie los podía ver se acercaron y cruzaron sus miradas. Estaban nerviosos. Los dos sabían lo que el uno quería del otro. Compartían su deseo. Lo sabían con solo mirarse. Así que poco a poco se fueron arrimando hasta que sintieron la respiración del otro. Sabían lo que estaba a punto de ocurrir. Y deseaban que ocurriera. Justo cuando Alonso iba a besarla una lágrima asomó en el rostro de Manuela.

—¿Estás bien? —Alonso sacó un pañuelo que tenía en el bolsillo y se lo ofreció.

—Tengo que decirte algo. —Manuela se secó las lágrimas con el pañuelo. Después le cogió las manos a Alonso y le miró a los ojos—. Estoy prometida.

18

Elena y Matías se levantaron del banco de golpe. Se giraron y vieron a la mujer mayor que acababa de decirles el nombre completo de Alonso. Tardaron varios segundos en poder reaccionar.

—Disculpe, señora, ¿qué ha dicho? —preguntó Elena nerviosa.

—Alonso Flores Carrillo. Las iniciales «F» y «C» se corresponden con Flores Carrillo. Es lo que queríais saber, ¿no?

—Sí, pero ¿cómo sabe usted...?

—Me vais a perdonar, pero las piernas no me aguantan más, tengo que sentarme. —La mujer siguió caminando hasta que se puso delante del banco, le dio la vuelta al andador y se sentó en el asiento que venía incorporado—. ¿Cómo os llamáis vosotros?

—Perdone, con la emoción ni siquiera nos hemos presentado. Él es Matías y yo me llamo Elena. Encantada de conocerla. ¿Y usted?

—Yo me llamo Remedios y era íntima amiga de tu abuela Manuela. —Su mirada melancólica se quedó unos segundos observando aquel rostro joven que tanto le recordaba a su vieja amiga—. Eres igualita a tu abuela, tienes su misma carita. Es como si estuviera delante de ella ahora mismo.

—Gracias, Remedios. Tengo una foto en casa de cuando ella era joven, y la verdad es que sí nos parecemos mucho. Por cierto, ¿cómo sabía que estábamos en Luanco buscando a Alonso?

—Aquí nos conocemos todos y enseguida se ha corrido la voz de que dos jóvenes estaban preguntando por una vecina de la villa. Me han llamado hasta tres personas para decírmelo, uno de ellos Adolfo, que cuando os fuisteis del centro de mayores se acordó de que Manuela y yo éramos amigas de la infancia. Luanco no es muy grande, así que no me ha sido muy difícil dar con vosotros. ¿Cómo está Manuela?

—Físicamente bien, pero tiene alzhéimer, hay días que no me reconoce. Aunque lo que sí recuerda es este lugar. —Elena señaló la iglesia—. En cuanto le mostré una foto me contó la historia del Cristo del Socorro.

—Es lo que nos relataban a todos de pequeños para que nos durmiéramos. Nos encantaba escuchar aquella historia, los marineros salvados del temporal. No me extraña que no la haya olvidado, la habremos escuchado miles de veces. ¿No tendrás una foto de Manuela? Me encantaría verla.

—Claro que sí.

Elena sacó el móvil del bolsillo y buscó una foto de su abuela. La mujer cogió el teléfono y vio de nuevo a su mejor amiga.

—No sabes cuánto la he echado de menos todo este tiempo. Sigue conservando su sonrisa, qué guapa está. —Remedios le devolvió el móvil. Entonces vio el paquete con el nombre de Manuela, se quedó mirándolo—. Estoy segura de que a Manuela le agradará descubrir su contenido. Jamás olvidaré esa letra.

—De las pocas cosas que recuerda mi abuela es un nombre, Alonso. Por eso estamos aquí, para saber quién era y para intentar que se reencuentren, si sigue vivo. Creo que le encantaría volver a verle.

Remedios respiró profundamente con los ojos cerrados. Usó un pañuelo para recoger sus lágrimas.

—Hace muchos años hice una promesa. He guardado el secreto todo este tiempo sin contárselo a nadie. Nunca pensé que fuera a hacer esto, pero creo que ha llegado el momento de romper mi promesa. El peligro hace tiempo que pasó, así que mi silencio ya no tiene sentido. En su día lo hice por ella y ahora también, por Manuela. Entonces fue por protegerla, ahora lo hago por intentar devolverle al amor de su vida, porque eso fue Alonso para ella, el gran amor de su vida.

Elena le cogió la mano a Remedios y la miró con ternura, como si fuera su abuela.

—Seguro que a ella también le gustaría estar aquí ahora con usted. Si Alonso fue el amor de su vida haré todo lo posible para que se reencuentren, y su ayuda es fundamental para conseguirlo. Gracias por romper esa promesa, mi abuela se lo va a agradecer, estoy convencida.

—Ese día fue el último que se vieron Manuela y Alonso, justo debajo del porche de la iglesia. Ninguno de los dos fue consciente, pero desde mi balcón vi cómo se daban el último beso. Era una noche de tormenta y me despertó el sonido de los truenos. Me asomé para contemplar los destellos de los relámpagos y los vi despedirse. Me asusté porque si alguien los descubría juntos habría sido una tragedia. Por eso me quedé en el balcón, observando por si aparecía algún vecino. Por suerte la intensa lluvia mantuvo la calle despejada. Así que me esperé a que Manuela volviera a casa para quedarme tranquila. Jamás le conté esto a nadie, ni siquiera a ella. Para mi querida Manuela fue el día más triste de su vida porque sabía que seguramente no volvería a verle nunca más. Pocos días después se casó, obligada, con un hombre al que no quería. Por eso me prometí que nunca lo contaría. Si Enol se hubiera enterado de la existencia de Alonso... tú hoy no estarías aquí.

—Entonces, ¿mi abuela estaba prometida cuando conoció a Alonso?

—Manuela conoció a Alonso solo unas semanas antes de su boda. Él vino a Luanco a dar un recital de copla en la plaza del Reloj. Todavía recuerdo la cara que puso cuando le vio al piano. Encontraron la excusa perfecta para que se vieran todos los días: el piano que tenían en casa, Alonso le daría clases. Y así lo hicieron hasta que él tuvo que marcharse de gira por Latinoamérica. En cada país que estuvo le mandó una carta a Manuela.

—Encontramos esas cartas ocultas en el interior del piano. Pero… mi abuela no las leyó, estaban todas cerradas.

—Pues es muy extraño, no sé por qué no las leería.

—¿Seguro que las recibió ella?

—Segurísimo. Cuando llegó la primera carta salió ella a abrirle la puerta al cartero, menos mal, si no habría tenido problemas con sus padres y con su marido. Por eso Manuela se hizo amiga del cartero, para que se las entregara directamente a ella en mano. Tenían un pacto, si ella no estaba en casa el cartero me la daría a mí, que por aquel entonces vivía justo en la misma calle. Por eso recuerdo esa inconfundible letra.

—Si mi abuela estaba enamorada de Alonso, ¿por qué no se casó con él?

—Eso mismo le decía yo a Manuela. No te cases con Enol, escápate con Alonso a Latinoamérica y sé feliz con él. Pero pudo más el amor a sus padres, lo hizo por ellos. Fue todo por culpa de Enol, le debían mucho dinero, y esa boda, en teoría, iba a resolver su complicada situación financiera.

—¿Y por qué se fueron a vivir a Alicante?

—Fue una exigencia de Manuela, quería empezar una nueva vida lejos de aquellas calles que le recordaban a Alonso y que le causaban tanto dolor porque no podía tenerle. Así que al poco de nacer la pequeña Carmen se fueron todos a Alicante. Sus padres también se marcharon con ella, vivían todos en la misma casa, como hacían en Luanco. Manuela no quería estar alejada de sus padres y menos aún vivir sola con Enol.

Según me dijeron sus padres murieron a los pocos años de haberse trasladado. Imagino que convivir con aquel miserable les consumió la vida.

—Disculpe un momento, Remedios.

Elena se levantó del banco y se acercó a la barandilla para seguir llorando frente al mar. Era demasiado duro todo lo que estaba escuchando. Sentía rabia y dolor, le parecía injusto lo que había tenido que sufrir su abuela.

—Ha sido un día de muchas emociones —Matías continuó hablando con Remedios—. Venimos buscando a Alonso, y de momento lo que hemos encontrado es una historia terrible de sufrimiento. Manuela es todo cuanto Elena tiene en este mundo.

—Entiendo cómo se siente tu amiga. Yo asistí a la boda de Manuela, una boda sin amor, por compromiso. Es muy duro ver cómo tu mejor amiga se casa con un hombre al que desprecia.

—Vengo enseguida, no se vaya, por favor.

Matías fue en busca de Elena. Le puso la mano en el hombro para que se girara. Elena le abrazó llorando nada más verle. Matías le secó las lágrimas como pudo y regresó con ella al banco.

—Perdóneme, no sabía nada de esta historia. —Elena volvió a sacar el pañuelo del bolsillo para limpiarse las lágrimas.

Remedios le cogió la mano y la miró fijamente.

—Elena, estoy convencida de que tu abuela es muy feliz a tu lado. Aquella época ya pasó, ahora te tiene a ti, y eso es lo más importante. Y lo que estáis haciendo por ella es precioso. Encontrad a Alonso, estoy convencida de que allá donde esté se seguirá acordando de Manuela y la seguirá queriendo.

—Antes nos ha dicho que sabía quién nos podía ayudar a encontrarle.

—Blanca Figueroa.

—¡Blanca F! ¡La cantante de copla!

—Sí. Cuando vino al recital no era muy conocida, pero en los ochenta se hizo hueco en el mundo de la farándula. De hecho, años después de estar aquí actuó en televisión. Fue en el programa *Aplauso*.

—¿Salió en la tele y todo?

—Con Alonso al piano.

Elena y Matías se sonrieron.

—¡Así que siguieron actuando juntos después del viaje a Latinoamérica!

—No sé cuánto tiempo, pero desde luego yo los vi en televisión juntos.

—Habrá que intentar dar con ella. Ahora será más fácil. —Matías apuntó en su móvil el apellido de Blanca para que no se le olvidara.

—No sé si se habrá retirado ya, hace mucho que no aparece en televisión.

—¿Y no sabe dónde está ahora Alonso?

—No. Esa fue la última vez que supe de él. A Blanca sí que la vi alguna vez más cantando en Televisión Española, pero ya sin Alonso.

—Entonces, ya no supo más de él ni tiene ninguna dirección para poder localizarle, ¿no?

—Lo siento, querida. Pero... quizá encontréis algo más de información en ese paquete que tienes en las manos.

Elena bajó la mirada y contempló de nuevo el nombre de su abuela escrito sobre aquel paquete con la letra de Alonso. Al levantar la cabeza vio a Remedios sonreír. Elena se acercó y le dio un abrazo.

—A pesar de la enfermedad estoy convencida de que mi abuela todavía recuerda que en Luanco tiene una gran amiga. Es difícil olvidarse de personas como usted. Gracias por su ayuda y gracias por el cariño que le tiene todavía a Manuela.

Matías y Elena ayudaron a levantarse a Remedios y volvieron a recorrer la calle Riba para acompañarla a casa. Llegaron a la altura de la plaza del Reloj y esperaron a que entrara. Justo antes de que cerrara la puerta Elena la llamó.

—Espere, Remedios. Vamos a hacernos una foto, seguro que a mi abuela le encantará verla después de tanto tiempo. —Se acercó al portal y se agarró de su brazo.

Matías sacó el teléfono móvil y les hizo una foto. Se despidieron de nuevo con un abrazo. Nada más cerrar la puerta Matías comenzó a teclear según andaba por la calle en busca de un lugar para sentarse.

—¿Qué buscas? —Elena miró lo que estaba escribiendo mientras caminaba a su lado.

—Antes solo teníamos un nombre, pero ahora ya sabemos los dos apellidos. Cruza los dedos para que este hombre tenga alguna red social. Sé que es complicado porque será mayor, pero hay que intentarlo.

Matías encontró un banco a escasos metros, Elena se sentó junto a él. Primero probó con Instagram, pero no encontró ningún resultado. En LinkedIn tampoco salía ninguna coincidencia. Elena miraba la pantalla del móvil con nervios, deseaba con todas sus fuerzas que apareciera su foto.

Después de varios minutos Matías miró a Elena negando con la cabeza.

—Lo siento, no hay ni rastro de nuestro Alonso por internet.

—¿Y de Blanca?

—Dame un momento.

Elena seguía con atención la búsqueda de Matías.

—He encontrado algo de información sobre algún concierto de hace años y un par de entrevistas, pero nada en las redes sociales para poder contactar con ella.

Elena se levantó del banco y se asomó al mirador que tenía justo enfrente, con la mente en blanco, sin pensar en nada. Dejó que su mirada se perdiera en la arena de la playa de la Ribera, que a esa hora ya estaba vacía. Matías se acercó y se puso a su lado.

—¿Estás bien?

—Sí, no te preocupes. Solo necesito despejar mi mente, ha sido un día muy intenso y me duele un poco la cabeza. ¿Te parece si lo dejamos ya por hoy?

—Claro, nos vemos mañana en el desayuno. —Matías le dio un beso en la mejilla.

Ella le sonrió y siguió mirando la playa. La historia de su abuela y Enol le venía una y otra vez a la mente. Elena intentaba borrarla, se concentraba en aquella playa desierta para no pensar en lo infeliz que había sido su abuela. Sacó el móvil y buscó la foto que había hecho del dibujo de las manos de Alonso. Pasó a la siguiente imagen que tenía guardada y apareció la frase que estaba escrita en la parte posterior de la foto. «Con estas manos he descubierto las mejores melodías. Gracias por hacerme disfrutar. En todos los sentidos». Leer esas palabras de puño y letra de su abuela le devolvió la sonrisa y la tranquilidad porque sabía que al menos sí hubo un hombre en la vida de Manuela que la había hecho realmente feliz. Elena volvió al hotel y se acostó en la cama.

Al día siguiente se encontraron en el comedor durante el desayuno. Matías llegó antes que Elena.

—Pensé que te habían raptado, pero ya veo que al final has conseguido zafarte de las sábanas. A veces esas puñeteras te agarran y no te sueltan, ¿eh?

—Perdona, estaba tan cansada que mi mano ha boicoteado las alarmas y las ha apagado sin pedirme permiso. —Elena se sentó junto a él, le miró y sonrió—. He tomado una decisión. —Colocó el paquete sobre la mesa—. Creo que a mi abuela no le va a importar. Y en cuanto a mi moral… también puedo hacer una pequeña excepción. Voy a abrirlo.

—¿Estás segura?

—Al cien por cien. Si este paquete tiene alguna pista dentro que nos lleve a Alonso creo que merece la pena abrirlo. Alonso estuvo en Luanco de paso, las únicas dos personas que sabemos que tuvieron contacto con él fueron mi Mamá Nueva y Remedios. Y ninguna de las dos nos puede ayudar.

Con mucha delicadeza Elena giró el paquete y fue quitando poco a poco el papel marrón sin romperlo. Le temblaban las manos de la emoción y los nervios. Con todo el papel quitado, una caja gris quedó al descubierto. Miró por el exterior para comprobar si había alguna inscripción, pero no encontró nada. Levantó con cuidado la tapa. Los dos se quedaron mirando lo que había en su interior. Elena lo cogió suavemente y lo sacó de la caja.

—¿Qué narices es esto?

19

Elena tenía en sus manos una pieza negra circular con una cinta oscura enrollada en su interior. En uno de los lados aparecía la palabra «Revox» en blanco. Matías pidió con un gesto que se lo dejara.

—No me lo puedo creer. ¡Es una cinta de bobina abierta!

—¿Y en cristiano?

—Es lo que se utilizaba antiguamente en los estudios de grabación para registrar voces o instrumentos. Como los casetes que usábamos de pequeños para grabar las canciones de la radio con la minicadena.

—Creo que hemos vivido en épocas diferentes, no sé lo que es una minicadena, ni un casete, ni tampoco esto. —Elena le cogió la cinta a Matías.

—Es como si fuera un mp3 de hace cincuenta años.

—A ver, entonces si Alonso le envió esto a mi Mamá Nueva… eso quiere decir que grabó un mensaje para ella aquí en esta…

—Cinta de bobina abierta.

—Como se llame.

—Aquí puede haber cualquier tipo de sonido grabado. Quizá sea él hablando o a lo mejor tocando el piano.

—¿Y cómo podemos escucharlo?

—Hace falta un magnetófono.

—Vale, ¿y dónde podemos conseguir ese aparato? Tenemos que encontrar uno como sea.

—Pues podemos probar en tiendas de segunda mano o de antigüedades. —Matías cogió el teléfono móvil—. Voy a comprobar si hay alguna cerca de aquí. —Hizo una búsqueda en Google—. A ver, veo que tanto en Gijón como en Oviedo hay varias. Podemos hacer una cosa, llama tú a las tiendas de antigüedades y yo, a las de segunda mano. Tienes que preguntar si tienen un magnetófono para...

—Cintas de bobina abierta, ya me lo he aprendido. El primero que encuentre un magnetófono invita a comer. —Elena levantó la mano y la chocó con la de Matías.

Matías pulsó en el teléfono y llamó a la primera de las tiendas. Elena se apresuró a coger el móvil. Fueron llamando uno a uno a todos los establecimientos que encontraron en internet. La primera en acabar fue Elena. Miró a Matías y negó con la cabeza. A él le quedaban todavía un par de tiendas. Dos minutos después colgó el teléfono.

—Nada, en dos tiendas me han dicho que han tenido, pero que ya no les queda ninguno. Es un aparato muy antiguo y hay pocos. —Matías se quedó pensativo con la vista fija en la cinta sobre la mesa—. Un momento...

Volvió a coger el teléfono. Se levantó de la silla, buscó un número de teléfono y marcó. Habló durante casi cinco minutos mientras daba vueltas al comedor. Elena le seguía con la mirada intrigada. Cuando regresó a la mesa venía con una sonrisa de victoria en la cara.

—Me debes una comida.

—¿En serio? —Elena se levantó de golpe y le abrazó—. ¿Dónde lo has encontrado?

—Estos aparatos los usaban antiguamente en las emisoras de radio. Aquí grababan las cuñas de publicidad, las entrevistas para emitir en los informativos... Así que he llamado a Onda Cero en Oviedo y todavía conservan un magnetófono.

El periodista que me ha cogido el teléfono me ha dicho que vayamos y podremos escucharla sin problemas.

—No sé cómo agradecerte todo lo que estás haciendo por mí.

—De momento me lo vas a agradecer con un cachopo para comer. Pero antes vamos a desayunar, que tenemos que poner rumbo a Oviedo. Me muero de ganas por saber qué hay dentro de esta cinta.

Menos de una hora después de terminar el desayuno, ya estaban en la emisora de radio.

—Vosotros debéis ser Matías y Elena, bienvenidos a Onda Cero. —Les estrechó la mano a los dos la persona que los recibió—. Me llamo Juan Carlos. He de confesar que me ha encantado vuestra historia y que yo también estoy muy intrigado con el contenido de la cinta. Acompañadme. —Juan Carlos fue hacia un pasillo y se dirigió a un estudio de grabación que había al fondo del todo—. Aquí tenemos la reliquia. Cuando yo empecé en esto del periodismo hace casi treinta años ya usábamos este aparato. Todavía lo conservamos porque parte de nuestro archivo lo tenemos en cintas de bobina abierta como esa que traéis. Algún día habrá que digitalizarlo, pero con la vorágine del día a día todavía no ha llegado ese momento. ¿Me permites? —Extendió la mano hacia Elena para que le dejara la cinta.

Juan Carlos encendió el magnetófono y colocó el carrete en la solapa que había a la izquierda. En la otra puso una carcasa vacía. Pasó la cinta donde estaba registrado el sonido por una serie de rodillos pequeños y por la cabeza lectora hasta engancharla con la otra bobina. Elena y Matías miraban con curiosidad cómo hacía todo el proceso. Juan Carlos giró la carcasa de la derecha varias veces para que la cinta no se soltara.

—Bueno, ya está listo. Ahora solo hay que darle a este botón y podremos escuchar lo que contiene la cinta. ¿Estáis preparados?

—Estoy más nerviosa que cuando hago un examen en la universidad.

—Esta cinta se envió en el año 1972. Es emocionante poder escucharla tanto tiempo después. —Matías sacó el móvil—. Voy a grabar el audio. Nos ha costado mucho encontrar este aparato.

—El sonido sale por ahí. —Juan Carlos le señaló un altavoz que había junto al magnetófono—. Ha llegado el momento. Yo también estoy nervioso, Elena. ¿Me puedo quedar con vosotros a escucharlo?

Ella asintió con la cabeza. Juan Carlos le dio al play y ajustó el sonido del magnetófono. Se hizo el silencio en el estudio de grabación. Solo se oía un pequeño ruido que salía por el altavoz. Los tres estaban embobados viendo cómo las dos bobinas daban vueltas a la espera de que aquel aparato comenzara a descodificar lo que había grabado en la cinta. Después de veinte segundos interminables el altavoz empezó a hablar.

«Hola, Manuela. Qué raro se me hace hablarte en la distancia. Ojalá ahora mismo estuviera a tu lado, pero la vida es caprichosa. Entiendo tu decisión, jamás te la echaría en cara. Sé que tus circunstancias te han llevado a hacer algo que no querías, pero no te culpo. A pesar de que ahora mismo no estamos frente a un altar, quiero cumplir mi promesa. Durante mi viaje por Latinoamérica he terminado la canción o, mejor dicho, tu canción. Es tuya porque cada nota que hay sobre la partitura tiene tu esencia. Disfrútala, tanto como lo he hecho yo componiéndola para ti. Mientras siga corriendo la sangre por las venas de mis manos seguiré tocando esta canción para no olvidarte nunca, para recordar tu mirada, para recordar tu aroma… para recordar la semana más feliz de mi vida junto a ti».

En ese momento se dejó de escuchar la voz y comenzó a sonar un piano, era la canción que Manuela le tocaba a Elena desde que era pequeña y que ahora sonaba directamente de las manos de la persona que la compuso. El sonido del piano envolvía todo el estudio de grabación mientras las lágrimas de Elena y Matías brotaban sin parar. Él dejó el móvil junto al altavoz y se acercó a Elena. Los dos siguieron escuchando la canción abrazados y con los ojos cerrados, sintiendo cada nota. Minuto y medio después abrieron los ojos a la vez y se miraron. Estaban acostumbrados a que justo en ese compás la melodía se detuviera de golpe, pero esta vez siguió sonando. Descubrieron juntos cómo continuaba la canción que tantas veces habían escuchado en las clases de piano, por fin podían saciar su curiosidad, por fin aquella melodía no los dejaba con ganas de más. El piano dejó de sonar, ahora sí había acabado de verdad la canción. Juan Carlos se acercó al magnetófono para apagarlo cuando, de repente, sonó de nuevo la voz de Alonso.

«Esta melodía ya no me pertenece a mí, ahora es toda tuya. Espero que cada vez que la escuches te acuerdes de aquel profesor que te enseñó que el amor no tiene doble barra final. Me despido de ti con una canción que grabé con mi amiga Blanca. Cuando te vi estábamos cantando "Carmen de España", y con esta canción quiero despedirme de ti, aunque, como te dije bajo la lluvia, esto no acaba hoy. Estoy seguro de que algún día volveré a verte. Te quiero, Manuela, y te querré siempre».

De nuevo comenzó a sonar el piano con la melodía de «Carmen de España». A los pocos segundos la voz de una mujer entonaba la letra de aquella copla. Cuando terminó la canción esperaron, por si había algo más grabado, pero el altavoz ya solo emitía el leve ruido del principio. Juan Carlos rebobinó la cinta. Matías cogió el móvil del altavoz y paró la grabación.

—Ha sido muy emocionante. —Elena sacó un pañuelo del bolsillo para limpiarse las lágrimas—. Gracias, Juan Carlos, sin tu ayuda no podríamos haber escuchado esos mensajes tan bonitos que le dedicó Alonso a mi abuela.

Juan Carlos recogió la cinta del magnetófono y se la entregó a Elena.

—Gracias a ti por dejarme escucharlo. —Se quedó un momento en silencio, pensando—. Se me acaba de ocurrir una cosa. Matías, por favor, mándame el audio que acabas de grabar a este teléfono. —Juan Carlos anotó su móvil en un papel que había en la mesa y se lo dio—. Voy a hacer una llamada, esperadme aquí, vengo enseguida.

Matías y Elena se miraron extrañados. A través de los cristales del estudio de grabación vieron cómo Juan Carlos se acercaba a su mesa y cogía el teléfono fijo. Mientras, Matías le envió el audio a través del WhatsApp. A los pocos minutos volvió corriendo donde estaban ellos.

—Elena, te he conseguido una entrevista en directo para toda España en el programa de Carlos Alsina.

—¿Qué dices? —Elena se ruborizó.

—Cada día escuchan el programa más de un millón doscientas mil personas. Alonso o Blanca pueden ser una de ellas.

—¡Me muero de la vergüenza! —Se llevó las manos a la cara.

—Elena, esta es una oportunidad única. Más de un millón de personas van a escuchar a Alonso tocar el piano y a Blanca cantar en toda España. Seguro que alguien los conocerá o incluso ellos mismos podrían estar escuchando la radio. No podemos dejarlo pasar.

—Mira mi cara. —Elena se señaló con los dos dedos índices el rostro—. Estoy roja solo de pensarlo.

—¡Pero si no te van a ver! Solo escucharán tu voz.

Juan Carlos y Matías se quedaron mirando fijamente a Elena. La tensión se podía sentir en ese pequeño habitáculo.

—Está bien —concluyó tras sentir el yugo de sus miradas—. Todo sea por Manuela.

—¡Así me gusta! Lo vas a hacer genial. Yo estaré a tu lado para darte apoyo moral.

—Venid, la entrevista hay que hacerla en otro estudio. —Juan Carlos los acompañó a otra cabina insonorizada donde había una mesa con tres micrófonos. Colocó a Elena en el del centro, Matías se puso a su izquierda—. A través de estos auriculares vais a escuchar el programa en directo y con esta ruedecita de aquí podéis ajustar el volumen. La entrevista será dentro de siete minutos. Os voy a traer un poco de agua.

—¡Y una tila! —suplicó Elena.

—Eso ya va a ser más complicado... —Juan Carlos salió del estudio en busca del agua.

—En menudo lío me has metido, ya pensaré cómo vengarme cuando lleguemos a Alicante. Mira mis manos. —Elena las sacó de debajo de la mesa y le enseñó cómo temblaban.

—Encima que te hago vivir experiencias nuevas... —Matías se las cogió—. Relájate y piensa en tu Mamá Nueva.

—En ella estoy pensando, si no, ni loca haría yo esto... —Elena echó un vistazo al reloj que había en la pared y se puso más nerviosa al ver cómo los segundos pasaban y se acercaba la hora de la entrevista.

El periodista les trajo dos vasos de agua y le dio unas instrucciones básicas a Elena para la entrevista.

—Tienes que colocarte a un palmo del micrófono. Mira siempre al frente, directa a la esponjilla verde. Y lo más importante de todo... —Juan Carlos esbozó una sonrisa para que se tranquilizara—, sé natural, relájate y cuando hables piensa que Alonso o Blanca pueden estar escuchándote. Aprovecha esta oportunidad, créeme cuando te digo que es muy complicado conseguir una entrevista con Alsina. Antes he hablado con el productor del programa y le ha encantado tu historia, por eso han hecho un hueco para tu entrevista.

—Muchas gracias por volcarte con nosotros.

Juan Carlos miró el reloj del estudio.

—Quedan dos minutos, me voy al control. Colócate los auriculares y respira profundo. Va a salir fenomenal.

Elena bebió agua y se puso los auriculares. Juan Carlos le preguntó si escuchaba bien y ella asintió. Menos de un minuto. Matías le cogió una mano y le sonrió. Sentirle tan cerca le alivió un poco los nervios. De repente, empezaron a sonar las primeras notas de la canción al piano.

—Son las once y media, las diez y media en Canarias. —La voz de Carlos Alsina comenzó a oírse a través de los auriculares que llevaban Elena y Matías—. Siguen en Onda Cero, esto es *Más de uno*. Voy a pedirles una cosa, quiero que escuchen con atención.

El presentador guardó silencio durante unos segundos y dejó sonar la canción al piano tocada por Alonso. Elena respiró profundamente y concentró su mirada en el micrófono que tenía a un palmo de la boca.

—Detrás de esta melodía al piano hay una historia de amor truncada por el paso de los años. Es la historia de una mujer, Manuela, y su amor de juventud, Alonso. Pero también es la historia de amor de una nieta hacia su abuela. Una nieta que ahora mismo está a más de novecientos kilómetros de su casa buscando respuestas. Por eso les pido que presten atención.

La canción volvió a situarse en un primer plano para que los oyentes pudieran escucharla con nitidez.

—Quiero saludar a una de las protagonistas de esta bonita historia. En nuestra emisora de Oviedo se encuentra Elena. Buenos días.

—Buenos días, Carlos, gracias por permitirme entrar en tu programa en directo. —Elena consiguió relajar un poco sus nervios.

Durante los siguientes minutos Elena contó la historia de Manuela y Alonso, su viaje a Luanco y todos los descubrimientos que habían hecho hasta ese momento.

—Escuchen. —El locutor le hizo un gesto con la mano al técnico de sonido para que subiera el volumen de la canción y la dejó sonando unos segundos—. En la cinta que han encontrado Elena y Matías había otra grabación más. Se trata de esta copla.

Comenzaron a sonar las primeras notas de «Carmen de España», y a los pocos segundos la voz de Blanca puso letra a la melodía.

—Hacemos un llamamiento a nuestros oyentes. Buscamos al amor de juventud de Manuela. ¿Nos está escuchando, Alonso? Hay una mujer que le sigue recordando a pesar de la enfermedad, que sigue diciendo su nombre a pesar de que el alzhéimer va apagando poco a poco su memoria. Y hay una nieta que está haciendo lo imposible para que esta historia de amor tenga un final como se merece. Gracias, Elena, por compartirla con nosotros. Seguimos en *Más de uno*, les dejamos ahora con unos consejos publicitarios.

Elena y Matías se quitaron los auriculares y se abrazaron. Juan Carlos esperó un rato en la puerta para no interrumpir.

—Enhorabuena, Elena, ha quedado fenomenal. —Se acercó a ella y le dio dos besos—. Si alguien se pone en contacto con el programa os llamaré. Tengo tu teléfono, Matías.

Los tres se despidieron en la puerta de la emisora. Elena y Matías bajaron a la calle en dirección a su coche.

—Estoy orgulloso de ti, Elena. Qué bien has hablado por la radio, daba gusto escucharte. No se notaban para nada los nervios.

—Pues estaba como un flan, pero ha merecido la pena. Ha sido una experiencia chula. Ojalá que sirva para algo.

—Pues claro que sí. Y ahora, vamos a comer.

Matías sacó el teléfono del bolsillo y buscó en Google un restaurante donde sirvieran cachopo. En ese momento le entró una llamada. Era un número largo, de centralita.

—Hola, soy Juan Carlos, de Onda Cero. No te vas a creer quién acaba de llamar a la emisora.

20

Esas dos palabras resonaban una y otra vez en la mente de Alonso.

«Estoy prometida».

Mientras él intentaba procesar lo que acababa de escuchar, Manuela le apretó con fuerza las manos, que todavía tenía cogidas. Respiró profundamente y le miró a los ojos. A los pocos segundos se soltó, se distanció unos pasos de él y ocultó sus lágrimas contemplando el mar. Él se acercó a ella y dejó que su mirada se perdiera en las olas que rompían contra las rocas. Esperó, inmóvil, hasta que ella decidió hablar.

—De pequeña soñaba con el día de mi boda —comenzó a decir con los ojos cerrados—. Me imaginaba vestida de blanco entrando a la iglesia de Santa María con toda la villa arropándome en los bancos, embelesados al verme caminar por el pasillo. Pero desde hace unos meses solo tengo pesadillas al pensar que el día se acerca.

La brisa enfrió el recorrido de las lágrimas sobre el rostro de Manuela. Sacó un pañuelo del bolsillo de la falda y se secó la tristeza que segundos después volvió a asomar por el mismo lugar.

—Quedan poco más de tres semanas para que mi vida se una a la de un hombre que me va a hacer la mujer más desdichada de la faz de la Tierra.

—Creo que me estoy perdiendo algo. —Alonso se giró hacia Manuela, que seguía mirando el mar—. ¿Se puede saber por qué vas a casarte si no quieres hacerlo?

—Porque si no lo hago será la ruina para mi familia.

—Y si lo haces será la ruina para tu felicidad.

—Perder mi felicidad es el mal menor en este caso.

—Pero ¿cómo puedes decir eso? —Alonso giró levemente la cabeza de Manuela hasta que se encontraron las miradas—. No puedes casarte con una persona que no te hace feliz.

—Hace unos años los barcos de mi padre encallaron en unas rocas por una fuerte tormenta. La reparación era muy costosa, y, por desgracia, recurrió a la peor persona para que le prestara dinero. Sin mi padre saberlo esa decisión me estaba condenando de por vida.

—No entiendo.

—La pesca de estos años no ha ido tan bien como se esperaba y mi padre sigue sin poder hacer frente a la deuda. Acordó con el que ahora es mi prometido que le pagaría en un plazo de tiempo que está a punto de acabar.

—¿Y qué pasa si no paga?

—Se queda con la casa de mis padres.

—¿Y no puede pedir otro préstamo para que al menos deje de tener la deuda con él?

—Lo ha intentado, pero los bancos ya no le conceden ningún préstamo. Ese impresentable se ha encargado de que así sea.

—¿Tanto poder tiene ese tipo? ¿Se puede saber quién es?

—Se llama Enol, es el dueño de la conservera de Luanco, le empresa más importante de la villa.

—¿Tu jefe?

—Eso es. El desgraciado de mi jefe. No lo he hablado con mi padre porque en casa es un tema tabú, pero creo que fue mi jefe el que se ofreció a prestarle el dinero. Lo tenía todo pensado, su objetivo no era ayudarle, sino tenderle una trampa para conseguir lo que más deseaba. A mí.

—¿Cómo?

—Conozco a Enol de toda la vida. De niños jugábamos en la plaza del Reloj. Fuimos juntos al colegio y luego al instituto. Y fue ahí precisamente cuando se me declaró en varias ocasiones. A pesar de mis negativas él lo seguía intentando una y otra vez. Sus padres eran las personas más ricas de Luanco. Él tenía todo lo que un adolescente podía desear y no podía permitir que alguien como yo le rechazara. Cuando se enteró de que mi padre necesitaba dinero para reparar su barco él se ofreció, y así comenzó su plan para que no pudiera devolverle el dinero que le prestó.

—¿Por qué no iba a querer recuperar su dinero?

—Porque quería conseguirme a mí, ese era su objetivo. Nada más dejarle el dinero, poco a poco Enol fue comprándole menos pesca a mi padre con la excusa de que habían bajado las ventas de bonito enlatado. Evidentemente eso era mentira porque en la conservera seguíamos siendo las mismas trabajadoras.

—A ver si me aclaro. Tu madre y tú trabajáis para Enol, y tu padre le vende a él también el bonito que pesca.

—Hasta hace unos años había varias empresas que se dedicaban al enlatado de productos del mar. Algunas desaparecieron y otras las compró Enol, hasta que se hizo con todas las que quedaban. Así que todo el que se dedique en Luanco a cualquier negocio relacionado con el mar trabaja para Enol de una forma u otra.

—¿Qué tiene que ver esto con tu boda con él?

—Muy sencillo. Él sabe que yo adoro a mis padres y que jamás permitiría que les pasara nada malo. Un día, después de trabajar, me citó en su despacho y me dijo que había una forma de saldar la deuda de mi padre.

—Casándote con él.

Manuela asintió con resignación.

—Al principio pensé que era una broma, pero pronto me di cuenta de que iba totalmente en serio. Le propuse trabajar incluso por las tardes para poder pagarle poco a poco. Y no solo lo rechazó, sino que además me dijo que si no me casaba con él nos despediría a mi madre y a mí de la conservera y dejaría de comprar el bonito a mi padre. Eso suponía la ruina total para mi familia.

—Y tus padres, ¿qué dicen de todo esto?

—Ellos no saben nada de los motivos reales de la boda. Piensan que nos queremos de verdad, nos han visto crecer juntos.

—Pero ¿cómo no les has dicho nada? Si se lo comentas es posible que entre todos podáis encontrar una solución que no pase por arruinarte la vida.

—Mis padres son mayores y desde que sucedió lo del accidente no levantan cabeza. En casa no se habla nunca del tema porque les afecta muchísimo. Pero cuando me voy a la cama los escucho discutir por la deuda. Ellos no saben que mi boda con Enol supondrá el final de la deuda, pero intuyen que cuando sea mi marido les dará más facilidades para devolverle el dinero.

—No me parece justo que cargues con toda esa responsabilidad.

—Y a mí no me parece justo que mis padres tengan que dejar su casa por culpa de un impresentable. Pero no tengo otra opción.

—Siempre hay una alternativa.

—Soy toda oídos.

—Empezar una nueva vida lejos de aquí.

—Eso es lo que más deseo yo en este mundo. Si por mí fuera me iría mañana mismo de este lugar y empezaría de cero. Estudiaría en la universidad, viajaría, iría al teatro... Me gustaría hacer tantas cosas que aquí no puedo...

—Pues está en tu mano. Vente conmigo.

—Claro, ¿y qué hago con mis padres?

—Que se vengan también.

—No es tan sencillo, aquí tienen su vida.

—Y tú vas a arruinar la tuya si sigues en Luanco y te casas con Enol. ¿No te das cuenta?

Manuela apretó los labios con rabia y sus ojos se humedecieron de impotencia.

—Perdona, no tengo ningún derecho a decirte cómo manejar tu vida —Alonso le dio un pañuelo para que se secara las lágrimas—, pero me cabrea ver cómo juega con vuestra vida ese tipejo.

—Gracias por preocuparte, Alonso. Créeme que si hubiera la más mínima posibilidad de evitar la boda con Enol sin poner en riesgo el bienestar de mis padres lo haría sin dudar.

—Me queda una semana más para estar en Luanco. Voy a hacer lo imposible por encontrar la solución. Esa boda no puede celebrarse.

—Me conformo con recibir tus clases y verte cada día de esta semana.

—Eso no lo dudes.

La torre del Reloj anunció que ya había pasado una hora. Alonso abrazó a Manuela mientras las nueve campanadas resonaban por todo el pueblo pesquero.

—Hora de cenar, he de irme a casa.

—Te acompaño.

—Mejor que no. Recuerda que estoy prometida y este pueblo es muy pequeño. Por eso te dije en la furgoneta que cuando nos viéramos fingieras que no me conocías. Si me ven pasear contigo empezarán las habladurías, y si se entera Enol estamos perdidos. No sabes lo que ese hombre es capaz de hacer. Suerte que ahora está de viaje de negocios y hasta dentro de dos semanas no volverá. Nos vemos mañana en casa.

Alonso asintió y volvió a abrazarla. El reloj ya había enmudecido y lo único que se escuchaba era la bravura del mar chocando contra las rocas del acantilado. Manuela comenzó a andar de vuelta a casa. Cuando tan solo había recorrido un par de metros se giró hacia él.

—Quiero que esta semana sea inolvidable —le pidió mientras se retiraba el pelo de la cara despeinado por la brisa del mar.

—Va a ser la mejor semana de tu vida —sentenció Alonso.

Se sonrieron y Manuela emprendió de nuevo el camino a casa. Alonso la siguió con la mirada hasta que despareció en lontananza. Desde su balcón una vecina se extrañó al ver a Manuela andando sola por la noche. Y se extrañó más cuando en la lejanía se encendieron los faros de una furgoneta amarilla, la misma que había visto días antes en el recital de copla junto a la plaza del Reloj.

21

La conversación duró apenas treinta segundos. Nada más colgar Matías recibió en su móvil un mensaje de WhatsApp con un número de teléfono.

—Tu esfuerzo ya tiene su recompensa. —Giró el teléfono y le mostró la pantalla a Elena—. Aquí tienes el número de Blanca, acaba de contactar con Onda Cero y dice que la llames.

—¿En serio? —Elena cogió el teléfono de Matías y miró el mensaje.

—Y tanto que es en serio. Ahí tienes su número. Te dije que la entrevista por la radio era una muy buena oportunidad, lo que nunca imaginé es que la respuesta fuera tan rápida.

Elena saltó de alegría y se abrazó a Matías.

—Te dejo hacer los honores. Pulsa sobre el número de teléfono y llama —le pidió Matías.

—Espera un momento. ¿Y si nos dice que no tiene ni idea de dónde está Alonso? ¿O que se ha muerto?

—En cualquier caso, si no llamas nunca saldremos de dudas. Nos diga lo que nos diga ahora mismo es la única pista que podemos seguir. La respuesta la tienes en ese móvil, así que dale a la tecla.

Elena hizo una respiración profunda y marcó. Con el primer tono activó el manos libres. Tres tonos después se oyó la voz de una mujer mayor.

—¿Quién es?

—Hola, buenos días, ¿es usted Blanca? Mi nombre es Elena, me han dado su teléfono en Onda Cero, acabo de hacer…

—Hola, Elena —la interrumpió Blanca—. Qué alegría que me hayas llamado. Acabo de escuchar la entrevista que te han hecho. No sabes lo emocionante que ha sido oírme cantar por la radio. Gracias por poner esa grabación, es la primera vez que la escucho.

—Gracias a usted por llamar tan rápido. La verdad es que tiene una voz privilegiada. Da gusto oírla cantar.

—Ay, hija… —Blanca suspiró—. Ya ha pasado mucho tiempo de eso, ojalá siguiera teniendo esa voz, pero los años no perdonan. Recuerdo con mucho cariño cuando iba con el maestro Alonso cantando por tantos lugares de España y también del extranjero.

—Entonces, ¿se acuerda de Alonso? —Elena miró a Matías y cruzó los dedos de la mano que tenía libre.

—Querida, nadie que haya conocido a Alonso puede olvidarse de él. En toda mi vida he visto a un hombre más guapo y más bueno que él. Y cómo tocaba el piano… Era una delicia cantar a su lado.

—¿Estuvieron mucho tiempo haciendo conciertos juntos?

—Pues por lo menos cinco o seis años. La temporada de verano era la más frenética, íbamos de pueblo en pueblo por todo el país. Casi todos los días dábamos un recital. Incluso fuimos de gira por Latinoamérica, fue todo un éxito. Les gustó tanto nuestro espectáculo que nos propusieron volver al año siguiente, pero cuando regresamos a España Alonso dijo que necesitaba cambiar de aires y cumplir su sueño. Años después me llamaron para cantar en televisión y conseguí que me acompañara al piano. Esa fue la última vez que actuamos juntos.

—¿Y cuál era su sueño?

—Vivir en París y ganarse la vida como músico allí. Y lo logró, no le costó encontrar trabajo.

—Entonces, ¿sigue viviendo en París? ¿Ha sabido algo de él desde entonces?

—Los primeros años recibí varias cartas suyas, me contaba cómo le iban las cosas por allí, incluso me mandó alguna foto tocando el piano en varios locales de la ciudad.

—¿Y cómo pudo ponerse en contacto con él para que viniera a tocar con usted en televisión?

—En una de las cartas me escribió el teléfono de una vecina por si necesitaba algo. Pero me temo que ya no conservo las cartas.

—¿Y sabe dónde trabaja?

—Cuando llegó a París se dedicó a dar conciertos en pequeñas salas, también tocó en algún restaurante... Luego ya se montó una academia de música para dar clases de piano y solfeo. Pero no sé mucho más, siento no poderte ser de gran ayuda.

Después de darle las gracias y alabar de nuevo su talento como cantante, Elena colgó el teléfono y se lo devolvió a Matías.

—¿París? ¿En serio? —Elena se llevó las manos en la cara—. Ya podría haber montado la academia de música en Torremolinos.

—Pues con todos mis respetos a Torremolinos... como que no hay color, ¿no? Yo también me habría ido a París sin dudarlo.

—La playa de París mola mucho, sí —ironizó Elena.

—Y la torre Eiffel de Torremolinos, también.

—Bueno, esa no es la discusión. ¿Qué hacemos ahora? —Elena se acercó a un banco y se sentó—. Ir a París no es como hacer una escapada a Luanco.

—Espera un momento, anda, no seas tan negativa. —Matías tomó asiento a su lado, realizó una búsqueda en Google Maps y le enseñó la pantalla del móvil.

Elena cogió el teléfono y vio un mapa de París lleno de puntos rojos.

—¿Qué son todos esos puntitos? —Elena amplió la imagen.

—Son las academias de música que hay en París.

—¿Tantas? —Le devolvió el teléfono.

—Setenta y cuatro para ser exactos.

—Pues nada, más piedras en el camino, imposible encontrarlo. Lo que te decía yo, seguro que en Torremolinos habría sido mucho más sencillo.

—Donde tú ves un imposible yo veo setenta y cuatro posibilidades para dar con Alonso.

—Tampoco sabemos seguro si sigue viviendo en París. Ha pasado mucho tiempo, a lo mejor volvió a España.

—Puede ser, pero lo que está claro es que nuestra última pista sobre él lo sitúa en París, en una academia de música. Es el único lugar donde podríamos encontrar algo más de información sobre Alonso.

—Ya, pero… ¿has visto la cantidad de puntos que hay en el mapa? Es una locura.

—Piensa que uno de estos puntos rojos puede ser Alonso.

Matías le mostró de nuevo el mapa de París. Elena miró hacia el móvil y al rato a Matías. Con él todo parecía más fácil. De no ser por él ahora no estarían a novecientos kilómetros de Alicante buscando a Alonso y tampoco estaría sopesando la posibilidad de ir a París. Él lo hacía todo sencillo, y eso a Elena le encantaba, le daba el empujón que le faltaba para hacer cosas que, por ella misma, jamás se habría ni siquiera planteado. Para Elena los setenta y cuatro puntos del mapa eran una barrera, pero Matías los convirtió en oportunidades. Por fin sonrió.

—De momento vamos a comer, estoy hambrienta y tú querrás tu cachopo antes de irnos de Asturias, ¿no? —Elena se levantó y le tendió la mano a Matías.

El resto de la tarde estuvieron haciendo turismo por la ciudad. Pasearon, rieron, hablaron… de todo menos de Manuela y Alonso. Disfrutaron de su mutua compañía sin pensar en nada más. Después tomaron el avión de vuelta a Alicante. Matías acompañó a Elena hasta casa.

—Mándame el audio que grabaste con el teléfono de la cinta, por favor —le pidió ella, justo antes de despedirse.

—Vale. —Matías cogió su teléfono y se lo envió por WhatsApp—. Ya lo tienes. También te he mandado la foto que te hiciste con Remedios.

Después Matías se fue casa. Estaba cansado del viaje, pero quiso aprovechar el tiempo, así que se puso al ordenador. Localizó en una tienda por internet un póster con el mapa de París y lo pidió. Luego buscó de nuevo todas las academias de música que había en la ciudad del Sena y recopiló un listado con las setenta y cuatro que aparecían en Google. En una tabla de Excel hizo cinco columnas: nombre, dirección, página web, correo electrónico y teléfono. Cuatro folios y tres horas después ya lo tenía terminado.

El mapa le llegó al día siguiente a la librería mientras atendía a un cliente. En cuanto pudo, Matías lo abrió y lo desplegó sobre el mostrador. Sacó la lista de las academias de música y con un rotulador rojo dibujó los puntos en el mapa. Luego empezó a llamar a cada una de ellas. El año que estudió francés como optativa en el instituto le fue más que suficiente para poder preguntar por un profesor de piano español que se llamaba Alonso. Por la mañana ya había contactado con más de veinte academias, pero de momento sin éxito. Todavía tenía mucho trabajo por delante.

Enfrascado en su tarea, los días se le pasaron sin apenas darse cuenta. No supo nada de Elena hasta que, al llegar el fin de semana, recibió un mensaje de ella.

«Tengo novedades. Ya sé dónde vive ahora Alonso. Mañana voy a verte a la librería».

22

Los sábados por la mañana Matías tenía trabajo extra. La librería era para muchos turistas un punto de interés más de la ciudad y se paseaban por sus pasillos haciendo fotos. Era el día perfecto para la cata. Cuando había un grupito merodeando entre los estantes les pedía que se acercaran a la mesa que tenía preparada al fondo. Aprovechaba para darles a oler libros que después les recomendaba leer. Muchos turistas pasaban luego por caja.

Aquel sábado cerró la puerta a las dos y fue a casa de su padre a comer. Después volvió a la librería para ordenar los libros que se habían quedado fuera de sus estanterías y recoger la mesa. En estas, la puerta se abrió.

—Ya veo que has hecho cata. —Elena se dirigió al fondo de la librería.

—Tendrías que haber visto las caras de mis clientes, se han quedado flipados cuando han descubierto que uno de los libros que han olido era en realidad el perfume que llevo puesto. Gracias a tu regalo he mejorado las catas. Bueno, me tienes muy intrigado. Cuéntame, aunque te adelanto que yo también tengo novedades.

—¿Ah, sí? Pues empieza tú.

—Venga, a ver si coinciden las piezas del puzle.

Matías fue a la entrada de la librería. Cogió los folios que tenía junto al teléfono y los colocó encima del mostrador.

—Este es el listado de las academias de música que hay en París. He llamado a todas preguntando por Alonso.

Elena cogió el primero de los cuatro folios que había en el mostrador y lo observó detenidamente. Después con la boca abierta miró a Matías.

—¿Has llamado a las setenta academias de música?

—A las ochenta y dos. Una a una.

—¿Y... —Elena tragó saliva— has dado con Alonso?

—En parte sí, aunque no sé su ubicación exacta. Digamos que todavía falta por hacer trabajo de campo.

—A ver, ¿cómo que sí, pero no?

—En una de las academias, donde también venden material de música, me dijeron que un profesor de piano les compraba partituras para sus alumnos. Solía pedirles libros de compositores españoles y el sujeto en cuestión se llamaba Alonso.

—¿En serio? —Elena le dio un abrazo a Matías—. Pero ¿y no tienen su dirección, un teléfono...? ¡Algo!

—No. Siempre iba en persona a comprar. Las pedía por teléfono y luego las recogía allí mismo. La última vez fue hace un año más o menos.

—Y si se supone que has llamado a todas las academias de música, ¿cómo es posible que no hayas podido contactar con él?

—No he encontrado el teléfono de todas, otras nunca me lo cogen o han cambiado de número y no está actualizado en internet. A través del correo electrónico he podido descartar algunas, pero todavía me quedan otras que no ha habido forma de dar con ellas. Sé que existen, pero no puedo contactar.

—También es posible que haya academias que no tengan sus datos publicados en internet, a lo mejor la lista que tienes está incompleta.

—Eso mismo pensé yo, así que pregunté y me dijeron que todas las academias de música tienen que estar registradas en el —Matías se aclaró la voz y dijo en francés— Ministère de l'Éducation nationale et de la Jeunesse. Vamos, en el Ministerio de Educación. Así que conseguí ese listado y lo comparé con el que yo tenía. A las setenta y cuatro academias que encontré yo tuve que añadir otras ocho más.

Matías cogió el mapa de París que tenía apoyado en la pared y lo extendió encima del mostrador. Colocó dos libros en los extremos para que no se enrollara sobre sí. Elena se quedó perpleja mirándolo. Matías puso acento francés y siguió hablando:

—*Mademoiselle*, ante sus ojos tiene la conocida como Ciudad de la Luz. Posiblemente la capital más bonita del mundo.

—Imitas muy bien a Lumière de *La Bella y la Bestia*.

—*Merci, mon amour*. Como puedes ver hay veintitrés puntos rojos en el mapa, son las academias que nos quedan por comprobar. París está distribuida en veinte distritos, yo he dividido la ciudad en cinco partes, como si fueran quesitos del Trivial. La zona amarilla, la verde, la azul, la roja y la marrón. En cada porción hay cuatro o cinco puntos rojos. Pero claro, solo tenemos una forma de comprobar cuál es la academia de Alonso.

Matías le entregó un sobre a Elena. Ella lo abrió y sacó un papel de su interior.

—¿Estás de coña?

—No. Son nuestros billetes de avión a París.

—Pero si tienen fecha de…

—Pasado mañana, salimos el lunes. Yo no sé tú, pero a mí no me gusta dejar las cosas a medias, y ahora que estamos tan cerca de localizar a Alonso hay que dar un paso más. A no ser que tu pista nos lleve a otro lugar. En ese caso puedo cancelar estos billetes y comprar otros con destino a…

Matías hizo una pausa para que Elena completara la frase. Ella se hizo de rogar unos segundos. Sonrió.

—No hace falta que cambies los billetes.

—¿En serio?

—¿Recuerdas la tienda de música de Salamanca? Ayer por fin me llamó el dueño. Alonso nació y pasó toda su juventud en esa ciudad hasta que… —Elena se hizo la interesante.

—¿Qué? Venga, no me dejes así.

—Hasta que se fue a París a abrir una academia de música. Desde entonces vive allí.

—¡Toma ya! —Matías dio un salto eufórico y se chocó la mano con Elena—. Dime que sigue viviendo en París…

—Sí. Según el de la tienda Alonso ya no tiene familia en Salamanca. Al principio de marchar a París volvía de vez en cuando a ver a sus padres, pero cuando fallecieron dejó de ir, hasta hace un par de años, que regresó a estar unos días por su tierra. Y pasó por la tienda de música. Les contó que seguía enseñando música en su academia de París.

—Pues… —Matías le enseñó de nuevo los billetes de avión.

—¿Sabes que esto es una locura?

Matías sacó dos folios del cajón del mostrador y se los dio a Elena.

—Cinco días en París. Primer día, zona roja. —Al tiempo que hablaba, Matías le indicaba en los folios el itinerario—. Visitaremos el Moulin Rouge, la Ópera Garnier y el Museo del Louvre. Cuatro puntos rojos, cuatro academias. Segundo día, color verde. Arco del Triunfo, paseo por los Campos Elíseos, torre Eiffel, el Trocadero y cinco academias. Tercer día, zona marrón. Plaza de la Bastilla, catedral de Notre Dame y otras cinco academias más. Cuarto día, color amarillo. Panteón, Jardines de Luxemburgo y cinco academias. Quinto día. Basílica del Sagrado Corazón, espectacular. Cuatro academias más y vuelta a España. Ya que vamos a París habrá que ver los lugares más emblemáticos de la ciudad, ¿no?

—Me has dejado sin palabras. Te has pasado estos días llamando a decenas de academias de música y has planificado cinco días en París que ni una agencia de viajes lo habría hecho mejor.

—Soy librero, disfruto leyendo historias que escriben otros, pero ahora la vida me ha puesto en bandeja vivir una en primera persona, así que como comprenderás no me la perdería por nada del mundo. Yo el lunes me voy a París y espero irme contigo porque sin ti esto no tiene sentido. Tú eres la protagonista de esta aventura, yo solo soy un mero personaje secundario que ayuda a la prota.

—Después de escuchar este fabuloso argumentario para persuadirme de que vaya contigo a París no entiendo cómo recurriste a unos miserables canapés para convencerme de que fuera a la fiesta sorpresa de tu padre.

—¿Eso quiere decir que te vienes a París?

—Si me vendí por esos canapés… ¿cómo quieres que te diga que no después de todo este tinglado que has montado? ¡Claro que me voy a París!

Chocaron las manos y se abrazaron.

—Creo que de pequeño te caíste a una marmita con algún tipo de brebaje raro porque no eres ni medio normal.

—En este mundo ya hay demasiada gente normal. Yo no he estado nunca en París, y tú tampoco, pues nos vamos, y listo. Estoy convencido de que te va a encantar la ciudad.

—Te lo diré cuando volvamos y tenga mil trabajos atrasados en la universidad. ¿A qué hora nos vemos el lunes, Obélix?

—A las seis de la mañana pasaré por tu casa en taxi, Falbalá.

—¿Quién es esa?

—Me da a mí que no eras muy fan de Astérix y Obélix…

—Yo era más de Tom Sawyer. —Elena miró el reloj—. Bueno, tengo que dejarte. Es que en dos días salgo de viaje. A un amigo medio zumbado le ha dado por organizar escapadas así, a lo loco, y claro, tengo que preparar la maleta a toda prisa y dejar organizadas las cosas de la universidad.

—Es que te juntas con gente muy rara… —Matías la acompañó a la puerta de la librería—. Bueno, pásalo bien con tu amigo el loco de la marmita.

—¿Te cuento un secreto? —Elena se le acercó a la oreja—. Él no lo sabe, pero me ha encantado que el loco de la marmita organice un viaje a París y me trastoque de un plumazo los planes de toda la semana. Pero no se lo digas, ¿eh?

—Soy una tumba. —Matías le guiñó un ojo y sintió que todos los pelos del cuerpo se le ponían de punta.

Elena salió de la librería. Él permaneció en la puerta observando cómo se alejaba, todavía con la piel erizada y con una sonrisa bobalicona en la cara, de esas imposibles de disimular, de las que te delatan. Al rato volvió al interior y buscó un libro en el pasillo de *Érase una vez*, la sección infantil. Cuando lo localizó fue al mostrador y al abrir el cajón para coger el papel de regalo vio aquel sobre acolchado. Se quedó mirándolo, dudando si sería oportuno entregárselo, si le haría ilusión o si, por el contrario, se enfadaría y arruinaría el viaje. Después de mucho sopesar tomó una decisión.

—Creo que ha llegado el momento de dárselo a Elena.

23

Elena había dormido poco y mal. En apenas un día y medio tuvo que terminar varios trabajos de la universidad que debía entregar esa semana, hablar con una compañera para que la mantuviera al día de las clases, preparar la maleta, ir a ver a su abuela para explicarle que estaría unos días fuera, informar a Cristina de su ausencia esa semana... Y a todo eso se le sumaron los nervios por el viaje. Le hacía mucha ilusión ir con Matías a París, pero le inquietaba pensar en la reacción de Alonso si finalmente le encontraban. Aun así, estaba convencida de que hacía lo correcto, rendirse antes de hora no era una opción.

Se levantó de la cama medio sonámbula y se fue a la ducha. El agua consiguió despejarle la modorra, pero no los nervios, sus inseparables compañeros de viaje antes de coger un avión. Poco después se iluminó la pantalla de su teléfono, Matías ya esperaba abajo en el taxi. Cogió la maleta y salió de casa.

—¿No había un vuelo un poco más tarde? Menudo madrugón. —Elena le dio la maleta al taxista y se sentó junto a Matías.

—Hay que aprovechar el tiempo, que tenemos mucho que hacer en París. Además, dormir está sobrevalorado. Ver la ciudad a estas horas es un privilegio, las calles todas para nosotros.

—Pues yo prefiero dormir más y compartir las calles con más gente, no soy tan avariciosa. Tengo un sueño que me caigo.

—Ahora aprovechas en el avión y duermes un poco. Te he traído una cosa. —Matías le entregó un paquete envuelto en papel de regalo.

—No tienes por qué regalarme nada. Bastantes molestias te tomas ya conmigo. Te has pasado una semana llamando a decenas de academias, invirtiendo tu tiempo, y encima también te cuesto dinero. —Elena quitó el papel de regalo—. *Astérix legionario* —leyó en voz alta—. ¡Un libro de Astérix y Obélix!

—Tu medicina de este viaje para el miedo a las alturas. No puede ser que no sepas quién es Falbalá, así que aquí lo descubrirás.

—Muchas gracias. —Elena le besó en la mejilla—. Por cierto, tienes que hacer las cuentas de lo que te debo de este viaje y el de Luanco.

—No te preocupes, cuando volvamos a España.

—Como lo demores mucho al final mi deuda va a prescribir.

El trayecto al aeropuerto los llevó poco más de diez minutos. Una vez en el avión los dos invirtieron el tiempo leyendo. Elena para no pensar en la altura a la que estaban y Matías para no pensar en el sobre que llevaba para ella y en sus consecuencias. Dos horas después aterrizaron en el aeropuerto de París Orly. Cogieron el tranvía para enlazar con la línea 7 del metro que los llevaría directos al hotel.

—¡Bienvenida a París! —Matías dio una vuelta sobre sí mismo con los brazos hacia arriba.

—Todavía no me creo…

—Pues sí, estamos en París, concretamente en el Barrio Latino. Esto está lleno de callejuelas, restaurantes, ambiente por todas partes y… la librería más legendaria de la ciudad, Shakespeare and Company.

—Ya veo que la elección del barrio no ha sido al azar…

—Ya que veníamos a París qué mejor que estar cerca de este templo de los libros. Bueno, en marcha, que tenemos mucho que hacer.

Matías tomó la delantera. Con el móvil en la mano se orientó y comenzó a andar por la rue Jussieu, una calle flanqueada por árboles que apenas dejaban entrever el cielo azul. Elena iba a su lado con la maleta de ruedas traqueteando por la acera. Continuaron por la rue des Écoles y enseguida llegaron a la puerta del hotel Familia, un edificio de fachada blanca con balcones adornados por flores. Entraron a la recepción y después de dejar sus datos subieron a la tercera planta. En las habitaciones se respiraba la solera de años que atesoraban aquellos muebles de madera. Las paredes estaban decoradas con papel pintado de motivos florales color vino que, sin duda, había conocido tiempos mejores. Sobre el cabezal de la cama, una ilustración en sepia de la plaza Vendôme de París. Elena sacó las cosas de su maleta y las ordenó en el armario. Cogió una chaqueta y tocó a la puerta de la habitación de Matías, que estaba justo al lado. Al entrar vio que había desplegado sobre la cama el mapa de París que le enseñó en la librería.

—Operación Beethoven en marcha.

—Tú estás *flipao*. ¿Operación Beethoven?

—¿No sabes la historia de la amada inmortal de Beethoven?

—Ilústrame.

—Te va a encantar. La vida de Beethoven fue apasionante en muchos sentidos. Que es uno de los mejores compositores de la historia es evidente, que se quedó sordo a temprana edad también es de sobra conocido, pero lo que algunos no saben es que fue un hombre muy enamoradizo. Odiaba dar clases, a no ser que fuera a jóvenes y bellas damas. De hecho, se enamoró de varias de sus alumnas y les dedicó algunas de sus obras más célebres, como el *Claro de Luna* o *Para Elisa*.

—A mí no me has dedicado ninguna composición tuya.

—He dicho jóvenes y bellas damas —bromeó Matías.

—Idiota. —Elena le dio un empujón.

—Solían ser hijas de aristócratas. Beethoven flirteaba con ellas, pero no consiguió casarse con ninguna. No tuvo ni mujer ni descendencia, al menos que se sepa. El caso es que, y ahora viene la similitud con la historia de Alonso y Manuela, cuando murió su hermano encontró en el escritorio de su casa de Viena una desgarradora carta de amor dirigida a su amada inmortal, así la definió él mismo. Una carta que nunca salió de su escritorio, que nunca pudo leer aquella misteriosa amada inmortal, que dos siglos después seguimos sin saber a ciencia cierta quién fue. Alonso fue profesor de piano, como Beethoven. Y se enamoró de su alumna, como Beethoven. Y le escribió cartas, como Beethoven. Y la destinataria no leyó esas cartas, como la amada inmortal de Beethoven.

—Hasta que otro profesor de piano encontró las cartas ocultas dentro de un piano y más de cincuenta años después el amor inmortal de Alonso pudo leerlas.

—Efectivamente. Digamos que yo podría ser el hermano de Beethoven que descubre las cartas. Reconoce que ahora que sabes la historia de la amada inmortal te encanta el nombre de nuestra operación.

—Muy ocurrente, sí señor.

—Vamos al lío. Hoy nos toca la zona roja, nuestra primera parada será el Moulin Rouge. Ahora mismo estamos justo aquí. —Señaló el hotel en el mapa—. Nuestro destino está bastante lejos y no podemos perder tiempo, así que la idea es llegar hasta allí en metro y luego ya movernos andando. Así podemos ir a las academias a preguntar por Alonso y también hacernos fotos en los lugares más turísticos de la ciudad. ¿Estás preparada?

—Lista para la aventura.

—Operación Beethoven en marcha. Vamos a por el primer quesito de nuestro particular Trivial.

—A por el quesito rojo.

Elena le chocó la mano a Matías. Recogió el mapa que había extendido sobre la cama, cogió los folios donde tenía detallado el itinerario de cada día y salieron de la habitación. Hicieron el mismo camino que habían recorrido para llegar al hotel, pero en sentido opuesto, a la estación de metro Jussieu. Matías sacó los folios para consultar la ruta hasta el Moulin Rouge. Un trasbordo y treinta y cinco minutos después ya estaban en la plaza Blanche frente al cabaret. Una horda de turistas se hacía fotos ante el mítico molino.

—¿Esto es el famoso Moulin Rouge? —Elena lo miró con decepción—. Me esperaba otra cosa, no sé, quizá más grande...

—A ver, lo mejor del Moulin Rouge son sus espectáculos. No juzgues solo por la fachada, ¿es que no aprendiste nada de *La Bella y la Bestia*?

—Disculpe usted, Lumière. Bueno, ¿nos hacemos una foto?

—Vale, voy a pedírselo a alguien. —Matías se acercó a un grupo de personas que se acababan de hacer una foto—. *Excusez-moi, pouvez-vous prendre une photo, s'il vous plaît?*

—Vaya, no sabía que hablabas tan bien francés.

—Hay tantas cosas que no sabes de mí... —Matías se hizo el interesante.

—Qué fantasma eres.

Ambos sonrieron para la foto y luego siguieron andando por el Boulevard de Clichy hasta que llegaron a la Avenue Rachel. Justo encima de una floristería con un toldo a rayas blancas y rojas estaba la primera academia de música que tenían en la lista. Como la portería estaba abierta subieron por las escaleras al primer piso. Tocaron al timbre y a los pocos segundos abrió una chica. Matías le preguntó en francés si allí trabajaba un profesor de piano que se llamaba Alonso. Ella les respondió que no. Bajaron de nuevo por las escaleras y en el portal Matías tachó con un bolígrafo rojo el nombre de esa academia.

—Una menos, vamos a por la siguiente.

Matías consultó Google Maps en su móvil y siguió las indicaciones de la aplicación hasta el siguiente destino.

Después de poco más de veinte minutos andando se encontraban ante la Ópera Garnier. Matías se colocó en el centro de la Place de l'Opéra, justo delante de las escaleras de la boca del metro, y se quedó contemplando su imponente fachada rematada en sus extremos superiores por dos conjuntos de esculturas de color dorado. Coronando el edificio se erigía la cúpula de cobre que había adoptado un color verdoso, fruto de un proceso de oxidación.

—Tendrías que verte la cara…

—¿Qué pasa?

—Que si la Ópera de París fuera una mujer pensaría que estás enamorado de ella.

«Pues así es como te miro a ti, aunque quizá lo haga cuando te das la vuelta, por vergüenza a que me veas. O cuando estoy en la librería y recuerdo cuando bailamos en el pasillo la canción de "No puedo vivir sin ti". Porque esa canción resume a la perfección lo que siento por ti».

«Dile exactamente todo eso, Matías».

«Pues sí, anda, me muero de la vergüenza».

«Estás en París, ¿qué mejor sitio para decírselo? ¡Espabila!».

«Eso es muy fácil pensarlo, pero yo soy el que tiene que verbalizarlo delante de ella».

«Apáñatelas como quieras, pero de este viaje no pasa que te declares de una puñetera vez, ni que tuvieras quince años».

—¿Estás bien, Matías? —Elena le pasó la mano por delante de los ojos para sacarle del trance.

—Sí, perdona. Yo y mis pensamientos. Ese edificio representa mucho para mí, porque ahí dentro nació la leyenda…

—Del fantasma de la ópera —le interrumpió. Matías la miró con extrañeza—. Una de las veces que fui a la librería estabas leyendo ese libro y me dijiste que era de tus favoritos. Miré por curiosidad en internet de qué iba y recuerdo que el tal fantasma vivía en los sótanos de la Ópera de París. Imagino que querrás entrar a ver el edificio por dentro. Habrá visitas guiadas, ¿no? ¿Vamos?

—Ojalá, pero ahora mismo está cerrado a las visitas. Hay concierto estos días y están preparando el escenario y con ensayos. Lo he mirado antes en la página web, cuando veníamos hacia aquí. Una pena.

—Bueno, eso quiere decir que tienes que volver a París.

Cerca de la Ópera había otra academia de música en la lista, pero como era la hora de comer decidieron hacer un pequeño paréntesis. Buscaron un restaurante cerca de donde se encontraban. Después de comer visitaron dos academias y luego se perdieron por el laberinto de salas del Louvre. En las academias no encontraron lo que buscaban, en el Louvre, sí, aunque en la distancia. Imposible acercarse a menos de cinco metros de *La Gioconda*.

Tras salir del museo, Matías sacó el mapa para ver dónde estaba la última de las academias que tenían que visitar ese día. Elena, a su lado, miraba la ruta que marcaba Matías con el dedo. Los dos levantaron la vista a la vez cuando una voz les preguntó en español con acento francés:

—¿Os puedo ayudar a encontrar algún lugar?

Matías y Elena se quedaron mirando a aquel francés de metro ochenta que les sonreía tras su gabardina color camel. No llegaba a los treinta años y vestía impoluto, como recién salido de la Paris Fashion Week.

—Eeeh… —titubeó Matías—. En realidad, creo que sé cómo…

—Sí —le interrumpió Elena—. Queremos llegar a este punto. —Se lo señaló en el mapa—. ¿Está cerca como para ir andando o mejor cogemos el metro?

—Andando. Está cerca de aquí. Venid conmigo, justo voy en esa dirección. Por cierto, me llamo Étienne.

—Yo me llamo Elena —dijo y le dio dos besos en la mejilla.

—Y yo soy Matías. —Le estrechó la mano.

—¿Estáis de viaje de novios por París?

—No —se apresuró a responder Elena—. No somos pareja. Hemos venido a buscar a una persona.

A Matías le sentó mal la respuesta de Elena. A pesar de ser cierto lo que había dicho, le entristecieron la rotundidad y premura con la que negó que fueran pareja.

—Es por aquí. —Étienne les indicó con la mano que le siguieran.

—Hablas muy bien español.

—Gracias, Elena. Estudié cuatro años en Barcelona. Me encanta vuestro idioma, siempre que me encuentro con españoles por París me acerco para conversar. Así conozco nuevas gentes y también practico.

Durante el trayecto Elena le contó a Étienne por qué estaban en París. Las aceras eran estrechas y no cabían los tres, así que Elena y Étienne iban delante y Matías los seguía un paso por detrás. Estaba desubicado. Sentía que había perdido las riendas del viaje. Y de Elena. Los diez minutos que transcurrieron hasta la academia se hicieron eternos para él, pero no para ellos, que conversaban alegremente como si se conocieran de siempre. Al llegar a la academia Matías llamó al interfono y preguntó en francés por Alonso. No había terminado de hablar cuando escuchó una risa a su espalda. Al girarse vio a Étienne ponerse la mano en la boca para disimular. Demasiado tarde. Una voz metálica respondió a la pregunta inconclusa del profesor, pero Matías ya no escuchaba lo que decía. Sabía que su francés no era perfecto, pero había sido suficiente para hacerse entender. Hasta ese momento. La risa de Étienne le había descolocado, le hizo sentirse inseguro. El interfono seguía hablando solo.

—Será mejor que me dejes a mí.

Étienne esquivó a Matías y se acercó al portal. Preguntó por Alonso, pero le dijeron que no le conocían. Elena tachó la academia en el mapa y lo guardó de nuevo. Étienne consultó el reloj.

—Si queréis cenar deberíais hacerlo ya. Esto no es como España, aquí a las ocho ya es tarde para encontrar un sitio.

—Justo en esa esquina hay un restaurante. —Elena lo señaló.

—¿Una pizzería? *Rien du tout*. Estáis en París. Aquí tenemos las mejores gastronomías del mundo. No vais a comer en cualquier lugar.

—Pues a mí me apetece comer pizza —insistió Elena—. Además, está aquí al lado y tengo hambre.

—La señorita decide entonces. Pero la próxima vez elegiré yo. No podéis iros de aquí sin probar la auténtica comida parisina.

Mientras caminaban hacia la pizzería, Matías le daba vueltas a la cabeza a lo que acababa de decir Étienne. «¿Cómo que la próxima vez elegiré yo? ¿Es que va a haber una próxima vez?».

Se sentaron en una mesa junto a la ventana. Con desgana Matías cogió la carta y buscó una pizza que le gustara. No tenía hambre ni ganas de estar allí. Pidieron la comida.

—Si me disculpáis voy a ir un momento al aseo. —Étienne se levantó de la mesa y fue hasta el fondo del local.

—¿Se puede saber qué te pasa, Matías?

—¿A mí? Nada —mintió.

—Pues díselo a tu cara. Desde que ha aparecido Étienne te noto muy raro, te has quedado mudo.

—Es solo cansancio —mintió de nuevo—. Llevo en pie desde las cinco de la mañana.

—Venga, Matías, que te conozco. ¿Es por lo de la academia? ¿Te ha sentado mal que hablara él para preguntar por Alonso?

—Lo que me ha sentado mal es que se riera de mi acento en francés.

—No se lo tengas en cuenta. Él solo quería ayudar.

Matías optó por asentir y no discutir con Elena. Lo último que quería en ese momento era enfadarse con ella. Así que se tragó su rabia y rebajó la tensión.

—Será también por el cansancio, imagino. Necesito dormir. Mañana amaneceré como nuevo. —Hizo un gesto con el bíceps fingiendo optimismo.

—Así me gusta. Voy al aseo y vuelvo enseguida.

Elena dirigió sus pasos hacia el mismo lugar al que había ido segundos atrás Étienne. Matías la seguía con la mirada, incrédulo. «No puede ser una coincidencia. ¿Por qué ha ido justo ahora al baño cuando él también está allí? ¿Quieren estar solos? ¿Quiere hablar con él sin mí delante?». La respuesta le dio de bruces al verlos salir juntos riendo a carcajadas. Cuando se sentaron a la mesa Matías borró su angustia de la cara y se pasó el resto de la cena intentando disimular su tristeza. Como en un partido de tenis miraba a uno y a otro hablar con una naturalidad y confianza que le costaba entender. En realidad, sí que lo entendía. Esa complicidad con un extraño solo podía significar una cosa, que a Elena le estaba haciendo gracia Étienne, y, por cómo la miraba él, el sentimiento parecía recíproco. Matías apenas habló durante la cena. No tenía ganas. Se limitó a contemplar aquel partido de miradas cómplices como un mero espectador resignado, sabiendo que ese partido lo había perdido porque ni siquiera había tenido opción de pisar la cancha.

Desde que Elena le dijo que sí, que iría a París con él, Matías había soñado muchas veces cómo sería ese viaje. Visualizó la felicidad de encontrar a Alonso y también sintió la tristeza de no dar con él. Sus sueños le proyectaron besos apasionados con Elena, paseos de la mano, amaneceres junto a la torre Eiffel… Lo que nunca imaginó fue que tuviera que contemplar cómo Elena se enamoraba de otro delante de él.

24

La mañana empezó para Matías peor incluso de lo que había terminado la noche anterior. Después de presenciar cómo la persona a la que quería se deshacía en miradas con Étienne, este se ofreció a acompañarlos al día siguiente en la búsqueda de Alonso. Elena aceptó su ofrecimiento. Matías solo pudo asentir y falsear una sonrisa. Cuando el profesor bajó a la entrada del hotel ellos ya estaban allí. Matías comprobó en su reloj que quedaban todavía cinco minutos para la hora a la que acordaron verse, así que era evidente que Elena y Étienne habían quedado antes para estar a solas.

—Buenos días, Matías. —Elena le saludó con dos besos.

—*Bonjour professeur.* —Étienne le estrechó la mano—. Gracias por permitirme estar con vosotros hoy también. Me alegra poder ayudaros a buscar a Alonso.

—Gracias a ti por acompañarnos. —Matías prefirió ser cordial y ocultó su discrepancia con su presencia—. Bueno, tenemos mucho que andar. —Sacó el mapa y mostró la ruta que tenía pensada seguir.

—Si me permites. —Étienne le cogió el mapa—. Creo que sería mejor comenzar por esta academia y luego seguir por aquí. A primera hora toda esta zona suele estar colapsada de coches y es más complicado moverse.

—Tú eres el parisino —se resignó Matías.

—Pues ni mil palabras más —exclamó Elena—. En marcha.

Étienne tomó la delantera y los guio hasta llegar a la boca del metro.

—Por cierto. No me habéis dicho a qué os dedicáis —preguntó mientras se sentaba en el vagón.

—Yo estoy en la universidad. Estudio Magisterio de primaria. Es ya mi último año de carrera.

—Qué interesante. Enseñar a los niños debe de ser muy gratificante. ¿Y tú, Matías?

—Yo tengo una librería —respondió con sequedad.

—¿Todavía hay gente que compra libros en una tienda? Yo es que todo lo pido por internet. Es más cómodo, te llega a casa y no tienes que molestarte en ir personalmente. Por no hablar del precio, que te sale todo más económico.

Matías se le quedó mirando y barajó dos respuestas a ese comentario tan desafortunado. Se decantó por la que era políticamente correcta.

—Por suerte todavía hay mucha gente a la que le gusta más ir a las tiendas de barrio en vez de comprar en las grandes multinacionales que están destrozando a los pequeños emprendedores y vaciando las calles de comercios. —Matías cerró su comentario con una sonrisa forzada, cargada de sarcasmo.

Tras unos segundos de incómodo silencio Elena intentó rebajar la tensión que se acababa de crear.

—¿A qué te dedicas tú, Étienne?

—Yo soy empresario, tengo varios… —Se puso de pie de repente—. ¡Que se nos pasa la parada!

Corrió hacia la puerta que ya se estaba cerrando y la volvió a abrir mientras Matías y Elena abandonaban del vagón. Salieron a la superficie en la Place Charles de Gaulle. Frente a ellos, el Arco del Triunfo. Recorrieron los Campos Elíseos bajo la sombra de los castaños que flanqueaban las aceras.

A mitad de la avenida se desviaron por la rue Pierre Charron para localizar la primera de las cinco academias que tenían que visitar ese día.

—*Et voilà.* Ya hemos llegado.

Étienne señaló un edificio con barandillas de hierro forjado negro en los balcones. Subieron al segundo piso y el francés preguntó por Alonso. No le conocían, así que Elena tachó del mapa esa ubicación. Siguieron a pie hasta la siguiente academia. Tras quince minutos llegaron a su destino. Subieron a la cuarta planta por las escaleras. Al minuto bajaron. Otra cruz en el mapa.

Sin perder tiempo Étienne consultó la localización de la tercera academia. Guardó el mapa y arrancó con paso decidido. Matías le seguía como una oveja al pastor. Se limitaba a ir tras él. El viaje que había planeado con tanta ilusión ya no le motivaba en absoluto. Al revés, se había convertido en una tortura. Y todavía le quedaban tres días en París, así que mientras seguía a Étienne a paso ligero decidió crearse una coraza de indiferencia, no pensar en nada, simplemente dejarse llevar por las calles de París para así no martirizarse.

Continuaron por la Avenue George V y llegaron a la Place de l´Alma. Pasaron al lado de la Llama de la Libertad, una réplica de la antorcha de la estatua de la Libertad. Justo debajo de ese monumento transcurría el túnel en el que falleció Lady Di. Caminaron a lo largo del cauce del río hasta una pasarela peatonal que cruzaba el Sena. Los barrotes de la barandilla estaban repletos de candados con los que las parejas de enamorados pretendían simbolizar una unión eterna, aunque muchos ya estaban oxidados, seguramente como su amor. Étienne se paró en medio de la pasarela.

—Aquí tenéis una de las vistas más bonitas de nuestra querida torre Eiffel. Mirad cómo se alza firme hacia el cielo de París junto al Sena. Por cierto, ¿cuándo vais a subir?

—Ni de coña subo yo allí —sentenció Elena.

—Pero ¿cómo vas a irte de París sin subir a la torre Eiffel? Nuestra Dama de Hierro se va a ofender si no subes a contemplar las vistas que nos ofrece desde arriba.

—Cada día suben miles de personas, no creo que a la Dama de Hierro le importe tener una visitante menos. Mira. —Le enseñó las manos temblorosas—. Solo de pensarlo ya me pongo nerviosa. ¿Tú sabes lo alto que está eso?

—Sí, exactamente 324 metros contando la antena que hay en la parte superior. Pero lo más alto que puedes subir es a 281 metros.

—¿Y te parece poco?

—Has estado a diez mil metros de altura en el avión que os ha traído hasta aquí.

—No es lo mismo.

—Podéis subir solo a la segunda planta, eso son ciento quince metros.

—No.

—O a la primera.

—No.

—Pero si la primera planta está a solo sesenta metros del suelo. Seguro que has estado en edificios más altos.

—Estoy sudando y todo, Étienne. No puedo.

—Matías, no podéis iros de París sin subir, las vistas desde allí son espectaculares.

—A mí no me mires, yo quiero subir, pero a Elena le dan pánico las alturas. Me temo que no hay nada que hacer.

—¿Qué puedo hacer para convencerte de que subas? —insistió Étienne.

—No hay nada ni nadie que pueda hacerme subir allá arriba. Me da miedo, no voy a subir. Punto y final. ¿Podemos seguir visitando academias, por favor? —suplicó—. El tiempo se echa encima, y hay mucho que hacer, ¿verdad, Étienne?

Elena le guiñó un ojo al francés. Matías se percató. Ese gesto ahondó aún más su tristeza. Hizo un esfuerzo por poner la mente en blanco para no pensar mientras seguía los pasos de Étienne hasta la siguiente academia. Cruzaron al otro lado del río y entraron en la Avenue Rapp. Se pararon frente al número 22. Ni rastro de Alonso. Continuaron paseando hasta la siguiente academia. Étienne tocó al timbre y preguntó. Por el telefonillo le respondieron: *«Je ne sais pas qui est Alonso»*. El francés negó con la cabeza y siguió andando. Caminaron a la orilla del río Sena y lo cruzaron por el Pont de Grenelle, hasta la rue Jean de la Fontaine. El sonido de un piano los guio hasta el número 18, allí estaba la última de las academias que tenían que visitar ese día. Accedieron a la finca través de una verja de hierro forjado negro. Tocaron al timbre y la melodía dejó de escucharse de golpe. El sonido metálico del portero automático les permitió la entrada al edificio. Salió una mujer a recibirlos. Étienne le preguntó. La respuesta en francés la entendió incluso Elena. Otra cruz en el mapa. Media hora después llegaron al Campo de Marte, la gran alfombra verde sobre la que descansa la torre Eiffel. Étienne consultó el reloj.

—Ya es hora de comer. Si me permitís os voy a llevar a un lugar con unas vistas inmejorables.

Elena y Matías asintieron. Caminaron durante diez minutos hasta llegar al restaurante Les Ombres, que compartía edificio con un museo. En las plantas inferiores se exhibían objetos de arte de diversas culturas, aunque, sin duda, lo mejor estaba en la terraza. Nada más salir al exterior los tres se quedaron mudos contemplando durante un rato la torre Eiffel que tenían justo al lado.

—Ya que no vais a subir al menos durante la comida podéis disfrutar de una de las mejores vistas de la Dama.

—Creo que voy a acabar con tortícolis, voy a pasarme la comida mirando hacia arriba. Es espectacular. ¡Gracias, Étienne! —exclamó Elena sin apartar la mirada de la torre.

—La verdad es que es impresionante —reconoció con desgana Matías—. Pero me temo que yo no puedo permitirme comer en este sitio. —Cerró la carta y la dejó sobre la mesa—. ¿Has visto qué precios, Elena?

Tras consultar brevemente la carta Elena levantó la mirada con los ojos como platos. Los dos negaron con la cabeza.

—Gracias por traernos a este restaurante, pero no puedo gastarme doscientos euros en comer aquí.

Matías se levantó de la silla, pero Étienne le puso la mano en el hombro y volvió a sentarle.

—No te preocupes, Matías, aunque el sueldo de librero no te permita comer en un sitio como este, no vas a tener que pagar nada. El restaurante es mío. Os voy a invitar yo.

Mientras Étienne contaba que era dueño de tres restaurantes en París, Matías tenía la mirada perdida pensando en la frase que acababa de decir el francés. Por segunda vez Étienne le vilipendiaba sin miramientos. Quiso levantarse y decirle que era un gilipollas, que no tenía ganas de aguantar más sus impertinencias y que era un clasista. Se imaginó aquella secuencia una y otra vez mientras Étienne seguía vanagloriándose de las bondades de sus negocios hosteleros. Apoyó las manos en la mesa e hizo el amago de incorporarse hasta que su mirada se cruzó con la de Elena y entendió que esa no era la mejor forma de responder a la grosería del francés. Por segunda vez se tragó su orgullo, cogió de nuevo la carta y buscó algo para comer.

Pasaron la siguiente hora y media probando la gastronomía francesa. A pesar de las circunstancias Matías consiguió disfrutar de la comida y, sobre todo, de las vistas. Estaba en París con Elena y no iba a permitir que Étienne le amargara el viaje. Así que se relajó y decidió obviar sus desplantes. Conversaron, bebieron, comieron y rieron. Incluso Matías. Pero la sonrisa se le borró de golpe cuando se levantaron de la mesa.

—Bueno, Étienne y yo tenemos que ir a un sitio solos.

Elena soltó la bomba y esperó la reacción de Matías.

—¿Cómo? —fue lo único que pudo decir el profesor.

—Ya hemos visitado todas las academias que estaban en el plan de hoy, y ahora necesito ir a un sitio con Étienne. Así que tienes la tarde libre, al menos unas horas.

—Pero… —Matías seguía sorprendido y no podía articular palabra.

—Tranquilo, que no te la robo mucho tiempo.

Étienne intervino, sonriente. Cogió a Elena de la mano y comenzaron a caminar hacia una parada de taxis.

—Esperad un momento. —Matías avanzó hacia ellos—. Elena, me gustaría enseñarte una cosa luego. ¿Podrás estar de vuelta a las nueve menos cuarto?

—Creo que nos da tiempo de sobra. Mándame un mensaje con la ubicación donde quieres que nos veamos y allí estaré luego.

—Yo mismo la acompañaré si es necesario. Se me acaba de ocurrir una cosa. Para que no te aburras durante estas horas te voy a pedir un taxi para que te lleve a una librería muy bonita que seguro que te va a gustar. No te preocupes, que pago yo.

Matías no supo reaccionar. Estaba bloqueado pensando en que Elena se iba a ir con el francés a solas. Étienne se acercó a la parada de taxis. Matías aprovechó para hablar con Elena.

—¿Podrías compartir en el WhatsApp tu ubicación en tiempo real, por favor?

—Pero ¿qué crees? ¿Que me va a secuestrar?

—Elena, eres mayor de edad y por supuesto que puedes hacer lo que consideres. Si quieres irte con él a no sé dónde, adelante. Pero entiende mi preocupación. Te vas a ir con un extraño en una ciudad que no conoces. Solo te pido que actives tu localización, me quedo más tranquilo si lo haces. Por favor.

Matías le suplicó con la mirada. Elena asintió con la cabeza. Cogió su móvil, activó la localización y lo volvió a guardar. Se despidió con un beso en la mejilla y le sonrió. Objetivo conseguido. Ahora tocaba ir a por el segundo.

Étienne y Elena se subieron a un taxi. Matías, a otro. Por la ventanilla vio cómo Elena se alejaba con aquel desconocido. Sintió rabia. No entendía cómo se había torcido aquel viaje perfecto. Dejó la mirada perdida intentando no pensar en nada. París se paseaba ante sus ojos, pero Matías no veía nada. Solo le venía a la cabeza la imagen de aquel taxi alejándose.

Tras más de veinte minutos recorriendo las calles parisinas Matías se extrañó de que todavía no hubieran llegado a la librería. Le preguntó al taxista cuánto quedaba. Su respuesta le dejó helado. Preguntó de nuevo por si no le había entendido bien. Entonces confirmó que Étienne estaba intentando boicotear su cita con Elena de las nueve menos cuarto.

25

—*Arrêtez le taxi, s'il vous plaît!* —gritó Matías.

El taxista paró en cuanto encontró un hueco para aparcar. Matías comprobó en su móvil que la librería donde le mandaba Étienne estaba a casi dos horas de París, en un pequeño pueblo a las afueras.

—¡Será cabrón! Dos horas de ida, dos horas de vuelta, más el tiempo que estuviera en la librería. Resultado, no estoy en París antes de las diez de la noche ni de coña. Y Étienne sabe que he quedado con Elena a las nueve menos cuarto —reflexionó en voz alta.

Su cabeza le iba a mil. El taxímetro seguía corriendo al mismo ritmo que el enfado de Matías iba en aumento. Pensó cómo vengarse del francés, por la jugarreta de la librería y por sus continuos desplantes. Pero después de varios minutos ideando un plan decidió cambiar de estrategia. No merecía la pena malgastar sus esfuerzos en Étienne. Concluyó que lo mejor era emplear toda su energía en conquistar a Elena. Así que se puso a pensar cómo sorprenderla. Barajó varias posibilidades, pero las descartó, no le daba tiempo a llevarlas a cabo. Buscó ideas en internet. Al cabo de un rato desistió y se guardó el móvil en el bolsillo. Siguió dándole vueltas hasta que, al levantar la cabeza y mirar por la ventanilla, vio cómo a lo lejos, tras unos árboles, emergía la sorpresa perfecta para Elena.

No había tiempo que perder. Matías le indicó al taxista la nueva dirección. Volvieron al centro de París. Cuando llegó a su destino respiró profundamente y fue directo a la taquilla. Dos horas después ya tenía preparada la primera de las dos sorpresas. Pero ahora quedaba la segunda parte. Sabía que Étienne había organizado algo para estar con Elena hasta más allá de las nueve menos cuarto de la noche, por eso le mandó en taxi lo más lejos que pudo para pasar más tiempo con ella. Así que tenía que averiguar dónde estaban y conseguir que Elena quisiera irse con él en vez de quedarse con Étienne. Eran más de las ocho de la tarde. Faltaba menos de una hora para darle una de las sorpresas. Justo cuando Matías iba a escribirle recibió un mensaje de Elena.

Hola, Matías

Qué tal la librería?

Espero que la estés disfrutando mucho.

Siento decirte que no voy a llegar a tiempo a las 20:45.

Étienne se ha empeñado en llevarme a cenar a uno de sus restaurantes, y me veo en la obligación de aceptar su invitación.

Ahora no puedo explicarte por qué, pero cuando nos veamos lo entenderás. Créeme que preferiría estar contigo. De hecho, aunque no llegue a la hora que acordamos necesito verte antes de que acabe el día. Es importante. Así que en cuanto termine de cenar te llamo y quedamos en el hotel

Matías leyó varias veces el mensaje. Sobre todo se fijó en una frase. «Créeme que preferiría estar contigo».

—Pues si prefieres estar conmigo, mejor que sea cuanto antes.

Consultó en su móvil la ubicación de Elena. Efectivamente, estaban en un restaurante. El tiempo se le echaba encima, así que, en vez de ir en metro, paró un taxi. Diez minutos después estaba en su destino. A través de la ventana del restaurante los vio cenando. Se quedó observando aquella escena un rato. Vio a una Elena inquieta, se notaba que no estaba cómoda. Miraba a un lado y a otro del restaurante intentando evitar el contacto directo con Étienne. Tenía el móvil encima de la mesa. Matías le mandó un mensaje. Nada más percatarse de que su teléfono se iluminaba Elena lo cogió. Al leer el mensaje, sonrió. Matías, también.

¿Seguro que prefieres estar conmigo?

Le bastó ver el rostro de Elena para saber la respuesta. Pocos segundos después lo corroboró con el mensaje que recibió:

No lo dudes. Estoy deseando que acabe la cena para estar contigo

«Pues te vas a perder el postre», se dijo Matías.

Se guardó el móvil y pensó cómo sacarla del restaurante. Lo más rápido era entrar directamente y salir con ella de la mano. Pero lo descartó. Sería una situación embarazosa para Elena, y tampoco quería que pasara por ese mal trago. Siguió cavilando un rato hasta que descubrió algo junto a una puerta lateral del restaurante que le dio una idea. Su mente preparó un plan. Era perfecto porque conseguía dos cosas: irse con Elena y vengarse de Étienne. Pero había un problema, su plan tenía un escollo que debía solventar. Se preguntó cómo sortear aquel inconveniente. Se le ocurrió una solución, pero para eso debía entrar al restaurante sin que Elena y Étienne le vieran. Esperó el momento oportuno. Un camarero se acercó a su mesa, y Matías aprovechó para entrar por la puerta lateral e ir directo al baño. Miró al techo y sonrió. Volvió a salir del restaurante. Pensó en lo que estaba a punto de hacer. Por unos segundos tuvo la tentación de abortar su misión, pero entonces le vino la imagen de aquel taxi rumbo a las afueras de París y sus dudas se disiparon. Lo tenía decidido, iba a hacerlo a pesar de los daños colaterales. Miró de nuevo hacia el interior del restaurante. Le mandó un mensaje a Elena.

Vete al baño, por favor
Enseguida entenderás por qué

Elena lo leyó y apartó la mirada del móvil, sonriente. Matías vio cómo hablaba con Étienne y se levantaba para ir al aseo. Cuando Elena ya estaba en el baño el profesor se acercó a la puerta lateral. Miró por la ventana y vio que el camarero había dejado la cuenta en varias mesas. Era el momento perfecto.

—Lo siento por la ducha, al menos la comida os va a salir gratis. Invita Étienne.

Entró de nuevo al restaurante, abrió la pequeña pestaña de plástico que cubría el interruptor rojo de la alarma de incendios y la accionó. Al segundo los aspersores comenzaron a regar toda la estancia. La estampida de clientes fue instantánea para evitar mojarse. Corrieron todos menos Elena, que estaba en el aseo y allí no había rociadores. Étienne se dirigió corriendo hacia donde estaba la alarma para desconectarla. Después de varios intentos lo consiguió.

Instantes después, Elena recibió un mensaje de Matías, le decía que ya podía salir del baño y que la esperaba en la calle de atrás. Al volver a la sala se encontró a Étienne completamente mojado junto a la puerta, desolado. Intercambiaron unas palabras, y Elena se fue al encuentro con Matías.

—¿Se puede saber...?

Matías no la dejó terminar la frase. La cogió de la mano y corrieron hasta una parada de taxi cercana.

—¡Vamos, que no llegamos!

Justo en ese momento pasó un taxi. Matías se apresuró a pararlo y subieron. Rumbo al Trocadero.

—¡Estás fatal, Matías! ¿No era más fácil decirme que saliera del restaurante? Menudo lío has formado.

—Era lo mínimo que se merecía ese tipejo después de sus menosprecios y de mandarme a dos horas de París para ver una librería que no tenía nada de especial. Vamos, que lo único que quería era quitarme de en medio para cenar contigo.

—¿Cómo?

—Da igual. Lo importante es que ya estamos juntos y que si no hay mucho tráfico llegamos donde quiero llevarte. Te va a encantar.

—Yo también tengo una sorpresa para ti.

Elena le pidió a Matías que cerrara los ojos. Sacó una montañita de *macarons* en forma de tarta que tenía dentro de una caja y le colocó una vela encima. La encendió con un mechero y comenzó a cantar el cumpleaños feliz. Matías abrió los ojos sin creer lo que estaba viendo. Cuando acabó de cantar sopló la vela y abrazó a Elena.

—Pero ¿cómo sabías…?

—Pues por tus redes sociales. Hace tiempo vi que hoy era tu cumpleaños, y como justo ha coincidido en París, pues he tenido que ingeniármelas para poder hacerte un regalo.

—No entiendo nada. ¿Qué está pasando aquí?

—Lo que no entiendo es por qué esta mañana no has dicho que era tu cumpleaños.

—Lo que yo no entiendo es qué has visto en ese miserable.

—¿Yo? Absolutamente nada.

—Entonces, ¿por qué os fuisteis solitos al aseo? ¿Por qué esta mañana ya estabais juntos cuando he bajado a la recepción del hotel? ¿Por qué os habéis ido solos a un lugar misterioso?

—¿Y tú por qué no has dicho que hoy era tu cumpleaños?

—Esta mañana no estaba yo para celebrar nada…

—Así que estabas celoso.

—No sé por qué dices eso... —Matías desvió la mirada haciéndose el interesante.

—¡Tenías celos de Étienne!

—¿Cómo voy a tener celos de ese tipejo?

Elena levantó la ceja y esperó a que Matías reconociera la verdad.

—Está bien. Sí, tenía celos de Étienne.

—¿Ves qué fácil es asumirlo? —Elena estaba disfrutando de aquel momento.

—¿Me vas a contar entonces dónde has ido con Étienne?

—A ver, voy a empezar por el principio. Cuando ayer se acercó a ayudarnos con el mapa vi la oportunidad ideal para que me echara una mano con tu regalo de cumpleaños. Así que cuando se levantó para ir al aseo me fui tras él para pedirle ayuda, y esta mañana nos hemos visto antes para ultimar nuestra coartada. La idea era visitar las academias lo más rápido posible y así tener un rato por la tarde para comprarte... —Elena sacó un sobre de su bolso— esto.

Le entregó el sobre y Matías se quedó sin reaccionar.

—¿Así que todo esto ha sido para comprarme un regalo?

—Me veía incapaz de llegar por mí sola a ese lugar y comprarte lo que hay en el sobre. Mi francés es nulo, me oriento fatal y esta ciudad es enorme. Así que pensé que Étienne me ayudaría. Y por eso cuando me ha dicho que quería cenar conmigo me he visto obligada a aceptar. Después de ayudarme con tu regalo me sentía en deuda con él. A pesar de que me sabía fatal no llegar a tiempo a... ¿Dónde me llevas, por cierto?

—Enseguida lo vas a comprobar. Vamos muy justos de tiempo, así que en cuanto bajemos del taxi, sígueme. —Matías se guardó el sobre en la chaqueta—. Estoy deseando ver qué me has regalado, pero ahora no da tiempo, hemos llegado a tu sorpresa.

El taxi paró. Matías cogió de la mano a Elena. Fueron esquivando transeúntes y saltándose semáforos en rojo para poder llegar a tiempo. París ya había anochecido y cientos de personas con el móvil en la mano se agolpaban en la plaza del Trocadero. Matías se abría paso entre la multitud tirando de la mano de Elena. Bajaron varios tramos de escaleras hasta situarse pegados al murito de piedra que marcaba el final de la plaza. Justo en ese momento se escuchó un «oooh» generalizado. Ya eran las nueve en punto. La torre Eiffel comenzó a emitir destellos. Todo el cielo parecía estar concentrado sobre aquella estructura de metal que titilaba como cientos de estrellas. Se quedaron con la boca abierta contemplando los trescientos metros de monumento llenos de luces parpadeantes.

Elena le miró, sonrió y volvió a girar la cabeza para seguir contemplando el espectáculo de luces. Durante los cinco minutos que duró esa iluminación especial se olvidó de la enfermedad de Manuela, de las visitas a las academias de música y de Alonso. Esas estrellas sobre la torre Eiffel la evadieron de todo y de todos. De todos menos de él, la persona que estaba a su lado y que la acompañaba en aquella aventura. Pensaba en Matías y en lo bien que se sentía a su lado. Tuvo la tentación de besarle. Era el momento ideal, en el lugar ideal. Y era lo que deseaba, pero no se atrevió. La vergüenza pudo al corazón.

Matías aprovechó para hacerle una foto a Elena con aquel espectacular fondo. Se quedó mirando su rostro iluminado por las miles de luces que proyectaba la torre Eiffel. Estaba enamorado de ella, como nunca lo había estado de ninguna mujer. Tragó saliva y se acercó un poco más a ella. Su corazón empezó a latir más rápido. Las manos le sudaban. Ya podía sentir el dulce olor que desprendía su colonia. Lo tenía decidido, quería besarla. Justo cuando iba a cogerla de las manos para que se girara y unir sus labios con los de ella se apagaron las estrellas del monumento y la gente comenzó a aplaudir. Elena hizo lo mismo, aplaudir con las manos que estaba a punto de coger Matías. Él tardó unos segundos en reaccionar, pero acabó uniéndose al aplauso que le había boicoteado el momento con el que llevaba soñando desde la primera clase de piano.

—Impresionante. —Elena seguía aplaudiendo—. Gracias por traerme a este sitio tan espectacular. Menudas vistas de la torre, qué pasada la iluminación. En serio, sin palabras. ¡Gracias!

—Me alegro mucho de que te haya gustado. Bueno, ahora ya puedo abrir el regalo. —Matías cogió el sobre y sacó con cuidado lo que había en su interior—. Son entradas para… No puede ser.

—Pues sí que lo es.

Matías leyó de nuevo lo que ponía en aquellas entradas con la mano temblorosa.

—«Beethoven: Concerto pour piano et orchestre número 4 et número 5. Palais Garnier». ¿En serio?

Elena asintió con la cabeza. Matías le dio un abrazo que duró casi un minuto.

—Parece que te ha gustado la sorpresa.

Elena estaba feliz de ver la reacción de Matías.

—Pero ¿cómo no me va a gustar? ¡Entradas para un concierto en la Ópera Garnier! Lo mejor que me podías haber regalado. ¡Me encanta!

—Hay dos inconvenientes. Las entradas son para el anfiteatro, arriba del todo.

—¡Voy a ver un concierto en la Ópera Garnier! ¿Crees que me importa lo más mínimo la butaca que hayas comprado? A ver, ¿cuál es el otro supuesto inconveniente?

—Que estamos separados. Solo quedaban butacas sueltas, así que estamos en filas diferentes.

—Vaya, me da pena que no estemos juntos viendo el concierto.

—Bueno, tampoco hagamos un drama de esto. No pasa nada porque durante hora y media estemos a varios metros de distancia. Lo importante es que dentro de dos días vas a poder entrar a la Ópera Garnier y disfrutar de la música. Y yo también, claro.

—No sé cómo agradecértelo… Yo también tengo una sorpresa para ti, aunque no se acerca ni lo más mínimo a tu regalo.

—¡Pero si no es mi cumpleaños!

—No hace falta que sea tu cumpleaños para que tenga un detalle contigo. Además, es una tontería.

Matías cogió un sobre azul de su chaqueta y se lo entregó a Elena. Ella lo abrió y sacó del interior varias fotografías.

—¡Qué bonitas! —Elena fue pasando las fotos—. Son las vistas desde la torre Eiffel, ¿no?

—Efectivamente.

—Pero ¿las has hecho tú? —Elena levantó la cabeza y miró fijamente a Matías.

—Enseguida lo comprobarás.

Le hizo un gesto para que continuara mirando las fotografías. Ella las siguió pasando hasta que se detuvo en una en la que aparecía él posando con el Campo de Marte de fondo desde las alturas.

—¡Al final has subido! —Elena le chocó la mano.

—No podías irte de París sin ver las vistas tan espectaculares desde allá arriba. Así que, como tú no querías subir, me he sacrificado yo por el grupo.

Elena siguió viendo fotos, se quedó mirando una que le llamó la atención.

—Me suena mucho esta imagen.

—Eso es el Trocadero, justo donde estamos ahora, pero visto desde la torre.

—Ah… —Elena estuvo un rato más mirando aquella fotografía—. Oye, ¿y qué has hecho para no agobiarte en el ascensor?

—Pues muy sencillo, subir por las escaleras.

—¿Se puede subir hasta arriba del todo por las escaleras?

—No, solo hasta el segundo piso. Son exactamente 704 escalones, algo más de media hora haciendo alguna parada para descansar.

—Está claro que, quien algo quiere, algo le cuesta.

—Sí, a mí me ha costado estar ahora mismo reventado, tengo los gemelos que no los siento, pero ha merecido la pena. Las vistas son espectaculares.

—¿Qué es esto? —Elena le mostró a Matías una foto que estaba desenfocada.

—Vaya... —Matías cogió la fotografía—. Qué pena que haya salido borrosa. En la segunda planta hay un libro de visitas y la gente puede dejar un mensaje. Yo he escrito algo para ti y le he hecho una foto para enseñártelo, pero no ha salido bien.

Elena intentó descifrar lo que ponía, pero no se veía nada. Miró a Matías y le vio con una medio sonrisa que le delató.

—¡Lo has hecho aposta! —Elena le dio un pequeño empujón mientras Matías negaba con la cabeza—. Te he visto reírte, has hecho la foto desenfocada adrede.

—Debe de haber sido cosa del móvil... —Matías seguía disimulando la risa—. ¿Quieres saber lo que pone?

—Pues claro que quiero saberlo.

Matías se giró y señaló la torre Eiffel.

—Pues allí lo tienes, justo en la segunda planta de esa preciosidad. Está en tu mano saber lo que te he escrito.

—Pero ¿cómo quieres que suba allí? Sabes que tengo miedo a las alturas.

—Y yo tengo claustrofobia y he buscado la solución. —Matías hizo con los dedos un gesto como de subir escaleras.

—Ya, pero lo mío es más complicado. Yo no puedo bajar la altura de la torre.

—Pues es una pena porque la verdad es que me ha quedado muy bonito lo que te he escrito. ¿Cuánto deseas saber lo que pone?

—¡Mucho! Tengo curiosidad, me has escrito algo y quiero saber lo que es.

—Pues como tú bien acabas de decir: quien algo quiere, algo le cuesta.

Matías se la quedó mirando fijamente. Ella hizo lo mismo.

—Qué mala sombra tienes... —Elena le volvió a dar un empujón—. Bueno, imagino que después de la paliza que te has pegado tendrás hambre. Yo también. Alguien ha decidido que con el primer plato era suficiente y ha inundado el restaurante donde estaba cenando...

—Qué exagerada, si solo han sido unas gotitas...

Los dos rieron.

—En la primera planta de la torre Eiffel hay un restaurante. —Matías le guiñó un ojo.

—Qué gracioso...

—Vente, anda. Por aquí cerca hay un restaurante a la altura del suelo que seguro que te gusta.

Anduvieron apenas cinco minutos hasta llegar. Ambos estaban hambrientos después de la caminata que se habían pegado durante todo el día y devoraron la cena. Después cogieron el metro para volver al hotel.

—¿A qué hora quieres que nos veamos mañana? —preguntó Elena mientras metía la tarjeta en la puerta de su habitación.

—Pues si te parece quedamos para desayunar a las nueve y media, así dormimos un poco más, ha sido un día intenso.

—Vale. Hasta mañana, pues.

—Descansa, Falbalá.

Nada más entrar en su habitación, que estaba pegada a la de Elena, Matías se acostó. Pensó en su beso interruptus en el Trocadero. Estaba triste, sentía rabia por no haber podido culminar aquel beso que tanto deseaba. Pero también estaba orgulloso de sí mismo, porque si no hubiera sido por ese aplauso lo habría hecho, estaba convencido. El cansancio se apoderó de su consciencia y pronto se quedó dormido. Esa noche finalmente sí que besó a Elena, aunque fue solo en sueños.

Elena, en cambio, no podía dormirse. Se tumbó en la cama pensando en todo lo que había hecho aquel día, en todos los lugares que había visitado, en aquella foto borrosa, pensando… en él. Los minutos avanzaban en el reloj y ella no paraba de dar vueltas en la cama. Ya que no había forma de conciliar el sueño al final encendió de nuevo la luz y decidió invertir mejor su tiempo. Cogió el libro de Astérix y Obélix y se puso a leer. El insomnio duró media hora más, tiempo suficiente para acabar el libro y descubrir por fin quién era Falbalá.

El despertador de Matías le separó de golpe de los labios de Elena. Abrió los ojos al instante y sonrió al recordar su sueño húmedo. Sin pensarlo se levantó de la cama y se metió en la ducha. Veinte minutos más tarde ya estaba en el comedor donde se servía el desayuno. Se preparó un café y cogió un periódico para hacer tiempo hasta que llegara Elena. Miró el reloj y se extrañó de que todavía no hubiera bajado. Siguió leyendo las noticias. A las 9.45 recibió un mensaje al móvil. «Te espero aquí». Matías abrió la foto que acompañaba al texto. Era un selfi de Elena en la segunda planta de la torre Eiffel.

26

Dos horas antes del selfi

Elena se desveló con los primeros rayos de luz que entraron por la ventana de su habitación. Miró el reloj, marcaba las ocho menos cuarto de la mañana. Intentó dormir de nuevo, pero después de diez minutos desistió. Se levantó de la cama y se fue al aseo. Se lavó la cara y observó su reflejo en el espejo durante un rato, pensando. Le vino a la mente la imagen de la fotografía desenfocada.

«Hazlo, Elena».

«Qué va, soy incapaz».

«¡Pues claro que puedes! Esta no es la Elena que yo conozco».

«Sabes perfectamente que la Elena que conoces tiene pánico a las alturas».

«La Elena que conozco es una luchadora nata que no se rinde ante nada».

«Esto es una locura».

«Recuerda que esas cosas hay que merecerlas».

Elena se echó de nuevo agua a la cara y volvió a mirarse en el espejo.

«Voy a subir a la torre».

Sin pensarlo más para evitar arrepentirse se vistió y salió de su habitación. Optó por la opción más fácil, llamó a un taxi. No se fiaba de coger el metro. A las nueve menos diez llegó a la taquilla del monumento. Había unas treinta personas delante de ella. A pesar de que a esa hora la temperatura rondaba los quince grados, Elena estaba sudando.

—Quién me manda hacer estas locuras... —susurró mientras levantaba la cabeza para contemplar la estructura de hierro.

Según avanzaba la cola y se aproximaba más a la taquilla se ponía más nerviosa. Se secó las manos frotándolas contra el pantalón. Tuvo que repetir la operación varias veces.

—¿Te encuentras bien?

Una voz tras ella la sacó de sus pensamientos. Elena se giró extrañada. Una mujer de pelo canoso la sonreía tras unas gafas de sol oscuras y un abrigo de flores. En la mano izquierda llevaba un bolso a juego con el abrigo y en la mano derecha sostenía un bastón largo blanco con una pequeña bola del mismo color en el extremo.

—Bueno, digamos que he estado en situaciones mejores. ¿Cómo sabía que soy española?

—Te acabo de escuchar lamentarte porque dices que vas a hacer una locura.

—Es que sufro de acrofobia y ahora mismo estoy a punto de subir a no sé cuántos metros de altura. Creo que voy a desteñir mis pantalones de tanto secarme el sudor.

—Me llamo Victoria —dijo y le tendió mano.

—Yo soy Elena, encantada —respondió y se secó de nuevo la mano para estrechársela.

—Estoy deseando subir para ver las vistas desde la torre Eiffel.

—Pero usted...

Elena se quedó mirando el bastón guía que llevaba la señora. Se hizo un incómodo silencio.

—Soy ciega, sí. Bueno, en realidad me queda un treinta por ciento de visión en el ojo derecho. Lo suficiente como para no estamparme contra las paredes.

Victoria comenzó a reírse. Elena se contagió de su sentido del humor.

—Tiene que ser duro el día a día con tan poca visión.

—Peor es no tener absolutamente nada, yo al menos veo algo.

—Ojalá todo el mundo tuviera una visión tan optimista de la vida como usted.

—Bueno, mi visión de la vida es bastante limitada... —Victoria se sonrió.

—Perdone, algunas frases hechas las carga el diablo. —Elena intentó sin éxito contener la risa.

—¿Sabes qué es lo mejor de la ceguera?

—Me cuesta imaginarme algo bueno, la verdad.

—Pues tiene bastantes cosas buenas. La primera es que te ahorras mucho dinero en gafas y lentillas, pero, sin duda, lo mejor de todo es esto. —Victoria levantó su bastón—. Es un detector de buenas personas. Todos los días se me acerca alguien para ayudarme, gente que nunca antes había visto... y nunca mejor dicho. —Victoria remató la frase con una carcajada.

La fila avanzó a paso ligero hasta la taquilla. Elena y Victoria pagaron la entrada para subir a la segunda planta. Elena le contó que había venido a París con su profesor de piano. Ellas dos y otras dieciocho personas más entraron a la cabina superior del ascensor. Le explicó la enfermedad de su abuela y su viaje a Luanco. El ascensor se puso en marcha y llegó a la primera planta. Le habló de la búsqueda de Alonso por todas las academias de música de la ciudad. Después de un par de minutos parado para que se bajaran los turistas que se quedaban en la primera planta el ascensor siguió hasta la segunda. Elena sacó de su bolso la fotografía borrosa y le explicó a Victoria que subía a la torre Eiffel para descubrir qué decía el mensaje que le había dejado Matías. El ascensor llegó a la segunda planta y bajaron todos de la cabina.

—Déjame tus manos. —Victoria extendió las suyas y esperó a sentir las de Elena—. Mira dónde estamos, en las alturas, y no te sudan las manos. Querida Elena, todo está en la mente. Hace pocos minutos estabas a ras de suelo muerta de miedo y con las manos bañadas en sudor. Ahora estás a más de cien metros de altura, relajada y con las manos secas.

—Eso ha sido gracias a usted. Me transmite paz y ha conseguido que no piense en lo que estaba haciendo.

—¿Te puedo pedir dos favores?

—Lo que quiera.

—¿Puedes acompañarme hasta la barandilla?

—No sé si seré capaz de acercarme tanto...

—Pues claro que sí, lo más difícil ya lo has hecho, subir hasta aquí arriba.

Victoria le sonrió. Elena respiró profundamente y poco a poco se fue acercando a la barandilla con Victoria cogida del brazo.

—Y ahora... ¿puedes describirme las maravillosas vistas que tenemos ante nosotras?

Elena le contó al detalle todos los monumentos que se podían ver desde allí arriba, los colores que predominaban en aquel paisaje, el blanco de los edificios y el verde de la abundante vegetación de los jardines, como el del Campo de Marte o el Trocadero. Le describió cómo el río Sena dividía la ciudad en dos y las decenas de barcos que surcaban sus aguas, la mayoría llenos de turistas. Victoria escuchaba con atención cada palabra y construía en su mente el París que le dibujaba Elena. Fue encajando las piezas de una ciudad que nunca había visto, pero que gracias a su joven acompañante podía imaginarse. Cuando completó el puzle Victoria le volvió a coger de las manos.

—Por fin he podido cumplir mi sueño, ver esta ciudad desde las alturas. Gracias por ser mis ojos en esta visita. París es mucho más hermosa de lo que jamás me habría imaginado. Mi bastón nunca se equivoca, es un imán que atrae a buenas personas.

—No es el bastón, es usted. Ha sido un placer prestarle mis ojos. Gracias por ayudarme a llegar tan alto.

—Recuerda que todo está en la mente. Y ahora ve a leer el mensaje de Matías y déjate llevar. Descubrirás que el amor provoca más vértigo que cien torres como esta. Pero merece la pena subir hasta la cumbre, aunque cueste, a pesar de que te sientas insegura o tengas miedo de caer. Si no llegas a la cima de tus sentimientos te perderás la experiencia más maravillosa de la vida. Y te lo digo yo, que perdí la visión hace ya más de treinta años y, aun así, sigo subiendo a lo más alto para contemplar las vistas.

Elena se despidió con un abrazo de Victoria y fue en busca del libro de visitas. Recorrió toda la segunda planta hasta que consiguió encontrarlo, estaba cerca del acceso a uno de los ascensores, sobre un atril de madera. Una mujer estaba escribiendo un mensaje en aquel papel cuadriculado. Cuando acabó Elena se acercó al libro y fue pasando hojas. Leyó un mensaje en español, pero no era el de Matías. Siguió buscando. Estaba nerviosa y ansiosa por saber qué había tras aquella imagen borrosa de la fotografía. Aparte de mensajes los turistas también dejaban dibujos. Le llamó la atención uno en el que aparecía King Kong en lo alto de la torre Eiffel. Al pasar la página un mensaje en español ocupaba toda la página. Nada más ver la primera frase supo que era el de Matías. Elena sonrió y comenzó a leer:

¿Has visto dónde estás, Elena? Me emociona saber que te has enfrentado a tu acrofobia y has logrado llegar tan lejos del confortable suelo. Efectivamente, hice la foto de este mensaje borrosa a propósito para que veas que muchas veces las barreras nos las ponemos nosotros mismos y solo nos hace falta un pequeño aliciente para derribarlas. Así que intentaré estar a la altura del esfuerzo que has hecho. Te he traído hasta aquí para hablarte de unas cartas que cambiaron mi vida. Un viejo piano las guardó durante años hasta que la casualidad hizo que yo abriera esa caja fuerte. Esas cartas se convirtieron en la puerta de embarque a una aventura apasionante, una aventura que me ha traído hasta aquí, a ciento quince metros del suelo, donde voy a revelar mis sentimientos. Te conocí hace poco más de un mes y desde que abriste la puerta de tu casa en la primera clase de piano supe que me enamoraría de ti. Y ha ocurrido. Hay quien dirá que es muy poco tiempo, que nos hemos visto en contadas ocasiones, pero el amor no entiende de semanas, ni meses, solo de sentimientos, y la realidad es que desde que te conocí mi vida cambió. De repente, las semanas se hacían eternas, de repente, en mis pensamientos siempre estabas tú, en mis sueños, en mis noches en vela. De repente, la búsqueda de un amor del pasado me llevó a ti, el amor de mi presente y ojalá también de mi futuro. Voy a hacer lo imposible por encontrar a Alonso, pero sobre todo haré lo que esté en mi mano por encontrarte a ti, por encontrarte en cada amanecer, en cada página de mi vida. Hasta ahora disfrutaba leyendo sobre vidas ajenas abriendo un libro, pero, de repente, me toca a mí protagonizar la más bella de las historias, y esta comenzó abriendo un piano. Como en las buenas novelas no sé cómo acabará la trama, pero yo sigo leyendo, paso cada página emocionado, con ansia de saber qué me deparará el siguiente capítulo. Y te voy a confesar una cosa, hace ya varias semanas que al pasar página solo deseo hallarte a ti. Apareciste sin más en mi vida y me encantaría que podamos escribir juntos el resto de los capítulos de esta historia. De repente, tú, Elena, mi amada inmortal.

El punto final a aquel mensaje lo puso una lágrima de Elena que el papel cuadriculado absorbió emborronando la tinta azul de la última palabra. Volvió a leerlo y volvió a llorarlo.

Cuando consiguió cambiar las lágrimas por una inmensa sonrisa cogió su móvil y se hizo una foto con las vistas de París de fondo.

Matías tuvo que mirar varias veces aquella imagen para saber que era real. Se tomó el café de un trago, a pesar de que todavía estaba demasiado caliente, y salió del hotel a toda prisa. Fue directo a la boca de metro y se subió a la línea diez. Tras un trasbordo llegó a la estación de Bir-Hakeim. Salió del vagón y fue corriendo a la taquilla del pilar oeste de la torre Eiffel. Pensó en la media hora que le quedaba para llegar por las escaleras hasta la segunda planta y decidió no hacer esperar más a Elena, así que compró el billete para subir en ascensor. Tras una pequeña cola era su turno. Cerró los ojos y se concentró en la foto de Elena, en su sonrisa y en lo valiente que había sido ella al enfrentarse a su miedo a las alturas. El ascensor comenzó a subir, Matías estuvo todo el trayecto con los ojos cerrados, pensando en ella. Finalmente se abrieron las puertas de la cabina. Buscó con la mirada a Elena y la localizó junto al libro de firmas, sonriente. Matías, nervioso, empezó a caminar hacia ella, apenas los separaban quince metros. La cabeza le iba a estallar.

«Ahora sí, Matías, ya no tienes excusa».

«¿Excusa para qué?».

«Pues para ir hacia ella corriendo y besarla».

«No tan deprisa. ¿Y si ella no quiere besarme?».

«¿Y qué narices crees que hace aquí? ¿Contemplar las vistas?».

«Puede que sí…».

«¡No digas tonterías! Tiene miedo a las alturas, es evidente que ha subido por ti».

«¿Tú crees?».

«A veces me avergüenzo de ser tu cerebro».

La distancia se fue acortando entre ellos. Elena seguía sin moverse y Matías continuó acercándose. De repente, sus miradas estaban lo suficientemente cerca como para empezar a hablarse sin articular palabra. Matías reafirmó todo lo que había escrito en el mensaje y Elena le agradeció las palabras tan bonitas que le había dedicado. Matías siguió andando hacia ella. «Mira dónde estoy, Matías. He subido aquí por ti, para decirte que yo también quiero que escribamos juntos el resto de los capítulos de nuestra vida». Los ojos de Elena hablaban y Matías poco a poco se convencía de lo que veía en su mirada. Estaban ya a solo dos metros el uno del otro. Ella seguía sonriendo y él finalmente se decidió. «Voy a besarte, Elena, no sabes cuánto lo deseo y el tiempo que llevo esperando este momento». Elena entendió lo que Matías le dijo con su mirada. Apenas los separaba un metro y Elena dio un paso hacia Matías para salvar esa distancia y quedarse a solo unos centímetros de él. Puso la mano derecha sobre la mejilla de Matías y probó el sabor de sus labios.

Aquel beso fue la suma de todos los besos que no se habían dado antes. Ninguno de los dos quería separar los labios del otro. Ambos lo deseaban tanto que no eran capaces ni de parar siquiera para respirar. Ese beso mezcló pasión y amor a partes iguales. Una insistente tos justo detrás de ellos los obligó a separar las bocas. Matías y Elena se quedaron mirando a una mujer que señalaba el libro de firmas que habían dejado inaccesible durante un buen rato con su eterno beso.

—*Je suis désolé, madame* —Matías se disculpó y se apartaron para que la mujer pudiera escribir un mensaje. Cogió de la mano a Elena y se dirigieron al mirador más cercano—. Me has dejado sin palabras.

—Creo que no hace falta añadir mucho más a lo que has escrito —dijo Elena y continuó con el beso que había interrumpido la señora—. Por cierto, ¿no tenías otro sitio más accesible para decirme todo esto?

—No sé a ti, pero a mí no se me ocurre un lugar mejor que este.

—Pues, por ejemplo, este mismo sitio, pero unos metros más abajo... A ras del suelo, vamos. No sabes lo mal que lo he pasado haciendo la cola para subir.

—Me lo puedo imaginar, perdona por el mal trago. Pero al final lo has conseguido. «Nada ni nadie me va a hacer subir hasta allí». Eso dijiste. Y mira dónde estás.

—Bueno, es que después de todo lo que ha pasado...

—¿Qué ha pasado?

—Tengo que confesarte una cosa. Lo de Étienne no fue solo para que me ayudara a comprarte el regalo. También quería poner a prueba tus sentimientos hacia mí.

—¿Cómo?

—Quería saber si realmente sentías algo por mí, y los celos siempre son un buen aliado para eso.

—¿En serio te hacía falta darme celos para saber que estoy loco por ti? Mira dónde estamos, Elena. En la ciudad más bonita del mundo. Nos conocemos desde hace poco tiempo y ya he dejado dos veces mi trabajo por irme contigo de viaje. Quería encontrar a Alonso, pero, sobre todo, quería encontrarte a ti.

Volvieron a besarse, una y otra vez. Ambos ansiaban los labios del otro, así que durante un buen rato se olvidaron de las vistas de París que tenían frente a ellos, se olvidaron de la búsqueda de Alonso y solo se buscaron el uno al otro. Se besaron como si fuera la primera vez en sus vidas, sintieron un cosquilleo en el estómago como la primera vez y se dejaron llevar como si fuera la primera vez, a pesar de que Elena se había perjurado que no se enamoraría de nuevo. «Nunca más voy a sufrir por amor, mejor estar sola». Mientras besaba a Matías su mente comenzó a bombardearla con esa frase que tantas veces se había repetido a sí misma. No pudo evitar reírse.

—¿Qué pasa? ¿Tan mal beso? —Matías se ruborizó.

—No es eso, qué va, perdona. Mi cabeza, que se encarga de recordarme cosas en los momentos más inoportunos...

—¿Tienes alguna enfermedad que se transmite a través de la saliva y no me lo has dicho?

—El amor, ¿te parece poco?

—Pero eso no es malo, ¿no? —Matías la besó.

—El amor es contagioso y peligroso.

—Llevas a una Rosalía de Castro dentro, ¿eh? Eres todo romanticismo. Pues yo estoy dispuesto a correr riesgos. Así que contágiame —sentenció y la besó otra vez.

—Eso lo dices porque nunca has sufrido por amor. Me prometí a mí misma que no iba a caer de nuevo, y mírame dónde estoy, de viaje en París besando a un chico en la torre Eiffel. No se me ocurre peor forma de darme en la boca con mis propias palabras.

—¿Tan traumática fue tu experiencia?

—Es lo que tiene cuando tu novio miente más que habla y descubres que tu vida con él ha sido una gran farsa.

Un escalofrío recorrió todo el cuerpo de Matías. Se maldijo por no haber reaccionado antes, quizá ahora era demasiado tarde, pero ya no había vuelta atrás. Visualizó el sobre que tenía en la maleta. «De esta noche no pasa que se lo dé». Tragó saliva y miró el reloj.

—Digo yo que habrá que seguir la ruta. Son más de las once, y hoy tenemos que ir a cinco academias. A este paso no nos va a dar tiempo.

—Ya te dije que tendrías que haberme escrito el mensaje a ras de suelo. Por cierto, a tomar viento mis juramentos. —Elena le abrazó mientras volvía a saborear sus labios. Después le cogió de la mano y fue camino del ascensor para bajar—. Lo siento, Matías, pero hay prisa, nada de escaleras.

—Creo que si me besas durante todo el trayecto de bajada podré soportar estar encerrado en ese cubo de hojalata móvil.

—Claro, qué listillo. ¿Y cómo has conseguido antes subir hasta aquí sin que te dé un ataque de claustrofobia?

—Pues haciendo exactamente lo mismo que voy a hacer en la bajada, besando a una mujer.

—¡Serás idiota!

—¡Es broma! Mis besos son solo para ti. Anda, vamos, que hay cola para coger el ascensor.

Elena le hizo pasar unos segundos de angustia como pequeña venganza por la broma, pero finalmente besó a Matías y la sensación de agobio dentro del ascensor desapareció. Salieron cogidos de la mano y atravesaron el Campo de Marte. Era el mismo lugar en el que habían estado el día anterior, pero ahora parecía diferente, como si París se hubiera transformado en apenas veinticuatro horas, aunque en realidad eran ellos los que habían cambiado. París era diferente porque ellos lo veían con ojos diferentes.

La primera academia estaba cerca de Notre Dame, bastante lejos de donde se encontraban, pero prefirieron ir andando. Tardaron más de una hora en llegar. Contemplaron la imponente silueta de la catedral gótica desde la distancia. No se podía acceder al templo por el incendio que había sufrido cuatro años atrás. A solo unas calles se encontraba la academia. Ni rastro de Alonso. Matías la tachó de la lista y localizó en el mapa la siguiente. Ahora ya no solo le buscaban a él, también se buscaban ellos dos y se hallaban en cada gesto, en cada mirada, en cada abrazo, en cada beso. Se encontraban a cada paso que daban por las calles de París. Veinte minutos después llegaron a la segunda academia, al lado de la plaza de la Bastilla. Tampoco hubo suerte. Tachada y a por la siguiente.

Las horas pasaron y también las academias. El reloj marcaba ya las ocho de la tarde y la lista de Matías marcaba que en ninguna de las academias que habían visitado ese día conocían a Alonso. El último «no» se lo dieron muy cerca de la plaza de la República, así que decidieron cenar allí mismo. Se comieron a besos y también saciaron su hambre.

—Creo que voy a reventar. —Matías se aflojó el cinturón un agujero más mientras salía del restaurante—. Entre la caminata y la cena esta noche voy a caer rendido en la cama.

—Yo también estoy muy cansada, llevamos un día muy intenso. No me va a hacer falta leer para conciliar el sueño. Aunque ahora que pienso anoche terminé el libro que me regalaste. Ya sé quién es Falbalá.

—El amor platónico de Obélix, exactamente lo que tú eras para mí hasta hace —Matías consultó su reloj— diez horas, justo cuando me viste aparecer en la segunda planta de la torre Eiffel y te abalanzaste ardiente de deseo sobre mis labios y cautivada por mi irresistible mirada.

—Madre mía… ¡Menuda película te acabas de montar! Eres la reencarnación de Cary Grant, no te fastidia.

—Bueno, quizá no haya pasado exactamente así, pero el último paso lo diste tú hacia mí, eso no puedes negarlo.

—El último paso, sí, pero no me abalancé como una loca. No eres tan irresistible.

El sonido del teléfono de Elena interrumpió la conversación. Cogió el móvil y sintió un sudor frío al ver el nombre de Cristina en la pantalla. Pasaban ya las nueve de la noche y no era habitual que la psicóloga la llamara a esas horas. Con la mano temblorosa deslizó el dedo por la pantalla y descolgó.

—¿Le pasa algo a Manuela? ¿Se encuentra bien?

—Sí, tranquila. Manuela está bien, perdona si te he asustado por las horas. Te he llamado en cuanto he acabado mi turno para comentarte una cosa…

—Pero ¿está bien?

—Que sí, no quiero que te preocupes, Manuela está bien. Es solo que ayer y hoy la he notado un poco más triste.

—No tendría que haber venido a París…

—Qué va, al contrario. Haces muy bien en estar allí buscando a Alonso. Creo que sé por qué está más decaída. Esta mañana cuando he subido a la habitación he visto sobre la mesita las cartas de Alonso. Así que imagino que las habrá leído otra vez y estará melancólica.

—¿Y te ha preguntado por él o te ha comentado algo de las cartas?

—No, sobre Alonso no me ha dicho nada. Pero hay algo más… Anoche volvió a bajar al salón a tocar el piano.

—¿En serio? —Elena se retiró el teléfono y se lo dijo a Matías—. ¡Manuela ha vuelto a tocar el piano! Cuéntame cómo fue.

—Pues casi me da un infarto. Estaba en mi despacho haciendo papeleo cuando, de repente, empecé a escuchar sonar el piano. Por suerte Manuela no se dio cuenta. Cuando colguemos te envío un vídeo que grabé mientras tocaba. Fue muy emocionante.

—¡Qué alegría más grande me das!

—¿Cómo va todo por París? ¿Alguna pista sobre Alonso?

—De momento no, seguimos visitando academias. Nos quedan dos días aquí, así que todavía tenemos esperanza de encontrarle.

—Ojalá tengáis suerte. Por cierto, ¿y qué tal con Matías?

—¡Uy! Parece que se corta, no te oigo bien. ¿Cris?

—Qué mala eres. Bueno, imagino que está a tu lado y no puedes hablar. Pero en cuanto vuelvas quiero que me cuentes todo con pelos y señales.

—Sí, hablamos a la vuelta. Beso gordo, gracias por llamar.

Elena colgó y mantuvo el teléfono en la mano esperando el mensaje de Cristina con el vídeo. A los pocos segundos su móvil vibró. Descargó el archivo. La imagen se veía oscura y lejana. La figura de Manuela se balanceaba de un lado al otro al ritmo de la canción que estaba tocando al piano.

—Daría lo que fuera por volver a verla tocar el piano en persona. Qué ganas tengo de que escuche la canción al completo.

—Eso tiene fácil solución, recuerda que la grabamos en el móvil cuando fuimos a la radio. Así que cuando vuelvas se la podrás poner.

—Ojalá que no haga falta la grabación y sea el propio Alonso el que se la toque.

—Vamos a hacer todo lo que esté a nuestro alcance para conseguirlo, eso no lo dudes.

Matías abrazó a Elena y buscó en el bolsillo de la chaqueta un pañuelo para que se secara las lágrimas. Al sacar la mano se le cayó al suelo un trozo de papel. Elena se agachó a recogerlo. Al verlo se le cortó la respiración. Miró a Matías y de nuevo miró el papel. Leyó otra vez lo que ponía. No daba crédito, pero la letra era inconfundible.

—¿Se puede saber por qué narices tienes este papel con la dirección de mi casa escrita del puño y letra de mi abuela?

27

8 de septiembre de 1971

Las cortinas de la habitación del hotel de Alonso estaban abiertas de par en par. Era su particular despertador. En cuanto el primer rayo de sol entraba por la ventana se levantaba. Le encantaba aprovechar bien el día. Además, tenía un gran reto por delante. Le había prometido a Manuela que esa semana sería inolvidable, y ahora tocaba planificar cómo hacerlo. Se tomó rápido el café y se llevó algo de dulce para comérselo en la calle mientras recopilaba todo lo que le hacía falta para la sorpresa que le iba a dar a su alumna.

La bocina resonó por toda la conservera y marcó el tiempo que llevaba Manuela pensando en Alonso: ocho horas de trabajo mecánico que ella invirtió en él, soñando despierta una vida junto al hombre que acababa de conocer. Terminó de rellenar la lata que tenía en la mano y se fue a la taquilla a dejar el mandil. Nada más llegar a casa se duchó para eliminar el olor a pescado y preparó la mesa para comer con sus padres. Engulló la lubina al horno y se fue a su cuarto a esperar a que llegaran las cinco de la tarde.

El timbre anunció la llegada de Alonso, puntual como de costumbre. Manuela ya estaba esperándole en el salón. La puerta se abrió con un leve quejido. El profesor apareció con una carpeta entre las manos. Se recibieron con una sonrisa que gritaba lo mucho que se deseaban, las ganas que tenían de verse y de que terminara la clase para estar de nuevo a solas. La presencia de Juan de Dios redujo su saludo a un cordial «buenas tardes» con besos en las mejillas. Manuela se dirigió al piano y fue a sentarse en la banqueta, pero Alonso le pidió que se quedara de pie.

—Tengo un regalo para ti.

Alonso sacó de la carpeta una partitura escrita a mano y se la dio. En la parte superior había un nombre en grande: Manuela.

—Te he compuesto esta canción.

—¿En serio la has compuesto para mí?

—Claro que sí. ¿Lo ves? —Le mostró el encabezamiento de la partitura—. Pone tu nombre.

—¿Y qué es esto de aquí? —Manuela señaló un pequeño pentagrama con tres notas que había en la parte superior izquierda de la partitura.

—Mi firma.

—¿Cómo que tu firma?

—Esas tres notas son las iniciales de mi nombre. La, fa, do. A, F, C. Alonso Flores Carrillo.

—¿Y por qué firmas así?

—Porque nadie lo hace, me parece original, diferente, divertido. Pero bueno, vamos a lo importante. ¿Quieres escucharla?

Ella asintió y le entregó la partitura. Él la colocó en el atril del piano y se sentó en la banqueta. Las manos de Alonso fueron traduciendo a sonidos las notas que él mismo había escrito sobre aquel pentagrama. Era una melodía sencilla, suave y relajante que embaucó a una Manuela emocionada desde el primer acorde. Cerró los ojos para concentrar su atención en un único sentido, el oído, y así disfrutar aún más del sentimiento que Alonso transmitía en cada nota. Se dejó llevar a un lugar lejos de Luanco, con él. Ni siquiera sabía dónde la había transportado su imaginación, pero no le importaba, le servía cualquier sitio si estaba a su lado. Su vida ideal acabó de golpe pasado un minuto. Manuela abrió los ojos extrañada.

—Me has dejado con ganas de más. ¡Es preciosa la canción! Pero me falta algo, es como que termina así, de repente, sin avisar.

—Porque no está acabada.

—No puedes dejarme así, necesito escuchar más, quiero saber cómo acaba. ¿Y cuándo piensas terminarla?

—Cuando me venga la inspiración.

—¿Y eso cuándo va a ser?

—Ojalá los artistas supiéramos cómo y cuándo encontrar la inspiración. Suele venir en el momento más insospechado. Llevaba mucho tiempo sin componer, y la inspiración me vino tras la primera clase que te di, de pronto. Cuando llegué al hotel tuve la necesidad de plasmar lo que sentía en una canción, así que me bajé a la furgoneta y compuse lo que acabas de escuchar.

—¡Ya decía yo que me sonaba! Esa noche escuché un piano cuando me fui a acostar y abrí la ventana para oírlo mejor. Estaba convencida de que eras tú.

—Quizá la inspiración me vuelva esta noche, o mañana, o dentro de una semana, quién sabe. Pero te prometo una cosa, terminaré la canción, y será para ti, mi pequeño homenaje a la mujer que me ha devuelto la inspiración a mi vida.

—Gracias. Ojalá que te llegue antes de que acabe la semana.

—Sea cuando sea te prometo que tendrás la canción terminada. Y ahora te toca a ti inspirarte. Te voy a enseñar a tocar tu canción.

El resto de la clase estuvieron concentrados en aquella partitura manuscrita. Alonso le iba explicando cómo tocar la melodía con la mano derecha y después el acompañamiento con la izquierda. Manuela se esforzaba en interpretar lo que su profesor había compuesto para ella. Sus manos repetían con bastante destreza lo que las manos de Alonso tocaban previamente. La mera presencia de uno al lado del otro les erizaba la piel. Era un juego prohibido que a ambos les provocaba deseo.

La hora de clase pasó rápida. Antes de que apareciera Juan de Dios por el salón Alonso quedó con Manuela.

—Nos vemos a las ocho y media en la colina donde estuvimos ayer.

—¿Y por qué no quedamos un poco más pronto? —le susurró Manuela.

—Luego lo comprobarás.

—Cuánto misterio, dime algo más… —suplicó Manuela intentando no levantar la voz.

En ese momento entró Juan de Dios. Su hija se levantó de la banqueta del piano y Alonso, de la silla.

—Nos vemos mañana a la misma hora —disimuló Alonso.

—De acuerdo. Seguiré practicando la nueva canción. —Manuela recogió la partitura para que su padre no viera que Alonso se la había compuesto para ella.

—Gracias un día más por la clase —intervino Juan de Dios—. Sin duda, es usted un gran maestro. He estado escuchando cómo ha tocado mi hija la canción que le ha enseñado hoy, y ya se nota el gran trabajo que está haciendo con ella.

—El mérito es de Manuela, aprende muy rápido. Yo solo trato de avivar su adormecido talento. Eso es innato, yo solo lo saco a relucir. Manuela, en la clase de mañana veremos la canción de hoy con las dos manos. Procura practicar un poco si tienes tiempo.

—Así lo haré, maestro —dijo con sorna.

Alonso contuvo la risa y salió de casa. Fue hasta su hotel a recoger las cosas que tenía preparadas para la cita con Manuela y se dirigió hacia el lugar donde había quedado con ella. Allí lo colocó todo con mimo y esperó para recoger el encargo que había hecho esa mañana. Faltaban diez minutos para que las campanas de la torre del Reloj anunciaran que había llegado la hora acordada cuando Alonso vio en la lejanía la figura de Manuela acercarse. Llevaba un vestido blanco de punto que ondeaba al compás de la brisa.

—Su cena está servida —dijo Alonso imitando una voz francesa.

Junto a la valla de madera el profesor había preparado un restaurante al aire libre. Sobre el suelo forrado de césped había una mesa con dos sillas. Los platos y cubiertos impedían que el mantel blanco impoluto saliera volando. La luna llena iluminaba la escena. Manuela se acomodó en una de las sillas. Alonso destapó una sopera que dejó al descubierto la comida humeante. Sirvió la carne en salsa primero a Manuela, después a él y se sentó.

—Como cenar en un restaurante de Luanco no era muy sensato he decidido montar uno para ti aquí. No me negarás que tienes las mejores vistas de toda la villa.

—La mejor vista la tengo justo delante, sentado frente a mí. —Manuela le cogió las dos manos—. Gracias por sacarme de la rutina y por devolverme la sonrisa, aunque sea por unos días.

—Ya sabes que está en tu mano que esa sonrisa sea para toda la vida.

—Ojalá fuera tan fácil.

—Bueno, eso ya se verá. De momento vamos a disfrutar de la cena que te he preparado, que si no se enfriará.

—¿La has hecho tú?

—¡Pues claro!

Manuela cogió los cubiertos, cortó un trozo de carne y la probó.

—¡Está buenísima! ¿Y se puede saber dónde has cocinado y de dónde has sacado la mesa, las sillas, el mantel…?

—Una vecina tuya muy amable que se llama Aurora. Me recordaba del recital, ella también vino a la plaza del Reloj.

Cuando le dije lo que quería hacer se ofreció a ayudarme en lo que necesitara. Así que ella me ha prestado todo esto que estás viendo y me ha dejado cocinar en su casa. Por eso hemos quedado un poco más tarde, tenía que prepararlo todo.

—¿Le dijiste a Aurora que ibas a cenar conmigo? —A Manuela se le cortó la respiración y dejó los cubiertos sobre la mesa con energía.

—¿Cómo voy a decirle eso? Le dije que iba a cenar con Blanca, la cantante.

—Por las mentiras piadosas.

Levantó la copa y esperó a que Alonso levantara la suya. Justo cuando brindaron un relámpago los sobresaltó. Los dos miraron hacia el mar y vieron que una nube se acercaba hacia ellos.

—Creo que vamos a tener que comer rápido si no queremos aguar la cena.

Siguieron comiendo, riendo y brindando con los relámpagos como banda sonora. Cada vez retumbaban con más frecuencia. A la hora del postre empezaron a caer las primeras gotas. El temporal no dio tregua y a los pocos minutos la lluvia ya era copiosa. Devoraron el flan de huevo con nata y usaron la chaqueta de Alonso como improvisado paraguas.

—Tengo una idea. —Manuela se levantó de la silla. Cogió de la mano a Alonso y tiró de él—. Vamos, sé de un sitio al que podemos ir a refugiarnos de la lluvia.

—Pero nos van a ver.

—Con la que está cayendo ya no habrá nadie en la calle.

La lluvia era tan intensa que apenas podía verse lo que había a unos metros de distancia. Manuela andaba con paso ágil hacia Luanco tirando de la mano de Alonso. Con la otra mano el profesor sujetaba la chaqueta cubriéndoles las cabezas.

—¿A dónde me llevas? —preguntó mientras trataba de no resbalarse por el suelo empedrado.

—Vamos a la iglesia de Santa María.

—Pero si son más de las diez de la noche, estará cerrada.

—No conoces a don Emilio. Él deja siempre la iglesia abierta las veinticuatro horas del día. Dice que en cualquier momento alguien puede tener un apretón de fe.

—¿Un apretón de fe? —Alonso se detuvo y obligó a Manuela a hacer lo mismo—. ¿Como cuando te vas de vientre?

—Ya sé que es un símil un tanto escatológico. —Manuela tiró de la mano de Alonso para reanudar el camino—. Pero eso dice el párroco, que las ganas de rezar pueden llegar en el momento más inesperado, y por eso la iglesia debe estar abierta siempre.

—Entonces si vemos a don Emilio hay que decirle que hemos tenido un apretón de fe a la vez, ¿no? —Los dos rieron mientras seguían andando a paso ligero.

—Don Emilio ya estará durmiendo. Se levanta muy pronto para rezar maitines a las seis de la mañana.

Llegaron al pórtico de la iglesia. Alonso dejó de cubrir sus cabezas con la chaqueta que estaba completamente empapada. Manuela se dirigió a la puerta de la iglesia y la empujó. Entraron y la cerraron. Unos destellos de luz de unas velas en el altar eran la única iluminación. Alonso se adentró por el pasillo central mirando los retablos que colgaban de las paredes. En el altar se paró para contemplar la imagen del Cristo del Socorro rodeada de una profusa decoración dorada propia del barroco. Continuó por el estrecho pasillo lateral delimitado por una hilera de bancos. Hacia la mitad había un púlpito que descansaba sobre un pequeño pilar de piedra. Esa plataforma servía para predicar la homilía. Ocupaba buena parte del pasillo, por lo que Alonso tuvo que inclinarse hacia un lado para evitar darse en la cabeza. Cuando ya casi había sobrepasado el púlpito tropezó con el reclinatorio de uno de los bancos. El estruendo resonó por toda la iglesia. Manuela y Alonso se quedaron quietos mirándose. Dejaron pasar unos segundos sin moverse. Cuando ya se relajaron y se disponían a sentarse en uno de los bancos vieron cómo se encendía la luz de la sacristía que daba al altar. Manuela empujó a Alonso a una capilla lateral que había justo al lado del púlpito. El párroco salió en bata por la puerta de madera de la sacristía.

—Soy yo, don Emilio —Manuela se dirigió hacia él.

—¡Qué susto me has dado! —El cura se echó las manos al corazón.

—Disculpe, es que estaba volviendo a casa y me ha sorprendido la tormenta. He entrado para refugiarme hasta que pase un poco la lluvia.

—Ya sabes que aquí siempre eres bienvenida. Aprovecha y reza, que nunca está de más darle gracias a Dios por todo lo bueno que nos da cada día.

—Descuide, padre. Así lo haré.

—¿Qué tal está Enol? Hace ya por lo menos una semana que no le veo pasear por la villa como acostumbra a hacer.

—Está de viaje de negocios.

—Ya me extrañaba que no viniera a misa. Salúdale de mi parte cuando regrese. Me vuelvo a la cama. Quédate el tiempo que necesites.

—Gracias. En cuanto amaine la lluvia me iré a casa.

Don Emilio regresó con paso cansado hacia la sacristía, que daba acceso a una pequeña estancia donde tenía la cama. La luz se apagó. Manuela fue hacia la capilla donde había dejado a Alonso. Allí estaba contemplando la imagen de un cristo crucificado.

—¡Qué decepción! —Alonso intentaba contener la risa.

—Habla más bajito —le susurró Manuela—, que al final descubrirá que estás aquí conmigo. ¿Por qué dices que ha sido una decepción?

—Pensaba que le pondrías como excusa que habías tenido un apretón de fe. —Alonso seguía riendo.

—¿Quieres callarte?

Alonso se puso la mano en la boca para tratar de ahogar su risa, pero no podía parar. Se le escapó una carcajada. Manuela salió a la nave principal para ver si se encendía de nuevo la luz. Por suerte seguía apagada. Volvió a la capilla. Alonso estaba ahora con las dos manos en la boca haciendo un esfuerzo por contener el ataque de risa. Pero era en vano. El «apretón de fe» se le venía una y otra vez a la mente y retroalimentaba su risa. Manuela se estaba angustiando, temía que don Emilio los escuchara y volviera a aparecer. Salió de nuevo a ver la luz de la sacristía. En ese momento vio cómo se encendía. Regresó a la capilla y fue directa hacia Alonso. Le quitó las manos de la boca y le besó. Las carcajadas se apagaron de inmediato. La luz de la sacristía, también. Bajo la figura de aquel cristo de madera Alonso y Manuela saboreaban el beso que llevaban queriéndose dar desde que se conocieron en el recital. Ninguno de los dos separaba sus labios del otro. Continuaron sintiendo la pasión en un beso que condensaba lo que sentían mutuamente. La respiración de ambos se agitó al tiempo que sus manos hacían presión en la espalda del otro para mantener sus cuerpos unidos. Los besos se sucedían, uno tras otro, sin apenas tiempo para coger aire. La lluvia amainó y dejó de golpear con vehemencia las cristaleras de la iglesia, que recuperó el absoluto silencio. En el exterior la tormenta eléctrica se alejaba. En el interior la tormenta de pasión seguía efervescente hasta que el sonido seco de una campana marcó las diez y media de la noche.

—Seguiría besándote hasta el amanecer, pero me temo que debo irme ya a casa —Manuela le susurró a Alonso—. Mis padres estarán preocupados.

—No sabes cuánto deseo que vuelvan a ser las cinco de la tarde para verte de nuevo.

Manuela se asomó a la nave principal. La sacristía seguía apagada. Cogió de la mano a Alonso y recorrieron con sigilo el pasillo lateral, con cuidado de no tropezar de nuevo con ningún banco. Salieron de la iglesia y cerraron lentamente el portón para no hacer ruido.

Desde el quicio de la puerta de la sacristía don Emilio observaba cómo la chica que iba a casar en unos días salía de la mano de un hombre que no era su prometido. Se santiguó varias veces y volvió a la cama a reflexionar si debía o no dar cuenta de aquella infidelidad a Enol, cuya familia era la principal benefactora de la parroquia.

28

El silencio de Matías cayó como una losa sobre Elena. Su cabeza estaba a punto de estallar, no entendía nada, aquella nota con la letra de su abuela en manos de Matías la había descolocado por completo. Estaba sorprendida, sentía rabia, dolor y, lo peor de todo, se sentía engañada. Su mente le estampó a traición la imagen de su exnovio Bruno, las mentiras, los engaños y las lágrimas. Recordó las noches en vela, aquellas noches que él dedicaba a otra y que, a pesar de sus negativas, el tiempo demostró ser una realidad. El tiempo y aquel mensaje de WhatsApp que el karma quiso que por equivocación le llegara a ella en vez de a la otra. Fue su primer amor, de esos que marcan de por vida. Y también su primera decepción, de esas que marcan el carácter. Para Elena era el hombre perfecto, tenía todo cuanto buscaba en un compañero de vida. Era divertido, atento con ella, cariñoso… Pero también era perfecto para otra chica de la clase, y él no tuvo reparos en ser el hombre perfecto para dos mujeres.

Le había costado mucho sobreponerse a sus llantos nocturnos, pero todavía le faltaba recuperar otra cosa, la confianza en los hombres y en el amor. Con Matías estaba empezando a hacerlo hasta que apareció esa nota, directa a la línea de flotación, en el peor momento.

Un sudor frío recorrió todo el cuerpo de Matías. Las palabras de Elena resonaban en su cabeza. Se maldijo una y otra vez por no habérselo dicho antes, por no confesarle la verdad, aunque eso supusiera romper su promesa. Temió que fuera demasiado tarde para enmendar su error, el daño ya estaba hecho, lo veía en los ojos de Elena, que comenzaban a llenarse de lágrimas.

—Si tienes esta nota es evidente que conocías a mi abuela.

Elena le puso el trozo de papel delante de los ojos. Matías asintió.

—Así que me has mentido —sentenció Elena.

—Bueno, en realidad...

—En realidad, nada —le interrumpió, visiblemente enfadada—. Conocías a mi abuela y me lo has ocultado. ¡Joder, Matías, incluso te llevé a la residencia y estuviste delante de ella! ¿Cómo has podido mentirme de esta manera?

—Elena, tiene una explica...

—No quiero que me expliques nada. —Le interrumpió otra vez—. Me ha costado mucho volver a confiar en la gente, he abierto de nuevo mi corazón, me he dado la oportunidad de volver a querer a alguien. No han pasado ni doce horas desde que me besaste y ya me estás mintiendo. —Las palabras salían atropelladas de la boca de Elena, mezcladas con lágrimas y rabia—. Es lo que más odio en este mundo, las mentiras. Ya pasé por esto y no quiero volver a vivir aquel calvario.

Dio media vuelta y comenzó a andar con paso firme hacia no sabía dónde, pero lejos de Matías, quería huir de aquella situación, huir de aquella mentira, perderle de vista.

—Tu abuela me pidió que no te dijera nada —gritó Matías con la voz temblorosa.

Elena detuvo su huida en seco. Escuchó unos pasos y sintió la presencia de Matías tras ella. Su cabeza comenzó de nuevo a bombardearla, nada de aquello tenía sentido. Tras varios segundos intentando entender lo que acababa de decirle, se giró lentamente hacia él.

—¿Cómo?

—Fue idea de Manuela, ella quiso que mantuviera en secreto que la conocía. —Matías pasó las manos por la cara de Elena para secarle las lágrimas—. Estaba deseando contártelo, pero ella me dijo que no lo hiciera. Ahora me siento fatal porque te he hecho daño.

—A ver, un momento. ¿Desde cuándo conoces a mi abuela?

—Hará unos tres años más o menos.

—¿Y este viaje? ¿Alonso? Dime que todo esto que estamos viviendo es de verdad, por favor.

Matías le sonrió y le acarició el rostro, todavía húmedo por las lágrimas.

—Claro que es verdad. Vente, vamos a sentarnos. Espero que Manuela me perdone. Te voy a contar una historia que te va a gustar.

Ambos se dirigieron a un banco que había en la misma plaza bajo unos árboles. Elena se sentó con las piernas cruzadas sobre el banco. Matías imitó su postura y se puso frente a ella. Respiró profundamente y le cogió las manos.

—Todavía recuerdo cuando vi a Manuela por primera vez en la librería. —Matías cerró los ojos por unos segundos y dibujó esa imagen en su mente—. Nada más entrar alzó la vista y se quedó mirando las estanterías repletas de libros. Se tomó su tiempo, observó cada rincón del local, sé que para ella fue un flechazo. Su boca entreabierta esbozando una sonrisa me transmitió ternura, era como ver a un niño entrar a una tienda de chucherías. Me acerqué a ella y le pregunté en qué podía ayudarla. Jamás olvidaré lo que me respondió. «¿Puedo quedarme a vivir aquí?».

—¿En serio te dijo eso?

—Tal cual. En ese momento supe que me había ganado una clienta para siempre. Le hice un tour por toda la librería. Justo cuando vino acababa de estrenar los pasillos musicales. Me encantaría que hubieras visto su cara al entrar al primero de ellos. Serían las diez y media de la mañana cuando vino a la librería, y salió de allí a la hora de comer con cinco libros. En realidad, con seis, porque yo le regalé uno. Esa fue la primera vez de muchas otras. Cada semana venía a por un ejemplar nuevo y siempre hacía el mismo ritual. Me saludaba con su sonrisa bonachona y luego se iba directa a los pasillos a escuchar la música que sonaba al entrar, le encantaba descubrir las canciones de cada sección. Un día sonó una de Beethoven en uno de los pasillos, y me sorprendió ver a Manuela con los ojos cerrados y con los dedos tocando en un teclado imaginario. Ahí fue cuando supe que Manuela tocaba el piano y también fue cuando ella descubrió que yo daba clases particulares. Me preguntó que cómo solía impartir mis clases, estaba muy interesada, así que le conté que desmontaba el piano para enseñarle al alumno cómo eran las tripas del instrumento, que me gustaba ponerles canciones que los propios alumnos me pedían para que se motivaran con el estudio… El caso es que me hizo una proposición un tanto extraña. Me dijo que cada semana cuando viniera a comprar un libro me pagaría una clase, pero que se las impartiría más adelante a su nieta, o sea a ti.

—¿Cómo? ¿Mi Mamá Nueva te pagó mis clases de piano?

—Durante más de dos años estuvo viniendo cada semana a por su libro y a pagarme tu clase de piano. Por eso yo solo te cobro cinco euros, porque en realidad la clase ya está pagada, el dinero que me das es solo simbólico, si no te cobrara nada te extrañarías y pensarías que algo raro estaba pasando. También fue idea suya.

—¿Así que mi abuela te pidió que me cobraras tan poco para disimular?

—Sí. Tuve que inventarme una excusa para que no sospecharas.

—Pero, un momento, si la conoces desde hace unos tres años y estuvo dos pagándote mis clases… ¿por qué tardaste tanto tiempo en empezar a impartirlas?

—Manuela me dijo que cuando ella dejara de venir a la librería sería el momento de comenzar con las clases.

—Qué extraño. —Elena se quedó pensativa—. ¿Y recuerdas cuándo fue la última vez que la viste?

—En Navidad. Vino con un jersey rojo con...

—Un gran reno verde con luces que parpadean —le interrumpió Elena—, le encantaba. Un día llegó a casa con ese jersey puesto, estaba superfeliz. Lo había visto en una tienda y según me dijo no pudo resistirse a comprarlo. A mí me compró otro para que fuéramos las dos iguales. Nos pasábamos las Navidades con ese jersey puesto.

—Lo recuerdo perfectamente. Nada más entrar me dijo: «¿A que nunca has visto a una abuela con un jersey tan moderno?». Le dio a un interruptor y el reno empezó a emitir destellos de colores.

—Le encantaba presumir de jersey con sus amigas, y a mí me encantaba verla como una niña con su reno.

—Pues esa fue la última vez que vi a tu abuela, presumiendo con su jersey de luces.

—Poco después se marchó a la residencia. La enfermedad se la diagnosticaron hace tres años y medio, pero en todo este tiempo solo había tenido olvidos leves. Estas pasadas Navidades se desorientó por la calle cuando volvía a casa de comprar. Me la encontré llorando en un parque, no sabía dónde estaba. Fue entonces cuando decidió marchar a la residencia.

Tenía esa imagen grabada a fuego. El primer día de clase en la universidad tras las vacaciones de Navidad Elena se encontró a Manuela en el salón de casa con dos maletas. Le dijo que había llegado el momento de irse a una residencia para no ser un estorbo. A pesar de sus súplicas la decisión de Manuela no tenía vuelta atrás, no quería ser una carga para su nieta. «Es lo mejor para las dos, tú tienes toda la vida por delante, una vida para vivirla y disfrutarla tú, no para tener que cuidar de un vejestorio con la memoria marchita».

—Hasta en los momentos más dramáticos era capaz de sacarme una sonrisa. Ese día llevaba puesto el jersey rojo del reno. La acompañé a la residencia, juntas entramos a su nuevo hogar y antes de irme encendió las luces del reno y me dijo: «Mi reno y yo te esperamos aquí siempre que quieras venir a visitarnos». Y así fue durante los primeros meses, siempre que la visitaba llevaba el jersey puesto y nada más entrar a la habitación encendía las luces, siempre me hacía reír. —Elena se quedó pensativa—. Por cierto, hay una cosa que no me queda clara, tú viste a Manuela en Navidad por última vez, pero las clases las empezamos en septiembre. ¿Por qué tan tarde?

—Porque tuve un pequeño contratiempo.

—¿Qué pasó?

Matías sacó el papel de su bolsillo con la dirección de la casa de Elena escrita por Manuela.

—Pasó que perdí esto. —Matías le mostró la nota manuscrita—. No encontraba tu dirección por ninguna parte. Me volví loco buscando este papel hasta que hace un mes y medio a un cliente se le cayó una moneda bajo el mostrador y tuve que mover el mueble para cogerla. Y allí estaba, no sé cómo acabó en ese lugar, imagino que se traspapeló entre las hojas de los pedidos y se deslizó sin darme cuenta.

—A ver, aquí hay algo que no me cuadra. Yo cogí un papelito del portal de mi casa en el que anunciabas que dabas clases de piano.

—Por eso tu abuela me dio la dirección. Lo tenía todo pensado. Me dijo que pusiera ese anuncio en el portal de tu casa para que tuvieras la falsa sensación de que la decisión de dar clases de piano era tuya, aunque ya ves que en realidad fue tu abuela la que te empujó a tomarla sin que te dieras ni cuenta.

Elena se quedó mirando a Matías y comenzó a reír mientras negaba con la cabeza.

—Así que ella lo ideó todo a la perfección para que yo aprendiera a tocar el piano. Una pregunta, y si yo no te hubiera llamado, ¿qué habrías hecho con el dinero de las clases?

—Me dijo que, si en el plazo de unos meses desde que colocara el cartel no me llamabas, donara todo el dinero a la asociación benéfica que yo eligiera. Por suerte no hizo falta y me llamaste a los pocos días.

—Nada más verlo no me lo pensé, era el momento perfecto para aprender a tocar y poder darle la sorpresa a mi abuela, aunque, sin duda, me la está dando ella ahora con carácter retroactivo. Estoy flipando.

—Y por eso nunca te he pedido el dinero del viaje a Luanco. En verdad ese viaje y este a París lo pagó tu abuela durante más de dos años a quince euros por semana. Con los cinco que acordamos que me pagarías tú se completan los veinte euros que cuestan mis clases. Pero el dinero que me dio para las clases lo he invertido en esta locura.

—Así que sin ella saberlo nos ha subvencionado la búsqueda de Alonso.

—A estas alturas no me extrañaría que incluso eso ya lo tuviera ella también pensado.

Los dos rieron.

—Me pidió que no te contara nada —siguió Matías—, pero he tenido que hacerlo, no podía permitir perderte por nada del mundo. La mentira piadosa se me estaba atragantando y temía que algún día descubrieras la verdad y te enfadaras conmigo. Cuando estaba haciendo las maletas para venir a París decidí que te lo contaría en este viaje, aunque siento que haya sido de esta manera, me ha dolido mucho verte tan enfadada.

—Estoy bien, no te preocupes.

—¿Me vuelves a querer? —Matías acercó los labios a los de Elena lentamente.

—Te vas a tener que currar la reconciliación.

Ella volvió la cara, pero la sonrisa la delató, así que Matías buscó de nuevo su boca y la juntó con la suya en una coreografía improvisada, a la que también se sumaron sus manos en la nuca, con la presión necesaria para hacer más intenso ese beso. Sus cabezas giraban a un lado y a otro para que los labios siguieran jugando a empaparse de la pasión del otro. De repente, Elena terminó sin previo aviso aquel húmedo beso.

—¡Un momento! —Se levantó del banco.

—¿Qué pasa? ¿No te ha gustado la reconciliación?

—Has dicho que le contaste a Manuela cómo impartías las clases, ¿no?

—Sí, me preguntó qué solía hacer en las clases y se lo expliqué.

—Incluido que desmontas el piano para enseñar su interior, ¿verdad?

—Sí, lo hago con todos los alumnos. Pero ¿a dónde quieres llegar?

—¿No te das cuenta? —dijo eufórica mientras le cogía los dos brazos a la altura de los codos con un pequeño zarandeo.

—¿De qué?

—¡Mi abuela quería que encontrara las cartas de Alonso!

Los dos se quedaron mirándose en silencio. Matías empezó a atar cabos, comenzó a entender la petición tan peculiar que le había hecho Manuela años atrás, ahora todo tenía sentido.

—Ella escondió las cartas dentro del piano —prosiguió Elena— y sabía que si tú venías a casa lo abrirías y quedarían al descubierto. Y además quería que las encontrara cuando ella estuviera ya en la residencia, por eso te dijo que empezaras las clases cuando ya no fuera a la librería. ¡Lo tenía todo planificado desde que le diagnosticaron la enfermedad!

—Me declaro ahora mismo fan de tu abuela. ¡Menuda alcahueta!

—Lo que está claro es que ella quería que viéramos esas cartas, quizá contaba incluso con que las leyéramos, y creo que el objetivo final era que la ayudáramos a encontrar a Alonso.

—Pero si quería eso, ¿por qué no te lo pidió directamente?

—¿Cuántas abuelas has visto que lleven un jersey de reno con luces?

Matías negó con la cabeza mientras se reía.

—Pues eso. Mi Mamá Nueva es diferente, no le gusta hacer las cosas como al resto de la gente. Además, no me negarás que mola mucho más que un día coja un papelito en el portal de mi casa para dar clases de piano, aparezcas tú, abras mi piano, encontremos unas cartas de un amor de juventud de mi abuela y que esas cartas nos lleven hasta Luanco y ahora hasta París.

—Sin dudarlo, tu abuela sabe cómo convertir la búsqueda de un amor en toda una aventura.

—El amor es la mayor aventura de la vida —sentenció Elena.

—Qué bonito te ha quedado. ¿Lo dices por mí? —Matías puso morritos y se acercó a Elena.

—No te flipes tanto. —Se giró y comenzó a andar fingiendo indiferencia.

—Oye, quiero mi beso. —Matías fue detrás de ella.

—Todavía estamos en fase de reconciliación, no lo olvides.

—Quizá ayude en esa reconciliación un regalo que tengo para ti de tu abuela.

Elena se detuvo de inmediato.

—¿Cómo?

—En el hotel tengo una cosa para ti de Manuela.

—¿Mi abuela te dio algo para mí?

—No exactamente… —Matías se hizo el interesante.

—¿A qué te refieres?

—Pues que Manuela no sabe que tengo una cosa suya para ti.

—Basta ya de tanto misterio. ¡No entiendo nada!

—Lo entenderás exactamente dentro de… —Matías consultó en Google Maps cuánto faltaba para llegar andando al hotel— treinta y cinco minutos, más o menos.

—Creo que no me queda tanta paciencia. —Elena sacó su móvil y se metió en la aplicación de Uber—. En cinco minutos nos recoge un coche aquí mismo. Mis piernas y mis ansias por saber lo que tienes para mí no aguantan un camino de más de media hora a pie. —Le sonrió y le dio un beso en la mejilla.

Quince minutos después los dos estaban en la habitación de Matías.

—Ya hemos llegado. —Elena, sonriendo, extendió las manos con las palmas hacia arriba—. Estoy impaciente por saber qué tienes para mí.

Matías se acercó a la maleta que estaba sobre una butaca junto a la ventana, la abrió y sacó un sobre marrón acolchado. Se puso delante de Elena y colocó el sobre en las palmas de sus manos.

—Aparte de comprarme libros y pagarme tus clases de piano Manuela siempre hacía otra cosa cuando venía a la librería. ¿Recuerdas el «Rincón del escritor anónimo»?

—Sí, claro. El de la máquina de escribir.

—Efectivamente. Pues tu abuela siempre pasaba por aquel pasillo y se sentaba frente a la máquina. La verdad es que escribía muy bien. A veces un poema, otras un pequeño relato… El caso es que fui recopilando todos sus escritos porque le quería dar una sorpresa y regalárselo a ella, pero dejó de venir a la librería antes de lo que me esperaba, así que creo que lo mejor es que lo tengas tú y puedas comprobar el talento que tiene para la escritura.

—Mi Mamá Nueva se pasaba el día leyendo, pero no tenía ni idea de que también le gustaba escribir. Gracias por recopilar estos textos, estoy deseando leerlos.

Abrió el sobre y sacó una carpeta roja tamaño folio llena de fundas de plástico con las hojas de Manuela en el interior.

—No sabes lo que esto significa para mí, Matías.

—Recuerdo que muchas veces traía un papelito escrito a mano y me decía: «Voy a pasar mis ideas a limpio». Y se metía en el pasillo a escribirlo a máquina. Ella disfrutaba en aquel rincón con el sonido de las teclas de la vieja Olivetti, y a mí me encantaba verla concentrada con sus gafas de pasta. Hace tiempo que no releo sus textos, pero recuerdo que muchos de ellos estaban redactados en primera persona, así que yo creo que le servía como terapia, una forma de expresar lo que sentía en cada momento.

—¿Y qué sentiste tú cuando viniste conmigo a la residencia y viste a Manuela? Disimulaste muy bien…

—Y ella también. La verdad es que fue muy raro. No quise decirle nada hasta ver cómo reaccionaba ella, por si quería que siguiéramos con nuestro pequeño «secreto» —enfatizó Matías—. Al ver que Manuela hacía como que no me conocía, pues ya supe cómo tenía que actuar yo. No sabes lo que me costó no abrazarla. Verla después de tanto tiempo fue duro. Pero ella lo quiso así. No te diste cuenta, pero mientras tocabas el piano en la residencia Manuela me guiñó un ojo. Con solo ese gesto me dijo tanto… Fue muy emocionante.

—Menudo par de embusteros estáis hechos.

—Ha merecido la pena nuestro pequeño engaño, ¿no?

—Y tanto que ha merecido la pena. —Elena le dio un beso a Matías que a él le supo a poco—. Bueno, tengo mucho que leer. —Señaló la carpeta roja que tenía Matías en las manos.

—¿No prefieres quedarte aquí a dormir? Es un desperdicio una cama tan grande para uno solo… —Matías sonrió, pícaro.

Elena miró la cama, la carpeta roja y luego a Matías.

—Así duermes más ancho. —Le besó de nuevo—. Lo siento, esta noche tengo una cita con Manuela. —Le cogió la carpeta y se dirigió a la puerta—. Buenas noches, y gracias de nuevo por hacerme el mejor regalo del mundo.

—Que descanses, Elena. Y si acaba pronto tu cita con Manuela recuerda que estoy aquí al lado.

Con la carpeta en la mano Elena se fue a su habitación. Se dio una ducha rápida, se puso el pijama y se sentó en la cama con la espalda apoyada en el cabecero. Colocó la carpeta sobre las piernas. Suspiró y la abrió lentamente. Sacó el primer folio de la funda de plástico. Se notaba que estaba escrito con una máquina antigua, la presión que ejercía la Olivetti en cada letra impresa creaba en el papel un pequeño relieve. Al tacto era como si estuviera escrito en braille. Elena pasó suavemente el dedo índice por encima de aquellas pequeñas hendiduras. Podía escuchar la voz de Manuela en ese relato, era como si estuviera con ella en la habitación susurrándole al oído. Repitió la misma operación con los siguientes escritos. Uno de los últimos folios contenía un poema. Lo leyó detenidamente en voz alta, masticando cada palabra, y al acabar lo colocó de nuevo en la funda. Cuando ya estaba sacando el siguiente texto levantó la mirada y se quedó pensativa. Lo guardó y volvió a coger el folio anterior. Leyó otra vez aquel poema escrito en primera persona en voz alta.

—¡No puede ser!

Dejó el folio encima de la cama y se levantó a coger su teléfono móvil, que estaba en un pequeño escritorio que había junto a la ventana de la habitación. Lo desbloqueó con su huella dactilar y accedió a la galería de imágenes. Pasó todas las fotos de París y Luanco hasta que encontró la que estaba buscando. Durante varios segundos miró cada detalle de aquella fotografía que había hecho en el trastero de su casa. Dejó el móvil con la imagen en la pantalla sobre la cama y abrió la maleta que había dejado al lado de la puerta. Buscó el sobre azul que le había dado Matías la noche anterior. Pasó rápidamente las fotos hasta que clavó sus ojos en una de ellas. La colocó al lado del teléfono móvil y comparó las dos imágenes. No había lugar a dudas. Cogió el móvil, la fotografía y el poema de Manuela, y salió de la habitación corriendo. Tocó varias veces con los nudillos en la puerta de la habitación 309.

—¿Ya te has arrepentido de dormir sola? —Matías la recibió en pijama.

Elena entró sin mediar palabra y se sentó en la cama.

—¿Qué te pasa?

—No te lo vas a creer.

—Me estás asustando. ¿Qué pasa?

—Manuela ya estuvo en París antes que nosotros buscando a Alonso.

29

Elena le dio a Matías el folio con el poema que había escrito Manuela.

—He leído varios de sus escritos, y tenías razón, muchos están redactados en primera persona, como si fuera un diario. A pesar de que no lo dice directamente estoy convencida de que habla de ella en cada relato. Y cuando he leído este… —Elena señaló el papel que acababa de darle a Matías—, bueno, mejor lee el poema, a ver si llegas a la misma conclusión que yo.

—¿En serio crees que Manuela estuvo aquí?

—Compruébalo tú mismo.

Matías empezó a leer en voz alta:

> *Subí por tus entrañas rumbo al cielo gris,*
> *oteé calles y plazas buscándote solo a ti.*
> *Me asomé al norte y sur, no te hallé,*
> *este y oeste, tampoco te encontré.*
> *Desde las alturas te grité y te lloré,*
> *pronuncié tu nombre y te imaginé*
> *tocando el piano con el río a tus pies.*
> *Todos mis secretos los escribo hoy aquí,*
> *y esta gran Dama de Hierro los guarda con celo*
>   *[para ti.*

Mi corazón llora sin consuelo,
mis manos solo quieren acariciarte
y mis labios, volver a besarte.
Sé que estás aquí,
bajo un techo abuhardillado,
cumpliendo tu sueño anhelado.
Y ojalá yo estuviera contigo
para cumplirlo a tu lado.

Al acabar, Matías levantó la mirada lentamente del papel y se quedó mirando a Elena sin poder articular palabra.

—Yo creo que está bastante claro, ¿no? —Elena rompió el silencio que se había creado en la habitación.

—Es evidente que la ciudad que describe Manuela en el poema es París. Techos abuhardillados, ciudad con río y, sobre todo, por la Dama de Hierro.

—La torre Eiffel.

—Exacto, pero eso no prueba que Manuela estuviera en París. Pudo haberlo escrito igualmente aunque no haya estado aquí.

—Sí, pero aún hay más, mira. —Elena le enseñó una de las fotos que hizo Matías.

—Es la imagen del Trocadero desde la segunda planta de la torre Eiffel, la que te regalé yo, pero… ¿qué tiene que ver esto con Manuela?

—Mira esta otra imagen. —Elena desbloqueó su móvil y le mostró la foto de un paisaje hecho a mano.

Matías se quedó mirándolo detenidamente. Era un dibujo a carboncillo donde se veían unas columnas en semicírculo con muchos árboles, un paseo central con una fuente alargada justo en medio y un río en la parte inferior. Cogió la foto que había hecho él y la puso al lado del teléfono móvil para comparar las dos imágenes.

—No hay duda de que es el Trocadero, pero ¿de quién es este dibujo?

—Está firmado en la parte inferior derecha.

Con dos dedos Matías amplió la imagen hasta que vio una palabra escrita en rojo y una fecha.

—Ferri, mayo 1975 —leyó en voz alta.

—Lo dibujó mi abuela, ella firmaba así sus obras.

—¡Es cierto! Como el cuadro que hay encima del piano con tu retrato. ¿De dónde has sacado esto?

—Lo encontré en el trastero, en el mismo lugar donde estaban las partituras y el cartel de Luanco. Había varios dibujos en una carpeta y le hice fotos a algunos de ellos. Al leer el poema me acordé de este en concreto. Estoy convencida de que mi Mamá Nueva lo dibujó desde la torre Eiffel.

—Creo que hay una forma de comprobarlo. —Matías cogió de nuevo el folio con el poema y leyó en voz alta una de las estrofas—: «Todos mis secretos los escribo hoy aquí y esta gran Dama de Hierro los guarda con celo para ti».

—¿Y qué quieres decir con eso?

—¿No te das cuenta? Me juego el cuello a que Manuela hizo lo mismo que he hecho yo, escribir una carta a su amor en el libro de visitas que hay en la segunda planta de la torre Eiffel.

—La Dama de Hierro. —Elena se levantó de la cama.

—Eso es.

—Vale, presuponiendo que mi abuela escribiera algo, eso habría sido hace… —cogió el móvil y miró la fecha del dibujo— cuarenta y ocho años. No creo que guarden los libros de visitas de hace tanto tiempo, ¿no?

—¿Por qué no? ¿Para qué van a poner libros de visitas si luego no los guardan? Estoy seguro de que están en algún sitio almacenados. Dame unos minutos.

Matías cogió su móvil y buscó en Google. Lo primero que encontró fue que Thomas Edison, el inventor de la luz eléctrica, firmó en el libro de visitas de la torre Eiffel el año de su inauguración, en 1889. Localizó la imagen de la dedicatoria y la firma de Edison en una página web dedicada a las curiosidades de la torre. Buscó en esa misma página más información, pero ahí solo se hacía referencia a que el libro se ubicaba en la segunda planta de la torre, nada más. Volvió de nuevo al buscador y se metió en diversos foros de viajes donde hablaban sobre el libro.

—¿Encuentras algo?

—Justo estoy en un foro donde creo que dicen algo.

Matías siguió leyendo en silencio. Había varias personas que preguntaban precisamente sobre qué hacían con los libros de visitas de la torre Eiffel. Leyó las respuestas hasta que por fin encontró lo que buscaba.

—¡Bingo! —gritó Matías, eufórico—. Sabía que los guardaban.

—¿En serio? ¿Conservan todos los libros de visitas?

—Así es. Están en la Bibliothèque de l'Hôtel de Ville de París. —Matías puso acento francés.

—¿Y eso dónde está?

—Es la biblioteca del Ayuntamiento de París, muy cerca de la catedral de Notre Dame, al otro lado del río Sena. Mañana tendremos que levantarnos pronto para aprovechar bien el día y que nos dé tiempo a todo. La verdad es que el sitio es una maravilla, mira. —Le enseñó el móvil a Elena.

—¡Qué pasada! Gracias a mi abuela vas a ver una biblioteca que no estaba en tu plan de viaje.

—Gracias a tu abuela he conocido a la mujer de mi vida.

—Eres un moñas, Matías… y me gusta… —Elena le plantó un beso en la boca—, pero a pequeñas dosis, ¿eh? No me seas muy algodón de azúcar, que al final empalaga.

Ahora fue Matías el que la besó. Mientras sus lenguas repetían la coreografía que llevaban todo el día practicando la abrazó y fue girando poco a poco hasta que se dejó caer en la cama con ella debajo.

—Te comunico que estás secuestrada —le susurró a escasos centímetros de su boca.

—Pues tendré que llamar a la policía.

—*Comment vas-tu demander de l'aide si tu ne sais pas parler français?*

—¿Qué dices, Matías?

—Pues eso, que si no sabes francés difícilmente vas a poder pedir ayuda a la policía, ¿no crees?

—Cierto. En ese caso… —Elena abrazó fuertemente a Matías y se volteó sobre él— ahora mando yo.

Lentamente Elena se acercó a la boca de Matías. La rozó con los labios y siguió por la mejilla hasta llegar a la oreja. Le besó en el lóbulo y dejó que el sonido de su respiración le erizara la piel. Un sudor frío se alojó en su nuca mientras Elena volvía a dirigirse a su boca. Le rozó de nuevo con los labios. Matías se dejó llevar, cerró los ojos y esperó a que los labios de Elena se fundieran con los suyos. El beso se interrumpió apenas tres segundos, justo lo que tardó él en quitarle la camiseta a ella. Sus labios volvieron a encontrarse al tiempo que ella desabrochaba la camisa que llevaba él. El sujetador de Elena dejó de cumplir su función tras un movimiento certero de la mano derecha de Matías. Sus torsos desnudos se reconocieron por primera vez y se gustaron. Se voltearon sobre la cama y Matías se colocó encima. Su boca fue dejando un surco de pasión por el cuello de Elena hasta que llegó a sus pechos. Acarició la exuberancia de Elena con ambas manos mientras la lengua conquistaba su cima con un movimiento circular. Las manos continuaron aferradas al contorno de sus senos y la boca siguió explorando nuevos caminos. El cuerpo de Elena se contraía de placer conforme los labios de Matías se deslizaban hacia abajo. Su lengua surcaba la rosada piel buscando el éxtasis de Elena. Las manos de Matías siguieron el camino que acababa de recorrer su lengua para deslizar por las piernas el último obstáculo que cubría el cuerpo de Elena. Durante varios segundos Matías contempló sobre el lienzo blanco de las sábanas la creación más delicada y bonita que había visto nunca. Se puso de pie sobre la cama mirando el cuerpo desnudo de Elena y se despojó de sus pantalones. La silueta de su abultado sexo se intuía bajo los bóxeres negros. Elena se incorporó y se sentó en la cama, su rostro quedó a escasos centímetros de la excitación de Matías al que le comenzaban a temblar las piernas. Lentamente Elena dejó al descubierto la intimidad de Matías, que se irguió como un resorte. Buscó con la mirada el rostro del profesor y ambos se sonrieron. El silencio de aquella escena se quebró por los suaves gemidos de Matías. Las manos de Elena agarraron con fuerza los glúteos de Matías mientras su boca aceleraba el corazón del librero. Elena siguió lubricando su sexo hasta que Matías se puso de rodillas sobre la cama y ayudó a Elena a recostarse. Él se acercó a su boca y probó su propia pasión en los labios de ella. Siguió explorando los lugares más recónditos del cuerpo de Elena, que se contorsionaba al vaivén de los dedos de Matías. Sus lenguas bailaban entrelazadas hasta que él sacó los dedos de la intimidad de ella. Los dos se miraron, se sonrieron y comenzaron a gemir a la vez con cada movimiento rítmico de Matías sobre ella. Sus cuerpos se arqueaban de placer al unísono, sus bocas jadeaban sin apenas rozarse y sus ojos se decían todo lo demás. Su respiración se aceleró, el volumen de su gozo también, todo iba en ascenso, hasta que un leve silencio dio paso al éxtasis total. Tras unos segundos de decibelios saturados y ojos en blanco los glúteos de Matías se relajaron. Sus cuerpos unidos se destensaron y volvieron a ser dos. Todavía con la respiración acelerada volvieron a besarse. Olvidaron poner el despertador y dejaron que sus cuerpos se disfrutaran el resto de la noche.

30

9 de septiembre de 1971

Eran casi las diez de la mañana y Alonso seguía dormido. El ruido de la aspiradora limpiando la moqueta del pasillo del hotel le despertó. Miró su reloj de muñeca y se extrañó de que fuera tan tarde. Nada más levantarse de la cama entendió por qué no había funcionado el despertador que solía utilizar. Estaba lloviendo. Mucho. El sol se ocultaba tras unas densas nubes negras que no dejaban pasar ni un rayo de luz. Se duchó con celeridad y salió a buscar una cafetería para desayunar. Cogió un periódico local y pasó las hojas con rapidez hasta encontrar la información que estaba buscando en la penúltima página del diario, la previsión del tiempo para el resto de la semana. Lluvia todos los días. Eso arruinaba las citas con Manuela, así que pensó cómo poder compaginarlas con las tormentas. Quedar en el interior de la iglesia de Santa María estaba descartado, ya habían corrido demasiados riesgos la noche anterior. Tampoco podían estar en ningún restaurante o local de Luanco, nadie podía verlos juntos. Se le ocurrió coger la furgoneta y llevarla a alguna localidad cercana, pero temió que también la conocieran. Ir más lejos tampoco era una opción porque Manuela no podía regresar muy tarde a casa. Lo de la furgoneta estaba descartado. O quizá no.

—¡Ya lo tengo! —gritó eufórico Alonso mientras se levantaba de la silla—. No hay tiempo que perder.

Se tomó de un trago lo que le quedaba de café, dejó unas pesetas sobre el mostrador y salió del bar. Preguntó a varios vecinos hasta que consiguió algunos de los elementos que estaba buscando. Pero esa era solo la primera parte del plan. Todavía tenía mucho por hacer. Las horas pasaban rápido y le quedaban detalles por completar.

Tras sonar por quinta vez la campana de la torre del Reloj Alonso tocó con los nudillos en la puerta del número 25 de la calle Riba. Manuela abrió.

—No te puedo garantizar que durante la hora de clase pueda reprimir las ganas que tengo de besarte como anoche. —Alonso le sonrió, cerró el paraguas y entró.

—¡Shhh! —Manuela se puso el dedo índice sobre la boca y le dio dos besos en las mejillas—. Vamos a tener que reprimirnos los dos porque yo también estoy deseando que se acabe la clase —le susurró al oído—. Aunque con este tiempo no sé qué vamos a hacer.

—Tranquila, lo tengo todo planeado.

—Si estás pensando en volver a la iglesia, olvídate. Ayer casi nos descubre don Emilio. Y en Luanco me conoce todo el mundo.

—Vamos a estar en un sitio donde no nos verá nadie.

—¿Está muy lejos de aquí?

—Más cerca de lo que te piensas.

La presencia de Juan de Dios en el salón dio por terminada la conversación. Manuela y Alonso se acercaron al piano. Ella se sentó en la banqueta y él cogió una silla para colocarla a su lado. La canción que había compuesto el profesor comenzó a sonar. El padre de Manuela estuvo un rato escuchando y se marchó a su habitación. Durante más de media hora ambos se concentraron en la partitura que descansaba sobre el atril del piano. Manuela repetía una y otra vez la melodía con la mano derecha y después el acompañamiento con la izquierda. Alonso le iba dando indicaciones. Manuela intentó tocar la canción con las dos manos, pero se le resistía. Tras varios intentos pidió ayuda.

—Podrías tocar tú la mano izquierda y yo, la derecha.

—Manuela pestañeó en repetidas ocasiones intentando ablandar al profesor.

—Pero eso es hacer trampas.

—Te recuerdo que te inventaste que me habían tocado unas clases de piano para tener la excusa de venir a mi casa. Eso también es hacer trampas.

Ante tal argumento Alonso solo pudo reírse. Cogió su silla y la colocó a la izquierda de Manuela. Tras un gesto con la cabeza del profesor empezaron a tocar a la vez. Ella interpretaba la melodía con la mano derecha. Él la acompañaba con la mano izquierda. Salió perfecta. Nada más acabar chocaron las manos.

—¿Ves? —sonrió Manuela—. Así suena mucho mejor.

—Juntos la vida suena mejor.

Se quedaron mirándose, deseando hacer lo que no podían en ese momento. Durante unos segundos eternos. Manuela levantó la cabeza y tras comprobar que no había nadie más en el salón besó a Alonso. Fue la continuación de los besos que se habían dado la noche anterior. Con la misma pasión. Por un instante separaron sus labios, el tiempo justo para comprobar que seguían solos en el salón. Volvieron a besarse, una y otra vez. El piano sonaba mientras tanto. A ojos ciegos la clase seguía su curso. Pero en realidad era un trampantojo. Alonso tocaba algunas notas en el piano para hacer creer a los padres de Manuela que seguían con la clase. La mano izquierda sobre el teclado y la mano derecha en la nuca de Manuela. La música seguía sonando. La pasión aumentaba. Hasta tal punto que ya ninguno de los dos podía contenerse más. Era justo el momento de parar. Con reticencias separaron sus labios.

Continuaron el resto de la clase conteniendo la excitación. Las campanas de la torre silenciaron el piano. Manuela recogió la partitura y cerró la tapa del instrumento. Acompañó al profesor a la puerta. Alonso cogió el paraguas y lo abrió justo al salir. Antes de marcharse le susurró a Manuela.

—Te veo a las ocho en el mismo sitio de ayer.

—Hasta mañana —mintió Manuela al percatarse de la presencia de su padre en el salón.

La previsión del tiempo no se había equivocado. Luanco seguía bajo un fuerte aguacero que había dejado las calles casi desiertas. Alonso intentaba refugiarse bajo su paraguas para no mojarse, pero el viento dificultaba la tarea. Le quedaban casi dos horas para terminar de preparar lo que había ideado para sorprender a Manuela.

Quince minutos antes de la hora acordada Manuela salió de casa. Sobrepasó la iglesia y la playa, y continuó andando hacia el pequeño cerro que había más adelante. Cuando estaba ya a pocos metros reconoció la silueta de Alonso bajo el paraguas.

—¿Pretendes que nos quedemos aquí con la que está cayendo?

—Claro que no. Ven, acompáñame.

Alonso la cogió de la mano y la guio por un pequeño camino empedrado. A lo lejos vislumbraron la furgoneta de Alonso, que estaba aparcada en un prado.

—Bienvenida al cine sobre ruedas.

Alonso abrió la puerta de su furgoneta y ayudó a Manuela a subir. A un lado del cubículo había un pequeño sofá. Enfrente, una tela blanca, y en medio, un proyector de películas Super 8 conectado a una batería de coche oculta tras una tela negra.

—¿Has montado un cine para mí? —Manuela seguía mirando aquella sala improvisada tan acogedora que había preparado Alonso.

—Toma asiento en la butaca, la película está a punto de comenzar.

—Por cierto, ¿dónde está tu piano? Y, sobre todo, ¿se puede saber cómo has conseguido un proyector y un sofá?

—Uno, que tiene mucha labia. Mi piano está en la casa de la vecina que me ha dejado todo esto a cambio de que durante los próximos días vaya a tocarle las canciones que me pida. Es un buen trato porque, aparte de haberme prestado estas cosas, me viene bien que mi piano esté allí, así puedo transformar la furgoneta hoy en un cine y mañana... bueno, mañana ya lo verás.

Encendió el proyector y la tela blanca se llenó de imágenes.

Las siguientes dos horas las pasaron abrazados en el sofá, comiendo los bocadillos que había preparado Alonso y comiéndose a besos.

—Lo que más me ha gustado de la película es verla a tu lado. —Manuela se inclinó hacia Alonso y le besó de nuevo—. ¿Veremos otra mañana?

—No, tengo que devolverle el proyector a la vecina. Además, mi furgoneta es como un camaleón. Hoy ha sido un cine, mañana será otra cosa.

—Deseando ver con qué me sorprendes.

—Yo estoy deseando volver a besarte.

Sus labios se encontraron de nuevo. En los últimos dos días se habían besado tanto que ya conocían cómo satisfacer los deseos del otro. Una campana lejana les indicó que ya había pasado otra hora más. Les dio igual. A pesar de lo tarde que era ninguno de los dos quería salir de aquella sala de cine móvil. Fuera la lluvia golpeaba con fuerza la chapa de la furgoneta. Dentro el calor de la pasión había creado un microclima que los resguardaba del frío que hacía en el exterior. La tensión sexual fue en aumento hasta que ninguno pudo frenar lo que irremediablemente estaba a punto de pasar. Se sonrieron y se dieron consentimiento con los ojos. En sus miradas los dos leycron lo mismo. Era una mezcla de frenesí, amor, complicidad y algo de temor por lo desconocido. Para ambos. Se despojaron de la ropa sin premura. Contemplaron sus cuerpos desnudos y volvieron a los besos mezclados con abrazos. Piel con piel. Sintiendo cómo se erizaban al paso de las manos del otro. Con extrema dulzura y respeto se acariciaron mutuamente. La cortina de lluvia aisló el sonido de la pasión al tiempo que los viejos amortiguadores de la furgoneta compensaban los movimientos de su interior.

Amaneció con lluvia en Luanco. Manuela pasó ocho horas en la conservera reviviendo lo que había sucedido la madrugada anterior en la furgoneta amarilla. Alonso empleó toda la mañana en idear el plan para su cita con Manuela y volver a sorprenderla. Comenzó, un día más, la búsqueda de todos los elementos que iba a utilizar para transformar su furgoneta. Lo primero que hizo fue ir a casa de la vecina que le dejó el proyector para devolvérselo y cumplir su parte del trato. Así que durante más de media hora estuvo tocando al piano las canciones que ella le pedía. Le preguntó por las cosas que necesitaba y le indicó dónde conseguir algunas. Fue yendo de casa en casa y de tienda en tienda hasta que reunió todo lo que estaba buscando. Se comió un bocadillo y a las cinco en punto tocó en la puerta de Manuela al unísono con el repique de las campanas. Nada más abrir la puerta Manuela le sorprendió con un beso en la boca. Alonso se quedó extrañado.

—Mis padres están arriba en su habitación —le susurró.

Manuela cerró la puerta, le cogió la mano y se dirigieron hacia el piano. Allí volvieron a besarse.

—Anoche cuando llegué a casa no podía dormir. Hice esto para ti.

De entre los folios de las partituras sacó un sobre y se lo entregó. Alonso lo abrió, dentro había un papel doblado.

Lo desdobló y se encontró con un dibujo hecho a lápiz de las manos de Alonso sobre el teclado del piano. El dibujo estaba firmado en una esquina con su apellido, Ferri.

—No sabía que se te daba tan bien dibujar. Simplemente espectacular. ¡Muchas gracias!

—Hay algo más. Por detrás.

Alonso giró la hoja y vio unas frases escritas en cursiva en la parte inferior. Las leyó en voz baja:

—«Con estas manos he descubierto las mejores melodías. Gracias por hacerme disfrutar. En todos los sentidos».

Se volvieron a besar.

—Me he hecho otro dibujo igual para mí para no olvidar nunca estas manos.

—¿Y por qué no haces un retrato de nosotros?

—Nunca he dibujado a nadie, solo objetos o paisajes.

—Pues me encantaría tener un dibujo de nosotros hecho por ti.

—Lo tendrás, te lo prometo.

La puerta de la habitación de los padres de Manuela crujió. Al instante comenzó a sonar el piano. Estuvieron toda la clase perfeccionando la canción que había compuesto Alonso. Tras varias repeticiones Manuela ya fue capaz de tocarla ella sola con las dos manos a la vez. Una hora después se despedían en la puerta para volverse a encontrar a las ocho en la furgoneta amarilla.

Conforme se iba acercando Manuela empezó a escuchar una música que salía de la furgoneta, pero no la pudo distinguir por la lluvia que todavía bañaba profusamente Luanco. Alonso se asomó por la ventana trasera de la Fiat 600T y cuando vio que Manuela estaba a solo unos metros abrió la puerta lateral.

—Bienvenida a la sala de fiesta Yellow Submarine —exclamó y le tendió la mano para ayudarla a subir.

El techo de la furgoneta estaba repleto de tiras de luces verdes, rojas, amarillas y azules. En el centro una bola de pequeños espejos reflejaba puntos de colores por toda la estancia. Sobre una mesa había un tocadiscos en el que sonaba una canción de los Beatles.

Las luces iluminaban a destellos la cara perpleja de Manuela, que estaba con la boca abierta viendo el montaje que había hecho Alonso.

—Cada día te superas. Y encima ¡me encantan los Beatles! —Manuela quiso bailar y al ponerse de pie se dio un golpe en la cabeza.

—¿Estás bien? —Alonso se asustó al escuchar el ruido que hizo contra el techo.

—Sí, sí. No te preocupes. —Se frotó con la mano derecha la cabeza para aliviar el dolor—. A ver si hacen las salas de fiestas con los techos un poco más altos.

—En la Yellow Submarine se baila sentado.

Los dos rieron. Se sentaron en el suelo de la furgoneta y Alonso le enseñó los discos que tenía.

—He conseguido de Miguel Ríos, los Beatles, Raphael, Los Bravos y uno de jotas asturianas.

Le mostró este último con falso entusiasmo. Manuela se lo cogió de las manos y lo dejó en un rincón de la furgoneta.

—Que vayan entrando en el tocadiscos.

Bailaron al son de esa mezcla de estilos tan ecléctica durante algo más de dos horas, justo el tiempo que duraron las pilas del aparato. El «Hey Jude» de los Beatles se acabó de forma abrupta. La furgoneta se quedó en silencio. Solo se escuchaba el ruido de la lluvia en el exterior. Alonso apagó todas las tiras de luces de colores. La banda sonora al resto de la velada la pusieron ellos dos. Por las ventanas se filtraba la luz de la luna que iluminaba sus cuerpos desnudos sobre el suelo de la furgoneta.

Cuando salieron la tormenta había dado una tregua. Alonso acompañó a Manuela a la villa. La lluvia había confinado a todos los vecinos en sus casas, las calles estaban solo para ellos. Pasaron por delante de la iglesia de Santa María y siguieron por la calle Riba. A pocos metros de la casa de Manuela una figura apareció al girar una calle. Estaban a menos de veinte metros de distancia. Solo con ver su silueta a Manuela se le heló la sangre. De frente tenían a Enol, su prometido.

31

La luz de París inundó la habitación tres horas antes de que Elena y Matías se despertaran de su noche de pasión. Pasaban las 10.30 cuando Matías consiguió abrir los ojos. Elena seguía durmiendo. Sin hacer ruido se levantó de la cama, cogió el mapa y localizó la biblioteca que albergaba los libros de visita de la torre Eiffel. De pronto, el móvil de Elena vibró sobre la mesita de noche y esta entreabrió los ojos.

—Buenos días, bella durmiente.

Elena miró a su alrededor medio dormida. Durante unos segundos se preguntó dónde estaba hasta que vio a Matías sonriente sentado al escritorio.

—¡Cuánta luz! —Se tapó los ojos con las manos—. ¿Qué hora es?

—Muy tarde, anoche no pusimos el despertador. Son las once menos veinte.

—Madre mía, pero si hoy tenemos que hacer muchas cosas.

—Ya lo tengo todo planificado. —Matías se acercó para enseñarle el mapa—. Hoy tenemos que visitar toda esta zona marcada en color amarillo. Son en total cinco academias, y a eso hay que sumarle la biblioteca, que está aquí, al otro lado del río. Lo primero que haremos es empezar precisamente ahí.

—Yo voy a empezar por darme una ducha porque ahora mismo no soy persona.

Elena se metió en el baño y Matías fue detrás de ella. Disfrutaron de la ducha y de su pasión. Se vistieron y salieron del hotel rumbo a la biblioteca, a unos quince minutos a pie. Allí un recepcionista les indicó dónde encontrar lo que buscaban: en un subterráneo bajo la sala de lectura. Tras bajar unas escaleras, accedieron a una pequeña estancia revestida de madera con varias mesas. En una de ellas estaba trabajando un hombre frente a la pantalla de un ordenador.

—*Bonjour. Que recherchez-vous?* —El hombre dejó de escribir.

—*Bonjour. Nous recherchons un vieux libre...* —comenzó a decir Matías.

—¡Sois españoles! —le interrumpió el hombre con un marcado acento francés—. ¿Os importa si hablamos en vuestro idioma? Tiempo hace que no... —dudó durante un momento— ¿entreno?

—Practico —le corrigió Elena.

—¡Eso! No me acordaba de la palabra. Me llamo Adrien. ¿Qué necesitáis?

—Nosotros somos Matías y Elena. Buscamos una carta que escribió mi abuela en la torre Eiffel. Lo malo es que es de hace muchos años...

El bibliotecario se levantó y se dirigió al otro extremo de la estancia. Abrió la puerta de madera y entró en la sala contigua. Pulsó varios interruptores que había a mano izquierda y poco a poco unas luces de neón parpadearon hasta iluminar una enorme sala alargada. Estaba llena de filas de estanterías de metal sobre las que descansaban miles de libros.

—*Bienvenus à la bibliothèque de l'amour.*

—¿La biblioteca del amor? —preguntó Matías extrañado.

—Esta sala alberga el mayor poemario del mundo. Los libros que veis aquí están llenos de pedidas de mano, historias de amor, promesas incumplidas y amores truncados. Por eso me gusta llamar a este lugar la biblioteca del amor. Aquí es donde guardamos todos los libros de visitas de la torre Eiffel desde el año de su inauguración, en concreto, desde septiembre de 1898. El monumento se inauguró en marzo, pero no fue hasta septiembre cuando se comenzó a colocar un libro para que todos los visitantes que quisieran firmaran y dejaran un mensaje. El primero en hacerlo fue...

—Thomas Edison —se adelantó Matías.

—¡Afirmativo! Cuando Edison visitó la creación de Eiffel le escribió una nota mientras estaban en la parte más alta de la torre. A Gustave le gustó la idea y mandó poner un libro en la tercera planta para que todo el que llegara a lo más alto pudiera dejar un mensaje. Y así se ha mantenido desde entonces.

—Pero ahora está en la segunda planta, al menos yo firmé ahí —puntualizó Matías.

—Sí, hace unos años que lo cambiaron a la segunda. Cuando hace mal tiempo la tercera planta la cierran.

Adrien hizo un gesto con el brazo para invitar a Elena y Matías a que entraran a la sala. Anduvieron unos metros por el pasillo principal contemplando las estanterías repletas de libros. Eran todos iguales, del mismo tamaño y color. En el lomo marrón resaltaban en dorado las cuatro cifras del año y otra inscripción en números romanos. Conforme avanzaban por el interminable pasillo decrecían los años y crecían las marcas del paso del tiempo en aquellos libros.

—¿Conserváis todos los libros desde 1898? —preguntó Elena mientras caminaba entre los estrechos pasillos de estanterías.

—Hasta 1995 los guardamos todos. Con los años ha ido aumentando el número de visitantes a la torre Eiffel, en total trescientos millones de personas han subido a nuestra Dama de Hierro desde su inauguración. Últimamente teníamos casi cien libros de firmas por año, cada semana se usaban dos. Y aunque el espacio aquí es muy grande nos estábamos quedando sin sitio para guardarlos todos. Así que decidimos digitalizarlos. De los últimos años solo guardamos la copia en el ordenador. La idea es hacer lo mismo con el resto de los libros y conservar solo los más antiguos.

—Lo que me extraña es que teniendo este archivo histórico no lo publicitéis en la web de la biblioteca o del propio monumento. Sería un buen reclamo turístico para que la gente visite de nuevo París y venga aquí para ver los mensajes de amor que escribió en el pasado —sugirió Matías—. Yo supe de la existencia de este lugar a través de un foro de viajes, pero no encontré nada en ninguna página oficial.

—Cada año visitan la torre Eiffel más de siete millones de personas, y hay muchas que vuelven años después. Si la gente conociera este lugar la biblioteca se colapsaría. Por eso estamos trabajando en la digitalización de todo el archivo para que sea accesible desde cualquier lugar del mundo. Cuando estén todos los libros en formato digital ya le daremos publicidad al archivo.

Elena se paró en seco.

—Aquí están, año 1975.

—Por lo que veo la búsqueda va a ser sencilla, entonces —apuntó Adrien—. ¿Sabes el mes?

—Mayo de 1975.

—Perfecto. —Adrien avanzó unos pasos mirando los números romanos del lomo de los libros hasta que llegó a los que estaban marcados con la «V». Sacó de la estantería los tres tomos que tenían esa letra—. Acompañadme.

El bibliotecario deshizo el camino y regresó a la pequeña sala de madera. Colocó los tres libros sobre una de las mesas y puso una silla junto a la que ya estaba para que Elena y Matías pudieran sentarse.

—Por suerte en los años setenta visitaban la torre Eiffel menos de la mitad de las personas que lo hacen ahora, por lo que de esa época hay muchos menos libros de visitas. De mayo solo son tres, aquí los tenéis. Ojalá encontréis lo que estáis buscando.

—Muchas gracias por tu ayuda, Adrien.

—Ha sido un placer conoceros. Cuando acabéis dejad los libros en esa mesa junto al ordenador. Si necesitáis algo más estaré en la sala de arriba.

El bibliotecario desapareció por las escaleras de caracol. Matías se sentó junto a Elena, cogió uno de los libros y colocó otro delante de ella. Se miraron, se besaron y comenzaron la búsqueda. Las páginas desprendían el aroma del paso del tiempo. Los idiomas se iban alternando hoja tras hoja. La letra de Manuela era muy reconocible, caligrafía cursiva y de perfecto trazo. Aun así, cada vez que aparecía algún texto escrito en español la curiosidad de ambos los invitaba a leerlo. Pasar aquellas hojas era como viajar en el tiempo, conocer esbozos de vidas ajenas. A pesar de los años las inquietudes eran las mismas, la mayoría de los mensajes eran deseos de amor eterno. Elena recordó las palabras de Adrien: «Estos libros están llenos de pedidas de mano, historias de amor, promesas incumplidas y amores truncados». Se preguntó cuántos de esos amores que se juraban eternos sobre el papel habrían conseguido sobrevivir al paso de la vida.

Matías terminó de hojear todas las páginas de su libro. Buscó con la mirada a Elena y negó con la cabeza. Ella siguió examinando las hojas que le quedaban. Al rato cerró el libro. Ambos miraron el otro tomo que estaba sobre la mesa.

—Quiero que seas tú la que lo descubra, tiene que estar aquí. —Matías lo cogió y lo puso delante de Elena.

Ella suspiró y abrió el libro. Fue pasando idiomas, ilusiones pretéritas, amores de juventud y dibujos a bolígrafo carentes de destreza. Los «¿y si?» comenzaron a bombardearle la cabeza con cada página.

«¿Y si no escribió en el libro de visitas?».

«¿Y si escribió en un papel y lo escondió entre los hierros de la torre?».

«¿Y si su poema en realidad no hablaba de ella?».

«¿Y si el dibujo lo hizo mirando una fotografía?».

«¿Y si nunca subió a la torre Eiffel?».

«¿Y si nunca estuvo en París?».

«¿Y si...?».

El último se quedó a medio formular en su mente nada más pasar la hoja que tenía cogida por la esquina.

—¡Lo encontré! —Elena clavó sus ojos en aquel texto en cursiva que ocupaba toda una página.

Matías la abrazó.

—¿Estás preparada?

Ella asintió y desplazó el libro hacia su derecha para que ambos pudieran leer el mensaje que había escrito Manuela hacía cuarenta y ocho años.

Mi amado Alonso:

Han pasado cuatro años desde que te vi por última vez. Se me desgarra el alma cuando te recuerdo bajo aquella profusa lluvia dándome el penúltimo beso, me resisto a admitir que fue el último. Estos años he derramado más lágrimas que gotas de lluvia el cielo gris de Luanco la noche de nuestra despedida. Los días más felices de mi vida los pasé a tu lado, ese recuerdo me mantiene con vida, pero a la vez me mata por dentro. Tu ausencia ahonda mi soledad.

Mi cobardía me obligó a casarme con un hombre al que desprecio. Cuatro años después estamos aquí en París de viaje de novios, al menos eso dice él, en realidad le acompaño en un viaje de negocios. He venido por ti porque sé que estás aquí, tal y como lo planeaste, porque estoy convencida de que ahora mismo estás cumpliendo tu sueño. Estos días en París he salido a buscarte, me he dejado los ojos observando el rostro de cada persona con la que me cruzaba por la calle. Incluso he llevado un papel escrito en el bolsillo, por si te encontraba en los pocos ratos que he paseado con mi marido, para dártelo sin que él se diera cuenta.

Mis últimas horas en París las paso aquí en la torre Eiffel pensando en ti, escudriñando cada rincón de esta ciudad desde las alturas, buscando al amor de mi vida. Necesito encontrarte, he de contarte algo que me llena de alegría y de tristeza a la vez. Necesito contarte la historia de por qué quise conocerte, no fui del todo sincera contigo y debes saber el motivo. No te lo dije en su momento por miedo, todo se habría complicado para mí y para mis padres. Aunque eso no cambia lo que siento por ti. En eso fui sincera y lo sigo siendo: eres el amor de mi vida.

Tu amor sin doble barra final,

MANUELA

Cuando terminaron de leer la carta cruzaron sus miradas empapadas de lágrimas. Se fundieron en un abrazo que ambos necesitaban. Cuando sus cuerpos dejaron de consolarse mutuamente Matías cogió su teléfono móvil y sacó una foto de la carta. Elena besó aquella hoja manuscrita, cerró el libro y lo dejó en la mesa del ordenador. Salieron de la biblioteca sin hablar. Elena seguía conmovida por lo que acababa de leer. Matías entendió su melancolía y respetó su silencio. Tan solo una mirada era suficiente para decírselo todo, y ese fue el idioma que ambos eligieron para ese momento. Era ya casi la hora de comer y buscaron un lugar cerca de donde se encontraban para saciar su hambre y calmar su congoja. A punto de entrar al restaurante Elena se paró delante de la puerta.

—Le vamos a encontrar, ¿verdad? —le suplicó Elena con la mirada húmeda.

—No vamos a descansar hasta dar con él, no lo dudes.

Firmaron aquella promesa con un beso. Después de llenar el estómago y vaciar su cartera comenzaron a visitar las academias. Anduvieron durante algo más de veinte minutos hasta llegar a los Jardines de Luxemburgo. Cruzaron aquel vasto pulmón verde por delante del palacio que daba nombre al parque hasta llegar a la primera academia. Tres horas y media después estaban en la puerta de la Ópera Garnier con cinco cruces rojas más en la lista de Matías.

—No me rindo, que lo sepas. Solo nos quedan cuatro academias para mañana, y si no damos con Alonso seguiremos buscándole, volveremos a París, llamaré a la policía si hace falta, pero te aseguro que le vamos a encontrar.

—Gracias, Matías. Ahora olvidémonos de las academias y de Alonso, y vamos a disfrutar del concierto.

Quedaban tres cuartos de hora para que comenzara el espectáculo. Elena y Matías hacían cola en la entrada lateral del teatro. Tras veinte minutos de espera accedieron al edificio. Los recibió la gran escalera de mármol blanco con balaustres rojos. Alzaron la mirada para contemplar los lienzos que adornaban el techo y los balcones que rodeaban todo el espacio en las plantas superiores. Comenzaron a subir los peldaños sin perder detalle de la profusa ornamentación de aquella sala. El primer tramo de escalera los condujo directamente a una entrada escoltada por dos estatuas femeninas. Un cartel de mármol rojo con la inscripción AMPHITHEATRE en letras doradas indicaba la entrada a un gran pasillo circular. Tuvieron que subir varios tramos más de escaleras hasta llegar a la puerta que daba acceso a sus butacas, en la cuarta planta. Un acomodador les dio el programa del concierto y les pidió las entradas para indicarles cómo encontrar su asiento. En ese momento la pierna de Elena comenzó a vibrar. Sacó el móvil del bolsillo del pantalón, miró la pantalla y se la enseñó a Matías.

—Es Cristina, de la residencia.

—Cógelo, todavía quedan diez minutos para que empiece el concierto.

Elena pulsó el botón verde con miedo.

—Hola, Elena —la saludó Cristina con voz apagada.

—¿Qué pasa, Cris? ¿Manuela está bien?

—Pues te llamo porque lleva todo el día llorando y preguntando por ti.

Elena enmudeció unos segundos.

—¿Y qué le has dicho?

—Que estabas de viaje, pero que volvías ya.

—¿Se ha calmado?

—No, sigue llorando en la habitación.

—Creo que ha llegado el momento de que sepa toda la verdad —decidió Elena—. Por favor, entra a la habitación y pónmela al teléfono.

Elena escuchó cómo Cristina tocaba a la puerta y le decía a Manuela que tenía una llamada. Respiró profundamente antes de escuchar su voz.

—¿Quién es?

—Soy yo, Mamá Nueva, Elena.

—¡Ay, Elenita! ¡Qué gusto me da escucharte! Pero ¿dónde estás?

—No te lo vas a creer. ¡Estoy en París!

—¿Y qué haces tan lejos?

—Estoy con Matías y hemos venido a buscar a Alonso.

Se hizo el silencio.

—¿Mamá Nueva?

—¿Estáis buscando a mi Alonso? —murmuró Manuela con un hilo de voz.

—Sí, y no voy a parar hasta encontrarle.

—Pero ¿cómo sabes…?

—Tengo tanto que contarte… —suspiró Elena—. Encontramos las cartas escondidas en el piano. La dirección de los sobres nos llevó a Luanco.

—¿Habéis estado en Luanco?

—Sí, fuimos a la casa donde vivías. Y no te imaginas lo que encontramos allí… Un paquete que te había enviado Alonso en 1972. Dentro había una cinta con un mensaje para ti y algo más…

Esperó a que Manuela contestara, pero solo escuchó sollozos al otro lado del teléfono. Así que continuó hablando.

—Alonso grabó en esa cinta la canción que me tocabas a mí de pequeña, ¡la canción completa, Mamá Nueva! Es preciosa, estoy deseando que la escuches.

Elena siguió contándole cómo conocieron a su amiga Remedios, la entrevista en la radio, la carta que encontraron en la torre Eiffel, la visita a las academias de música… Manuela escuchaba, emocionada, aquella historia que le contaba su nieta con la mirada empapada de melancolía.

—No tengo palabras para agradecerte todo esto que estás haciendo. No sabes lo importante que es para mí que encuentres a Alonso.

—Voy a dar con él, te lo prometo. Me cueste lo que me cueste.

—Encuéntrale, por favor, encuéntrale —sollozó Manuela.

Una voz en francés sonó por todo el teatro para anunciar el inicio del concierto y puso punto final a la conversación. Elena besó a Matías y cada uno se dirigió a su respectiva butaca. Nada más sentarse Elena mandó un mensaje a Cristina con la foto con Remedios que se hicieron en Luanco y el audio que grabaron en la emisora de radio con el mensaje y la canción de Alonso.

Por favor, imprime esta foto y dásela a Manuela
Grábale el audio en el mp3 que le regaló Matías
para que pueda escucharlo las veces que quiera
Gracias por todo, Cris

Las luces del teatro se apagaron. El telón rojo comenzó a subir y dejó al descubierto el amplio escenario. Justo en el centro había un gran piano de cola de la marca Steinway de casi tres metros de largo arropado por la Orquesta de la Ópera Nacional de París en un perfecto semicírculo. Tras varios segundos de aplausos aparecieron por un lateral el director de la orquesta y la pianista. Se miraron y tras un gesto de aprobación la mujer empezó a interpretar el *Concierto para piano y orquesta número 4* de Beethoven. Cuarenta minutos después los aplausos de las más de dos mil personas que había en las butacas resonaron por todo el auditorio. El telón bajó mientras una voz anunciaba un descanso de veinte minutos. Elena fue donde se encontraba Matías.

—¡Gracias, gracias, gracias! Me está encantando el concierto. Y no solo eso, mira este lugar. —Matías se giró hacia el auditorio—. Espectacular.

—Me alegro mucho de que te esté gustando tanto.

—Ven conmigo, estoy deseando ver una cosa.

Matías la cogió de la mano y se hizo hueco entre la gente que salía del anfiteatro. Llegaron al pasillo circular que abrazaba el exterior del auditorio y daba acceso a los diferentes palcos. Matías fue avanzando esquivando a los que buscaban desahogar sus vejigas. Caminaron hacia la izquierda hasta llegar al final del pasillo. Frente a ellos, un escalón tapizado de rojo sobre el que descansaban dos puertas de madera. En la parte superior de la puerta de la izquierda destacaba el número cinco en color dorado y justo debajo una placa de metal, también en dorado, con la inscripción en negro «*Loge du Fantôme de l'Opéra*».

—Aquí está, el palco número cinco, el palco del fantasma de la ópera. Quiero que me hagas una foto aquí —pidió Matías y le dio el móvil.

—Pero un momento, yo pensaba que lo del fantasma era una leyenda.

—Ya veo que no has leído el clásico de Gaston Leroux. Recuérdame que te lo deje cuando lleguemos a España. Lo dice claramente en el prefacio de su libro: «El fantasma de la ópera existió. No fue, como durante mucho tiempo se creyó, una inspiración de artistas, una superstición de directores, la creación insulsa de los cerebros excitados de esas damiselas del cuerpo de baile, de sus madres, de las acomodadoras, de los empleados del guardarropa y de la portería».

—¡Te lo sabes de memoria! —Elena se echó las manos a la cabeza.

—Es un clásico. Y me lo he leído unas cuantas veces.

Elena aprovechó para hacerle la foto.

—No sé yo si termino de creerme que existiera de verdad —se sinceró Elena.

—¿Crees que si no existiera le habrían puesto esta placa en su palco?

—Eso es puro marketing. La de gente que vendrá a visitar la Ópera Garnier solo para hacerse la fotito de postureo delante de la placa.

—No tienes ni idea, jovencita. Anda, vamos al aseo, que todavía queda la segunda parte del concierto.

Subieron de nuevo las escaleras hasta llegar a la cuarta planta. En uno de los laterales del pasillo estaba la cola para entrar al baño. Cuando salieron del aseo fueron hacia sus butacas. Las luces ya estaban apagadas. Un sonoro acorde interpretado por toda la orquesta daba comienzo al *Concierto para piano y orquesta número 5* de Beethoven. Tras ese embiste inicial el piano respondió al instante con una *cadenza* para lucimiento del pianista que deslizaba sus dedos con agilidad y precisión por el teclado. Matías se fijó que ahora era un hombre el que estaba al piano. Dejó de abanicarse con el programa del concierto y buscó su nombre. La respiración se le cortó de repente. Plegó de nuevo la hoja.

—No puede ser… —murmuró.

Volvió a abrir el programa con las manos temblorosas. Leyó otra vez el nombre.

—Alonso Flores Carrillo.

32

10 de septiembre de 1971

Enol avanzaba a paso tranquilo a donde se encontraba su futura mujer con el profesor de piano. Todas las casas de la calle Riba tenían sus fachadas alineadas, pero al final de la vía había otra segunda línea de fachadas un poco retranqueadas para hacer la calzada más ancha. Manuela reaccionó rápido y cogió a Alonso del brazo. Estiró de él y se parapetaron en el pequeño recoveco que formaban las dos líneas de fachadas. Ella se apoyó en la casa y él se colocó de espaldas a la calle, frente a frente. El cuerpo de Alonso ocultaba el de Manuela. Se besaron para estar lo más juntos posible. El sonido de los pasos de Enol era cada vez más cercano. Conforme se aproximaba se agitaba la respiración tras el beso de los enamorados. Más cerca. Ya casi estaba a su altura. Manuela pensó en las consecuencias de que Enol la viera con otro hombre y todavía se puso más nerviosa. Sería el final para su familia. Su madre y ella, despedidas de la conservera y su padre, con una deuda que no podía pagar. La ruina total. Visualizó a sus padres pidiendo ayuda para poder subsistir. Y todo por su culpa, por estar besando a otro hombre que no era su prometido. Enol pasó a su lado. Aminoró un poco la marcha al sobrepasarlos. Giró la cabeza al notar su presencia en la esquina de la fachada. Manuela siguió besando a Alonso sin mover la cabeza para que Enol no la reconociera tras el profesor. El sonido de los pasos retomó su ritmo previo y poco a poco se alejó. Cuando dejó de escucharse separó sus labios de Alonso para poder respirar profundamente.

—Estás temblando.

Las manos de Manuela sudaban cogidas a las de Alonso.

—No sabes de lo que es capaz Enol si me ve contigo. Menos mal que cuando le hemos visto estaba a cierta distancia.

—Pues solo estaba a unos metros. Es difícil que no nos haya visto. Prácticamente nos hemos dado de bruces con él justo antes de escondernos aquí.

—Distancia suficiente para que no nos haya visto. Enol tiene un ochenta por ciento de ceguera. Solo ve los objetos que tiene muy cerca. El mayor peligro ha sido cuando ha pasado a nuestro lado, ahí sí que podría haberme reconocido.

Alonso suspiró y abrazó a Manuela, que todavía trataba de relajar su ritmo cardiaco.

—Ya ha pasado el peligro, tranquila. —Alonso la besó en la frente—. ¿No me dijiste que estaba de viaje?

—Se ve que ha adelantado la vuelta.

—Y ahora, ¿qué vamos a hacer?

—No sé, déjame pensar. —Manuela dio varias vueltas sobre sí misma intentando aclarar sus ideas—. Me da mucho miedo que nos descubra. Sería catastrófico para mi familia. Pero no quiero dejar de quedar contigo. Necesito verte, quiero estar a tu lado. En dos días te marcharás, y quiero aprovechar hasta el último minuto que estés aquí.

—Vente conmigo. Déjalo todo atrás y empieza de cero.

—Sabes que no puedo hacer eso. No puedo dejar a mis padres en la calle.

—Tengo la solución para eso. No te pido que te vengas ya conmigo, sino cuando vuelva de mi gira por Latinoamérica.

—No te entiendo.

—¡Claro! ¿Cómo no había caído antes? Te casas con Enol. Él cancelará la deuda que contrajo tu padre. Un problema menos, tus padres ya no pierden su casa. Yo voy a estar como mínimo diez meses en Latinoamérica. Cuando regrese te vienes conmigo y tus padres podrán elegir si se quedan aquí en su casa o emprenden con nosotros una nueva vida.

—Mis padres no podrían vivir aquí con Enol cerca si le dejo. Les haría la vida imposible.

—Pueden vender la casa y el barco, y marcharse donde quieran.

—Pero es injusto que tengan que irse de su casa.

—Más injusto es que tú te pases el resto de tu vida al lado de ese malnacido.

—Ya, pero… —Manuela se quedó pensativa.

—La solución perfecta no existe. Aun así, creo que lo que te estoy proponiendo es bastante sensato. Tus padres podrán vivir sin preocupaciones, sin deudas, y su hija podrá ser feliz. Estoy convencido de que si eres sincera con ellos y les cuentas la verdad lo van a entender y apoyarán el plan que te estoy ofreciendo.

Manuela volvió a dar pasos en círculo con las manos masajeando las sienes para pensar con claridad.

—Vale, pongamos que se lo cuento a mis padres y ellos me apoyan. Eso no resuelve otro problema. Yo seguiría casada con Enol, y te recuerdo que en este país el divorcio está prohibido.

—No hace falta que te divorcies. Simplemente puedes dejarle, separarte de él aunque sigáis casados.

—Eso Enol jamás lo permitiría. Pero bueno, pongamos que le dejo. ¿Dónde se supone que vamos a vivir cuando acabes la gira?

—En París.

—¿París?

—Mi sueño es tocar el piano algún día en la Ópera de París. Es un proyecto a largo plazo, claro está. Uno no llega a París y le invitan a ese palacio nada más llegar. Así que mi idea es empezar tocando en locales de la ciudad, poner una academia de música para que se me vaya conociendo…

—Y yo, ¿qué haría en París? No tengo estudios y solo he trabajado en la conservera.

—No te hace falta nada más que tu talento. Dibujas muy bien, podrías hacerlo en el barrio de Montmartre. Ahí se reúnen los artistas y pintan al aire libre. No tendrías problemas para hacerte un hueco. Seguro que te encantaría.

—Estoy muy agobiada. Tú lo ves todo muy fácil, pero para mí no es nada sencillo. Si solo dependiera de mí me iría mañana mismo contigo. Pero mi decisión implica a más personas, y eso es lo que me aterra.

—Te entiendo. No tienes que decidir nada ahora. Solo quiero que veas que hay alternativas a tu vida aquí, casada con alguien que detestas. Tienes diez meses para pensar qué quieres hacer. Medítalo, hay tiempo. Yo respetaré tu decisión, sea la que sea. Te lo aseguro.

—Te veo mañana en clase.

Manuela sonrió y caminó hacia su casa. Abrió la puerta y antes de entrar se giró hacia Alonso, que estaba esperando a unos metros de distancia.

—Gracias.

Esa noche le costó conciliar el sueño, tardó más de una hora en dormirse. Y le costó lo suyo levantarse. Los sábados también se trabajaba en la conservera, aunque con un horario más reducido. Desayunó lo más rápido que pudo, se vistió y salió junto con su madre rumbo al trabajo. En la puerta la esperaba su amiga Remedios.

—Anoche casi nos descubre Enol —le contó Manuela cuando su madre ya estaba a unos metros—. Alonso me acompañó a casa por la noche, y, de repente, nos lo encontramos de frente.

—¿¡Cómo!? —Remedios se paró en seco y se puso delante de Manuela—. Pero ¿Enol no estaba fuera?

—Pues imagínate la cara que se me quedó cuando lo vi frente a mí.

—¿Se dio cuenta de que erais vosotros?

—Creo que no.

—Lleva mucho cuidado. Si se entera de que te estás viendo con Alonso no me quiero ni imaginar lo que puede hacer. Ya sabes cómo se pone en la conservera con cualquier tontería.

Siguieron caminando. Hablaron de las noches en la furgoneta y la idea de Alonso para que se fuera con él. Al llegar a la fábrica se separaron para ocupar cada una su puesto. En el primer piso estaban las oficinas. Una cristalera las comunicaba visualmente con la planta de producción. Manuela miró hacia arriba para comprobar si estaba Enol, pero todavía no había llegado.

Comenzó su jornada laboral con desgana y preocupación. Estaba casi segura de que Enol no la había reconocido, pero una parte de ella tenía dudas. Empezó a rellenar de forma autómata las latas de hojalata con bonito. Cuando llevaba una veintena notó cómo alguien la observaba desde las alturas. Miró de nuevo hacia arriba y vio a Adelina, la madre de Enol, que le hizo un gesto con la mano para que subiera a verla.

Por unos segundos Manuela se quedó paralizada. Rara vez había subido a las oficinas y cuando lo hacía Adelina se encargaba de recordarle que su sitio era abajo, en la fábrica, como las demás. La ceguera casi total de Enol era hereditaria por parte de padre. Su progenitor había muerto tres años atrás por un cáncer y el negocio pasó a su hijo bajo la férrea supervisión de la madre. Aunque legalmente el dueño de la conservera era Enol allí no se tomaba ninguna decisión sin que la madre diese el visto bueno. Manuela dejó el mandil en la silla y fue hacia las escaleras que conducían al primer piso. Pasó al lado de Remedios, que le cogió la mano para transmitirle ánimo y fuerza. Se lo agradeció con un pequeño apretón. Subió poco a poco los escalones agarrándose de la barandilla. Cuando llegó arriba abrió la puerta de aluminio y se dirigió a Adelina. Antes de que Manuela pudiera hablar se adelantó la madre de Enol.

—Mi hijo quiere verla. —Adelina le hizo un gesto con la mano para indicarle que estaba en su despacho—. No se demore mucho ahí dentro, que han entrado muchos pedidos y hay que atenderlos en tiempo y forma.

Adelina no quería a Manuela como nuera. Consideraba que era poca cosa para su hijo. Ella hubiera preferido que se casara con una gran empresaria y no con una simple empleada. Cada vez que hablaba con ella le dejaba claro que no era de su agrado. Nunca se lo dijo directamente, pero tampoco hacía falta. La despreciaba cada vez que intercambiaba alguna frase con ella. Manuela la saludó fríamente y se dirigió al despacho de Enol. Justo antes de entrar Adelina le chistó para que se girara.

—Esta tarde tengo que ir a la iglesia para ultimar algunos detalles para las lecturas del día de la boda.

Manuela asintió y abrió la puerta del despacho. Enol estaba sentado frente a una gran mesa de nogal con unos libros de cuentas encima. Para poder ver los números se acercaba hasta estar a apenas unos centímetros de las hojas.

—Pensaba que regresabas más tarde del viaje.

—No hemos podido cerrar el acuerdo con los portugueses, así que nos volvimos antes de la fecha prevista.

—¿Y ahora qué vais a hacer?

—He concertado varios encuentros con cofradías de pescadores italiano dentro de tres semanas.

—Pero eso es justo después de la boda, cuando nos vamos de luna de miel.

—Ya, por eso te he hecho llamar. He cancelado el viaje de novios.

Manuela se sentó en una de las dos sillas que había frente a la mesa. No supo reaccionar porque tampoco sabía muy bien lo que sentía. Por un lado, estaba decepcionada porque el viaje a París era el único aliciente de la boda. Al menos podría salir de Luanco por unos días. Pero, por otro lado, sintió alivio. La idea de estar a solas durante una semana con Enol tampoco la seducía del todo. Así que tras unos segundos meditando concluyó que la noticia de la cancelación del viaje le producía indiferencia.

—Se vendrá mi madre conmigo a Italia —prosiguió Enol—. Necesito a alguien a mi lado que conozca el mercado, precios, márgenes de beneficio…

Por el avanzado estado de su ceguera Enol siempre viajaba acompañado. La mayoría de las veces iba con su madre. Otras se lo decía al contable de la conservera. Se quedó mirando a Manuela esperando alguna respuesta. Nada. Su prometida se limitó a asentir y se puso de pie.

—¿Algo más? —concluyó Manuela con frialdad.

Él negó con la cabeza. La Manuela que entró al despacho no era la misma que salía. La de hacía unos minutos estaba llena de dudas. La de ahora era todo certezas. No estaba dispuesta a aguantar más desplantes de aquella familia.

—Una pena lo del viaje de novios —dijo Adelina con sorna.

Manuela la ignoró y se dirigió a las escaleras.

—Eso, continúa metiendo trozos de pescado en una lata, que es lo único que sabes hacer.

Mientras bajaba las escaleras para ir a su puesto a «meter trozos de pescado en una lata» sintió que había empezado la cuenta atrás para salir de aquella fábrica. Buscó con la mirada a Remedios y le sonrió. Su amiga respiró tranquila al verla tan contenta. Cuando pasó por su lado se agachó y le susurró al oído.

—Me voy a París con Alonso, decidido.

Manuela se incorporó. Ambas se miraron, sonrientes. Regresó a su puesto y continuó trabajando. Ese día rellenó menos latas de las que le correspondían. Y le dio igual. Nada más sonar la bocina se levantó de la silla y fue con Remedios a dejar el mandil en la taquilla. En el camino de vuelta Manuela le contó lo que había pasado en el despacho y el plan para irse con Alonso. Al llegar a casa preparó la mesa para comer con sus padres y esperó pacientemente a que fueran las cinco de la tarde. Estaba deseando contarle a Alonso que había decidido irse con él, que estaba dispuesta a empezar de cero y a contarles a sus padres toda la verdad.

Cuando Alonso tocó puntual a la puerta Manuela ya estaba al otro lado esperándole. Le recibió con una sonrisa que derrochaba felicidad. El profesor se percató.

—Parece que has tenido un buen día en el trabajo. —Alonso le dio dos besos por si sus padres estaban en el salón—. O que tenías muchas ganas de verme.

—Las dos cosas, en verdad.

—Pues tu día va a seguir mejorando porque tengo una sorpresa.

—Hoy parece que es el día de las sorpresas. Yo también tengo algo para ti.

Alonso extendió sus brazos con las palmas de las manos abiertas hacia arriba esperando a que Manuela le diera lo que tenía para él.

—Ya puedes ir cerrando las manos porque mi sorpresa no es material. Además, tendrás que aguantar hasta esta noche en la furgoneta para saberlo.

El profesor miró la hora de su reloj de pulsera.

—Para vernos esta tarde todavía quedan casi tres horas. ¿Una pista?

—No hay pistas, tendrás que esperar. ¿Y tu sorpresa?

—Tendrás que tener paciencia —dijo, y tras una pausa dramática continuó—: En realidad, no, pero solo porque me hace falta para la clase de hoy, que si no te hacía esperar como tú a mí. Anda, déjame la partitura que te compuse.

Sacó de la carpeta la hoja manuscrita y se la entregó. Alonso se sentó a la mesa del salón y estuvo escribiendo durante unos minutos. Se levantó y colocó la partitura en el atril del piano.

—He seguido componiendo tu canción.

—¿Ya la has terminado? —Manuela estaba emocionada.

—No, todavía no. Estará acabada cuando veas una doble barra vertical en el último compás. Hasta entonces esta partitura no tiene final. Es como lo que siento por ti.

—¿Cómo?

—Tú eres mi amor sin doble barra final.

Manuela selló esa frase con un beso que sí tuvo una doble barra final precoz porque escuchó el crujir de los escalones y eso quería decir que alguien bajaba al salón. El resto de la hora estuvieron practicando los nuevos compases que el profesor había añadido a la partitura. Una hora después terminaron la clase y se emplazaron a las ocho en la furgoneta. A los pocos minutos de haberse marchado volvieron a tocar a la puerta. Manuela pensó que era Alonso, que se habría dejado algo, pero cuando abrió se encontró a Remedios. Sin decirle nada su amiga la cogió del brazo y la sacó de casa. La seriedad de Remedios preocupó a Manuela.

—Pero ¿se puede saber qué pasa?

—La madre de Enol sabe que te estás viendo con Alonso.

33

El corazón de Matías se aceleró. Buscó con la mirada a Elena, tres filas más arriba, pero ella estaba pendiente del escenario. Simuló una tos seca para llamar su atención. Ni se inmutó. Cogió el móvil, bajó el brillo de la pantalla al mínimo para no molestar y le escribió un mensaje.

EL PIANISTA ES ALONSO!!!!

Así, con letras mayúsculas, intentando gritarle a través del teléfono. Se giró para ver si Elena se percataba del mensaje. Nada. Volvió a escribirle varios mensajes seguidos para que notara la vibración en el bolsillo.

ELENA
MIRA EL PROGRAMA DE MANO
EL NOMBRE DEL PIANISTA
ES ALONSO!!

La miró de nuevo con impotencia, gritándole con los ojos. Pero Elena seguía pendiente de los músicos del escenario. Recurrió de nuevo a la tos fingida. Esta vez sí que le miró. Matías le señaló con entusiasmo el móvil. Ella le miró con extrañeza, sacó el teléfono del bolsillo y leyó los mensajes con la boca abierta. Después abrió el programa de mano y vio el nombre de Alonso. Dirigió su mirada al pianista que estaba en el escenario con lágrimas en los ojos. Quiso salir corriendo en su búsqueda, tuvo la tentación de gritar su nombre e interrumpir el concierto. Le costó mantenerse sentada en la butaca. Miró de nuevo a Matías. Ambos lloraban. Sobre el escenario un hombre alto de melena blanca interpretaba con maestría cada nota de aquel concierto de Beethoven ajeno a lo que sucedía en lo alto del teatro. Alonso tocaba con agilidad el teclado del piano, Elena y Matías hacían lo propio con el teclado de sus teléfonos móviles.

No me lo puedo creer, Elena. ¡Es él!
Estoy flipando. Hemos encontrado
a Alonso y todo gracias a tu regalo

> Por favor, que se acabe pronto
> el concierto, ¡que termine ya!

Pues acaba de empezar, todavía le
quedan unos treinta y cinco minutos.
Paciencia, Elena

> No sé si me queda tanta...

A ver, no nos pongamos nerviosos
Tenemos que planificar bien qué
hacemos

> Pues sencillo, en cuanto acabe el
> concierto nos vamos corriendo a buscarle

No es tan fácil
Para empezar, estamos
en lo más alto del teatro

Hay que ser rápidos y salir en cuanto
la gente comience a aplaudir

Sí, deberíamos intentar salir del
anfiteatro de los primeros

Vale, pero... ¿dónde vamos?

Buena pregunta
Déjame que consulte una cosa

Matías localizó la Ópera Garnier con el Street View de Google Maps y fue recorriendo de forma virtual el exterior del edificio. Comenzó por la puerta principal y fue «andando» por el lateral hasta que llegó a la parte posterior del teatro.

¡Bingo! Lo tengo

¿Qué has encontrado?

Justo en la parte de atrás del edificio
hay una puerta enorme de hierro,
esa es la entrada de los artistas

Entonces en cuanto acabe el concierto
tenemos que ir corriendo hasta allí

Justo
La idea es que nos encontremos
con él en esa puerta

Todavía no me lo creo
Acabo de leer otra vez su nombre
en el programa de mano

Lo tenemos justo ahí,
está tocando para nosotros

Y en breve tocará para Manuela

Ojalá que todavía se acuerde de ella
y no haya sido una más en su vida...

Recuerda el mensaje que le grabó
en la cinta de bobina abierta
Estoy convencido de que se acuerda
de Manuela. Perfectamente

¿Y cuánto dices que falta para
que acabe el concierto?

Jejeje
Solo media hora
Ahora relájate, sonríe y disfruta.
Lo hemos conseguido

Se sonrieron en la distancia y se besaron con la mirada. Los siguientes treinta minutos transcurrieron muy despacio para ambos.

Elena estaba nerviosa. Imposible prestar atención al concierto, ahora solo se fijaba en el hombre del piano. Estaba feliz por haberle encontrado, pero todavía quedaba la segunda parte. Estaba convencida de que Alonso se acordaba de Manuela, pero no tenía tan claro que accediera a hablar con ella. Habían pasado muchos años, quizá una mujer e hijos o quizá un divorcio, quizá fuera un alma libre o quizá esclavo de un amor del pasado... Toda una vida. Demasiado tiempo.

La orquesta interpretaba con euforia los últimos compases del tercer movimiento del concierto. El diálogo entre orquesta y piano llegaba a su fin con un dúo entre el timbal y el piano. El sonido suave y rítmico de los timbales arropaba las últimas notas ejecutadas por Alonso al piano, que volvió a exhibir su habilidad y agilidad con las teclas. Su melena bailó enérgica esos últimos compases. El punto final fue a cargo de la orquesta con un brioso y explosivo acorde.

Cuando todavía no se había diluido aquel último sonido las casi dos mil personas que llenaban las butacas del teatro se pusieron en pie a la vez aplaudiendo. Elena y Matías no tuvieron tiempo de reacción, su plan de salir los primeros del anfiteatro se vio truncado por la apresurada ovación de todo el auditorio. Fue como un acto reflejo, último acorde, y todos en pie. Tras unos segundos Alonso se levantó del piano y lentamente hizo una reverencia al público. El director se acercó a él y le abrazó. Ambos saludaron. Los aplausos no cesaban y en el anfiteatro dos personas se exasperaban. Era imposible abrirse paso en la fila de butacas con todo el mundo de pie, así que tocaba esperar. El director invitó a toda la orquesta a ponerse en pie. Más aplausos. Matías le hizo un gesto a Elena con las manos para que se tranquilizara. Por fin el telón comenzó a bajar y la intensidad de los aplausos también. La fila donde estaba Elena empezó a moverse. Matías avanzaba a la vez, poco a poco. Cuando consiguieron reencontrarse se abrazaron.

—¡Lo hemos conseguido! —gritó Elena.

—Todavía no. Vamos, ahora que lo tenemos tan cerca no se nos puede escapar.

Matías cogió a Elena de la mano y con paso ligero fue esquivando a los cientos de personas que ya habían invadido el pasillo circular. Se dirigió hacia las escaleras y tirando de Elena bajaron el primer tramo hasta la planta tercera. Era complicado avanzar rápido, la masa de gente se movía en la misma dirección. Todos buscaban la salida con sosiego, menos Elena y Matías, que aprovechaban cada rincón libre en su camino para escabullirse entre la multitud y alcanzar la puerta lo antes posible. Tras superar aquella carrera de obstáculos humanos consiguieron llegar a la gran escalera. Bajaron los escalones de mármol y corrieron hacia la puerta, que estaba menos congestionada. Ya estaban fuera del edificio. Matías tiraba con energía de la mano de Elena, pero pronto tuvieron que aminorar de nuevo el paso. La acera que bordeaba el edificio también estaba repleta de gente. Fueron avanzando al parsimonioso ritmo de la muchedumbre.

—Se nos va a escapar como sigamos tan lentos —se lamentó Elena.

Matías se asomó entre el mar de cabezas aupado sobre los dedos de sus pies. En la lejanía vio algunos músicos en la puerta de artistas con las fundas de sus instrumentos a la espalda. Tiró de la mano de Elena y se metió en la carretera. Los coches empezaron a pitar. Ajeno a los bocinazos siguió andando a paso ligero al lado de los coches. Enseguida consiguieron llegar a la puerta trasera.

—¿Le ves? —Matías miraba a un lado y otro buscando entre los músicos.

—¡No! Todos llevan su instrumento a la espalda.

Los dos andaban entre los músicos buscando desesperadamente la melena blanca de Alonso. De la puerta de artistas seguían saliendo más personas.

—¡Allí! —gritó Matías—. ¡Está cogiendo un taxi!

Alonso estaba en la acera de enfrente. Corrieron hacia él cruzando por la carretera, esquivando de nuevo motos y coches. Un conductor tuvo que frenar en seco para no atropellarlos. Bajó la ventanilla y les gritó algo que ninguno de los dos entendió. Tampoco les importó. Consiguieron llegar a la otra acera justo cuando el taxi emprendía la marcha.

—¡Joder! ¡No puede ser! —Elena se derrumbó.

Matías volvió a la carretera. Vio cómo se alejaba el taxi de Alonso por el Boulevard Haussmann. Se giró y se fijó en el paso de cebra que había unos metros atrás por el que en ese momento pasaba un grupo de personas. Esperando a que terminaran de cruzar había un taxi con la luz de su indicativo encendida.

—¡Vamos, Elena!

No había tiempo que perder. Matías empezó a correr hacia el taxi. Elena le seguía varios pasos por detrás. Los peatones cruzaron y el taxi empezó a moverse hasta que Matías se puso delante de él.

—*Vite, vite!* —El taxista le hizo señas con la mano para que subiera.

En ese momento llegó también Elena. Ambos montaron en la parte trasera.

—*Continuez sur le boulevard.* —Matías casi no podía respirar.

Elena y Matías miraban a través de la luna delantera buscando el taxi de Alonso. A lo lejos lo vieron parado en un semáforo.

—*Suivez ce taxi, vite!* —Matías se lo señaló.

Los árboles pasaban a gran velocidad a ambos lados del taxi. El semáforo de Alonso seguía en rojo. Cada vez tenían el taxi más cerca. Semáforo en verde.

—¡Mierda! —gritó Elena—. Dile que se dé prisa.

—*Ne perdez pas ce taxi, s'il vous plaît* —insistió Matías.

El taxista aceleró. Unos metros más adelante el coche en el que iba Alonso giró a la derecha por la rue de Rome en dirección hacia el norte de la ciudad. Semáforos y pasos de peatones iban interrumpiendo la marcha del taxi cada pocos metros, y a eso había que sumarle el intenso tráfico y la desesperación de Matías y Elena, que aumentaba con cada parón. De nuevo giró a la derecha por la rue de Vienne para continuar por la rue de Saint-Pétersbourg. Ahora apenas les separaban dos coches de distancia, pero la calle era de un solo carril, imposible adelantar. A través del parabrisas no perdían de vista el taxi donde iba Alonso. Siguieron avanzando. Tras otro giro a la derecha llegaron a un bulevar de dos carriles. El taxista adelantó a los coches que le separaban de Alonso y consiguió ponerse justo al lado. Elena pulsó el botón y la ventanilla comenzó a bajarse. Sacó la cabeza y empezó a gritar y a hacer aspavientos con los brazos. En ese momento el taxi de Alonso comenzó a moverse. Ellos seguían parados, unos peatones les impedían el paso. Alonso se alejó ante la impotencia de Elena y Matías, cada vez más nerviosos. Por fin retomaron la marcha. Semáforo en rojo. Elena vio por la ventanilla cómo el taxi de Alonso desaparecía en la lejanía. Con el semáforo en verde el taxista aceleró, siguió recto todo lo rápido que pudo para intentar alcanzarle de nuevo. Otro semáforo en rojo. Matías abrazó a Elena para consolarla, aunque él también necesitaba ese abrazo. Lo habían tenido tan cerca, justo al lado, y ahora sus esperanzas se habían esfumado de golpe. De repente, escucharon cómo el taxista hablaba por radio.

—*J'ai vu le numéro de licence. Je sais où le taxi s'est arrêté* —le explicó a Matías.

—*Vraiment? Merci beaucoup!* —exclamó Matías, emocionado.

—¿Qué pasa? ¿Qué te ha dicho el taxista?

—No te lo vas a creer. Se ha fijado en el número de taxi y acaba de llamarle por radio. ¡Sabe dónde ha parado a Alonso!

—¿En serio?

Matías asintió. Elena se dirigió al taxista.

—¡Muchas gracias!

—De nada, amiga —chapurreó el taxista en español.

Matías consultó en su móvil la posición en la que se encontraban y hacia dónde se dirigían. Tenían que estar ya cerca del destino porque el otro taxi ya había parado y lo más cercano que veía en el mapa era Montmartre, el barrio bohemio de

París, la zona más alta de la ciudad, donde estaba la basílica del Sagrado Corazón. El coche siguió subiendo por la colina hasta que poco después se paró en la rue Norvins. Matías le agradeció de nuevo su ayuda al conductor y le dio una buena propina. Nada más bajar Elena y Matías se abrazaron. La tensión que habían sufrido durante todo el trayecto se difuminó al pisar donde Alonso lo había hecho hacía un instante. Elena levantó la mirada y se quedó con la boca abierta.

—¡Mira! —Señaló la pared roja de una cafetería que hacía esquina. Pintado sobre la fachada en blanco se podía leer «Piano Bar»—. Esto no tiene que ser casual.

—Estamos cerca, Elena, muy cerca. Alonso vive por aquí y mucho me extrañaría que no haya tocado en este local.

—Y ahora, ¿qué? A estas horas todo está cerrado y no hay nadie por la calle para preguntar por Alonso.

—Lo más difícil ya lo tenemos, sabemos que vive cerca de aquí. A malas podemos volver mañana y seguro que preguntando por los comercios y en esta cafetería conseguimos dar con él.

—Me parece bien. —Elena se quedó pensativa—. Una cosa, ¿tienes aquí la lista de las academias?

—¡Buena idea! Sí, la tengo. —Matías se sacó un papel doblado del bolsillo.

Miró las direcciones y comprobó en el teléfono móvil si alguna academia estaba cerca del punto donde se encontraban. Matías se echó las manos a la cabeza.

—No puede ser...

—¿Qué pasa? —Elena cogió el papel.

—Pues que si me hubiera fijado bien en los nombres de las academias habríamos venido aquí el primer día. Mira cómo se llama esta. —Matías le indicó un nombre con el dedo.

—«Académie de musique Fa Majeur». —Elena lo leyó tal cual estaba escrito—. ¿Y qué pasa con este nombre?

—¿Recuerdas las notas que había en la parte trasera de todas las cartas de Alonso?

—Sí, las iniciales de su nombre. A, F y C.

—Alonso Flores Carrillo. Tres letras, tres notas. A, F, C. La, fa y do. Esta academia de música se llama fa mayor, que es el nombre de un acorde. ¿Adivinas qué notas componen ese acorde?

—La, fa y do.

—¡Premio! —aplaudió Matías—. Fa mayor tiene esas tres notas. Estoy convencido de que le puso el nombre a su academia haciendo un guiño a sus iniciales con este acorde. Y según el mapa la academia está justo al final de esta calle. Rue Poulbot número nueve.

Elena cogió la mano de Matías y comenzaron a andar por aquella estrecha calle empedrada y delimitada por casas blancas a ambos lados. Los números impares estaban a mano izquierda. Tres restaurantes ocupaban los bajos de los tres primeros portales. Continuaron andando, paseando, disfrutando de ese pequeño trayecto, apenas unos metros tras haber recorrido cientos de kilómetros para llegar justo a ese lugar. El final de una aventura que los conducía al amor de Manuela. Un amor de juventud que volvía a contratiempo y contra el tiempo, un amor más fuerte que la enfermedad que lo borra todo. O casi todo. Con el amor no pudo, demasiado intenso como para desvanecerlo.

La rue Poulbot hacía un giro hacia la izquierda y continuaba con una pequeña pendiente ascendente. Elena y Matías alzaron la mirada al edificio de tres plantas con las contraventanas de madera. Buena parte de la fachada blanca estaba colonizada por el intenso verde de una enredadera que a malas penas dejaba entrever el número 9 del portal. Se acercaron a la puerta.

—Mira. —Matías señaló el timbre del tercer piso.

Al lado del botón del interfono había dibujado un pequeño pentagrama con tres notas. Elena sonrió al recordar esa misma ilustración en los sobres del piano.

—Ahora sí, lo hemos conseguido. —Elena no apartaba la mirada de aquella firma que escondía el nombre de Alonso.

Levantó poco a poco el dedo índice. Estaba a solo una breve pulsación de escuchar la voz que había conquistado a su abuela en aquel verano del 71.

—Ha llegado el día, Alonso.

Elena colocó el dedo sobre el botón del tercer piso, pero Matías le cogió la mano y la retiró del interfono.

—¿Qué haces?

—¿Has visto la hora que es? —Matías le enseñó el reloj—. Son más de las once de la noche. Creo que lo más oportuno es que volvamos mañana por la mañana. No son horas de visitar a nadie y menos a un desconocido. Además, si finalmente quiere hablar con nosotros tendrá muchas cosas que contarnos y nosotros a él también.

Elena asintió. Se retiró unos pasos del portal y miró hacia la ventana de la tercera planta.

—Hasta mañana, Alonso.

A mil doscientos kilómetros de allí Manuela seguía despierta. Sobre la mesita de noche la miraban sonrientes Elena y Remedios en Luanco. La voz de Alonso resonaba en la habitación por enésima vez. Y la canción al piano. Y de nuevo su voz. En bucle. Mientras, la almohada recogía sus lágrimas y acomodaba sus sueños, que cincuenta y dos años después estaban más cerca de hacerse realidad.

34

Amanecía el día que llevaba esperando desde que vio aquellas cartas. No podía creer que, por fin, había llegado el momento de encontrarse con Alonso. Elena miró a Matías. Seguía en la cama, enredado entre las sábanas blancas, con el torso desnudo. Así se sentía ella, desnuda por dentro, con sus sentimientos a la intemperie, aireados por cada rincón de esa ciudad que le había cambiado la vida. Se imaginó otra vez en la segunda planta de la torre Eiffel. Miró a Matías. Ahora tomaban más sentido que nunca las palabras de Victoria. Vértigo. Eso es lo que sentía.

Matías se despertó. Ella tenía la mirada fijada en la silueta de París a través de la ventana mientras su mente se perdía en los dos hombres que le quitaban el sueño desde hacía ya varias semanas. A uno de ellos estaba a punto de conocerle. El otro se situó detrás de ella, la abrazó por la cintura y la besó en el cuello. Un escalofrío la hizo encoger los hombros al tiempo que él le quitaba la parte superior del pijama. La piel de Elena siguió erizándose al paso de los labios de Matías por su espalda. Suavemente deslizó el pantalón del pijama de Elena hasta que la luz de París se proyectó sobre su cuerpo desnudo. Se dio la vuelta. Durante unos segundos se contemplaron. Durante varios minutos se besaron. Durante la siguiente media hora fueron un solo cuerpo entregado a los vaivenes de la pasión. Un día más se quedaron sin desayunar en el hotel.

Pasaban las doce del mediodía. A esa hora el metro estaba bastante tranquilo, en los vagones viajaban algunos turistas, mapa en mano, buscando su próximo destino para llenar su móvil de fotografías. Era como una yincana: llegar a un lugar, hacer fotos y rumbo al siguiente punto de interés. El viaje a París de Elena y Matías también había sido una yincana, pero muy diferente. El objetivo no era hacer fotos, sino recorrer academias de música en busca de Alonso. Y le habían encontrado. Iban rumbo a la última parada de su viaje, con el regusto a tranquilidad tras unos intensos días de búsqueda, con ese poso de sosiego que deja tu mente en reposo después de la vorágine.

Una voz femenina anunció la siguiente parada: Abbesses. Elena y Matías bajaron del metro y tras veinticinco minutos bajo tierra vieron de nuevo el azul de París. Caminaron por el suelo empedrado de la rue La Vieuville, que ascendía hacia la colina donde estaba el barrio de Montmartre. Siguieron las indicaciones del GPS del móvil de Matías hasta unas escarpadas escaleras de piedra que comunicaban directamente con la rue Poulbot. Conforme se acercaban al portal el sonido de un piano se hacía cada vez más intenso. Nada más escuchar las primeras notas Matías reconoció la melodía.

—¿Lo escuchas?

Ella asintió emocionada. Él la abrazó. La melodía los condujo hasta el portal de la casa de Alonso. Cuando llegaron al número nueve se quedaron mirando la ventana abierta del tercer piso por donde salía aquel sonido tan familiar. Escucharon con atención cada nota, sonriendo abrazados. Dejaron pasar los minutos disfrutando de aquella canción que era el vínculo que los unía a los cuatro. Alonso se la enseñó a Manuela, ella se la tocó a su nieta y Matías se la enseñó a Elena. Ahora se cerraba el círculo, y era Alonso el que la interpretaba sin saberlo para dos desconocidos que le iban a llevar hasta la mujer para la que compuso esa melodía. El piano dejó de sonar.

—Ha llegado el momento. Después de muchos kilómetros, decenas de academias, mensajes del pasado y una entrevista en la radio, estás a un timbre de Alonso.

Elena tragó saliva. Se situó delante del interfono. Miró a Matías. Él asintió. Justo cuando estaba a punto de tocar el timbre se abrió la puerta. Una niña de no más de diez años salió corriendo del portal. Llevaba en la mano una carpeta azul. Su madre la estaba esperando junto a ellos. El fuerte golpe de la puerta cerrándose concentró de nuevo su atención en aquel portal. Elena tocó el timbre del tercer piso. Tras unos segundos sonó un ruido metálico que abrió la puerta. Entraron y subieron por las escaleras. Con cada peldaño que subían aumentaba su ritmo cardiaco. Después de tantos kilómetros ya solo los separaban unos metros de él. Se situaron delante de la puerta de Alonso. Matías le cogió la mano a Elena. Ella realizó una inspiración profunda intentando calmar sus nervios. En vano. Tocó el timbre. Al poco se escucharon unos pasos, cada vez más cercanos. La puerta se abrió al compás del chirrido de las bisagras. Ahí estaba Alonso, pelo largo blanco a la altura de los hombros, alto y de piel morena.

—¡Manuela!

Alonso profirió un grito nada más ver a Elena. La taza de café que llevaba en la mano se hizo añicos contra el suelo.

—Soy su nieta, me llamo Elena. Encantada de conocerle, Alonso. —Extendió la mano para estrechársela.

Alonso no podía apartar la mirada del rostro de Elena.

—Pero… cómo… ¿qué haces aquí? ¿Por qué sabes mi nombre? —Las preguntas salían atropelladas de la boca de Alonso.

—No sabe lo que nos ha costado dar con usted, pero, por fin, le hemos encontrado.

Elena seguía con la mano extendida. Alonso se dio cuenta y se la estrechó. Matías también le saludó.

—Eres la viva imagen de tu abuela, es como si la tuviera delante de mí ahora mismo. Y han pasado...

—Cincuenta y dos años —se adelantó Elena, que le miraba fijamente con una amplia sonrisa.

Alonso cerró los ojos y se pasó las manos por la cara intentando entender qué estaba pasando. Volvió a abrirlos y vio de nuevo el rostro de Manuela en la cara de Elena.

—Perdona, es que... ha pasado tanto tiempo y pensé que nunca más volvería a saber de ella... Y, de repente, apareces en mi casa y...

—Disculpe que nos hayamos presentado así de repente, no hemos encontrado otra forma de contactar con usted. Sentimos la molestia...

—Al contrario. Por favor, pasad. —Se apartó del quicio de la puerta y los invitó con la mano a entrar—. Cuidado, no vayáis a cortaros, acomodaos en el sofá mientras yo recojo este desastre —dijo y fue a la cocina en busca del recogedor y la fregona.

La puerta de entrada comunicaba directamente con el salón, que estaba rodeado por grandes ventanales que dejaban entrar la luz a raudales. De las paredes colgaban cuadros de París. En uno de los rincones del salón había un piano de cola negro. Elena se acercó a verlo de cerca. Leyó las notas que había sobre el pentagrama y reconoció al instante aquella melodía que acababa de escuchar. Se fijó en la doble barra final que indicaba que esa partitura sí que estaba completa.

—Esa canción se la compuse a tu abuela.

Alonso cogió la partitura, giró la hoja y le señaló el nombre que había sobre el primer pentagrama: Manuela.

—Mi abuela siempre me la tocaba cuando era pequeña. Ha sido la banda sonora de mi vida.

—Y de la mía —replicó Alonso—. Llevo enseñando esta melodía a mis alumnos desde que llegué a París.

—Matías y yo hemos escuchado desde el portal cómo la tocaba. Ha sido muy emocionante que justo sonara esa melodía cuando, por fin, hemos dado con usted.

—Nada de usted. Sentaos en el sofá, estaremos más cómodos.

Alonso dejó la partitura sobre el piano y se sentó al lado de Elena. Se los quedó mirando fijamente a ambos con cara de preocupación.

—Si habéis venido vosotros en mi busca y Manuela no está aquí me da miedo preguntar por ella.

—Te aseguro que es lo que más desearía en el mundo, estar aquí ahora contigo.

—Eso quiere decir que... —a Alonso se le entrecortó la voz.

—Manuela sigue viva —sentenció Elena.

Alonso respiró aliviado.

—Pero no todo son buenas noticias. Físicamente está perfecta, pero tiene alzhéimer. Cuando la enfermedad avanzó decidió irse a vivir a una residencia.

Alonso se levantó del sofá y se situó junto a uno de los ventanales. Perdió su vista húmeda por las lágrimas en el paisaje de París.

—Todo este tiempo he imaginado cómo sería mi reencuentro con ella. No ha habido un solo día que no haya pensado en Manuela. A los pocos años de estar en París trabajé con una joven cantante dando recitales por los teatros de toda Francia. Estuve a punto de casarme con ella, pero no lo hice. Descubrí que intentaba sustituir a Manuela por aquella chica, solapar su amor. Pero eso es imposible. Manuela fue el gran amor de mi vida y lo sigue siendo. Estuve con ella apenas unos días. Fue suficiente para amarla para siempre.

Elena se colocó a su lado.

—Lo único que el alzhéimer no ha podido borrar de la mente de Manuela ha sido tu nombre, Alonso, y tu canción al piano.

Sacó el móvil del bolsillo. Buscó entre los archivos el vídeo de Manuela tocando el piano y le dio el teléfono. El siguiente minuto y medio Alonso lo pasó llorando. Recordó las clases de piano en casa de Manuela, las noches en su furgoneta y el último beso bajo la lluvia.

—Disculpadme un momento.

Le devolvió el móvil y se fue por el pasillo. En la lejanía se escuchó cómo se sonaba la nariz y se lavaba la cara. Al poco apareció de nuevo en el salón con los ojos enrojecidos.

—Perdonad, demasiadas emociones juntas —confesó y se sentó de nuevo en el sofá.

—No te preocupes, Alonso. —Elena le cogió la mano—. Has pasado mucho tiempo sin saber nada de ella y, de repente, aparecemos nosotros tantos años después. Manuela es mi única familia y aunque ella no sea consciente de algunas cosas sé que desea verte y que todavía te quiere. Muchas veces no sabe ni quién soy yo, pero sí se acuerda de ti. El vídeo que acabas de ver lo grabó la psicóloga de la residencia donde está viviendo. Manuela salió de su habitación por la noche para tocar el piano. Cuando terminó la canción dijo tu nombre entre lágrimas. Y por eso estamos aquí, porque eres la única persona que sigue viva en su mente quebrada.

—Durante todos estos años me he planteado cientos de veces ir a España en busca de Manuela, necesitaba verla, decirle que mi vida sin ella estaba vacía, que se viniera conmigo a París y rehacer aquí la vida que nos imaginamos juntos cuando nos conocimos en Luanco. Pero nunca me atreví, siempre llegaba a la conclusión de que no tenía derecho a aparecer sin más y alterar una vida que ya había tomado su rumbo.

—Manuela vino a buscarte a París —intervino Matías.

—¿Cómo?

Los ojos de Alonso se abrieron de par en par y su respiración se aceleró. Matías buscó en el teléfono la fotografía de la carta que encontraron en la biblioteca.

—Estuvo aquí en mayo de 1975. Esto lo escribió en la torre Eiffel para ti.

Matías le pasó el móvil, Alonso lo cogió con las manos temblorosas. Comenzó a leer en silencio aquellas palabras que le llegaban con cuarenta y ocho años de retraso. Las lágrimas de emoción al leer a Manuela tanto tiempo después le surcaron el rostro y humedecieron su camisa. Le devolvió el móvil a Matías y se secó las lágrimas de la cara.

—Ojalá hubiera visto esta nota antes, habría vuelto a Luanco en su búsqueda. Ojalá me hubiera encontrado en su viaje a París, porque entonces no la habría dejado escapar.

—En la nota dice que no fue del todo sincera contigo cuando te conoció en Luanco y creemos saber el motivo.

Matías buscó con la mirada la aprobación de Elena. Ella asintió.

—Lo que te vamos a contar es duro, pero tiene su explicación. Cuando conociste a Manuela ella estaba…

—Prometida, se iba a casar en unas semanas —le interrumpió Alonso.

Elena y Matías se miraron, sorprendidos.

—Manuela me lo contó todo —prosiguió Alonso—. Supe que se iba a casar porque ella misma me lo dijo al poco de conocernos.

—Pues entonces no sé a qué se refería mi abuela —apuntó Elena.

—Para mí lo más importante de esa nota es la última frase. «Tu amada sin doble barra final» —repitió Alonso con los ojos cerrados—. Esas palabras resumen lo que significaron para nosotros los días que estuvimos juntos en Luanco, un amor eterno que tanto tiempo después sigue vivo en mí.

—Y también en ella. A pesar de la enfermedad te recuerda y se emociona al nombrarte. Y sus manos todavía recuerdan la canción que le compusiste.

Alonso se levantó y fue al piano. Se sentó en la banqueta y comenzó a tocar la canción de Manuela. Elena cogió la mano de Matías para intentar canalizar su emoción, pero ninguno de los dos pudo reprimir las lágrimas. Unos acompasados aplausos pusieron la doble barra final de la canción.

—Hace cincuenta y dos años le hice una promesa a Manuela. Por desgracia, no he podido cumplirla…

Se quedó pensativo. A los pocos segundos miró su reloj.

—¿Tenéis mucha prisa?

—No —respondió Matías—. Nuestro vuelo sale a las nueve y media de la noche.

—Hay un restaurante en los bajos del edificio, tengo el gusto de invitaros a comer. Quiero compartir con vosotros los que fueron los días más felices de mi vida.

35

Las palabras de Remedios la habían roto por dentro. Después de mucho tiempo había resuelto irse, a pesar de lo que eso suponía para su familia. Ya estaba harta y necesitaba salir de ese lugar. Conocer a Alonso la había empujado a tomar la decisión de empezar de cero una vida junto a la persona que quería, lejos de allí. Nadie había hecho tanto por ella como él y nadie la había hecho sentir tan especial como lo hacía él. Lo tenía muy claro, quería estar con Alonso y si para eso tenía que casarse con Enol para luego separarse e irse de España lo iba a hacer. Pero ahora su determinación por marcharse se truncaba.

La angustia le había paralizado el cuerpo. Manuela seguía frente a su amiga, incapaz de moverse mientras la lluvia empapaba su ropa y sus sueños. Remedios la cogió del brazo y la hizo entrar en su casa. Luego fue a la cocina y preparó dos infusiones. Le dio una a Manuela y se sentó a su lado.

—He ido a la iglesia para agendar con el párroco una misa para mi difunto abuelo. Como había alguien en la sacristía he esperado en la puerta y he escuchado la conversación. Cuando han terminado de hablar he visto que Adelina salía con cara de pocos amigos.

—¡¿Se lo ha dicho don Emilio?! —exclamó Manuela al tiempo que se ponía de pie.

—Sí, ya sabes que tiene muy buena relación con esa familia.

Remedios la cogió de la mano y la sentó de nuevo en el sofá.

—La madre de Enol fue la que pagó la restauración del retablo del altar mayor.

—¿Y qué le ha dicho?

—Le ha contado que os vio salir a los dos de la mano de la iglesia. ¿Qué hacíais juntos ahí, por cierto?

—Nos resguardábamos de la lluvia. Era el único sitio en el que creía que nadie nos vería. Pero estaba equivocada. —Se llevó las manos a la cara—. ¿Y qué voy a hacer yo ahora? Seguro que a estas alturas ya se lo ha dicho a Enol.

—Pues quizá sea lo mejor que te puede pasar. Tú no quieres casarte con él.

—Tengo que hacerlo, ya lo sabes. Aunque mi idea es separarme de él y marcharme en cuanto sea posible.

—¿Y crees que Enol os va a dejar tranquilos? No sé si es buena idea.

—Tendremos que empezar de cero en otro lugar, con mis padres y Alonso. El problema es Adelina, me da miedo lo que esa mujer pueda hacer, la verdad. Pero lo tengo claro, quiero irme de aquí y quiero irme con Alonso.

—Yo también quiero que te marches porque sé que aquí jamás encontrarás la felicidad y eso es lo que quiero para ti. Vete, Manuela, mañana mismo si es posible, pero vete. Si te quedas vas a condenar tu vida.

Manuela se refugió en los brazos de su amiga hasta que consiguió calmarse. Miró el reloj que había en la pared del salón. Todavía quedaba una hora para ver a Alonso, pero necesitaba despejar las ideas y borrar su cara de angustia, así que marchó a su casa y se quedó un rato bajo la ducha. Mientras dejaba que el agua escurriera su enfado su mente le transportó a la furgoneta amarilla. Estaba deseando saber en qué la habría transformado esta vez Alonso.

La ducha calmó sus nervios, pero no pudo borrar del todo su angustia. Todavía con el albornoz absorbiendo las gotas de agua dispersas por su piel se miró en el espejo del baño. El reflejo que le devolvía era el de una joven derrotada. Se compadeció de sí misma al observarse en aquel trozo de cristal reflectante. Terminó de secarse y se vistió con la ropa que tenía preparada encima de una silla. Al ponerse la rebeca se le cayó al suelo un pequeño papel doblado por la mitad. Lo recogió y lo abrió. «Nos vemos a las ocho en la parte trasera de la iglesia. Fingiré que no te conozco». Nada más leerlo le cambió la cara. Recordó lo que sintió cuando recibió aquel trocito de papel: una mezcla de emoción, nervios y felicidad. Se miró de nuevo al espejo y sonrió, a pesar de todo tenía motivos para hacerlo. Volvió a doblar el papel y se lo guardó. Cogió el paraguas, aunque acababa de parar la lluvia, y salió de casa rumbo a la camaleónica furgoneta. Se sentía observada. En un par de ocasiones tuvo que parar y girarse para comprobar si alguien la seguía, pero las calles estaban desiertas.

Bordeó la playa de Luanco y continuó hacia la pequeña colina donde Alonso solía aparcar la furgoneta, pero no estaba. Dos destellos de luz le indicaron el camino hacia la furgoneta, que se encontraba unos metros más lejos de lo habitual. En el cristal de la puerta lateral del vehículo había un papel por dentro. «Bienvenida al teatro de las estrellas. Entra y toma asiento». Manuela accionó la manivela y abrió la puerta. Un pequeño foco atado al techo iluminaba la cortina de terciopelo rojo que hacía las veces de telón y que tapaba uno de los laterales de la furgoneta. Enfrente, una silla de madera. El reflejo de la luz sobre la cortina teñía la pequeña estancia de una tonalidad rojiza. Nada más sentarse el telón comenzó a deslizarse hacia un lado a trompicones, accionado por una cuerda de la que tiraba Alonso. Él apareció sentado en una silla colocada sobre una plancha de madera como improvisado escenario. Con el último tirón la cortina se descolgó y cayó al suelo. Tras las risas de ambos Alonso se afanó en retirarla a un lado y sentarse de nuevo intentando obviar lo que acababa de suceder. Se aclaró la voz con un par de carraspeos y comenzó a interpretar su papel.

—Ser, o no ser, esa es la cuestión. ¿Cuál es más digna acción del ánimo, sufrir los tiros penetrantes de la fortuna injusta u oponer los brazos a este torrente de calamidades y darlas fin con atrevida resistencia? Morir es dormir. ¿No más?

Después de recitar a Hamlet de William Shakespeare continuó con monólogos de otros dramaturgos como Lope de Vega, Tirso de Molina o Calderón de la Barca ante la mirada perpleja de Manuela, que aplaudía con entusiasmo cada interpretación. Alonso fue enlazando uno tras otro hasta que acabó con *Don Juan Tenorio* de José Zorrilla. Nada más recitar la declaración de amor a doña Inés la furgoneta se quedó en silencio. Juan bajó del «escenario» y besó a Inés. Después volvió a sentarse.

—Ahora debería cerrar el telón, pero he tenido un pequeño percance. —Señaló el trozo de tela en un rincón del suelo.

—¿Se puede saber dónde has aprendido tú teatro?

—En la escuela teníamos un profesor de Literatura al que le encantaba. Representábamos en clase obras clásicas de teatro, y a mí se me quedaron grabadas.

—Tienes buena memoria. Por cierto, un poco pretencioso el nombre que le has puesto a tu teatro, ¿no crees?

—Nada más lejos de la realidad. La estrella no soy yo.

Plegó la silla de madera y la colocó a un lado. Miró por la ventanilla y comprobó que seguía sin llover. Las nubes se habían disipado. Le pidió a Manuela que se tumbara en el suelo de la furgoneta y que cerrara los ojos. Alonso apagó el foco y lo desató. Abrió un pestillo que había en el techo de la furgoneta y deslizó la chapa hacia un lado dejando al descubierto la parte superior.

—Ahí tienes las estrellas de este teatro.

Ella abrió los ojos. El techo de la furgoneta se había convertido en un manto de estrellas titilantes. Alonso se acomodó a su lado y la cogió de la mano. Miles de destellos generados a millones de años luz iluminaban ahora sus rostros. Sin decir nada ambos se quedaron observando los parpadeos en el cielo. Su conversación se limitó al lenguaje de sus manos entrelazadas. Manuela se liberó de la ansiedad que le provocaba Adelina, por unos instantes consiguió olvidar que ella lo sabía. Alonso sintió que a su lado tenía todo lo que deseaba y rezaba a las estrellas para que cuando volviera de Latinoamérica pudiera tenerla de nuevo junto a él. Esa furgoneta se había convertido en su refugio durante los últimos días. Fuera de allí Manuela fingía que Alonso era solo su profesor de piano. Fuera de allí Alonso fingía que solo le daba clases a Manuela. Dentro de la furgoneta ambos fantaseaban con una vida compartida. Era su penúltima noche juntos y decidieron disfrutarla hasta caer rendidos. La tela roja de terciopelo sirvió de improvisada manta y los arropó hasta quedarse dormidos. Las frías gotas de lluvia los despertaron casi una hora después. Alonso se levantó enseguida y cerró el techo de la furgoneta. Manuela miró su reloj de pulsera.

—Nos hemos quedado dormidos, es casi la una de la madrugada.

—Tus padres estarán preocupados.

Le tendió la mano para ayudarla a levantarse. Ella la agarró y tiró de él para que se acostara de nuevo a su lado.

—Tienes razón. —Le besó—. Ojalá pudiera encontrar tus labios cada vez que me despierto.

—Solo debes tener un poco de paciencia. Volveré antes de un año de Latinoamérica. Cuando regrese, vente conmigo. Encontrarás mis labios cada vez que quieras y cuando abras la ventana verás la torre Eiffel.

—No se me ocurre un plan de vida mejor.

—Volveré a buscarte y nos iremos juntos a París. Serás una gran pintora y yo tocaré el piano en la Ópera.

—¿Y cuándo acabarás mi canción?

—Cuando entres a la iglesia vestida de blanco escucharás por el pasillo la canción entera, con su doble barra al final.

Manuela cerró los ojos y se imaginó la vida perfecta que le acababa de narrar Alonso. Visualizó su boda con él, las noches en vela haciendo el amor, los amaneceres junto al Sena, se imaginó pintando paisajes parisinos en Montmartre... y, de repente, se truncó su vida perfecta. La imagen de Adelina se cruzó en sus pensamientos para arruinar su sueño. Abrió los ojos y se incorporó.

—¿Estás bien? —Alonso se sentó a su lado.

—Mi futura suegra sabe que tú y yo nos estamos viendo.

—¡¿Cómo?!

—Se lo ha dicho don Emilio. Nos vio salir de la iglesia la otra noche y le ha faltado tiempo para contarlo.

—Cualquiera redime sus pecados con él. Lo de guardar el secreto de confesión no sé yo si lo cumplirá visto lo visto. Y ahora, ¿qué?

—Esta noche venía a decirte que había decidido irme contigo cuando volvieras de tu gira, esa era mi sorpresa. Pero se ve que la vida tiene otros planes mí. Nada más irte de casa me he enterado de que la madre de Enol sabe lo nuestro, así que no sé lo que va a pasar. Imagino que se lo habrá contado a su hijo. Cuando vaya a la conservera quizá me despidan directamente, o cancelen la boda, o las dos cosas.

—A lo mejor no te dicen nada y todo sigue como hasta ahora.

—No conoces a Adelina. Esa no se calla nada. Si tiene que decirte algo te lo va a decir, aunque te duela, le da igual. A ella solo le importan su negocio y su familia, por ese orden. Es capaz de todo por hacer que su negocio vaya bien y que su familia siga siendo la más rica de Luanco. Esa mujer tiene mucho poder en esta villa. Casi todo el mundo trabaja para ella de un modo u otro. Sin su beneplácito aquí no tienes futuro.

—Quizá sea justo eso lo que necesitas, que no tengas futuro aquí para que lo busques lejos de este lugar.

—Eso es lo que necesito yo, pero mis padres no, y no del modo en que lo haría ella.

Un fuerte relámpago los hizo brincar del susto. Se asomaron por la ventanilla y vieron cómo el cielo volvía a estar totalmente cubierto.

—Deberías irte a casa, la tormenta arrecia. ¿Quieres que te acompañe?

—No, gracias. Solo me faltaría ahora que me vieran contigo por la calle.

Manuela desenredó su cuerpo de la tela roja y se vistió. Abrió la puerta de la furgoneta y antes de irse besó a Alonso. Abrió el paraguas y se dispuso a salir, pero Alonso la cogió de la cintura y volvió a besarla.

—Como sigas así me quedo a dormir aquí.

—Qué más quisiera yo. Ve con cuidado. Mañana nos vemos.

La puerta de la furgoneta se cerró tras ella y Manuela emprendió la vuelta a casa. Iba mirando al suelo para evitar los charcos y no tropezar con el empedrado del camino. De vez en cuanto venía alguna ráfaga de viento, así que cogió con las dos manos el paraguas para evitar que saliera volando. Bordeó la iglesia de Santa María bajo su pórtico para resguardarse un poco de la lluvia. Continuó por la calle Riba. Se paró para buscar en su bolsillo las llaves y las sacó. Cuando levantó la mirada para recorrer los últimos metros hasta su casa vio que en la puerta la estaba esperando Adelina.

36

Estuvieron toda la comida de viaje por Luanco. Alonso les contó con detalle cada día que pasó allí junto a Manuela. Elena y Matías le explicaron cómo encontraron la cinta de bobina abierta y le relataron su conversación con Remedios. Cuando acabaron de comer subieron a casa de Alonso y siguieron hablando.

—Durante unos diez meses estuve por Latinoamérica actuando en teatros, restaurantes y plazas. Cuando volví lo primero que hice fue regresar a Luanco. Sabía lo que me podía encontrar, pero se lo prometí a Manuela, le dije que volvería en su búsqueda. Y así lo hice. Tenía esperanza y a la vez miedo. Mis temores se confirmaron nada más llegar a la calle donde vivía Manuela. Los vi salir de casa, a los tres. Primero la vi a ella, con un bebé en los brazos. A continuación, salió aquel desgraciado. Ver a ese miserable junto a Manuela me desgarró. Mi único consuelo fue ver aquel bebé en brazos de tu abuela. Al menos ese malnacido pudo darle un hijo.

—Una hija, mi mamá, Carmen. Por desgracia, pude disfrutar poco de ella. Mis padres y mi abuelo murieron en un accidente de coche cuando yo tenía dos años.

Alonso cerró los ojos y agachó la cabeza. Sostuvo su pesar con las manos sobre la cara. Elena se acercó y le acarició la espalda para intentar calmar su llanto.

—Me duele tanto que Manuela haya tenido una vida tan complicada. Ella se merecía ser feliz.

—Y lo fue. —Elena le quitó las manos de la cara—. Mi abuela fue muy feliz conmigo. Es una mujer fuerte y cuando pasó el accidente se recompuso enseguida, no tuvo tiempo de duelo porque me tenía a mí, un bebé con apenas dos años que debía cuidar. Ella lo ha sido todo para mí. La única forma de devolverle lo que me ha dado es que se reencuentre contigo, el amor de su vida. Por eso quería pedirte que te vinieras con nosotros para que Manuela, por fin, pueda verte de nuevo y para que te cuente lo que te decía en la nota, aunque me temo que para eso ya será demasiado tarde.

Alonso pensó en aquella carta escrita por Manuela en la torre Eiffel. Se imaginó cómo habría sido su vida y la de Manuela si se hubieran encontrado en París. Ambos soñaron juntos una vida cuando se conocieron en Luanco que nada tenía que ver con la que finalmente les tocó vivir por separado. Él sí que había conseguido parte de su sueño, vivir en París y llegar a tocar en la Ópera Garnier, pero le faltaba lo más importante de ese sueño, ella. Ahora el destino le brindaba una segunda oportunidad, aunque tardía y cruel por la enfermedad de Manuela, pero Alonso no estaba dispuesto a desaprovecharla.

—¿A qué hora dices que sale el vuelo?

Una hora después los tres estaban en un taxi rumbo al aeropuerto. A Alonso se le veía nervioso. Sentía tristeza y alegría a la vez. Iba camino de conseguir lo que llevaba tanto tiempo soñando, pero la enfermedad de Manuela lo cambiaba todo. Sentía rabia por no haberse encontrado con ella antes, se maldecía por no haber ido a buscarla, por no haberle podido dar la vida que ella se merecía. Ya era demasiado tarde para eso. Le dolía pensar cuánto le había afectado la enfermedad. Aunque a la vez era lo único que le consolaba, saber que el alzhéimer se habría encargado de borrar todo aquel sufrimiento. Alonso iba a emprender un viaje al pasado para reencontrarse en el presente con su amor eterno del futuro.

El taxi llegó al aeropuerto una hora y media antes de que saliera el vuelo. Pasaron el control de seguridad y dieron un paseo por las tiendas de la terminal hasta que abrieron la puerta de embarque. Elena y Matías se sentaron juntos. Alonso estaba varias filas más atrás. En esta ocasión a Elena no le hizo falta ninguna medicina para volar tranquila. Demasiadas emociones acumuladas. Tan solo sentir la mano de Matías entrelazada con la suya le sirvió de bálsamo para calmar su miedo a las alturas. Eso y tener a Alonso en ese mismo avión rumbo a Manuela. Elena giró la cabeza para comprobar que aquello no había sido un sueño. Allí estaba Alonso, era real. En ese momento experimentó una felicidad desconocida para ella. De la mano de Matías y acompañando a Alonso a reencontrarse con Manuela. Elena le observaba con admiración. Le fascinaba cómo su amor por Manuela había sobrevivido de esa manera al tiempo. Miró a Matías y deseó que les ocurriera lo mismo a ellos.

Dos horas después aterrizaron en el aeropuerto de Alicante. Bajaron del avión y se dirigieron a la terminal. Elena encendió el móvil. Al minuto le llegó un mensaje, tenía tres llamadas perdidas de Cristina. Elena pulsó sobre su nombre para devolverle la llamada. No había terminado de dar la primera señal cuando la psicóloga descolgó. Bastaron cinco segundos para que su mundo se desmoronara. Cristina seguía hablando, pero Elena ya no escuchaba. La llamada terminó de golpe cuando el móvil de Elena cayó al suelo.

37

La muerte es el final, pero también el principio de algo desconocido. La única certeza es que nacemos para morir y vivimos para ir muriendo poco a poco. Tan solo un instante separa la vida de la muerte, un suspiro, un último aliento, un parpadeo. La muerte siempre llega, antes o después, aunque a veces lo hace en el momento más inoportuno. A Manuela le llegó de la mejor manera, durmiendo, pero en el peor momento, cuando estaba a punto de volver a ver al amor de su vida. Un repentino ictus había truncado que se encontrara con Alonso.

Por apenas unas horas el reencuentro de Alonso con Manuela tuvo que ser a través de un cristal. Nada más entrar a la sala del tanatorio se encontró con ella. Se acercó lentamente, intentando asimilar que la vida de Manuela había llegado a su doble barra final. Elena y Matías lloraban aquella escena sentados en un sofá, contemplando un hombre roto de dolor. Alonso colocó la mano derecha sobre el frío cristal que le separaba de la mujer de la que se había enamorado en Luanco. Había pasado mucho tiempo y a pesar de su cara arrugada reconocía en sus rasgos a la joven Manuela de cincuenta y dos años atrás. Sentía rabia, impotencia y tristeza. Un cristal le apartaba de ella para siempre. Ese cristal separaba la vida de la muerte, las lágrimas del descanso eterno. Elena se levantó del sofá y se puso tras Alonso. Le tocó en la espalda. Él se giró y se abrazaron entre lágrimas.

—Gracias por haber venido. Significa mucho para mí que estés aquí con ella.

Elena se quedó mirando a su Mamá Nueva. En el cristal se reflejaba la imagen de Alonso y ella junto a Manuela.

—Siento que haya sido demasiado tarde. Tendría que haber… —Alonso sacó un pañuelo y se sonó la nariz.

—Habrías sido el marido perfecto para ella, estoy convencida.

Los dos se abrazaron de nuevo. El resto del día estuvieron los tres juntos. Amigos de Manuela y de Elena fueron pasando por aquella sala del último adiós para despedirse de la difunta y acompañar en el dolor a su nieta. A pesar de tener enfrente el cuerpo sin vida de su abuela todavía no había asimilado que su vida se había apagado para siempre. Elena odiaba los tanatorios. Aquel trasiego continuo de lamentaciones y lágrimas impostadas le parecía deprimente y ahondaba su tristeza. Entre todas las visitas hubo una muy especial para ella, la de Cristina. No hizo falta más que un sentido abrazo para expresar lo mucho que la psicóloga quería a Manuela y lo agradecida que estaba Elena con los cuidados a su Mamá Nueva.

A las diez de la noche se marchó la última visita. Matías estaba cenando en la cafetería y Alonso se acababa de ir al hotel a descansar después de estar todo el día en la sala despidiéndose de Manuela. Ese fue el único momento en el que Elena y su abuela estuvieron a solas. Se acercó hasta el cristal y se puso justo delante del féretro. En ese momento de soledad con su Mamá Nueva empezó a ser consciente de que la única familia que le quedaba se había marchado para siempre. De golpe empezaron a venirle a la memoria recuerdos con Manuela. Habló con ella a través del cristal. Le dijo lo feliz que la había hecho durante todos estos años.

—Gracias por habérmelo dado todo y por haber forjado la mujer que soy hoy. Estarás presente en mí cada día del resto de mi vida. Jamás podré agradecerte lo suficiente el esfuerzo que hiciste para sobreponerte a la muerte de tu hija para cuidarme y darme tanto cariño. Has sido la mejor mamá y la mejor abuela que podría tener. ¿Sabes una cosa? He encontrado a Alonso, ha venido a verte. Sigue enamorado de ti a pesar de todo el tiempo que ha pasado. Me hubiera encantado ver cómo te reencontrabas con él. Gracias a Matías descubrimos sus cartas en el piano, viajamos a Luanco y después a París, y allí estaba, tocando en la mismísima Ópera Garnier. Fue muy emocionante. Sin Matías no lo habría conseguido. ¿Te cuento un secreto? Creo que me estoy enamorando de él. Una vez te pregunté cómo saber si realmente estás enamorado de una persona. Tú me dijiste que cuando quieres a alguien de verdad y esa persona te falla sientes un dolor físico en el pecho. Recuerdo tus palabras: «El amor, si es de verdad, duele cuando te hace daño». Hoy es la segunda vez que he sentido ese dolor. La primera fue en París cuando creí que Matías me había engañado. Luego descubrí que en realidad todo había sido una treta de las tuyas. Hoy he sentido de nuevo ese dolor en el pecho nada más entrar y ver tu cuerpo inerte recostado. Te vas y yo me quedo aquí huérfana de tu amor incondicional. Va a ser muy duro levantarme cada día y saber que no te voy a volver a ver nunca más. Mamá Nueva, gracias.

Matías llegaba en ese momento a la sala. Llevaba una bandeja con comida de la cafetería. La dejó sobre la mesa y fue donde estaba Elena. La abrazó por la espalda. Ella se giró y Matías le dio un beso en la frente.

Habitualmente no se oficiaban funerales en el monasterio de la Santa Faz de Alicante, pero a Elena le bastó una llamada a las Hermanas Clarisas para que aceptaran el deseo que Manuela había manifestado muchas veces en vida. Era una fiel devota de la reliquia que custodiaban y una asidua a la misa diaria. Durante años hizo donaciones a las Clarisas en forma de huevos para los dulces que elaboraban en el monasterio. La recompensa le llegó de manera póstuma permitiendo que su despedida fuera tal y como ella quería, junto a la reliquia de la Santa Faz que tanto veneraba.

Elena apenas pudo dormir. Se marchó del tanatorio a las doce de la noche y vio pasar todas las horas del reloj desde la cama de su dormitorio. Cuando se levantó Matías ya tenía el desayuno preparado en la cocina. Comieron las tostadas en silencio, ninguno tenía ganas de hablar. Tras beberse el café Elena se metió en la ducha, Matías se fue al salón. Se sentó en la banqueta del piano. Miró el cuadro que había encima. Allí estaba el rostro de Elena con la firma de su abuela. Se levantó del piano y fue a la estantería de madera. Se emocionó al reconocer muchos de los libros que él mismo le había vendido a Manuela. Fue leyendo los títulos en el lomo. De alguno incluso recordaba el momento en el que Manuela lo compró, era como estar en la librería con ella. Pero Manuela ya se había marchado, la última página de su vida ya estaba escrita, aunque todavía faltaba leer los últimos párrafos, el punto y final a una vida complicada. Después de la misa quedaba lo más duro, cerrar el libro y colocarlo en la estantería del recuerdo. La vida sin ella.

El trayecto desde la casa de Elena hasta el monasterio de la Santa Faz apenas duró quince minutos. Antes de bajar del coche Elena parapetó su tristeza tras unas gafas de sol y se dirigió hacia la puerta de la iglesia. De nuevo otro carrusel de lamentos. Elena agradecía su presencia, pero hubiera preferido no tener que pasar por aquel trance. Pocos minutos después llegó el coche fúnebre. El silencio resonó por toda la plaza. Los operarios de la funeraria sacaron el féretro apoyándolo en un acordeón de metal con ruedas que estiraron hasta ocupar todo el largo del ataúd. Lo colocaron delante de Elena. Ella se agachó y le susurró a su abuela a través de la madera que las separaba.

—Aquí tienes la despedida que siempre quisiste. Que la Santa Faz te acompañe en tu viaje, Mamá Nueva. Nos volveremos a encontrar.

Las puertas de la iglesia se abrieron. Al fondo, en el altar, se vislumbraba el relicario dorado que contenía el paño de lino con la cara de Jesucristo. Cuando todos estaban ya en el interior de la iglesia Manuela inició su última visita a la reliquia. Elena la esperaba de pie en la primera fila. Cuando el féretro empezó a moverse comenzó a sonar una melodía que solo conocían cuatro personas. Nada más escuchar el primer acorde Elena y Matías dirigieron su mirada al órgano que había en uno de los pasillos laterales. Allí estaba Alonso, tocando la canción que había compuesto para Manuela. Las gafas de Elena ya no podían ocultar la emoción que discurría por sus mejillas. Manuela recorrió aquel pasillo al compás de una melodía que la debería haber acompañado el día de su boda con el hombre que la estaba interpretando. Alonso cerró los ojos y se imaginó junto con Manuela caminando hacia el altar de la iglesia de Santa María de Luanco. La banda sonora era esa misma, la que le prometió a Manuela que sonaría el día que se casaran. Por unos momentos consiguió andar junto a ella hacia el altar vestidos de novios. El sonido de la puerta al cerrarse le devolvió a la dura realidad. Siguió tocando hasta que Manuela llegó al altar junto a Elena.

Las palabras del sacerdote se escuchaban con eco por toda la iglesia, pero Elena no les prestaba atención. Su mirada estaba fija, perdida en aquel ataúd. Solo reaccionó con su última frase. «Podéis ir en paz». Poco a poco la gente fue saliendo de la iglesia. Elena esperó a que los operarios de la funeraria sacaran el féretro. Con la mano sobre la madera acompañó a su abuela hasta que la metieron de nuevo en el coche fúnebre rumbo al cementerio. Cuando el coche ya se había marchado se acercó la psicóloga.

—Gracias por haber cuidado tanto de mi Mamá Nueva durante estos años. Saber que estabas con ella ha sido para mí un alivio.

—No tienes que dármelas. Ya sabes que para mí era como mi abuela. —Cristina le secó las lágrimas—. Por cierto, cuando estés preparada tendrías que venir a la residencia a recoger las cosas de Manuela que quieras conservar.

—Esta misma tarde iré, cuanto antes me enfrente a la realidad mejor.

—Como prefieras, pero no hay prisa, si no te ves con fuerzas para hacerlo hoy puedes venir otro día.

—No te preocupes, en principio iré esta tarde. Gracias por todo.

Cristina se marchó de la plaza. La puerta de la iglesia se cerró y Alonso se acercó hasta donde estaban Elena y Matías.

—No tengo palabras para agradecerte que estés aquí despidiendo a Manuela y que hayas tocado su canción mientras ella llegaba al altar.

—Esta canción se la compuse para el día de su boda, bueno, de nuestra boda. —Alonso respiró profundamente—. Pero la vida quiso que nuestros destinos se unieran demasiado tarde. Al menos me he podido despedir de ella. Gracias por buscarme, Elena.

—A ti por venir. Gracias por querer tanto a Manuela. ¿Quieres que te acerquemos a algún sitio?

—No te preocupes, voy a darme una vuelta por aquí para hacer tiempo y luego cogeré un taxi al aeropuerto, mi vuelo sale a las seis y media.

Elena y Alonso se abrazaron.

—Tengo algo para ti.

Alonso le dio una carpeta. Elena la abrió y sacó una partitura manuscrita con el nombre de Manuela.

—Quiero que te la quedes tú, así podrás aprendértela al completo. Tienes un gran maestro, que seguro que te va a ayudar.

—Si algún día me caso esta canción me acompañará hasta el altar.

—Yo mismo la tocaré para ti si así lo deseas —se ofreció Alonso.

—Sería un honor que lo hicieras —asintió Elena.

—En ese caso esto es un hasta luego. No dudes en llamarme. —Sacó una tarjeta de su cartera donde estaba apuntado su teléfono y se la dio a Elena—. Nos vemos en vuestra boda. —Alonso le guiñó un ojo a Matías.

—Gracias de nuevo por todo. —Elena se despidió con un abrazo que mezclaba alegría y pesar a partes iguales.

Alonso se marchó. Elena y Matías subieron al coche rumbo al cementerio. A la inhumación solo asistieron ellos dos. Fue un momento íntimo lleno de lágrimas, una despedida dramática por partida doble. Al adiós de Manuela se unía la tristeza por no haber podido consumar el reencuentro con Alonso. El último ladrillo que ocultó por completo el féretro cayó a plomo sobre el frágil estado en el que se hallaba Elena. Encontró en Matías el aliento necesario para afrontar la ausencia de su Mamá Nueva, una losa demasiado pesada para sobrellevarla ella sola.

Sin soltarla ni un segundo de la mano Matías acompañó a Elena de nuevo al coche. Comieron en un restaurante junto a la playa, ambos necesitaban la brisa del mar. Una hora más tarde se descalzaron y pasearon por la orilla del Mediterráneo. El contacto con la arena y el mar los reconfortó a los dos. El sonido de las olas al romper los acompañó en un largo paseo. Elena miró hacia atrás y vio cómo el mar iba borrando sus huellas. El pasado se desvanecía. Frente a ella un vasto arenal sin caminos predefinidos. Todo un futuro con un sinfín de retos por explorar. A su lado, su presente, Matías, la persona con la que quería caminar la vida. Sin rumbo, sin sendero a seguir. Una vida sin planificar, una vida solo para vivirla a su lado.

Después de varios kilómetros de huellas efímeras sobre la arena decidieron volver al coche y poner rumbo a la residencia. Elena había hecho ese recorrido decenas de veces, siempre con la incertidumbre de si Manuela la reconocería o no. Pero esta vez las dudas habían dado paso a la certidumbre más cruel, a la cruda realidad. Cuando llegaron a la puerta Matías le preguntó con la mirada a Elena si estaba preparada. Ella asintió, aunque en verdad no lo estaba. Aun así, no quería alargar más la agonía, prefería enfrentarse cuanto antes a su nueva vida sin ella, recoger sus enseres y ver por última vez la habitación en la que tantas horas había pasado con Manuela. Aunque sabía que todavía quedaba el camino más duro, el día a día sin ella.

Nada más cruzar la puerta de la residencia que daba al jardín exterior vio a Cristina. Estaba sentada junto a un anciano. Al ver a Elena en la puerta se levantó del banco y se dirigió hacia ella. Se consolaron mutuamente con un abrazo reparador, porque Cristina la pérdida de Manuela también la sentía como propia. Matías respetó en la distancia el abrazo y las lágrimas. Cuando sus cuerpos se desligaron y secaron sus mejillas se acercó hasta ellas. Cristina sacó del bolsillo una llave con el número 217 y se la entregó a Elena, que la agarró con fuerza y entró al edificio de la mano de Matías. Subieron por las escaleras hasta la segunda planta. Frente a ellos un pasillo repleto de habitaciones a un lado y a otro. Elena tomó la iniciativa y comenzó a andar. Cada paso que daba le costaba más que el anterior. Se aproximaban al final del pasillo donde se encontraba la habitación de Manuela, pero Elena no quería llegar. Ralentizó sus pasos en un intento desesperado por retrasar lo inevitable. Solo consiguió alargar la agonía unos segundos más. Se pararon delante de la última puerta. Matías pudo sentir la angustia de Elena a través del sudor de su mano.

—No tiene por qué ser hoy, Elena. —Matías se colocó entre la puerta y ella parapetando la entrada.

—Estoy bien, no te preocupes. Prefiero enfrentarme cuanto antes a ver esa habitación vacía.

Matías se apartó de la puerta. Elena cogió la llave y la metió en la cerradura. La giró dos veces hacia la derecha y escuchó cómo el resbalón liberaba la puerta del marco. Llenó sus pulmones con una profunda inspiración y dejó que el aire saliera lentamente por su boca. El sonido de las bisagras resonó por el pasillo mientras Elena abría. Habría dado lo que fuera por escuchar a su abuela, incluso por aquel «hola, bonica» que tanto odiaba. Pero lo único que se oyó fue el eco de sus pasos en la habitación vacía. Las paredes seguían forradas del mosaico de la memoria con las fotos de Luanco. Se quedó mirándolas, rememorando aquellas repetitivas conversaciones con Manuela sobre su infancia. Se acercó hasta el sillón que había junto a la ventana. Justo al lado había una pequeña mesita sobre la que descansaba un libro. Elena lo cogió.

—Mira, Matías, es el que compré en tu librería. La mayoría de los días que venía a visitarla me la encontraba aquí sentada. Le encantaba leer frente al Mediterráneo, era su pasatiempo favorito, el mar y los libros.

Lo abrió. El marcapáginas al final del libro le confirmó que se lo había acabado. En la parte trasera de aquel trozo de cartulina adornada con almendros en flor había algo escrito. «Tu billete para viajar a tu próximo destino. Disfruta de la aventura».

—¿Y esto, Matías? —Elena le enseñó el escrito del marcapáginas.

Él sonrió.

—Para Manuela los libros eran su vía de escape, su salvoconducto para conocer nuevos lugares, los vivía como si fuera ella la protagonista. Por eso cuando compraba un libro siempre le regalaba un marcapáginas y le escribía esa frase. Ella me decía que en realidad mi librería era un aeropuerto, la puerta de embarque para su próxima aventura. Así que yo le daba el billete para que volara hacia su nuevo destino.

—¿Y cómo escribiste esto sin darme cuenta cuando fui a la librería?

—Simplemente te dije si querías hojear algún libro mientras envolvía el de tu abuela. Así que ese rato que estuviste distraída yo le escribí la frase a Manuela en el marcapáginas, se lo metí dentro del libro y le puse papel de regalo.

—En mis narices y yo sin darme cuenta. —Volvió a colocar el marcapáginas dentro del libro y lo dejó sobre el escritorio.

Al lado de la mesa había un armario. Elena quería donar la ropa de su abuela. Todo menos una cosa. Nada más abrir la puerta corredera lo vio. Allí estaba el reno lleno de luces. Ese jersey le arrancó la única sonrisa de aquel sombrío día. Lo cogió con delicadeza, como si fuera de cristal, y se lo acercó a la nariz. Respiró el recuerdo de su abuela y dejó el jersey junto al libro. Abrió el primer cajón de la mesita de noche. Allí estaban las cartas de Alonso. Las cogió con ternura y comprobó que Manuela las había leído. Habían pasado más de cincuenta años, pero Elena sintió alivio y alegría al ver que todos los sobres estaban abiertos. En el segundo cajón encontró unos pendientes, un rosario de madera, un reloj, las gafas de cerca, una biblia y un anillo. Fue colocándolo todo en la mesa, menos los pendientes, que se los puso para no perderlos. También intentó ponerse el anillo, pero le estaba grande. Le extrañó que pesara demasiado, no era de oro ni de plata, parecía de metal. Estaba pintado de amarillo y se notaba que era una pieza artesanal, tenía bastantes imperfecciones. Miró en la parte interna y vio tres letras grabadas: «M» y «A». Se le erizó la piel cuando vio las iniciales de Manuela y Alonso. Guardó el anillo en el bolsillo del pantalón. Al coger la biblia se cayó algo al suelo. Elena se agachó a recogerlo.

—No te lo vas a creer, Matías.

—¿Qué pasa?

Elena le enseñó el sobre que se había caído al suelo.

—Manuela ha dejado una carta para ti.

38

12 de septiembre de 1971

La derrota es una de las peores sensaciones que se puede sentir. Es el fracaso después de la lucha. Es la frustración después de haber hecho lo imposible por lograr algo. Es la impotencia por no conseguir tu objetivo. Y cuando la derrota está vinculada al amor es todavía más dolorosa. Justo eso fue lo que sintió Manuela nada más ver a Adelina en la puerta de su casa. Fue como si una losa le cayera encima y le aplastara los sueños de una vida plena al lado de Alonso. Esa última semana junto a su profesor de piano la había cambiado. Ahora sabía lo que quería en la vida y sobre todo sabía cómo conseguirlo. Y estaba decidida a hacerlo. Pero todo volvía a cambiar de nuevo.

Estaba paralizada. Le flaquearon las fuerzas y el paraguas se le cayó al suelo. Una ráfaga de viento se lo llevó calle abajo. La lluvia empapó a Manuela en unos segundos. Frente a ella, a apenas dos metros, Adelina la miraba, desafiante. Dio dos pasos hasta quedarse a unos centímetros de Manuela.

—Me costaba creerlo y por eso quería comprobarlo en persona. Hace unos días una vecina ya me advirtió que te había visto andar sola de noche. Y, qué casualidad, había cerca una furgoneta amarilla que pertenece a cierto musicucho. Hoy no estabas en casa ni tampoco con tu amiga Remedios. Así que he esperado pacientemente aquí para preguntarte con quién has pasado la noche. —Adelina hizo una pausa esperando una respuesta de Manuela que no llegó—. En realidad, no hace falta que me respondas porque sé perfectamente con quién has estado. ¿Sabes? Nunca me gustaste para mi Enol. Siempre quise que mi hijo se casara con una mujer de bien, de buena familia como la nuestra, y no con una simple jornalera hija de un pescador. Pero, además de eso, encima eres una fulana que se va con el primer desconocido que llega a la villa. Te preguntarás si Enol ya sabe que su futura mujer es una cualquiera. La respuesta es no.

Las cejas de Manuela se arquearon.

—Te sorprende, ¿verdad? —continuó Adelina—. Pues evidentemente no lo he hecho por ti, sino por Enol y por el buen nombre de mi familia. Mi hijo no va a saber nunca que has estado con otro a días de casarte con él. Pero yo sí lo sé, nunca lo olvides. No voy a hacer pasar a Enol por el trauma de saberse engañado, bastante tiene él con su ceguera. Y tampoco voy a manchar la reputación de mi familia por tu culpa. Jamás lo permitiría. Ojalá mi hijo hubiera escogido a otra mujer para formar una familia, pero, por desgracia, te eligió a ti. Y tú dijiste que sí.

—Yo dije que...

—Que sí —la interrumpió bruscamente Adelina—. Dijiste que sí, y punto. Y en dos semanas entrarás por la puerta de esa iglesia que hay al fondo de la calle con una sonrisa inmensa para recibir a mi hijo como esposo. Así es cómo lo ha querido él y así es cómo se hará. Aunque tienes otra opción, claro. Dejar plantado en el altar a mi hijo. Eso también lo puedes hacer, pero las consecuencias de ningunear a mi familia ya las debes saber. Si no te veo aparecer vestida de blanco por la iglesia de Santa María os podéis dar por despedidos de la conservera tu madre, tú y Remedios.

—Pero...

—Las tres —volvió a interrumpir con vehemencia—. La bruja de tu amiga os ha servido de coartada para que os veáis tú y ese pianista de pacotilla a escondidas. Así que ella también tiene que asumir las consecuencias. Además, tu padre dejará de ser proveedor de pescado de mi empresa. En pocos meses ya no podrá ir saldando la deuda que tiene con mi hijo por el préstamo que generosamente le concedimos, así que perderá la casa. Os tendréis que ir a vivir fuera de Luanco porque como comprenderás aquí nadie os va a dar trabajo, de eso me encargo yo. Pero hay más, allá donde vayas notarás el yugo de mi presencia. Tengo muchos amigos en la Benemérita que me deben favores y no me será complicado saber dónde estás viviendo con ese músico muerto de hambre. Así que tú eliges. —Adelina forzó una sonrisa llena de maldad que le dejó claro a Manuela que acababa de hacer un pacto con el diablo—. Por cierto, te espero en unas horas en la conservera.

—Pero si es...

—Domingo, ya lo sé. Nos ha llegado un pedido urgente y necesito mano de obra. Harás turno doble, de mañana y de tarde. —Adelina consultó su reloj—. Puntual a las siete.

Adelina se giró sin dar opción a réplica y caminó lentamente por la calle Riba. Manuela fijó su mirada en aquella figura que se hacía pequeña conforme se alejaba. Seguía sin saber reaccionar. La lluvia continuaba empapando su cuerpo. Pero le daba igual. Sentía que su futuro con Alonso acababa de ser sepultado. Estaba condenada a casarse con Enol. Se rindió. Adelina había ganado. Y no solo eso, además le había frustrado su última clase con Alonso porque tenía que ir a trabajar. Manuela sabía perfectamente que lo del pedido urgente era una artimaña para fastidiarle, la conservera jamás abría en domingo. De algún modo Adelina se había enterado de las clases de piano y quiso impedir que se vieran. Eso también lo había conseguido.

Fracaso, frustración e impotencia. Los tres sentimientos de la derrota dilapidaron cualquier atisbo de esperanza en Manuela. Sus pulsaciones se dispararon. Seguía sin moverse frente a la puerta de su casa, intentando asimilar todo lo que le había dicho Adelina. Inspiró profundamente para que el aire llenara sus pulmones y lograra así tranquilizarse. Pero no podía. Se ahogaba solo de pensar en un futuro sin Alonso y con Enol. Las lágrimas se fundieron con la lluvia y los relámpagos acallaron sus lamentos. Hundida y resignada volvió con parsimonia a su casa. Dejó un rastro de agua a su paso en el salón que confió en que se secara antes de que sus padres se levantaran. Llegó a su habitación arrastrando los pies y sus ganas de vivir. Se quitó la pesada ropa empapada y la dejó en el baño. Con una toalla se secó un poco el pelo, se puso el pijama y se fue a la cama. Estaba tan agotada mentalmente que se durmió nada más acostarse.

Cinco horas más tarde le sonó el despertador. De un manotazo apagó su martilleante sonido metálico para no despertar a sus padres. Dejó una nota en la cocina explicándoles que había ido a la fábrica a trabajar y que la excusaran ante Alonso por no poder dar la clase esa tarde. Se calentó el café que quedaba en la cafetera del día anterior y salió de casa rumbo al castigo que le había impuesto Adelina. Recorrió el camino sola. Cuando pasó por delante de la playa de la Ribera recordó a Alonso rodeado de agua. Se le escapó una medio sonrisa que enseguida se evaporó cuando reemprendió la marcha hacia su particular calvario. Cuando llegó a la conservera se encontró con la puerta cerrada. Tocó con los nudillos. Adelina le abrió y sin mediar palabra le señaló su puesto de trabajo. Había dos cajas llenas de latas que debía rellenar. Sus pasos resonaron en la fábrica vacía. La madre de Enol subió por las escaleras hasta la primera planta. Se colocó tras la cristalera que daba a la planta de envasado y se sentó en una butaca. Desde lo alto Adelina se regocijaba viendo a Manuela enlatar bonito. Desde abajo Manuela sentía la mirada de Adelina clavada en su sien. Estaba de espaldas a ella, pero aun sin verla notaba su odio. Intentó distraer su mente y se concentró en aquellos envases de hojalata. Sabía que no había ningún pedido y que estar allí un domingo era simplemente su manera de hacerle saber que ella mandaba, que estaba por encima de todo y de todos. Así que Manuela no se afanó en rellenar las latas al ritmo que estaba acostumbrada. Llegó la hora de comer y en la primera caja todavía quedaban algunos envases. No le importó. Se quitó los guantes y el mandil, y los dejó encima de la silla. Sin mirar a Adelina salió de la fábrica para comer en un bar cercano. Cuarenta minutos después regresó a la conservera y continuó enlatando su castigo.

El silencio de la fábrica solo se truncaba con el sonido de las latas al chocar entre ellas cuando las sacaba de la caja. Solo se escuchaba eso y el segundero del reloj de pared situado frente a su puesto de trabajo. Solía haber tanto ruido en la conservera que nunca se había percatado del sonido que hacían las manecillas al girar en la esfera. Ese tictac incesante le hacía más angustiosa su penitencia. El reloj marcó las cinco de la tarde. Ahora ese tictac ya era una tortura, porque cada sonido de la manecilla era un segundo perdido para estar con Alonso. Tictac, tictac, tictac, tictac, tictac… Perder el tiempo en la fábrica mientras podría estar con Alonso hacía de aquel castigo un auténtico martirio para Manuela. Tictac, tictac… Cada lata que llenaba de bonito le colmaba a ella de tristeza. «¿Y si Alonso piensa que no he querido dar la última clase y me he ido de casa aposta?». Esta pregunta la bombardeaba cada minuto entre las cinco y las seis. Confiaba en que su madre hubiera leído la nota y que Alonso creyera que en verdad estaba trabajando. Pero le asaltaban las dudas. Una lata más, un momento perdido a su lado.

El reloj marcó las ocho de la tarde. Todavía le quedaban latas por llenar en la segunda caja. Pensó de nuevo en Alonso. Se lo imaginó en su furgoneta esperándola, asomado por la ventana mirando el camino a ver si ella aparecía. Era la última noche que podía estar con él. Al día siguiente se marchaba pronto para poner rumbo a Latinoamérica. Cerró los ojos e hizo un repaso a esa última semana. El recital en la plaza, el concierto de piano en la furgoneta, las clases, la canción que le había compuesto, su primer beso, su camaleónica furgoneta, las noches de pasión, las confidencias bajo las estrellas... Por primera vez en todo el día sonrió.

«Ni Adelina ni nadie va a impedir que esté con Alonso la última noche y me despida antes de marcharse», se dijo. Se levantó decidida de la silla y se dispuso a dar por terminada la doble jornada de trabajo.

Se sacó los guantes y el mandil, y se dirigió hacia el vestuario. A mitad de camino la interceptó Adelina.

—Todavía te quedan latas por rellenar.

—Pues ya las terminaré mañana. Después de trece horas trabajando creo que ya está bien.

Manuela hizo el ademán de esquivarla para continuar hacia el vestuario, pero Adelina se colocó de nuevo en su camino.

—¿No te irás con ese muerto de hambre?

—Ese muerto de hambre tiene nombre, se llama Alonso. Y no, no me voy con él porque se ha marchado esta mañana de Luanco y ya no va a volver. —Respiró y se esforzó en controlar el gesto de su cara para sustentar su engaño—. Puedes estar satisfecha, has conseguido tu objetivo. Y ahora me voy a casa a cenar con mis padres.

Lo dijo con tanto aplomo y tan segura de sí misma que Adelina se creyó la mentira que acababa de decirle. Manuela se apartó y siguió su camino hacia la taquilla. Esta vez la madre de Enol no lo impidió. Un sonoro portazo retumbó por toda la fábrica cuando Manuela salió de la conservera.

Un aguacero bañaba la costa asturiana. Era inútil utilizar un paraguas, la lluvia caía de lado por el intenso viento que hacía, así que era inevitable empaparse. Pasaban quince minutos de las ocho. Con paso ligero fue rumbo a la furgoneta. En el camino dudó si contarle a Alonso lo que había ocurrido con Adelina, su duro encuentro la noche anterior, el castigo en la conservera... Pero decidió que no. Era la última noche que iba a estar con Alonso y no quería que nadie la estropeara, y menos Adelina. Aceleró el paso. Temía que Alonso se marchara si llegaba mucho más tarde de la hora a la que solían quedar. No podía permitirlo. Necesitaba estar con él por última vez. Atravesó el centro de Luanco todo lo deprisa que la lluvia le permitía. Pasó por la iglesia de Santa María y continuó bordeando la playa. Ya estaba a solo unos metros de la pequeña colina donde Alonso solía aparcar la furgoneta. Estaba nerviosa. Las ocho y media. No había nadie por la calle, llovía tanto que toda la villa estaba desierta. Solo Manuela corría desesperada en medio de la tormenta. Comenzó a subir por la colina. Por fin a lo lejos vio la furgoneta. Manuela respiró aliviada. De repente, se encendieron las luces traseras. Alonso acababa de arrancar.

—¡Espera! —gritó a la nada mientras corría con todas sus fuerzas.

La furgoneta comenzó a moverse lentamente. Dio un pequeño giro para dirigirse hacia la carretera contigua al camino de la colina. Para ganar velocidad Manuela lanzó el paraguas. Se le iba a salir el corazón por la boca. Apresuró su paso aún más. La furgoneta ya estaba a punto de llegar a la carretera. Manuela metió el pie en un gran charco y cayó al suelo. Levantó la mirada y vio que la furgoneta aceleraba. Se puso de nuevo de pie y continuó corriendo. Seguía con la mirada la furgoneta que cada vez se alejaba más. Manuela no podía correr más rápido. Sus piernas ya no respondían, pero siguió corriendo. La furgoneta amarilla continuaba su rumbo hacia las afueras de Luanco hasta que un semáforo en rojo se alió con Manuela y detuvo el vehículo. Ella siguió corriendo y consiguió ponerse delante de la furgoneta. A través del parabrisas ambos se sonrieron y comenzaron a llorar. Alonso le hizo un gesto para que entrara. Manuela abrió la puerta del copiloto y se sentó a su lado.

—Pensé que ya no vend…

Manuela dejó con la palabra en la boca a Alonso con un beso. Se lanzó hacia él nada más entrar a la furgoneta. Le abrazó mientras seguían sin separar sus labios. El semáforo se puso en verde, pero su pasión seguía en rojo. Era un beso que condensaba la impotencia que habían sentido minutos antes porque creían que no se iban a poder despedir y la alegría por haberse encontrado finalmente. Solo la bocina de un coche que quería proseguir la marcha consiguió separarlos. Alonso aceleró y continuó por la carretera hasta encontrar una zona donde poder aparcar alejados de la villa. Apagó el motor y encendió la luz que había en el techo de la cabina.

—Siento haber tardado en llegar y siento haberme perdido mi última clase de piano.

—Esto último podemos arreglarlo.

Alonso señaló la parte trasera de la furgoneta. Allí estaba su piano, atado con una cuerda a un lateral. Saltaron por encima de los asientos y se colocaron frente al instrumento. Manuela se sentó en la banqueta y comenzó a tocar la canción compuesta por Alonso. Ya se la sabía de memoria. El profesor le dio las últimas indicaciones para que sonara perfecta. Manuela estaba feliz. Pensó un momento en Adelina, pero solo para decirle que no había conseguido fastidiarle su última clase. Tampoco su última noche de pasión. Se tumbaron en el suelo de la furgoneta y se olvidaron de Adelina, de la boda y de que en unas horas tendrían que separarse. Eso era el futuro inmediato, el presente era esa furgoneta que se había convertido en su oasis. Acompasaron su respiración al movimiento de sus cuerpos ungidos en sudor y aunaron sus jadeos. Aún con las piernas enredadas entre sí recuperaron el aliento mirándose a escasos centímetros. Se besaron, se tocaron, se disfrutaron. Una y otra vez. Durante unas horas no pensaron en nada más que en el ahora. En ese momento tenían todo cuanto querían: el uno al otro.

Luego Alonso se sentó en la banqueta del piano y comenzó a tocar las canciones que le pedía Manuela. Él tocaba y ella cantaba. Como el primer día que se conocieron. Esa furgoneta había sido un teatro, una sala de fiestas, un cine... pero sobre todo había sido su refugio, el lugar donde hacían posible lo que era imposible fuera de allí, a tan solo unos metros, sin la protección de aquella vieja furgoneta amarilla.

La torre del Reloj fue anunciando hora tras hora que el tiempo de estar juntos se acababa. Aprovecharon hasta el último minuto de la oscuridad de la noche. Antes de que el sol empezara a aparecer por el horizonte Alonso puso en marcha su furgoneta rumbo a Luanco. Los limpiaparabrisas trabajaban a máxima velocidad tratando de despejar de agua el cristal frontal. A la fuerte tromba se unía una sonora tormenta eléctrica. Aparcó la furgoneta junto a la iglesia de Santa María y se cobijaron bajo el pórtico de la puerta principal.

—Volveré a por ti cuando regrese de Latinoamérica. No sé lo que me encontraré, pero volveré. Ojalá cuando llegue te vengas conmigo a París, es lo que más deseo.

—Y yo, Alonso, y yo. No sé qué va a pasar con mi vida en las próximas semanas. Pero lo que sí sé es que me gustaría que en el altar de esta iglesia estuvieras tú esperándome.

—Yo ya te pedí que te casaras conmigo. Y mantengo mi petición. Solo tienes que decir: «Sí, quiero».

—Sí, quiero. ¡Claro que quiero!

Alonso sacó de su bolsillo un pequeño objeto metálico con forma circular. Cogió la mano de Manuela y le puso ese anillo en la palma.

—Quería haberte comprado un anillo de brillantes, pero como el presupuesto no me daba he pensado que este sería más especial. Lo he hecho yo mismo. No es tan bonito como uno de joyería, pero tiene un significado especial.

Manuela se quedó mirando el anillo sin poder decir nada. Su mente la llevó al interior de la iglesia. Se imaginó entrando por el pasillo vestida de blanco y visualizó a Alonso en el altar. Tras el «sí, quiero» vio cómo se iban de viaje de novios a París y allí se quedaban a vivir. Él triunfando como pianista en la Ópera y ella pintando cuadros en el barrio de Montmartre. Vio su vida ideal junto al hombre ideal, aquel que había conseguido que esa semana fuera la más emocionante y apasionante de su vida. Por eso no pudo contener las lágrimas al saber que todo aquello era una fantasía. Alonso la abrazó.

—¿Tan mal me ha quedado el anillo?

—Es el anillo más bonito del mundo. —Manuela no podía dejar de llorar.

—Bueno, el más bonito no sé, el más original seguro que sí. ¿Sabes de qué está hecho?

Ella lo miró detenidamente y negó con la cabeza.

—Quizá te dé una pista el característico color amarillo que tiene…

—¿La furgoneta?

—Así es.

—Pero ¿cómo…?

—A esa cacharra se le cae la chapa a pedazos. Así que cogí un pequeño trozo que estaba a punto de desprenderse, lo corté y le di forma de anillo. Me ayudó un herrero que encontré en una villa cercana. Dentro están grabadas nuestras iniciales. —Manuela se fijó que en el interior había dos letras, «M» y «A»—. Esa furgoneta ha sido nuestra alcahueta, y ahora este anillo te recordará las noches que hemos pasado juntos en ella.

—Te quiero, Alonso. —Se colocó el anillo en el dedo anular y le besó mientras le abrazaba con la intensidad de saber que iba a ser la última vez.

Ninguno de los dos quería separarse del otro. Permanecieron así, con sus cuerpos entrelazados, hasta que el día empezó a asomarse entre las nubes. Se acababa el tiempo de estar juntos. Aunque la tormenta les daba algo más de tregua Manuela debía estar en casa antes de que la claridad los descubriera juntos por las calles de Luanco.

—Ha sido la semana más especial de mi vida. Gracias por hacer de cada noche una aventura diferente y por haberme hecho sentir la mujer más afortunada del mundo.

—Prométeme que esto no acaba aquí. Necesito saber que cuando vuelva te veré de nuevo.

—Sabes que no puedo prometerte eso.

—No quiero perderte, Manuela.

—Recorrería el mundo contigo en esa furgoneta amarilla. Yo tampoco quiero perderte, ojalá todo fuera más sencillo.

—Prométeme que volveré a verte.

—Te prometo que nunca dejaré de quererte.

A cámara lenta se fueron separando. Él permaneció bajo el pórtico de la iglesia para evitar que le vieran, contemplando a la mujer que había hecho que la piel se le erizara con tan solo mirarla. Ella se fue andando hacia atrás con la mirada fijada en el hombre con el que quería estar el resto de su vida. Él tenía la esperanza de que a su regreso emprendieran una vida juntos. Ella estaba casi convencida de que, por desgracia, esa sería la última vez que le iba a ver. Por eso alargó cuanto pudo ese momento. Quería grabar en su mente aquel rostro que tan feliz la había hecho en apenas una semana.

Lo que ninguno de los dos sabía en ese momento es que estarían unidos para siempre porque una nueva vida se abría camino en el vientre de Manuela.

39

El nombre de Matías estaba escrito con una perfecta caligrafía en cursiva en el centro del sobre. Elena depositó la biblia encima de la mesa y se sentó junto a su profesor en la cama. Él seguía con la mirada fija en aquel sobre.

—¿No lo piensas abrir?

—Es que estoy impactado, es lo último que esperaba que encontraras aquí.

Giró el sobre y lo abrió lentamente. En el triángulo que dejó al descubierto la solapa se entreveían varias hojas escritas en cursiva con bolígrafo azul. Las sacó con las manos temblorosas y comenzó a leer.

Querido Matías:

Cuando leas esta carta yo ya no estaré o, si estoy, ya no seré la Manuela que cada semana iba a tu librería en busca de nuevas aventuras. Hoy ha sido mi última visita a tu aeropuerto. Me ha costado mucho no decirte nada y te pido disculpas por irme sin avisar, pero ha de ser así. Habría sido demasiado duro para mí decirte adiós, así que he preferido decirte hasta luego porque sé que nos encontraremos de nuevo de un modo u otro.

Antes de que el alzhéimer me arranque por completo la memoria te escribo esta carta, aunque en realidad ni siquiera sé si la vas a leer. Ojalá que sí, porque si estas letras llegan a tus manos entonces querrá decir que mi plan ha salido tal y como lo ideé. Déjame que te cuente por qué y cómo has llegado hasta aquí, la historia de un efecto mariposa que comenzó con unas obras en la acera y acabará, al menos eso espero, cambiando tu vida por completo.

Soy mujer de costumbres, pero el día que te conocí mi habitual paseo vespertino sufrió un repentino cambio de ruta por la rotura de una tubería. La calle por la que llevaba paseando a diario desde que me mudé a Alicante estaba cortada, así que tuve que desviar mis pasos por la paralela y me encontré de frente con tu librería. Como amante de los libros que soy no pude pasar de largo. Allí estabas tú, el joven librero de sonrisa cautivadora. Desde ese día cambié mi ruta y cada semana pasé por tu librería para que me recomendaras una nueva aventura. Poco después me diagnosticaron alzhéimer y mi vida se derrumbó. De nuevo. Me había tocado una de las enfermedades más crueles, ser consciente de que tu esencia se va a ir borrando poco a poco. Pensé que era injusto sobre todo por mi nieta Elenita. Quería que conociera la historia de mi vida, que también es la suya, y vi en ti la oportunidad perfecta para conseguirlo. Sé que suena egoísta e interesado por mi parte. Nada más lejos de mi intención. En realidad, sin tú saberlo, estabas a punto de embarcarte en la aventura de tu vida.

Me convertí en una clienta habitual de tu librería, hasta el punto de que a las pocas semanas ya me pasaba horas entre aquellos pasillos repletos de literatura. A menudo se te hacía la hora de cerrar hablando conmigo de libros, viajes y otros quehaceres. Fue entonces cuando descubrí que eras profesor de piano en tus ratos libres. Se me iluminó la bombilla y empecé a poner en marcha mi plan. Cada semana, aparte de comprarte un libro, te pagaba una clase de piano. Agradezco tu discreción y sobre todo tu confianza en mí. No me hiciste preguntas, simplemente me seguiste el juego. Gracias por tu paciencia.

Por desgracia, ya no me verás más por tu librería, y esto tiene su explicación. Te pido disculpas por contártela en la distancia a través de esta carta. Esta semana mi enfermedad me ha dado un nuevo aviso y he decidido que ha llegado el momento de ingresar en una residencia. Principalmente lo hago por mi nieta, no quiero ser una carga para ella. Ahora entras tú en juego. Cuando leas esta carta, si todo ha salido tal y como lo planifiqué, habrá ocurrido todo esto. Habrás colocado el cartel en el portal de mi casa para ofrecerte como profesor de piano. Mi nieta te habrá llamado, y juntos habréis descubierto las cartas escondidas dentro del piano. Estoy convencida de que así ha ocurrido porque tú mismo me lo dijiste, siempre abres el piano el primer día de clase para enseñarles a tus alumnos cómo es por dentro. No te habrá costado mucho descifrar las tres notas que aparecen en el remite. Imagino que me habréis preguntado por esas cartas y su misterioso remitente, pero mi enfermedad me habrá impedido daros una respuesta clara, así que la curiosidad os habrá llevado hasta la dirección que aparece en los sobres bajo mi nombre, la casa donde viví en Luanco. Espero que allí hayáis encontrado la siguiente pista para llegar al destino final de Alonso, París. Y hasta aquí puedo imaginar. Si tuviera que apostar, esa sería mi predicción y mi deseo.

Imagino que ahora estarás con la boca abierta. Te preguntarás cómo sé que ha pasado todo esto si estoy escribiendo esta carta que tienes en las manos mucho antes de que suceda. Es sencillo. Mi nieta siempre ha querido aprender a tocar el piano y seguro que al ver ese cartel encontró la excusa perfecta para empezar. Y cuando abriste el piano... ¿quién se va a resistir a no seguirle la pista a unas cartas cerradas que llevan desde 1971 ocultas en un piano con un remitente oculto? Son los ingredientes perfectos para vivir una aventura única. ¿No crees? Te conozco lo suficiente como para saber que no ibas a dejar pasar la oportunidad de ser tú el protagonista de la historia en vez de leer la de otros en los libros. Esta ha sido mi forma de agradecerte todas las aventuras que me has hecho vivir con tus recomendaciones literarias, que vivas la tuya propia a través de las cartas que me escribió el amor de mi vida. Pero hay más. También quería que ayudaras a mi nieta a ponerle nombre y apellidos al remitente de esas cartas y que juntos os embarcarais en una aventura mucho más interesante que encontrar unas viejas cartas olvidadas dentro de un piano. Esos sobres eran simplemente la excusa, el inicio de la gran aventura de vuestra vida. Juntos. Cuando te conocí vi en ti un joven con inquietudes, de corazón noble, inteligente y bondadoso, las cualidades que cualquier abuela querría para su nieta. Y qué te voy a decir de mi Elenita, es el regalo más maravilloso que me ha dado la vida. Por eso te pedí que colocaras ese cartel en la puerta de casa, quería que la conocieras y que juntos fuerais tirando del hilo de las cartas para iniciar un camino juntos. Mi objetivo era doble, que encontrarais a Alonso y que os encontrarais a vosotros mismos. Si habéis llevado esta locura hasta el final habréis viajado a París, la ciudad más bonita del mundo para enamorarse. No imagino lugar mejor para iniciar una bonita historia de amor. Allí se fue el amor de mi vida y hasta allí espero que os hayan guiado las cartas del piano a vosotros.

Sí, ya sé que habría sido más sencillo ir un día con mi nieta a tu librería y presentártela. Pero eso habría sido demasiado evidente. Si se hace de alcahueta, mejor que sea pasando desapercibida, que fluya el amor si tiene que fluir y que parezca que haya sido de manera fortuita, aunque en realidad fuera yo quien le diera un pequeño empujoncito.

Por último, quiero darte las gracias por amenizar mis días con tus lecturas, por alegrarme cada semana con tu sonrisa en la librería, por confiar en mí y, si se ha dado el caso, por confiar en ella, la razón de toda esta locura. Ojalá hayáis encontrado a Alonso, es muy importante para mí y para mi nieta, lo entenderás con la carta que le he dejado a mi Elenita. Disfruta de la vida, querido Matías, exprime cada día y, si tienes la oportunidad, embárcate en la mayor aventura que jamás podrás tener. Aunque a veces duela. Créeme, lo digo por experiencia, merece la pena.

MANUELA

Matías volvió a doblar los folios y los guardó en el sobre. Se levantó y cogió la biblia que Elena había dejado en la mesa. La colocó con las hojas hacia abajo agarrándola por el lomo y la abrió como si fuera un abanico. Ese movimiento liberó dos sobres que cayeron al suelo. Los recogió y volvió a sentarse en la cama. En uno de ellos ponía el nombre de Elena. En el otro, Alonso. Le entregó los dos a Elena, que hacía rato ya que estaba llorando al ver la emoción de Matías empapar sus mejillas mientras leía su carta. Elena dejó el sobre de Alonso sobre la cama y abrió el suyo.

Mi querida Elenita:

Si pudiera viajar al pasado volvería al verano de 1971. Por miedo e inseguridad tomé una decisión que ha marcado el resto de mi vida y también de la tuya, aunque todavía no lo sabes. Ojalá hubiera sido más valiente y decidida, todo habría sido diferente y no tendría que escribirte esta carta. Pero he de hacerlo porque aquel septiembre del 71 ocurrió algo que debes saber. Te pido perdón por no decírtelo en persona en todo este tiempo, pero de nuevo mis miedos me han impedido mantener esta conversación contigo. Ruego que me perdones, créeme que mi único propósito todos estos años ha sido cuidarte, darte la mejor vida posible y hacerte feliz, a pesar de haberte quedado huérfana tan pequeña. Espero haberlo conseguido y espero que el amor que me has demostrado cada día no cambie cuando leas esto.

Junto a esta carta habrás encontrado dos más. Si todo ha salido como lo planeé no hará falta que te explique quiénes son Matías y Alonso. Espero que a estas alturas Matías te haya dado clases de piano y hayáis descubierto los sobres que me mandó Alonso, el amor de mi vida, la razón por la que te escribo esta carta.

Conocí a Alonso en Luanco. Él vino a tocar el piano junto con una cantante de copla. Nada más verle me enamoré de él. Fue la única vez en mi vida que he sentido algo así. Apenas estuvimos juntos unos días porque él se fue de gira por Latinoamérica. Al poco de marcharse cometí el error de mi vida, casarme con una persona que odiaba. Lo hice solo por ayudar a mis padres a saldar la deuda que habían contraído con ese miserable. Esa decisión hizo que perdiera al amor de mi vida y que tuviera que huir de mi Luanco natal para que mi marido no descubriera la verdad. Elenita, tu abuelo no es la persona con la que me casé, tu abuelo es Alonso. Conocerle fue lo más maravilloso que me ha pasado nunca, después de mi hija y mi nieta. Me hizo sentir especial, me quiso como nadie me ha querido y me hizo el regalo que más deseaba en este mundo, ser madre. Gracias a Alonso pude sentir la felicidad más plena y además tuve a mi hija con la persona que amaba.

Por eso necesito que me hagas un favor, encuentra a Alonso. Él no sabe que tuvo una hija conmigo. Me juré que cuando muriera mi marido buscaría a Alonso y le contaría la verdad, pero el accidente lo cambió todo. De repente, me encontré sola con mi nieta de apenas dos años que necesitaba todas mis atenciones. Así que me volqué en que no te faltara de nada. La muerte de mi marido fue una liberación, pero la de mi hija fue un trauma que tuve que superar sobre la marcha. No tuve tiempo de duelo porque lo más importante en ese momento eras tú, mi Elenita. Y si hoy estoy viva es, sin duda, gracias a ti. Tú fuiste el motor que encontré para seguir adelante, te convertiste en la única razón para aferrarme a la vida.

Siempre he sido una cobarde. De niña no me subía a los columpios del parque por miedo a caerme. De joven perdí al amor de mi vida, también por miedo. Y el resto de mi vida he vivido con miedo a perderte a ti. Por eso no te dije la verdad sobre Alonso. Siempre he temido que al saberlo me rechazaras y me echaras en cara que te lo hubiera ocultado, y en realidad estarías en todo tu derecho a hacerlo. Sé que la verdad llega tarde y espero que entiendas mis razones y sepas perdonarme.

Aprovecho para escribirte esta carta ahora que la enfermedad todavía respeta mis recuerdos. No sé cuándo, pero llegará un día en el que ni siquiera sepa quién eres. Quiero que tengas presente siempre que, aunque no te reconozca, has sido la persona más importante de mi vida, mi alegría diaria. Gracias por haber sido la mejor nieta que una abuela puede desear. Y te ruego que perdones mi cobardía.

Quiero pedirte una última cosa. No permitas que el miedo sea un obstáculo para tu felicidad. Súbete al columpio más alto que encuentres sin miedo a caerte. Ama con toda tu alma sin miedo a no ser correspondida. Disfruta cada momento de la vida sin miedo al mañana, porque la única certeza es el hoy. Si pudiera viajar al pasado no tendrías esta carta entre tus manos porque no habría permitido que el miedo decidiera por mí.

La enfermedad borrará mi memoria, pero jamás podrá eliminar el amor incondicional que siento por ti.

Te quiere y te querrá siempre,

Tu Mamá Nueva

Nada más terminar de leer la carta Elena se quedó con la mirada perdida en las fotos que ella misma había colocado en la pared, tratando de asimilar lo que acababa de descubrir.

—¿Estás bien, Elena? —Matías se levantó de la cama y le cogió las dos manos.

—Hay que llamar a Alonso. —Elena seguía sin apartar la mirada de las fotos.

—Pero ¿qué pasa?

Elena le miró a los ojos.

—Alonso es mi abuelo.

—¿Cómo?

—¡No hay tiempo que perder! —dijo Elena mientras se ponía de pie—. Tengo que entregarle esta carta como sea.

—Espera un momento, pero ¿cómo que Alonso...?

—A estas horas tiene que estar a punto de embarcar —le interrumpió Elena—. Su vuelo salía... —consultó el reloj— ¡en veinte minutos!

Elena cogió la tarjeta que le dio Alonso y marcó su teléfono. Comenzó a dar vueltas en círculo por la habitación mientras escuchaba los tonos de llamada. Al quinto saltó el contestador. Volvió a llamar. De nuevo el contestador.

—Vamos al aeropuerto, seguiré intentándolo por el camino.

Antes de salir de la habitación Elena arrancó una hoja de la libreta que había sobre la mesa y escribió una nota. Después recogió las cosas de Manuela que había encontrado en el cajón de su mesita, las cartas y el jersey. Cuando ya estaban en el quicio de la puerta se paró en seco y giró la cabeza. Echó un vistazo a la habitación donde su Mamá Nueva había pasado los últimos meses de su vida. Inspiró profundamente, cerró la puerta con llave y se despidió para siempre de la habitación 217.

Bajaron corriendo por las escaleras y salieron al jardín. Allí estaba Cristina paseando con varios residentes. Elena le dio la llave sin ni siquiera pararse a despedirse.

—Ya te contaré, Cris. Vas a flipar.

Elena siguió andando hacia la salida.

—¿Qué ha pasado? —le preguntó incrédula la psicóloga mientras veía cómo Elena se alejaba sin mirar atrás.

No obtuvo respuesta. Elena ya estaba abriendo la reja que comunicaba con la calle. Subieron al coche y Matías pisó el acelerador. Durante el trayecto Elena no dejó de llamar a Alonso. Cinco tonos y saltaba el contestador. Cada llamada que hacía consultaba el reloj. Faltaban diez minutos para que fueran las seis y media. El tráfico era bastante intenso por la autovía. Un camión intentando adelantar a otro obligó a Matías a frenar. El cuentakilómetros no pasaba ahora de los noventa por hora. Otra llamada. De nuevo el contestador. Matías pitó al camionero. Elena levantó la vista del móvil y se desesperó al ver el camión que tenían delante. Tras varios minutos a su rebufo una pequeña pendiente descendente ayudó al tráiler a adelantar y se apartó al carril derecho. Matías aceleró y descargó sus nervios acumulados con una sonora pitada mientras le rebasaba por el carril izquierdo a una velocidad superior a la permitida. El desvío hacia el aeropuerto estaba a un kilómetro. Cinco minutos para el despegue. Cinco tonos de llamada. Contestador. Elena miró por la ventanilla del coche y vio la torre de control. Perdió su mirada en un avión que despegaba en ese momento y dejó que su mente se relajara mientras veía cómo el aparato se disipaba entre las nubes. Visualizó a Alonso, a su abuelo, dentro de ese avión, perdiéndose en la inmensidad del cielo. El sonido de su teléfono móvil la devolvió a la tierra. Elena miró la pantalla y descolgó eufórica.

—¡Alonso! ¿Dónde estás? —gritó Elena.

—A punto de despegar. Justo iba a apagar el móvil y he visto tus llamadas perdidas. Perdona, lo tenía en silencio. ¿Qué pasa, Elena?

—¿Sigue abierta la puerta?

—¿Qué?

—La puerta del avión, ¿sigue abierta?

Alonso estiró el cuello para ver la parte delantera del avión.

—Sí, está abierta, creo que va la azafata ahora a cerrarla.

—Sal del avión.

—¿Cómo?

—Baja del avión, por favor —insistió Elena.

—Pero ¿cómo quieres que…?

—Manuela ha dejado una carta para ti —le interrumpió bruscamente.

Durante varios segundos Alonso permaneció en silencio.

—Ya sé lo que quería contarte cuando estuvo en París y te escribió la nota en el libro de firmas de la torre Eiffel —continuó Elena—. Por suerte lo puso en una carta explicándolo todo. También dejó una para mí donde me pide que te entregue este sobre que tengo en mis manos.

Alonso seguía callado.

—Sé que es una locura lo que te pido, pero créeme, lo que tiene que decirte Manuela es tan importante como para desembarcar del avión y perder el billete. Esta carta te va a cambiar la vida, te lo garantizo.

Elena dejó de hablar esperando la contestación de Alonso. Escuchó su voz en la lejanía, pero no entendía lo que decía. Parecía que estaba hablando con alguien.

—¡Qué terca se ha puesto la azafata! —habló por fin Alonso—. «¿Cómo te vas a bajar?», me dice la mujer. Pues del mismo modo que he entrado al avión. La puerta está abierta y me voy.

—¿Has salido? —preguntó Elena, entusiasmada.

—Camino de la terminal voy en este momento —contestó Alonso arrastrando la maleta de ruedas.

Se hizo el silencio de nuevo.

—¿Elena?

Alonso escuchó sollozos a través del teléfono.

—¿Estás bien?

—Gracias, Alonso. —Elena se secó las lágrimas con un pañuelo—. Te prometo que no te vas a arrepentir.

—Tienes una carta del amor de mi vida en tus manos. Bajaría de la luna si fuera necesario para poder leerla.

Matías entró en el aeropuerto y fue directo al parking que estaba frente a la terminal. Subió varias plantas hasta que los paneles luminosos indicaron que había plazas libres. Aparcó bajo una luz verde que se volvió roja nada más situar el coche debajo. Elena cogió la carta y ambos salieron del coche. Cruzaron una pasarela que conectaba el aparcamiento con la terminal y se dirigieron a la planta inferior, donde estaba el área de llegadas. Era el lugar más bonito del aeropuerto, el punto de reencuentro, donde se daban los besos más apasionados, los abrazos más largos y sentidos tras miles de kilómetros de distancia y meses o incluso años de ausencia.

A Elena le enterneció ver a un hombre mayor que llevaba un gran ramo de rosas rojas. Iba vestido con un traje gris de rayas, una pajarita del mismo color que las rosas y zapatos negros impolutos. Elena se quedó mirándole. Cada vez que se abría la puerta el hombre se asomaba entre la gente hasta que tras varios minutos apareció una mujer de pelo blanco que se fue directa hacia él. El hombre corrió a su encuentro y le entregó el ramo de flores. Ella las olió sonriente. Se dieron un beso en la mejilla que mezclaba amor, añoranza y respeto. El hombre cogió la pequeña maleta que traía la mujer y ambos se fueron cogidos de la mano. Elena no pudo evitar imaginarse a Alonso y Manuela encarnados en aquellos abuelos. Pensó cómo habría sido su reencuentro tras toda una vida separados. Demasiado tarde.

La puerta se abrió de nuevo y Elena pudo ver en la lejanía a Alonso. Estaba a punto de reencontrarse con el único familiar que le quedaba vivo. Unas horas atrás Alonso era para ella el amor de juventud de Manuela. Ahora era su abuelo. Una carta lo había cambiado todo. Sintió la necesidad de ir corriendo hacia él, gritarle «abuelo» y abrazarle. Pero reprimió su deseo. No le correspondía a ella contárselo. Quiso que fuera Manuela la que le dijera toda la verdad. Así que ancló sus pies al suelo y siguió con la mirada la silueta de Alonso hasta que llegó a su lado. Contuvo sus lágrimas y se guardó el abrazo unos minutos. Le sonrió y sin mediar palabra le entregó la carta. Alonso soltó la maleta y cogió aquel sobre. Leyó su nombre escrito por Manuela y levantó la mirada. Alonso le dio las gracias. Elena se contuvo de nuevo y le hizo un gesto con la mano para que leyera la carta.

Mi amado Alonso:

Todavía recuerdo la última frase que te dije aquella lluviosa noche de septiembre. «Te prometo que nunca dejaré de quererte». Han pasado cincuenta años desde entonces y te puedo asegurar que he cumplido mi promesa. Cuando te dije esas palabras estaba convencida de que nunca más te volvería a ver, pero he vivido todos estos años con la esperanza de encontrarme de nuevo contigo.

He imaginado cientos de veces cómo sería nuestro reencuentro, aunque me temo que finalmente no será como siempre he soñado. He tenido una visita inesperada que me obliga a escribirte estas líneas. Poco a poco mis recuerdos se irán borrando y tu rostro desaparecerá para siempre de mi memoria. El paso del tiempo no ha conseguido difuminar los días que pasamos juntos en Luanco, pero, por desgracia, el alzhéimer sí lo hará. Por eso te escribo esta carta ahora que la enfermedad está en una fase muy inicial. Hay varias cosas que tienes que saber. Te pido disculpas de antemano. Debería haber sido más valiente cuando te conocí, pero cometí el gran error de mi vida y por eso te escribo estas líneas. Espero que sepas perdonarme.

El día de mi boda fue, sin duda, el más triste de mi existencia. Sabe Dios que dije «sí, quiero» por mis padres. Dos palabras que me condenaron de por vida. Solo tenía ganas de llorar. Al poco tiempo de casarme recibí tu primera carta. Recuerdo perfectamente cuando sonó el timbre de la puerta de casa. Al salir el cartero me entregó ese sobre con tu firma encriptada tras aquellas tres notas musicales. Me fui a la plaza de la iglesia y me senté bajo el pórtico. Saqué el sobre del bolsillo de la blusa y lo empapé de lágrimas. No tuve el valor de abrirlo y leer la carta, no pude. Sentía tanto dolor por no poder estar contigo que leerte habría sido un martirio, así que decidí guardar esa carta en el interior del piano. Esas teclas fueron nuestra excusa para poder vernos a diario, la coartada perfecta. Qué mejor sitio para esconder tus cartas que dentro del piano que puso banda sonora a nuestro amor prohibido. Siguieron llegando cartas. Cada vez que recibía un sobre me sentaba bajo el pórtico de la iglesia y lloraba tu ausencia. Me encantaba recibirlas, aunque no las leyera. Cada carta era la señal de que seguías acordándote de mí. Para mí era suficiente. Me conformaba sabiendo que me seguías queriendo, y esas cartas eran la prueba de que así era. Encontré el equilibrio emocional de ese modo, sin leerlas, solo teniéndolas en la mano y siguiendo tu periplo por Latinoamérica a través de los matasellos. Guardé cada una de las diez cartas que recibí en el piano, sin abrirlas. No podía tenerte a mi lado, pero te sentía cerca gracias a esos sobres.

Perdóname por lo que voy a contarte. Jamás te he mentido, pero tampoco te he contado toda la verdad. Te he amado como nunca he amado a un hombre, pero he de confesarte que nuestro primer encuentro en la plaza del Reloj no fue ni mucho menos fortuito. Fue premeditado, estaba desesperada. Tú no me conocías y yo tampoco a ti. Te llamabas Alonso, lo ponía en el cartel que publicitaba el recital, e ibas de pueblo en pueblo tocando el piano. Era lo único que sabía de ti. Estarías en Luanco unos días y jamás nos volveríamos a ver. El plan perfecto. Cuando vi los carteles anunciando tu actuación vi el cielo abierto. Se presentaba ante mí una oportunidad única y puse todo mi empeño en aprovecharla. Así que ese día elegí mi mejor vestido, te ofrecí mi mejor versión, tenía que llamar tu atención como fuera. Llegué a la plaza acompañada de Reme, ni siquiera ella sabía mi plan, no se lo conté a nadie. Nos sentamos en primera fila, justo delante del piano, para que me vieras bien. Pero mi plan se fue a pique nada más verte. En cuanto apareciste en la plaza y te sentaste al piano supe que lo que había planeado no iba a funcionar, pero ya no había vuelta atrás. Cuando me crucé con tu mirada fui consciente de que me habías atrapado. La plaza estaba llena de gente, pero parecía que estábamos tú y yo solos. Tocabas el piano solo para mí, al menos eso me hacías sentir con tus ojos. Confirmé mis sospechas cuando acabó el concierto y viniste a buscarme. Mi plan se había ido al traste. Quise usarte como solución a mi mayor problema, pero tu sonrisa lo complicó todo. Me resultó imposible no enamorarme de ti. Supe que iba a pasar en cuanto nos vimos por primera vez y lo corroboré nada más conocerte tras el concierto. Lo que pretendía que fuera un encuentro fugaz con un desconocido se convirtió en la mayor aventura de mi vida, que sigue viva cincuenta años después.

A las tres semanas de aquel concierto me iba a casar con una persona a la que despreciaba. Y eso no era lo peor. Ese matrimonio iba a condenar a mis futuros hijos a nacer con la misma enfermedad que tenía su padre. Él estaba perdiendo la visión por una enfermedad hereditaria, y yo no podía permitir que mis hijos crecieran sabiendo que se iban a quedar ciegos como su padre, no era justo. Bastante martirio era para mí casarme con él, como para encima castigar a mis hijos con su enfermedad. Así que cuando vi el cartel del concierto tuve una idea. Era un plan arriesgado y difícil de llevar a cabo, pero tenía que intentarlo. Quería llegar a la boda embarazada de ti sin que nadie lo supiera. Las fechas cuadraban a la perfección. El bebé nacería unos ocho meses después de la boda, así que se podría justificar con un parto prematuro, ya me encargaría yo de que el médico certificara mi coartada. Pero en mi plan no estaba previsto enamorarme de ti. Y sucedió. Me enamoré y fruto de ese amor nació nuestra hija Carmen. A los pocos meses de nacer convencí a mi marido para que nos fuéramos de Luanco. Si me hubiera quedado allí antes o después se habría descubierto la verdad. Carmen no se iba a parecer a Enol, eso era evidente. Con suerte mi hija podría tener mis rasgos, pero si no se parecía a ninguno de los dos comenzarían las suspicacias, y más cuando creciera sin desarrollar la enfermedad de mi marido. Así que la única solución era irnos de allí. A él me sería fácil engañarle en cuanto a la paternidad de la niña, su ceguera era una aliada para mí en ese sentido. Así que nos fuimos de Luanco a empezar una nueva vida lejos de allí y lejos de ti, lejos del padre de mi hija, nuestra hija, lejos del amor de mi vida.

Me juré que te buscaría y te diría la verdad. Incluso estuve en París, pero, por desgracia, no te encontré. Intenté localizarte otras muchas veces, hasta que tuvimos un accidente con el coche. Perdí a nuestra hija, a mi yerno y a mi marido. Solo sobrevivimos mi nieta Elenita y yo. Me quedé sola con un bebé de apenas dos años que requería toda mi atención. Yo era todo cuanto tenía en este mundo, así que centré mis esfuerzos en darle el amor de una abuela y una madre a la vez. Aunque nunca te olvidé, he de reconocer que buscarte ya no era mi prioridad, vivía por y para mi nieta. Cuando Elenita se hizo más mayor de nuevo quise encontrarte para contarte toda la verdad, quería que nuestra nieta conociera a su abuelo. Pero entonces tuve miedo. Me atemorizaba la idea de que Elenita me rechazara por haberle ocultado la verdad y también temía tu reacción si conseguía encontrarte. De nuevo mi cobardía me impedía recuperar el sueño de mi vida, volver a verte. Pero no puedo permitir que se borre mi memoria sin que sepas la verdad. Aquí la tienes. La verdad es que me enamoré de ti y sin tú saberlo me diste el regalo más preciado de mi vida. Te pido de nuevo perdón por ocultártelo durante tanto tiempo.

Ojalá tu nieta te haya podido entregar esta carta y juntos podáis recuperar el tiempo perdido.

Hay algo más. ¿Recuerdas nuestro primer beso? Hubo un testigo que lo vio y que ha guardado nuestro secreto todo este tiempo: el cristo crucificado que presidía aquella capilla. Nada más marcharte guardé un sobre tras su madero. Ve y cógelo. Hoy volvería a escribir exactamente lo mismo.

Tu amada sin doble barra final,

MANUELA

Alonso levantó lentamente la mirada de la carta. La chica que tenía frente a él ya no era Elena, era su nieta Elena. Ella llevaba varios minutos mirando, emocionada, a su abuelo mientras leía la carta, conteniendo el abrazo que estaba deseando darle. Nada más cruzar sus miradas se lanzó a sus brazos. Elena acababa de perder a su abuela y, de repente, estaba abrazando a su abuelo, que creía que había muerto en un accidente de tráfico. Alonso se había reencontrado con el amor de su vida demasiado tarde y ahora estrechaba contra él a su nieta, a la que acababa de conocer, la viva imagen de Manuela. Ese abrazo era más que dos cuerpos entrelazados, ese abrazo era el descubrimiento de una vida que ambos desconocían. Y eso requería su tiempo. Mientras centenares de personas llegaban con las maletas a su lugar de destino para comenzar sus planificadas vacaciones Alonso y Elena acababan de empezar un viaje inesperado. Tenían tantas cosas que contarse que ni siquiera podían hablar. De forma intermitente uno de los dos interrumpía momentáneamente el abrazo para observar el rostro del otro e intentar decirle algo. Misión imposible. De nuevo unían sus cuerpos. Les costaba despegarse el uno del otro, era como si temieran perder lo que acababan de descubrir, se aferraban entre sí a una realidad que había llegado a sus vidas como un tsunami.

—Abuelo… —acertó a decir finalmente Elena.

—Jamás pensé que podría escuchar esa palabra dirigida a mí —suspiró Alonso.

—Pues a partir de ahora la vas a escuchar mucho. Eres la única familia que me queda viva y pienso aprovechar el máximo tiempo que pueda a tu lado.

—No se me ocurre mejor plan que pasar el resto de mi vida junto a mi nieta.

Volvieron a abrazarse.

—En la habitación de la residencia encontramos otra cosa. Tus cartas abiertas. Manuela las ha leído, aunque haya sido demasiado tarde, se ha ido de este mundo sabiendo lo mucho que la querías. De hecho, gracias a esas cartas recuperó en parte la memoria y volvió a tocar el piano.

—Sé por qué no las leyó en su momento. Mira, Elena. —Le dio la carta de Manuela—. Lo explica aquí.

Elena la leyó con detenimiento mientras Alonso se fijaba en el panel que anunciaba las próximas salidas. Vio que en hora y media había un vuelo a Asturias. Recordó la última frase que Manuela le había escrito.

—Tengo que marcharme.

—¿Cómo? —gritó Elena.

—Tranquila, que no vas a perderme de vista tan fácilmente. Ya habrás leído que tu abuela me ha pedido que haga una cosa. Tengo que ir a Luanco.

—Prométeme que vas a volver —le suplicó Elena, emocionada.

Alonso sacó un pañuelo de su bolsillo y le enjugó sus miedos.

—Acabo de despedirme del amor de mi vida, acabo de descubrir que tuve una hija con ella, acabo de saber que mi hija murió en un accidente de tráfico, acabo de enterarme de que mi hija tuvo una niña. Hasta hace diez minutos pensaba que moriría sin tener descendencia, y ahora tengo a mi nieta delante de mí. Te puedo asegurar que en cuanto recoja lo que tu abuela me dejó oculto tras un cristo hace cincuenta y dos años volveré a Alicante para estar contigo. Sabes lo que es una lapa, ¿verdad?

Elena sonrió.

—Pues eso. —Alonso volvió a abrazarla.

Matías y Elena le acompañaron al mostrador de la compañía para comprar el billete. Quedaban asientos libres en su vuelo. Se acercaron al control de seguridad. Alonso consultó la pantalla y vio que todavía no estaban embarcando, así que aprovechó para pasar un rato más con su nieta. Elena le bombardeó a preguntas. Alonso comenzó a desgranarle su vida desde que volvió de su gira por Latinoamérica. Su voz respondía a las inquietudes de Elena, pero su mirada decía mucho más. Era una mezcla de amor, alegría, ternura, emoción, asombro y felicidad. Las palabras le salían atropelladas, quería contarle tantas cosas que no conseguía vocalizar. Los minutos pasaron rápido, hasta que Matías vio en el panel que ya estaban embarcando.

—Siento interrumpir este precioso momento, pero tienes que subir ya al avión. —Matías señaló la palabra «embarque» en verde en el panel.

—Buen viaje, abuelo.

Alonso le sonrió y le dio un beso en la mejilla. Caminó unos pasos y le entregó el billete al personal de seguridad del aeropuerto para poder pasar el control de seguridad.

—Abuelo —le llamó Elena. Él se giró hacia ella—. Sé que estuvo mal lo que hizo, pero, por favor, no le guardes rencor. Manuela lo ha sido todo en mi vida y es la persona más bondadosa de este mundo.

—Manuela fue abuela y madre de una niña de dos años que acababa de quedarse huérfana. Cuidó de mi hija y de mi nieta ella sola durante muchos años. Vino a París a buscarme, hizo todo lo que estaba en su mano por encontrarme. Créeme, no tengo nada que reprocharle.

—Gracias.

—Nos vemos mañana, Elenita.

Alonso se dirigió hacia las cintas y dejó su maleta sobre una de ellas. Sacó una pequeña bolsa con los líquidos y la colocó en una bandeja de plástico junto con su reloj, la cartera y el teléfono móvil. Al pasar por el arco de seguridad sonó un pitido. El guardia le pidió que volviera a pasar. De nuevo pitó. Alonso se miró en los bolsillos del pantalón por si se había dejado alguna moneda. Estaban vacíos. Comprobó los bolsillos de la chaqueta. Notó que tenía algo dentro. Lo sacó. Era un papel doblado que tenía algo duro dentro. Al abrirlo comenzó a llorar. Era el anillo que le regaló a Manuela el último día que se vieron en Luanco. Desdobló por completo el papel y leyó lo que estaba escrito:

> Vuestro amor es como este anillo, robusto y duradero. Ella querría que lo tuvieras tú. Quédatelo como símbolo de un amor que resiste al paso del tiempo.

Alonso buscó con la mirada a Elena. Ella estaba esperando al otro lado del control de seguridad. Se intercambiaron lágrimas y sonrisas cargadas de nostalgia. Alonso dejó el anillo en la bandeja de plástico y pasó de nuevo el detector de metales. Esta vez no pitó. Recogió todas sus pertenencias y guardó la bolsa de los líquidos dentro de la maleta de mano. Antes de buscar en los paneles su puerta de embarque se colocó el anillo en el dedo anular de la mano derecha y lo besó.

La hora y cuarenta minutos que duraba el vuelo se hizo corta para Alonso. Miraba por la ventanilla y se sentía tal cual en las nubes, meditando cómo le había cambiado la vida la carta que le había escrito Manuela. La sacó y volvió a leerla. «Ojalá me hubieras encontrado en París, ojalá no tuvieras que haberme escrito esta carta, ojalá a mi regreso de Latinoamérica hubiera tenido el valor de hablarte y convencerte, ojalá...».

El pensamiento de Alonso se llenó de muchos «ojalás» que habían frustrado su vida con Manuela. Tras varios minutos lamentándose por lo que no fue centró su pensamiento en lo que sí era, en su nieta Elena. Se secó las lágrimas del pasado y le sonrió a su presente.

El avión aterrizó puntual. Cogió la maleta de mano y se fue directo a la salida para subirse a un taxi. Había media hora de trayecto hasta llegar a Luanco. Conforme el taxi avanzaba Alonso sentía los nervios en su estómago. El cartel de Luanco aceleró aún más su corazón. Tenía claro dónde quería ir antes de comprobar si estaba la carta de Manuela en la iglesia. Le indicó el lugar al conductor y siguió mirando por la ventanilla. El taxista paró justo en la plaza. Alonso le pagó y bajó del coche. Miró hacia arriba y vio la torre del Reloj. En ese mismo lugar fue donde conoció a Manuela. Subió poco a poco los escalones que delimitaban la plaza y se situó bajo la torre blanca, justo donde estaba sentado al piano cincuenta y dos años atrás intentando concentrar su atención en la partitura mientras su mirada se desviaba una y otra vez hacia la joven del vestido rojo de la primera fila. Cerró los ojos y por un momento sintió que estaba de nuevo allí, en aquel verano del 71. Vio la plaza llena de gente, escuchó su piano resonar alrededor de la torre del Reloj y un escalofrío recorrió su cuerpo al recordar la primera vez que sus ojos se cruzaron con los de Manuela. El sonido del claxon de un coche le hizo viajar de nuevo al tiempo presente. Bajó las escaleras y dejó atrás la plaza. A mano derecha se asomaba un pequeño mirador al mar Cantábrico y justo a continuación comenzaba la calle Riba. Lo recordaba perfectamente, a pesar del paso del tiempo. Había recorrido esa calle empedrada muchas veces para ir a casa de Manuela. Continuó andando hasta llegar al número 25. Alonso sonrió y siguió caminando. Al fondo de la calle ya se veía la iglesia de Santa María. Estaba nervioso por estar allí de nuevo y por lo que le esperaba dentro, si es que todavía estaba en el lugar donde lo dejó Manuela. Continuó avanzando por la calle con paso pausado, recreándose en aquel lugar, nostálgico por lo que pasó y expectante por lo que podía encontrar.

Llegó el momento más duro, el que más temía desde que cogió el avión hacía unas horas. Volvía a estar bajo el pórtico de la iglesia donde se dio el último beso con Manuela, en ese mismo lugar. Entró a la iglesia. El sonido de la puerta al cerrarla retumbó con eco por la estancia vacía de feligreses. Se dirigió al pasillo de la izquierda que llevaba al púlpito. Sonrió al recordar cuando tropezó con un banco al intentar esquivar aquel altillo de piedra. Se metió en la capilla que había al lado. Allí se encontró de frente con la imagen del cristo que fue testigo de su primer beso con Manuela. Se santiguó, se acercó y comprobó que la figura de Jesucristo crucificado estaba anclada a la pared por el travesaño. Palpó la parte trasera del madero vertical. Para poder acceder mejor lo separó unos centímetros de la pared para comprobar si había algo detrás. Pero no encontró nada. Estaba tan concentrado en la tarea que no reparó en el hombre que se acercaba hasta él. Se detuvo justo a su lado.

—¿Eres Alonso Flores Carrillo?

Asustado y extrañado se giró y vio a un hombre que vestía sotana y alzacuellos. Alonso asintió con la cabeza.

—Llevo treinta y nueve años esperándote.

40

Alonso tardó en reaccionar. Trataba de gestionar las emociones que sentía en ese momento. Esa capilla era un sitio especial para él. En ese mismo lugar había besado a Manuela y ahora estaba de nuevo allí, frente a un cura que sabía su nombre y decía estar esperándole.

—Me llamo Nicolás, encantado de saludarle. —El cura le estrechó la mano—. Acompáñeme, por favor.

Salieron de la capilla y volvieron a la nave principal de la iglesia. Recorrieron el pasillo hasta llegar al altar. Nicolás realizó una pequeña genuflexión y se santiguó. Alonso hizo lo mismo. Cruzaron el altar y se dirigieron a una de las dos puertas que había bajo el retablo. Allí estaba la sacristía.

—Llegué a esta parroquia en 1984. —Nicolás se sentó en el escritorio y buscó en los cajones—. Es raro que haya aguantado tanto aquí porque a los curas nos suelen cambiar de destino cada ciertos años. Pero la divina providencia quiso que yo me quedara en Luanco todo este tiempo. La verdad sea dicha, estoy muy a gusto, los feligreses son muy amables conmigo y yo feliz de servirles a ellos y a Dios.

Nicolás hizo una pequeña pausa. Miró a Alonso y sonrió.

—Menuda monserga le estoy dando. El caso es que cuando llegué a la parroquia me di cuenta de que varias de las imágenes que había en las capillas tenían carcoma. Tuvimos que llevarlas a una nave frigorífica para matar al bicho. Y cuando descolgamos al cristo de la capilla donde le he encontrado antes apareció... —cerró el cajón en el que estaba buscando y abrió otro. Tras unos segundos sacó un sobre y lo puso en la mesa— apareció esto.

Alonso se acercó y contempló el sobre. Con una perfecta caligrafía en cursiva estaba escrito su nombre: Alonso Flores Carrillo.

—Pensaba que me iba a jubilar sin poder entregar este sobre a su destinatario, a usted. Y a pesar de mi curiosidad innata he resistido la tentación de abrirlo y ver qué contenía. Y créame que la tentación era muy grande, pero con la ayuda de Dios este sobre ha permanecido intacto durante al menos treinta y nueve años, que lo he preservado deseando que llegara este día. Aquí lo tiene. —Lo cogió de la mesa y se lo dio.

—En concreto ha tardado cincuenta y dos años en llegar a su destinatario. —Alonso lo tomó con delicadeza.

—Intuyo que este sobre alberga una historia de amor de esas de película y ojalá que el paso del tiempo no la haya truncado. Cincuenta y dos años son muchos años, pero no olvide que el amor, si es de verdad, dura toda la vida. Y eso, querido Alonso, es mucho más que el tiempo que has esperado.

—Ojalá este sobre hubiera llegado antes a mis manos. Pero, a pesar de la tardanza, esta historia de amor sigue vigente a su manera tantos años después. Gracias, padre, por guardar a buen recaudo las palabras del amor de mi vida.

Alonso salió de la sacristía, pero antes de marcharse de la iglesia visitó de nuevo la capilla. Cerró los ojos y recordó el ataque de risa que le dio en ese lugar y la manera que encontró Manuela de acallarlo, ese beso que le había acompañado toda la vida en su memoria. Miró al cristo que presidía la estancia y se santiguó. Recorrió el camino hasta la salida sujetando el sobre con las dos manos contra el pecho. Tiró de la pesada puerta y se quedó bajo el pórtico, justo en el lugar donde se despidió de Manuela. Decidió que ese era el mejor sitio para abrir el sobre. Se sentó en un saliente de piedra que recorría todo el perímetro de la iglesia y que hacía las veces de banco. Acarició su nombre escrito en el anverso del sobre amarillento por el paso del tiempo. Le temblaban las manos. Giró el sobre y poco a poco fue despegando la solapa hasta que la abrió por completo. Dentro había un papel. Lo sacó meticulosamente, con extremo cuidado, como si fuera a desvanecerse. Nada más desplegar el papel, que estaba doblado por la mitad, comenzó a llorar. En sus manos tenía un dibujo en el que aparecían Alonso y Manuela en el piano, mirándose fijamente mientras tocaban a cuatro manos el teclado. Estaban sentados uno al lado del otro, Manuela en la banqueta y Alonso en una silla, tal y como hacían entonces. Entre ellos se vislumbraba la partitura que descansaba en el atril del piano. Alonso se secó las lágrimas y se acercó el dibujo para verlo mejor. Allí estaba el nombre de Manuela escrito en la partitura. Cincuenta y dos años después volvía a ver el rostro que le encandiló en aquel recital de piano que le cambió la vida. Giró el papel y vio que por detrás había una carta escrita. Respiró profundamente y empezó a leerla.

Mi amado Alonso:

Ya ves que he cumplido mi palabra. Te prometí que haría un dibujo de nosotros, y aquí lo tienes. Representa la felicidad más absoluta. Así es como me sentía cada vez que venías a casa a darme clase. Si te fijas en la partitura que hay en el piano no hay doble barra final. Así es mi amor hacia ti, un amor sin fin, como tu canción, aunque esa espero que algún día sí que tenga un final y pueda escucharla al completo.

Le voy a encargar al cristo que nos vio besarnos que custodie este sobre. No sé cuánto tiempo pasará hasta que llegue a tus manos, si es que algún día lo hace. Aunque ojalá vengamos juntos a cogerlo.

Te quiero, Alonso, como nunca he querido a nadie. Y dudo que jamás pueda sentir un amor tan profundo. Pase lo que pase en el futuro quiero que sepas que en apenas una semana has conseguido hacerme sentir la mujer más especial del mundo.

Soy consciente de que voy a cometer el error más importante de mi vida. Quiero que sepas que con la persona que me gustaría casarme es contigo y que ojalá algún día podamos hacerlo. Pero antes ya sabes que tengo que poner en orden ciertas cosas. Lucharé con todas mis fuerzas para hacerlo.

Te quiere, siempre,

MANUELA

Releyó la carta varias veces pensando cómo habría sido su vida si ese sobre hubiera llegado antes a sus manos. Le entristeció pensar que ambos querían lo mismo, todo este tiempo. Habían estado separados casi medio siglo cuando, en realidad, los dos habían querido vivir una historia en común. Enseguida transformó su dolor en esperanza al recordar a su nieta Elena. A pesar de todo, ahora tenía una nueva ilusión. Sin él saberlo Manuela le había dejado el mejor regalo que nunca se podría haber imagino. Comenzaba ahora una nueva vida y de algún modo la empezaba también con Manuela.

Antes de meter la carta en el sobre quiso mirar de nuevo el dibujo. Giró la hoja y automáticamente se teletransportó al verano del 71, a la semana más feliz de su vida. Sonrió y comenzó a doblar la hoja para guardarla cuando se percató de que en la parte inferior del dibujo había una frase. La leyó y recordó cuando él le dijo esas mismas palabras a Manuela en una clase. Justo después ella le besó. Cerró los ojos y pudo sentir los labios de Manuela juntarse con los suyos. Había pasado mucho tiempo, pero todavía conseguía recordar el sabor de los besos de la mujer de su vida. Dobló el papel, lo metió en el sobre y mirando a la iglesia de Santa María pronunció en voz alta la frase que le había escrito Manuela hacía cincuenta y dos años:

—Juntos la vida suena mejor.

Agradecimientos

Publicar un libro no es fácil. No basta con tener una buena historia que contar y saber escribirla...

Hace falta que alguien crea en ti y te dé una oportunidad. En mi caso, fueron tres las personas que me dijeron que sí, que les gustaba mi manuscrito y que querían contratarme. Esa videollamada fue uno de los momentos más especiales de mi vida. Es arriesgado apostar por un autor novel y ellos no lo dudaron. Gracias infinitas, Alberto Marcos, Ana Lozano y Gonzalo Albert. Gracias por confiar en autores primerizos como yo, que no tenemos experiencia publicando, pero nos sobran ganas de aprender.

Hace falta que alguien se enamore de tu manuscrito, pero que te guíe para sacarle más partido, que exprima todo su potencial. Gracias, Alberto Marcos, mi editor, por saber identificar los puntos débiles de la historia y por tus acertadas sugerencias para mejorarla. Gracias por acompañarme en mi primera vez. Me he sentido arropado en este mundo en el que todo es nuevo para mí y ha sido un camino apasionante y enriquecedor.

Hace falta que alguien revise tu manuscrito con precisión quirúrgica para detectar hasta el más mínimo fallo: una coma que falta, un nombre mal escrito, un anacronismo que resta credibilidad a la historia...; alguien capaz de descubrir errores que han pasado desapercibidos para el escritor, a pesar de haber revisado el texto hasta la saciedad. Gracias, Aurora Mena, mi editora técnica, por mermar mi orgullo y a la vez multiplicar mis conocimientos con tus correcciones.

Hace falta que alguien diseñe una portada que sea atractiva para el lector y que resuma con una sola imagen el espíritu de la novela. Gracias, Yolanda Artola y Sophie Guët, por crear una cubierta tan bonita y elegante. Junto con el título, este es uno de los elementos más importantes, porque es el que cautiva al público y lo invita a adentrarse en la historia. Y creo que lo habéis conseguido. Es difícil no sucumbir a la mirada de la chica, que aúna misterio y tristeza.

Hacen falta maquetadores, impresores, profesionales del marketing, distribuidores, libreros... No os conozco a todos, no sé vuestros nombres. Solo sé que, sin vosotros, este libro no sería una realidad. Gracias por formar parte de la cadena que ha hecho posible que *Los secretos del olvido* viaje desde mi ordenador a las estanterías de los lectores.

Hace falta que alguien te apoye en todo momento, que te anime a escribir cuando el cuerpo solo te pide descansar, que comparta tu sueño y crea firmemente en que lo conseguirás. Gracias, Bea, mi compañera de vida. Gracias por ser mi lectora cero, por emocionarte conmigo cuando me dijeron que sí, por empujarme a cometer locuras. Gracias por escribir conmigo las páginas más importantes del libro de nuestra aventura en común. En los capítulos más decisivos siempre estás tú.

Pero todo este esfuerzo colectivo no tendría ningún sentido sin ti, querido lector. GRACIAS por dedicar tu tiempo a leer *Los secretos del olvido*. Han sido muchos meses delante del ordenador, quitándoles horas al sueño y a mi familia. Y ha merecido la pena por ti, que estás leyendo estas líneas. Si pudiera, iría en persona a darte un abrazo por tener este libro entre las manos. Esta es mi primera novela, y que la hayas elegido entre otras miles de historias es para mí un privilegio.

Espero haber estado a la altura. Voy a seguir escribiendo y espero que quieras seguir guardando un ratito para leerme. Volveré a pasar horas y horas delante del ordenador, volveré a robarle tiempo al sueño, volveré a pasear junto al mar Mediterráneo para idear nuevas tramas para nuevos personajes. Y todo esto es por ti. Estoy en tus manos, en todos los sentidos. GRACIAS.

«Para viajar lejos no hay mejor nave que un libro».

EMILY DICKINSON

Gracias por tu lectura de este libro.

En **penguinlibros.club** encontrarás las mejores
recomendaciones de lectura.

Únete a nuestra comunidad y viaja con nosotros.

penguinlibros.club